Aurox

Ace und Jaron

O
S
1
2
3
4
5
6
Torya

Aurox 3

Ace und Jaron

Von Isabell Bayer und Liesa Marin

Titel: Aurox – 3 – Ace und Jaron
Autorinnen: Isabell Bayer und Liesa Marin
ISBN: 978-3-98942-208-7

Lycrow Verlag GbR
Schillerstraße 8
17266 Teterow
info@lycrowverlag.de

Bestellung und Vertrieb:
Nova MD GmbH, Vachendorf

Buchbeschreibung:

Der Verlust seiner Frau nimmt Ace einen wichtigen Halt in seinem Leben. Wenigstens hat er eine seiner Töchter bei sich, doch von deren Zwillingsschwester fehlt jede Spur.

Derweil ist die Lage in ganz Torya angespannt, denn seitdem Tod des leitenden Hauptmanns hat man von Ammey nichts mehr gehört. Als sich die Sichtungen von Erweckten häufen, wird klar, dass die Blutelfe nicht untätig ist und es Zeit wird zu handeln, bevor es zu spät ist.

Zu all den heiklen Problemen gesellt sich noch ein weiteres, denn Jaron, der neue Fluchelf im Schloss, zeigt Interesse an Ace. Die freche Art des jungen Mannes ist jedoch absolut nicht das, was Ace gerade braucht. Doch als der König gerade sie mit einer kleinen Gruppe auf eine Mission schickt, bleibt ihnen nichts anders übrig, als zusammenzuarbeiten, um zu überleben.

Triggerwarnung

Liebe Leserinnen und Leser,

bevor ihr euch in die Welt der Aurox begebt, möchten wir euch warnen.
Jiltorya steckt nicht nur voller übernatürlicher Wesen und Magie, es ist auch geprägt von Gewalt, Sklaverei, Unterdrückung und Missbrauch.
Wer sich dessen bewusst ist und keine Sorge hat, von schlimmen Szenen dieser Art getriggert zu werden, darf gerne weiterlesen.

Ihr seid euch nicht sicher?
Dann blättert zum Ende des Buches, denn dort findet ihr eine ausführliche Auflistung der potenziellen Triggerthemen.

Doch auch dort gilt zu beachten:

Die Liste ist womöglich nicht vollständig!

Eure Autorinnen Isabell und Liesa

Kapitel 1

Ace

Es waren zu viele!

„Wir geben den Hof auf, weg hier!“, rief Ace seinen Leuten zu und die drei Aurox reagierten sofort. Er wusste, er konnte sich auf die Männer verlassen, also warf er nicht einen Blick zurück, als er aus dem breit gebauten Gebäude rannte. Die Grauelfen-Familie, die einst dort gelebt hatte, war tot. Nun ja, nicht ganz, sie waren zu Erweckten geworden. Diese grässliche Brut verbreitete sich derzeit wie ein Lauffeuer über Torya und das war allein Ammeys Werk.

Geschickt wich Ace einer gekrümmten Hand aus, die nach ihm griff und das, obwohl sie bereits vom Körper abgetrennt worden war. „Beeilung!“, brüllte er über die Schulter und endlich hörte er die schnellen Schritte der anderen. „Zurück zum Schloss, los!“

Der Hof, auf den sie heute geschickt worden waren, lag nicht weit davon entfernt, umso erschreckender war die Tatsache, dass sie zu spät gekommen waren. Ace biss die Zähne zusammen, es wurde täglich schlimmer.

Ammey, die Blutelfe, die von den Toten wiedergekehrt war, schien immer mehr Gefallen daran zu finden, Erweckte zu erschaffen und das Land damit zu verseuchen. Nur von der Elfe selbst fehlte bisher jede Spur und nun hatte ihre Brut erneut zugeschlagen. Fünf Elfen waren ihnen diesmal zum Opfer gefallen und in Erweckte verwandelt worden, zudem war der gesamte Hof von den Kreaturen besetzt gewesen. Sie hatten sich versteckt, bis sich Ace und seine Mitstreiter in das Gebäude gewagt hatten. Erst dann hatten sie sich gezeigt und angegriffen.

Ein Glück, dass die Erweckten nicht so schnell und stark waren wie ein Aurox. Dennoch war es Ace und seinen Leuten nicht möglich gewesen, die armen Elfen zu erlösen.

Das konnte man nur, indem man Ammey ein für alle Mal tötete. So blieb ihnen bisher nur übrig, die Erweckten zu köpfen, ihnen Arme und Beine abzutrennen und alles zu verscharren. Wenn man mehr Zeit hatte, wurden sie auch verbrannt, um das Risiko zu minimieren, dass sie doch noch Schaden anrichten könnten.

Ace stieß den Atem aus und sprang über einen quer liegenden Baumstamm.

Auf dem Hof waren zu viele Erweckte gewesen, mindestens zwanzig, dagegen hatten selbst sie als Aurox keine Chance. Auch wenn er die Mission gerne erfolgreich beendet hätte, nun ja, auf die ein oder andere Weise ... So war ihm das heute verwehrt geblieben.

„Ace!“, rief einer der anderen ihm zu und sogleich wirbelte Ace herum.

Drei der Erweckten waren ihnen dicht auf den Fersen, zu dicht! Wie war das möglich?

„Es sind keine Elfen!“, drang es an Ace‘ Ohr und er hielt den Atem an.

Was?

„Wie kann das sein?“, stieß er fassungslos hervor, als er die Blutklingen der Erweckten erkannte.

Schattenwandler!

„Beeilung, los weiter!“, rief er und endlich schlossen die anderen zu ihm auf. Sie hetzten regelrecht durch den Wald und obwohl Ace eigentlich schneller als seine Leute war, wich er ihnen nicht von der Seite. „Sollen wir sie nicht erledigen?“, wurde er gefragt und Ace knurrte. „Noch nicht, wir sind zu nah am Hof“, erklärte er. „Haltet euch bereit!“

Erst als Ace sich sicher war, dass die erweckten Elfen, die bei weitem langsamer waren als Schattenwandler, sie nicht mehr einholen würden, gab er das Kommando. „Jetzt!“

Abrupt endete ihr Lauf, sie wandten sich um und ließen ihre Blutklingen aus den bereits geöffneten Schnitten gleiten.

„Kümmert euch um die zwei rechts“, befahl Ace. „Ich nehme den Linken.“

Ohne auf eine Bestätigung zu warten, schoss er auf den erweckten Schattenwandler zu. Seine schlimmste Befürchtung bewahrheitete sich, als er das Gesicht des Mannes sah. Ace kannte ihn ... oder besser gesagt, hatte ihn gekannt.

„Verfluchtes Miststück“, knurrte er wütend und wich der Klinge des Gegners aus. Ammey musste die Gräber von verstorbenen Aurox gefunden haben, natürlich ... Immerhin war die Blutelfe bereits in dem kleinen Tal gewesen, welches Ace‘ Rasse so wichtig war.

„Wie kann sie es wagen?“, keifte er und rammte den einstigen Freund von den Füßen. „Verzeih mir“, kam es Ace leise über die Lippen, als er dem Erweckten den Kopf abschlug.

Dieser rollte über den Boden, wobei er eine dunkle Blutspur hinterließ, ehe sein Weg in einem Gebüsch endete. Das war nur leider nicht das Ende von Ammeys Brut.

Ace sprang eilig zur Seite, als der kopflose Körper begann, wild um sich zu schlagen. Mit den ausgefahrenen Blutklingen des Schattenwandlers war es beinahe unmöglich, ihm jetzt noch nahezukommen.

Ace warf einen Blick auf seine Mitstreiter und erkannte erleichtert, dass sie ihre Erweckten so gut wie erledigt hatten. Schnell zog er seine eigenen Blutklingen ein und griff sich mehrere Wurfmesser, die er sofort auf den Kopflosen warf. Da dieser die Geschosse nicht sehen konnte, wurde er von allen getroffen und so erneut von den Füßen geholt.

Ace zögerte nicht, er setzte nach vorne, wobei seine tödlichen Klingen wieder aus seinen Schnitten hervortraten. Mit ihnen hackte er dem Erweckten nun beide Arme ab.

Die Blutklingen fielen in sich zusammen und die abgetrennten Gliedmaßen zuckten nur noch halbherzig. Ohne Pause schlug Ace dem Wesen ebenso die Beine ab, ehe er zurücktrat und zu den anderen Aurox sah. Auch sie hatten ihre Erweckten erledigt, wobei Ace erkannte, dass einer seiner Leute eine unschöne Wunde davongetragen hatte.

„Zurück zum Schloss, rasch“, drängte er und lief zu dem Verwundeten. „Das muss versorgt werden.“ Er stützte den etwas größeren Mann, der weiß um die Nase geworden war, und rannte schneller.

Den Göttern sei Dank begegnete ihnen Ammeys Brut nun nicht mehr und sie erreichten sicher den Tunneleingang zum Schloss. Ace merkte, wie der Verletzte immer schwächer wurde, er verlor viel Blut und langsam machte Ace sich Sorgen. „Komm schon, das schaffst du“, redete er dem Mann zu. „Halte durch!“

Trübe graue Augen blinzelten ihn an. „Ich ... bin müde ...“ Ace schluckte hart und gerade, als sie das Ende des Tunnels erreicht hatten, sackte der verwundete Aurox in sich zusammen.

„Nein, verdammt!“, zischte Ace und ging mit zu Boden. Erst jetzt erkannte er, wie tief die Wunde wirklich war. Die komplette linke Seite des Mannes war aufgerissen und Blut quoll in stetem Strom daraus hervor. Es war ein Wunder, dass der Verletzte es überhaupt bis ins Schloss geschafft hatte.

„Ace?“

Sein Kopf ruckte hoch, selten war er so froh gewesen, diese Stimme zu hören.

„Hauptmann Quinten!“, rief er laut und schon sah er den Blutelf den Gang entlang auf ihn zuschreiten. Hinter ihm dessen Leibwächter, Raven.

Ace konnte dem Hauptmann seinen Ärger ansehen, doch da zuckte Quintens Blick auf den Verletzten und sofort verpuffte der Zorn. Der Elf ließ sich neben dem Mann nieder.

„Was ist vorgefallen?“, wollte er wissen, während er beide Hände auf den Körper legte. Ace entwich ein erleichtertes Seufzen, denn die Wunden begannen bereits zu heilen.

Blutmagie, so schrecklich sie sein konnte, war auch in der Lage, Leben zu retten.

„Die Mission ist gescheitert“, beantwortete er Quintens Frage. „Der Hof ist bereits von Erweckten übernommen worden, wir sind in eine Falle gelaufen. Es ist ein Wunder, dass niemand umgekommen ist.“

Der Hauptmann ließ nur ein dumpfes Brummen hören, ehe er die Hände zurückzog.

„Bringt ihn ins Lager und haltet ihn warm, er wird überleben“, befahl er und sogleich kamen die anderen Aurox dem nach. Sie warfen Ace noch einen kurzen

Blick zu, und er neigte den Kopf, um sie zu beruhigen. Auch wenn Quinten im Moment wütend war, so fürchtete er den Mann nicht, das hatte er nie und würde er nie.

„Du kommst mit uns“, befahl der Blutelf gerade und Ace neigte nur stumm den Kopf, ehe er folgte.

Zu dritt liefen sie die steinernen Treppen nach oben und in das Quartier, welches ihm mittlerweile ein Zuhause geworden war.

Kaum flog die Tür ins Schloss, wirbelte der Hauptmann zu ihm herum. „Wie konntest du nur?“, fauchte Quinten und Ace hob die Hände. Auf den Ausbruch hatte er gewartet und er kam zurecht. „Ich hatte keine Wahl, sonst wäre heute wirklich jemand gestorben.“

Quinn verschränkte die Arme vor der Brust und ließ ein Schnauben hören. „Und da konntest du nicht mit mir sprechen, sondern musstest meinen Namen benutzen, um über einen anderen Hauptmann hinweg zu entscheiden?“

Die Vorwürfe waren berechtigt und Ace verzog das Gesicht. „Hauptmann Agron wollte nicht mit sich reden lassen, er bestand darauf und drängte zum sofortigen Aufbruch“, versuchte er zu erklären. „Wäre derjenige, den Agron auserwählt hatte, zur Mission aufgebrochen, hätte er den Tag nicht überlebt. Bitte, versuch, mich zu verstehen.“

Quinten schüttelte den Kopf. „Darum geht es nicht, ich verstehe, warum du es getan hast. Was mich stört, ist das Wie. Hätte Hauptmann Agron irgendetwas hinterfragt, hätte das böse ausgehen können.“

Ace nickte. „Ich weiß und ich bin froh, dass es nicht dazu gekommen ist. Für meine übereilte Entscheidung kann ich mich nur entschuldigen.“ Noch während er sprach, deutete er eine Verbeugung an.

Quinten stieß den Atem aus und winkte ab.

„Es ist, wie es ist, und den Göttern sei Dank, ist niemand gestorben. Aber ich bitte dich, tu das nicht noch einmal."

Ace neigte den Kopf und ließ den Blutelf mit Raven im Wohnraum allein zurück.

Er ging das kurze Stück des Ganges nach hinten und in Geroms altes Schlafzimmer, welches seit knapp fünf Monaten ihm gehörte. So lange war er schon Quintens zweiter Leibwächter und lebte mit den anderen beiden Männern in diesem Quartier.

Es war nicht üblich, dass ein Hauptmann zwei Aurox an seiner Seite hatte, doch seit Nylos Ableben hatten sich die Dinge im Schloss verändert.

Quinn war vom König zu Nylos Nachfolger ernannt worden und war nun leitender Hauptmann. Was hieß, dass sehr viel Verantwortung auf Quintens jungen Schultern lastete.

Außerdem gab es neben ihm derzeit nur einen weiteren Hauptmann im Schloss, und dieser hegte einen Groll auf Quinten.

Agron war älter und hatte den Rang auch schon deutlich länger inne, da hätte es ihm eigentlich zugestanden, den Posten des leitenden Hauptmanns zu übernehmen.

Was dazu geführt hatte, dass Quinten nun die Stelle bekommen hatte, waren Nylos Worte, die er vor seinem Tod an den König gerichtet hatte.

Ace kannte keine Details, doch er wusste von Quinn, das Nylo ihn wohl vorgeschlagen hatte.

Im Schlafzimmer trat Ace sich die Stiefel ab und zog sich aus. Die Kleidung war teils mit Blut besudelt und landete sogleich bei der Schmutzwäsche.

Er huschte wieder auf den Gang und in die Waschkammer, die an dessen Ende war. Darin wusch er sich und ließ in Gedanken die Mission nochmal vorüberziehen.

Es war ihnen an sich kein Fehler unterlaufen, die Erweckten waren schlicht zu zahlreich gewesen. Was ihn jedoch schockierte und alles änderte, war, dass es nun auch Schattenwandler unter ihnen gab.

Eine Tatsache, die ihn vor Grauen schaudern ließ.

Er zog sich eine einfache dunkle Hose und ein ebenso dunkles Oberteil an, ehe er wieder nach vorne ging.

„Es ist etwas vorgefallen", ließ er die anderen wissen. Raven saß in einem der Sessel vor dem Kamin und hielt ein Buch in Händen.

Der jüngere Aurox konnte weder lesen noch schreiben, aber Ace wusste, dass er zusammen mit Quinten übte.

Der Blutelf selbst war wie so oft an seinem Arbeitstisch und sah mit gerunzelter Stirn auf. „Können es zur Abwechslung einmal keine schlechten Nachrichten sein?"

Ace lächelte freudlos.

„Wie gern würde ich das bejahen, doch dem ist leider nicht so. Die Zahl von Ammeys Erweckten ist gestiegen und das nicht nur um Elfen."

Aus den Augenwinkeln bemerkte Ace, wie Raven das Buch aus der Hand legte und aufstand.

„Sag jetzt bitte nicht …", setzte er an, ehe Ace ihn unterbrach. „Sie hat Schattenwandler aus ihren Gräbern geholt. Unsere schlimmsten Befürchtungen sind wahrgeworden, Ammeys Seuche macht auch vor schon länger Verstorbenen nicht mehr Halt."

Fassungslosigkeit machte sich auf den Gesichtern der anderen Männer breit und Raven donnerte die Faust gegen den Steinrahmen, der den Kamin umgab. „Dieses widerwärtige Miststück!", fauchte er ungehalten.

Ace beobachtete, wie etwas von dem Gestein abbröckelte, ehe er sich Quinn zuwandte.

„Das muss der König erfahren", murmelte der Blutelf. „Morgen bin ich nach Sonnenaufgang bei ihm und werde es direkt ansprechen. Du hast heute genug getan, den Rest des Tages hast du frei. Ich bin sowieso mit den Papieren beschäftigt und werde das Quartier kaum verlassen. Da genügt es, wenn Raven bei mir ist."

Sogleich wollte Ace widersprechen, immerhin war es ihm nicht recht, seine Pflichten als Quinns Leibwächter zu vernachlässigen, doch als der Blutelf eine Augenbraue hob, stieß er ein Seufzen aus. „In Ordnung, dann lasse ich den Tag ruhig ausklingen."

Nun lächelte Quinten und trat zu ihm, um ihm eine Hand auf die Schulter zu legen.

„Ich habe mir heute Sorgen um dich gemacht. Bitte denk daran, künftig mit mir zu sprechen, ehe du solche Entscheidungen triffst. Ja, ich weiß, du bist dreimal so alt wie ich und hast mehr als genug Erfahrung, dennoch darfst du nicht vergessen, dass ich dich an meiner Seite brauche."

Sofort wurde ihm leichter ums Herz. Quinten war ein besonderer Mann für ihn, denn Ace hatte dessen Mutter sehr gut gekannt.

Sie war eine seiner engsten Freundinnen gewesen und hatte den Kontakt zu den Aurox nie gescheut. Ihren neugeborenen Sohn hatte sie sogar voller Vertrauen ins Lager gebracht, sodass Ace Quinten als Säugling auf den Armen gehalten hatte.

Quinten hatte es nicht leicht gehabt, denn Gerom, sein Onkel, der ihn hätte großziehen sollen, hatte ihn alsbald vom Schloss weggegeben.

Der Blutelf wuchs fernab von Torya auf, wodurch Ace sein gegebenes Versprechen nicht hatte einhalten können.

Er hatte Madiva zugesagt, sich um Quinten zu kümmern und ihn wie seinen eigenen Sohn zu behandeln.

Das hatte er alles nicht machen können, doch heute standen die Dinge anders. Und auch, wenn Quinn der leitende Hauptmann war, sah der Blutelf in ihm einen Vater, und das war ein wundervolles Gefühl.

„Ich werde das nächste Mal zuerst zu dir gehen", versicherte er ihm nun. „Und ich hoffe inständig, dass der König zur Vernunft kommt und endlich offensiv gegen Ammeys Brut vorgeht."

Der sanfte Ausdruck verschwand aus Quinns Blick und er knurrte dumpf.

„Einerseits wäre er schon dazu bereit, doch da wir keinen Ansatzpunkt haben, wo sie sich aufhält, ist es ihm zu unsicher. Er fürchtet sich regelrecht vor ihr."

Ja, das war Ace auch schon aufgefallen.

Der Goldkönig hatte fast panisch reagiert, als Ammeys Name zum ersten Mal gefallen war. Nun hatte den Mann niemand mehr gesehen, mit Ausnahme von dessen Hauptmännern und Kaleb, einem der ältesten Aurox im Lager.

Denn diesen hatte der alte Elf zu sich geholt und nicht mehr aus dem Thronsaal gelassen.

Ace konnte nur hoffen, dass es dem Freund gutging.

„Gerade deshalb müsste er handeln", hielt Ace dagegen, wusste aber, dass auch Quinten schlussendlich nicht die Entscheidungen traf.

Der Blutelf nickte und hob nur hilflos die Hände. „Ich sehe es genauso, doch er hört nicht auf mich. Aber warten wir das Treffen morgen ab, womöglich bringt ihn die erneute schlechte Nachricht dazu, endlich tätig zu werden."

Seufzend wandte Ace sich ab und ging zur Tür.

„Ich werde noch etwas hinausgehen und vielleicht beim Trainingsgelände vorbeisehen“, ließ er die anderen wissen. „Bis nachher.“

Sein Weg führte ihn wie gewohnt zur großen Treppe, die er nach unten lief. Dabei stieg ihm ein höchst unwillkommener Geruch in die Nase und Ace‘ Nackenhaare richteten sich auf.

Jaron, ein Fluchelf-Rekrut, der seit gut fünf Monaten im Schloss war.

Zudem war der große Mann mit den dunkelvioletten Augen Quintens bester Freund, was dazu führte, dass der Kerl des Öfteren bei ihnen im Quartier anzutreffen war.

An sich hätte Ace nichts gegen Jaron, doch dieser Mann verstand es, ihn zu reizen, und das nicht zu knapp. Bereits mehr als einmal war Ace kurz davor gewesen, den Mann wortwörtlich aus dem Fenster zu werfen.

In den ersten drei Monaten war es noch erträglich gewesen und Ace hatte so manchen Spruch belächelt, doch Jaron fand immer wieder etwas Neues, womit er ihm auf die Nerven gehen konnte.

Was der Kerl eigentlich von ihm wollte, wusste er bis heute nicht, und dabei hatte er ihn schon häufig gefragt.

Doch dann bekam Ace lediglich ein breites Grinsen und ein: „Das musst du schon selbst herausfinden, Süßer!“

Süßer ...

Ace knurrte dumpf, als er das unterste Stockwerk, den Bereich der Aurox, erreichte. So nannte Jaron ihn seit kurzem und das nur, weil der Fluchelf wusste, dass er es auf den Tod nicht ausstehen konnte.

Ace zwang sich mittlerweile, nicht mehr darauf zu reagieren, in der Hoffnung, Jaron würde einfach damit aufhören. Bisher war dieses Unterfangen jedoch erfolglos.

Kopfschüttelnd verdrängte er den Fluchelf aus seinen Gedanken und verließ das Schloss durch den Seiteneingang, der direkt zu den Trainingsplätzen führte. Den der Elfen ließ er hinter sich und ging zum Platz der Aurox.

Wie gewohnt war einiges los, gerade brach der Nachmittag an und viele wollten die schöne Zeit nutzen, ehe die Abenddämmerung sie ins Lager zwang.

Als er den Mann entdeckte, der heute um ein Haar sein Leben verloren hätte, lächelte Ace erleichtert. Er trat zu dem anderen Aurox und legte ihm die Hand auf die Schulter.

„Schön zu sehen, dass du wieder auf den Beinen bist. Wir fürchteten das Schlimmste."

Während der andere ihm versicherte, dass alles in Ordnung war und dass er Hauptmann Quinten seinen Dank ausrichten sollte, trat ein weitere Aurox aus dem Wald. Ace bemerkte dies nur aus den Augenwinkeln, doch er erkannte ihn sogleich.

Nachdem er sich von dem Verletzten von heute Morgen verabschiedet hatte, ging er zu dem blonden Mann, der bereits auf ihn wartete.

„Isaak", grüßte Ace ihn. „Ist etwas vorgefallen?"

Isaaks Miene zeugte von Sorge und das war bei dem stoischen und aggressiven Mann eher die Seltenheit. Ace wusste, das der andere auf Mission gewesen war, doch Details waren ihm nicht bekannt.

„In der Tat", bestätigte Isaak seine Vermutung. „Zum einen sind die Erweckten weit vorgedrungen, mir sind ein paar von ihnen begegnet, die ich jedoch erledigen und verscharren konnte."

Ace biss die Zähne zusammen, dieses Problem verbreitete sich wahrlich wie ein Lauffeuer!

Doch Isaak war noch nicht fertig.

„Außerdem bin ich bei einem Dorf vorbeigekommen, in der Nähe des vierten Silberreiches. Dort sah ich einen großen Karren, gezogen von vier Pferden. Das hat meine Aufmerksamkeit erregt, aber es waren zu viele bewaffnete Elfen dort, da wollte ich mich nicht zeigen, um kein Risiko einzugehen."

Ace hob die Augenbrauen. „Bewaffnete Elfen oder Goldkrieger?", fragte er skeptisch nach. Goldkrieger waren nur im Schloss oder Torya selbst anzutreffen, sie hielten sich eher selten außerhalb dieser Bereiche auf, außer sie trieben den Zehnten für den König ein. Doch das war derzeit nicht der Fall.

„Es waren normale Elfen", erklärte Isaak. „Sie trugen keine Rüstungen und wirkten eher wie Söldner. Auf ihrem Karren habe ich dieses Symbol entdeckt." Damit reichte er ihm eine Zeichnung.

Ace ergriff das Stück Pergament und begutachtete es. „Bei den Göttern", stieß er hervor. „Das ist kein Symbol, sondern ein Wappen."

Jaron

„Das genügt für heute", verkündete Fluchelfmeister Mirro und Jaron biss die Zähne zusammen.

Er trat vom Versuchstisch zurück und musste an sich halten, um seinem Meister nicht an die Kehle zu gehen.

Blake, der Aurox, der ihnen als Versuchsobjekt, wie Mirro es formulierte, diente, keuchte und japste nur noch jämmerlich. Der Mann mit den weißen kurzen Haaren und den tiefschwarzen Augen war bereits halb in der Bewusstlosigkeit, wofür Jaron unglaublich dankbar war. Jedoch brach es ihm jedes Mal aufs Neue das Herz, die grausigen Methoden anzuwenden, die der Meister ihm zeigte.

Alles in ihm sträubte sich gegen diese Folter, die er Blake immer und immer wieder antun musste, doch er hatte keine Wahl. Er musste gehorchen, andernfalls würde Mirro ihm zeigen, wie es richtig funktionierte, und das würde für Blake nicht gut ausgehen.

Jaron hatte gesehen, wie brutal Mirro seine Fluchmagie auf den Aurox losließ und wollte nicht, dass das erneut passierte. Lieber tat er es selbst und hielt die Magie so gering wie nur möglich, ohne dass sein Meister etwas davon mitbekam.

„Räume hier auf, dann mach Schluss“, befahl der ältere Fluchelf. „Ich habe noch zu tun, also sehen wir uns morgen zur Mittagszeit.“ Damit wandte Mirro sich ab und verließ das Zimmer.

Jaron sah ihm nach und atmete erleichtert durch, als der Mistkerl aus dem Fluchelf-Bereich verschwand. So konnte er sich ohne Probleme um Blake kümmern.

„Es tut mir leid“, raunte er leise und löste die Fesseln, die den Aurox auf dem Tisch hielten. „Könnte ich diesen Kerl doch nur ein für alle Mal aus dem Weg räumen.“

Blake rührte sich nicht, seine Augen waren geschlossen, er schien bewusstlos. Jaron hob den etwas kleineren Mann auf die Arme und trug ihn in die Zelle, die sich im Versuchsraum befand.

Eine Pritsche war alles, was darin war, und darauf legte er Blake. Mit einem Tuch wischte er das Blut von dem Mann, welches ihm aus Nase und Ohren gelaufen war. Erneut betete Jaron zu den Göttern, dass der Arme keine Schäden davongetragen hatte.

Die Methoden, die Mirro ihm beibrachte, um in die Gedanken und Erinnerungen seiner Opfer zu gelangen, waren brachial. Jaron hatte so sehr gehofft, dass es andere Wege gäbe, an Informationen zu kommen. Leider hatte sein Meister ihn eines Besseren belehrt und zwang ihn seither, diese Praktiken zu erlernen.

Jaron hatte sich gesträubt, sich geweigert, doch das hatte nur dazu geführt, dass Mirro seine Wut an Blake ausgelassen hatte. Dem Bastard war aufgefallen, dass Jaron den Aurox schützen wollte, sodass er ihn nun als Druckmittel einsetzte.

„Irgendwann“, knurrte Jaron und deckte Blake mit dem dünnen Laken zu, welches ihm zur Verfügung stand.

Da der Mann nicht zu sich kam, konnte er ihm auch kein Wasser geben. Seufzend strich er Blake durchs Haar, ehe er gehorsam die Zelle verschloss, die Öllampen löschte, die den Raum erhellten, und schließlich den Fluchelf-Bereich verließ.

Die Tür sperrte er ab, wobei es ihn regelrecht schmerzte. Wie gern hätte er Blake mit sich genommen, das Schicksal dieses Mannes ließ ihn einfach nicht los. Es war so ungerecht und seit Jaron in Torya war, schämte er sich, ein Elf zu sein.

Hatte er geglaubt, im Silberreich war es oftmals brutal zugegangen, so hatte er schnell gelernt, was wahre Grausamkeit bedeutete.

Er ließ den Bereich hinter sich und ging nach oben. Nur ein Stockwerk trennte ihn von seinem Quartier und nachdem er die Tür hinter sich ins Schloss geworfen hatte, atmete er durch.

„Wieder ein Tag“, stellte er für sich selbst fest und schloss die Augen. „Ich halte das nicht mehr lange durch.“

Jaron war ein ausgezeichneter Kämpfer und beherrschte seine Magie ebenfalls gut. Er hatte schon getötet und auch Folter war ihm nicht fremd.

Doch alles, was er getan hatte, hatte einen Grund gehabt. Was er dagegen tat, seit er hier war, war nicht zu rechtfertigen. Jaron litt jeden Tag mit Blake und wünschte sich nichts sehnlicher, als Mirro zu töten.

Doch was würde danach passieren? Wer würde den Bereich übernehmen und was würde sich der König für eine Strafe für Jaron selbst einfallen lassen?

Dass der alte Elf ihn nicht hinrichten würde, wusste er, doch das würde ihn nicht vor einer Strafe bewahren. Und so, wie er die Elfen hier einschätzte, würden sie einen Weg finden, Blake die Schuld für die Tat zu geben, immerhin mochte Jaron den Aurox ja.

Nein, Mirro zu töten, kam nicht in Frage, zumindest noch nicht.

Jaron stieß sich von der Tür ab und ging durch den Wohnbereich. Zu seiner Rechten befand sich der Kochbereich mit Feuerstelle und zu seiner Linken führten zwei Türen in weitere Räume. Einer davon war sein Schlafzimmer, der andere die Waschkammer.

Zuerst holte er sich frische Kleidung, ehe er sich auszog und den Dreck des Tages abwusch. Schon fühlte er sich ein wenig besser. Er zog sich an und machte sich eine Kleinigkeit zu Essen.

Mit dem belegten Brot in der Hand trat er ans Fenster und blickte hinaus. Frische Luft würde ihm guttun, ging es ihm durch den Kopf. Oder er besuchte Quinn, seinem besten Freund und Bruder im Geiste.

Sie waren zusammen im Vierten Silberreich aufgewachsen und trotz einer jahrelangen Trennung hielt ihre Verbundenheit und Freundschaft noch immer.

Mit ihm würde er auch über alles sprechen können, ohne Gefahr zu laufen, zu viel zu sagen. Quinn war leitender Hauptmann, was die höchste Position direkt unter dem König war. Er wusste über alles, was im

Schloss geschah, Bescheid. Außerdem gab es da noch einen weiteren Grund, weshalb er zu seinem Bruder gehen wollte.

Ace.

Der Aurox war einer von Quinns Leibwächtern, außerdem sah der Blutelf ihn als Vater an, was Jaron im ersten Moment sehr erstaunt hatte.

Je länger er die beiden zusammen beobachtet hatte, desto offensichtlicher wurde das starke Band, welches sie zusammenhielt. Doch eine Vaterfigur war Ace für Jaron bestimmt nicht. Er hatte ganz andere Interessen an dem schönen Mann.

Schon immer waren ihm Männer eher ins Auge gestochen als Frauen. Ace war wirklich gutaussehend, das stand außer Frage, aber sein Blick war es, der Jaron nicht mehr losgelassen hatte.

Der Aurox trug unbändigen Schmerz in sich und auch wenn er lachen konnte, so klang keine Freude darin mit. Jaron hatte mit Quinn darüber gesprochen und so erfahren, das Ace seine Frau verloren hatte. Zudem waren seine beiden älteren Töchter verschwunden, während er die jüngste noch nie hatte sehen dürfen.

Was das mit dem Vater angerichtet hatte, konnte Jaron sich nicht vorstellen, doch die Pein in Ace‘ Augen wurde jeden Tag ein wenig größer.

Also hatte er es sich zur Aufgabe gemacht, den Mann aus seiner Starre zu reißen.

Er hatte schnell festgestellt, dass Ace auf kleine Späße reagierte, und zog ihn damit gerne auf. Seit neuestem nutzte er den Kosenamen ‚Süßer‘ für ihn, um ihn aus der Haut fahren zu lassen.

Auch wenn Ace ihm mittlerweile wohl Tod und Verderben an den Hals wünschte, so wich die Traurigkeit immer öfter aus seinem Blick.

Quinten hatte Jaron schon einige Male ermahnt, er sollte den Aurox in Ruhe lassen, doch das ignorierte er geflissentlich. Ein Lächeln legte sich auf seine Lippen, während er seine Stiefel anzog und das Quartier verließ.

Er schritt die Treppe nach oben und zu Quintens Räumlichkeiten, wo er klopfte.

Raven öffnete und ließ ihn wortlos ein. Erst als die Tür geschlossen war, lächelte der Aurox ihn an.

„Hallo Jaron, wir hatten schon mit dir gerechnet.“ Dabei wies er auf den gedeckten Abendessenstisch. Vier Teller, sie hatten wohl wirklich auf ihn gewartet.

„Nett von euch“, gab er zurück und ging zu Quinten, der noch am Arbeitstisch saß. „Lassen dich die Verpflichtungen wieder nicht zur Ruhe kommen?“

Sein Bruder war unverhofft in den Rang des leitenden Hauptmanns aufgestiegen.

Niemand hatte ihm erklärt, was es bedeutete, diese Stellung innezuhaben, und nun musste er sich alles selbst beibringen. Der zweite Hauptmann im Schloss war ihm dabei keine Hilfe, denn er neidete Quinten den Posten zu sehr.

„Ich bin gleich fertig für heute“, war die Antwort und Jaron wandte sich wieder ab. Er wollte den Blutelf nicht stören und ging zurück zu Raven. „Ist Ace da?“, fragte er, denn es waren zwar genug Teller aufgedeckt, doch den kleineren Mann sah er nirgends.

„Noch nicht“, antwortete Raven und lehnte sich gegen einen der Schränke. „Er müsste bald zurück sein.“

Als wären sie gehört worden, ging nur Momente später die Tür auf und Ace kam ins Quartier. Sofort fiel sein Blick auf Jaron und der Elf konnte nicht anders, als den Aurox anzugrinsen.

Doch statt die Augen zu verdrehen, wie er es sonst tat, nickte Ace ihm zu und ging zu Quinten.

„Wir haben ein Problem“, teilte er dem Blutelf mit und Jaron wurde hellhörig. „Ist etwas vorgefallen?“, wollte Raven wissen.

„Isaak kam vorhin von seiner Mission zurück und hat Neuigkeiten mitgebracht“, erklärte Ace und Jaron lauschte aufmerksam, als der Aurox von einem großen Karren und stark bewaffneten Elfen in einem Dorf berichtete.

„Isaak hat das Zeichen, welches er auf dem Wagen entdeckte, aufgemalt“, schloss Ace die Erzählung und legte ein Stück Pergament auf den Schreibtisch.

„Bei den Göttern, das ist doch nicht wahr!“, stieß Raven schockiert hervor und auch Quintens Augen weiteten sich.

Jaron kam sich etwas fehl am Platz vor, denn alle schienen mit diesem Symbol vertraut zu sein, nur er nicht.

„Was ist das?“, wollte er von den anderen wissen und Quinn war es, der ihm antwortete. „Das ist das Zeichen eines großen Sklavenhändlerrings. Sie haben bereits vor einigen Monaten ihr Unwesen in Torya getrieben, aber wir dachten, nachdem Ammeys Erweckte immer zahlreicher wurden, hätte sich das Problem mit diesen Mistkerlen quasi von selbst gelöst.“

Jarons Augen weiteten sich. „Sklavenhändler? Bei allen Göttern, wie wenig Ehre müssen solche Männer und Frauen im Leib haben, um Unschuldige zu verkaufen, als wären sie Handelswaren?“

Es schauderte ihn vor Ekel, während Raven dumpf knurrte. „Nicht viel, das steht fest. Ace, ist Isaak näher herangekommen oder hat er Abstand gehalten?“

Sofort galt Jarons Aufmerksamkeit wieder dem kleineren Mann, der den Kopf schüttelte. „Er hat sich nicht aus dem Versteck gewagt, weil zu viele bewaffnete Elfen vor Ort gewesen waren. Doch dieses Dorf sollten wir uns näher ansehen. Leider ist es zu weit entfernt, um innerhalb eines Tages hin und zurückzukommen und zeitgleich noch die Lage dort zu prüfen. Isaak war jetzt drei Tage weg, diese Zeit bräuchten wir mindestens ebenfalls dafür."

Jaron wusste, dass die Aurox durch das Fluchmal ans Schloss gebunden waren.

Wann immer einer von ihnen auf Mission unterwegs war und die Nacht nicht heimkehren würde, bedeutete das einen Funken Freiheit für die anderen. Deshalb waren solche Missionen selten und gerade jetzt, wo die Erweckten durch die Lande streiften, gab es sie so gut wie gar nicht mehr.

„Was hat Isaak denn die Zeit über getan?", wollte Jaron aus reiner Neugier heraus erfahren.

Der Blick, den er dafür von Ace bekam, ließ sein Blut zu Eis erstarren.

„Das geht dich kaum etwas an", wurde er barsch zurechtgewiesen.

Doch das hatte er nicht anders erwartet.

Ace sah in ihm einen Störenfried und schlussendlich war es genau das, was Jaron hatte erreichen wollen.

Das Eis in den Augen des Mannes war ihm allemal lieber als das bodenlose Nichts, was zuvor dort gewesen war.

„Ace, ganz ruhig, er hat doch nur gefragt", ging Quinten dazwischen und legte dem Aurox die Hand auf die Schulter.

Dieser ließ ein Schnauben hören und sein Blick senkte sich wieder auf die Zeichnung. Jaron wandte sich an Quinten. „Das musst du dem König melden, nicht?"

Sein Bruder neigte den Kopf. „Ja, und ich gehe davon aus, dass ich durch diesen Fund eine weitere Aufgabe zugewiesen bekomme."

Das ließ Jaron das Gesicht verziehen. „Du hast so schon genug zu tun und kommst kaum zur Ruhe“, erinnerte er den Blutelf, der nur freudlos lächelte.

„Wir sind nur zwei Hauptmänner und so sehr ich Agron verabscheue, kann ich ihm nicht noch mehr aufbürden. Das würde mich auch vor dem König in eine ungünstige Position bringen und das können wir uns absolut nicht leisten.“

Verflucht, da war etwas dran, das musste Jaron zugeben.

„Wenn es möglich ist“, begann Ace, der sich ebenfalls an Quinten wandte. „Würde ich diese Mission gern übernehmen.“

Jaron musterte den kleineren Mann, Ace‘ Blick war hart und er wirkte entschlossen.

War er wohl schon einmal in Kontakt mit diesen Sklavenhändlern gekommen?

„Wenn der König mir die Missionsleitung gibt, können wir darüber sprechen“, erwiderte Quinten. „Doch du bist mein Leibwächter, ich bin mir nicht sicher, ob er dem zustimmen wird. Aber ich werde es versuchen.“

Jaron hörte den beiden nur halbherzig zu und musterte das Zeichen.

Es war nicht gerade klar zu erkennen und eindeutig schnell hingekritzelt.

Jaron griff sich ein Pergament von Quintens Schreibtisch und dazu ein Stück Kohle. Kaum berührte diese das Papier, blendete Jaron alles um sich herum aus. Binnen kürzester Zeit hatte er das Symbol aufgemalt und merkte erst jetzt, dass die anderen ihr Gespräch eingestellt hatten und ihn beobachteten.

Er legte die Kohle zur Seite und lächelte leicht. „Verzeiht, ich konnte mich nicht zurückhalten. Kommt das dem Zeichen der Sklavenhändler nahe?“

Er hielt das Pergament hoch und Quinten nickte. „Ja, genau so sieht es aus. Danke Jaron, ich vergesse gerne mal, dass du so ein begabter Künstler bist."

Jaron winkte kopfschüttelnd ab. „Zu viel des Lobes, ich zeichne schlichtweg gern", tat er die Worte ab und sah dann wieder auf das Papier. „Es ist ein sehr einfaches Symbol. Nur ein Kreis mit drei vertikalen und einer horizontalen Linie. Nichts, was groß hervorstechen würde, wenn man es irgendwo sehen sollte."

„Das stimmt", meinte Raven, der die Arme vor der Brust verschränkte. „Womöglich haben sie sich das Dorf, in dem Isaak den Karren gesehen hat, zuvor bereits ausgesucht. Potenzielle Opfer entdeckt und an deren Häusern solche Symbole hinterlassen?"

Es war nur eine Theorie, aber Jaron kam allein bei dem Gedanken die Galle hoch. Sklavenhändler, die die Leben der Leute für ein paar Goldmünzen verkauften und sie bereitwillig ins Verderben warfen.

Seine Hände ballten sich zu Fäusten, an diesen Kerlen würde er nur zu gern seine Fluchmagie wetzen.

„Ich gehe sofort zum König", teilte Quinten ihnen gerade mit und Jaron hob den Blick. „Ich hoffe, du kannst etwas erreichen."

Der Blutelf hatte eine ernste Miene aufgesetzt und nickte ihm zu. „Das hoffe ich auch. Bitte, bleib hier, bis ich zurück bin."

Zwar hatte sein Bruder bitte gesagt, doch der Tonfall ließ keinen Widerspruch zu. So lehnte Jaron sich gegen den Schreibtisch, während Quinn das Quartier verließ.

„Mal sehen, was der alte Elf entscheidet", brummte Raven und ging in den Kochbereich.

Jaron wusste nicht recht, wieso Quinn darauf bestanden hatte, dass er hier auf ihn wartete. Immerhin würde er kaum etwas mit dieser Mission zu tun bekommen. Er war nur ein Rekrut der Fluchelfen und unterstand diesem Bastard, Mirro.

„Wie geht es Blake?“, fragte Ace und riss ihn damit aus seinen Gedanken. Jaron verzog das Gesicht. „Mirro lässt ihm keine Pause und ich finde keinen Weg, um ihn dazu zu bringen, den armen Kerl in Ruhe zu lassen“, antwortete er wahrheitsgemäß. Das war das einzige Thema, bei dem Ace wirklich ruhig mit ihm sprach. Der Aurox sah Blake als einen seiner Schützlinge an und würde ihm nur zu gern helfen.

„Wenn es doch nur einen Weg gäbe, dieses Scheusal aus dem Weg zu räumen“, knurrte Ace und Jaron konnte nur zustimmen. „Diese Überlegung hatte ich heute ebenfalls, doch da niemand weiß, was nach Mirro kommt, und wir es nicht schlimmer machen wollen ...“

Ace schnaubte, nickte aber. „Ich kann mir zwar nicht vorstellen, was schlimmer sein sollte als dieser Kerl, aber wir werden kein unnötiges Risiko eingehen.“

Da war er wieder, der Schmerz in der Stimme des kleineren Mannes. Jaron würde Ace diesen gerne nehmen, aber das lag außerhalb seiner Macht. Dafür hatte der Aurox bereits zu viel mitgemacht und zudem sehr große Verantwortung zu tragen.

Jaron kam nicht mit vielen Aurox in Kontakt, doch wenn er die Chance hatte, mit einem von ihnen zu sprechen, fragte er gern nach dessen Meinung zu Ace.

Er bekam immer dieselbe Antwort.

Ace war ein Vorbild für die Männer dort unten und für so manch einen eine Vaterfigur.

Zu gern würde er wissen, wie es dazu gekommen war, dass Ace diese Rolle bei einigen der Männer übernommen hatte. Aber er wagte es nicht, den Aurox darauf anzusprechen. Zum Schluss würde dieser ihm nur vorwerfen, dass er ihn in irgendeiner Form ausspionierte.

Gerade wandte Ace sich ab und verschwand den Gang entlang. Ein klarer Hinweis an ihn, das Gespräch war vorbei und mehr wollte der andere nicht mit ihm zu tun haben. Jaron lächelte leicht und sah ihm nach.

„Heckst du schon wieder etwas aus?“, fragte Raven, der gerade zu ihm trat und ihm einen Becher Wasser in die Hand drückte.

Jaron schüttelte den Kopf. „Nein, keine Sorge, diesmal nicht. Ich war nur in Gedanken. Sag, Raven, hattet ihr schon viel mit diesen Sklavenhändlern zu tun?“, fragte er, um das Thema zu wechseln.

Der große Aurox ließ ein Knurren hören. „In der Tat. Sie trieben ihr Unwesen in Torya und hinterließen eine Spur von Leichen. Ob und wie viele Männer und Frauen sie mitgenommen haben, wissen wir nicht. Zwar haben die Goldkrieger die Stadt durchforstet, aber die Sklavenhändler sind erfahren in ihrem scheußlichen Handwerk. Es wurde nichts gefunden, das irgendwie darauf hindeuten könnte, was sie genau in Torya getan haben. Außer Dingen, von denen sie wollten, dass wir sie erfahren ... oder finden.“

Jaron runzelte die Stirn. „Da steckt mehr dahinter, nicht wahr? Was ist vorgefallen?“

Raven neigte den Kopf. „Die Geschehnisse passierten, kurz bevor du hier ankamst, und dabei retteten wir eine junge Frau, ihr Name war Sara. Vielleicht hat Quinn sie dir gegenüber mal erwähnt?“

Jaron nickte. „Tatsächlich, ja, er sprach davon, dass sie getötet wurde, aber ich hatte keine Ahnung, dass dies mit den Sklavenhändlern zu tun hatte.“

Ravens Gesichtsausdruck verfinsterte sich.

„Quinn versprach der Frau, wir würden auf sie aufpassen, doch die Sklavenhändler fanden und töteten sie. Noch heute wirft er sich selbst vor, sie im Stich gelassen zu haben.“

Jaron schloss die Augen, also war es etwas Persönliches, was seinen Bruder mit diesen Händlern verband. Deshalb wollte wahrscheinlich auch Ace die Mission übernehmen, immerhin war er gewiss damals ebenso beteiligt gewesen.

Kapitel 2

Ace

Um von Jaron wegzukommen, hatte Ace sich in sein Schlafzimmer zurückgezogen. Dieser Fluchelf reizte ihn, allein mit seiner bloßen Anwesenheit.

Er riss das Fenster auf und atmete tief durch. Jarons Geruch wollte nicht aus seiner Nase verschwinden und er schloss die Augen.

Der Mann ging ihm unter die Haut, mehr, als er zugeben wollte. Ace hatte nie Interesse an Männern gehabt, nicht auf diese Art.

Außerdem war da Arya gewesen, seine geliebte Frau, die jäh und brutal aus dem Leben gerissen worden war. Diese Wunde würde nie heilen, da war er sich sicher.

Auch nach sechs Monaten sah er jede Nacht ihr Gesicht, ihr Lächeln und ihre liebevollen Augen. Ja, sie hatten sich geliebt und das in einer Zeit, in der dies unmöglich schien.

Sie waren immer getrennt gewesen, als das Frauenlager gegründet worden war. Ace hatte sie kaum gesehen und doch hatten sie sich auf jedes einzelne Mal gefreut, wenn die Elfen ihnen gestattet hatten, sich zu sehen.

Er ballte die Fäuste, der Verlust schnitt wie eine Klinge in sein eh schon blutendes Fleisch.

Für seine Frau konnte er nichts mehr tun, aber vielleicht für seine Kinder. Drei Töchter hatte Arya ihm geschenkt, seine Jüngste hatte er nicht einmal sehen dürfen, während die anderen beiden vor Jahren spurlos verschwanden.

Sakina und Jolina waren Zwillingsschwestern und viel zu lange hatte er nicht gewusst, was aus ihnen geworden war.

Die Machenschaften von Ammey, die sie zur damaligen Zeit noch nicht einmal gekannt hatten, hatten sich bereits bis ins Schloss gezogen. Die Lagerwächterin, Lybra, war eine ihrer Schergen gewesen und hatte immer wieder junge weibliche Aurox aus dem Schloss geschmuggelt. Unter ihnen waren auch Saki und Joli gewesen.

Saki war es nach Jahren gelungen zu fliehen, und vor mehreren Monaten hatte er sie endlich wieder in die Arme schließen können. Nun streifte sie mit Ace' älterem Bruder durch die Wälder Toryas. Auf seine Bitte hin blieben sie stets in der Nähe, allein, weil er so seine Familie sehen konnte. Aber auch, weil es hier sicherer war.

Sein Bruder, Taavin, war zwar ein starker Hybrid, aber wenn er noch zusätzlich auf Sakina aufpassen musste, war es Ace lieber, sie in Reichweite zu wissen. Er war Taavin dankbar und wusste, er konnte sich auf ihn verlassen. Auch wenn sich ihre Wege vor zwei Jahrhunderten getrennt hatten, vertraute er ihm vollkommen.

Er musste in Gedanken versunken sein, denn als es plötzlich klopfte, zuckte Ace zusammen und wirbelte zur Tür herum. Fluchend schloss er die Augen und versuchte, sein rasendes Herz zu beruhigen.

Erst, als er sich wieder im Griff hatte, trat er zur Tür und öffnete sie.

„Was ist?“, wollte er von Jaron wissen, der ihn mit ungewohnt ernster Miene ansah. „Quinn ist zurück, du sollst bitte nach vorne kommen.“

Ace nickte, trat auf den Flur und folgte Jaron in den Wohnraum.

Quinten, der am Arbeitstisch stand, blickte ihnen entgegen. „Der König hat mir, wie wir es erwartet haben, die Mission zugewiesen. Es ist meine Aufgabe, dafür zu sorgen, dass die Sklavenhändler gefasst werden und ein für alle Mal aus Torya verschwinden“, begann der Blutelf ohne Umschweife. „Ace, du bist Teil dieser Mission, aber nicht allein.“

Ace neigte den Kopf. „Das war zu erwarten. Wer wird mich begleiten?“ Insgeheim hoffte er auf Isaak, denn immerhin wusste dieser–

„Jaron wird mit dir kommen“, erklärte Quinten und Ace‘ Augen wurden groß.

„Bitte, was?“, fragte er schockiert, während Jaron seufzte. „Ich sagte doch, dass er nicht begeistert sein wird.“

Ace warf dem großen Elf nur einen kurzen Blick zu. „Was soll das bringen? So brauchen wir deutlich länger bis zum Dorf“, meinte er und versuchte, ruhig zu bleiben.

Sonst war das immer seine Stärke gewesen, er war stets besonnen gewesen, nichts hatte ihn aus der Ruhe bringen können. Doch seit Aryas Tod war er ein anderer ...

„Jaron ist ein Fluchelf, seine Gaben werden es dir erleichtern, an Informationen zu kommen, und genau die brauchen wir“, antwortete Quinn und dagegen konnte Ace nicht einmal etwas sagen.

„Wir verfolgen das gleiche Ziel“, sagte Jaron. „Und hierbei helfe ich gern, auch mit Fluchmagie. Bitte, gib mir diese Chance und lass mich dich begleiten.“

Als ob er hier irgendein Mitspracherecht hätte, dachte Ace bei sich und stieß ein Schnauben aus. „Gut, dann sei es so. Quinn, wann können wir aufbrechen und wie lange haben wir dafür Zeit?“

„Eine Woche“, war die knappe Antwort. „Und ihr könnt morgen früh aufbrechen, ab da wird der Ruf ausgesetzt.“

Ace überlegte, mit Jaron brauchten sie wohl knapp zwei Tage, bis sie am Dorf waren, vielleicht etwas kürzer. Vier Tage für die Reise und zwei bis drei Tage für Verhöre und zum Ausspähen des Dorfes.

„Das ist machbar“, meinte er und lächelte Quinten zu. „Danke, dass du dafür gesorgt hast, dass ich Teil der Mission sein kann.“

Der Blutelf erwiderte das Lächeln sofort. „Gern, immerhin weiß ich, was für gute Arbeit du leistest und glaub mir ruhig, Jaron wird dir eine große Hilfe sein. Tut mir einen Gefallen, ihr beiden, und bringt euch nicht gegenseitig um.“ Jaron lachte neben ihm, während Ace seufzte. „Versprochen.“

Kurz darauf aßen sie gemeinsam zu Abend, wobei Ace in Gedanken bereits den Verlauf der Reise plante. Wo das Dorf lag, war kein Geheimnis, sie würden aber relativ nahe an der Grenze des vierten Silberreiches sein. An sich war das kein Problem, denn der Fürst dieses Silberreiches und der König waren keine Feinde, doch Ace war bei Elfen aus anderen Ländereien immer vorsichtig. Schon die Grauelfen, die in Torya und Umgebung lebten, reagierten ängstlich auf Aurox. Da wurde es zu den Grenzen hin nicht gerade besser.

Nach dem Essen verließ Jaron sie bald und Ace zog sich erneut in sein Zimmer zurück. Es war auch nach all den Monaten noch seltsam, ein eigenes Zimmer, einen wirklichen Rückzugsort zu haben. Das tat ihm ungemein gut und er wollte es nicht mehr missen.

Nachdem er die Kleidung abgelegt hatte, kroch er unter die Decke und schloss die Augen. Morgen bei Sonnenaufgang würde er sich mit Jaron am Trainingsplatz der Elfen treffen. Ace schickte ein Stoßgebet zu den Göttern, dass der Fluchelf ihm während dieser Woche nicht völlig die Nerven rauben würde.

Der neue Tag brach gerade erst an, da war Ace bereits auf den Beinen. Er hatte seine wenigen Sachen, die er mitnehmen würde, zusammengepackt und auch gleich noch etwas Proviant hergerichtet. Es würde sicher Zeit geben zu jagen, aber wenn er die Chance hatte, sich auf seine eigentliche Mission zu konzentrieren, dann tat er das.

Jagen war dann nur lästig.

Er schulterte den Lederbeutel und ging aus dem Quartier. Quinn und Raven schliefen noch, also ließ er sie in Ruhe.

Sie würden sich ja in einer Woche wiedersehen.

Ace schritt den Flur entlang und die Treppe nach unten.

Als er das Schloss verließ, schlug ihm kühle Morgenluft entgegen und er tat einen tiefen Atemzug. Das klärte seinen, noch vom Schlaf benebelten Kopf, und im Licht der aufgehenden Sonne konnte er Jaron erspähen, der am Rand des Trainingsplatzes auf ihn wartete.

Die formelle Kleidung der Fluchelfen des Schlosses hatte der große Mann gegen eine dunkle Hose und ein etwas helleres Oberteil eingetauscht. Darüber trug er einen Mantel, der ihn in kalten Nächten warmhalten würde.

Gut mitgedacht, denn sie würden wohl kaum die Möglichkeit haben, in Häusern zu schlafen. Bestenfalls wurde ihre Anwesenheit gar nicht erst bemerkt und sie konnten sich ganz ohne Fluchmagie alle nötigen Informationen besorgen.

Ace wusste zwar, dass Jaron diese, wenn es sein musste, einsetzen würde, aber er wollte das vermeiden. Fluchmagie war in seinen Augen genauso schlimm, wenn nicht schlimmer als Blutmagie.

Zumindest in den falschen Händen, wie man an Mirro und Agron sehen konnte.

„Guten Morgen“, grüßte Jaron ihn und Ace nickte dem anderen zu. „Ebenfalls. Ich hoffe, du hast alles?“, fragte er und Jaron bejahte. „Gut, dann los“, forderte Ace und ging in Richtung Wald.

„Ace, warte“, bat Jaron und er hielt inne. Dabei warf er nur einen Blick über die Schulter. „Was ist?“

Jaron trat zu ihm, seine Miene ernst. „Ich weiß, du magst mich nicht, aber bei dieser Mission müssen wir zusammenarbeiten. Allein um Quinns Willen, sollten wir es zumindest versuchen.“

Ace hob eine Augenbraue. „Unterlasse deine Kindereien und wir werden keine Probleme bekommen.“

Erneut lief er los und diesmal war Jaron an seiner Seite.

Bis zur Mittagszeit hin verlief alles ohne Zwischenfälle, sie sprachen kaum miteinander, auch wenn der Elf ein paar Mal versuchte, ein Gespräch anzufangen.

Als sie eine kleine Lichtung erreichten, hörte er, wie Jaron seinen Lederbeutel abstellte. „Ich brauche eine Pause“, ließ der Fluchelf ihn wissen und Ace wandte sich ihm zu. „Jetzt schon? So müssen wir wirklich zwei Tage bis zum Dorf einrechnen."

Jaron ließ ein Knurren hören, welches gar nicht zu einem Elf passte. „Du legst ein ganz schönes Tempo vor und weigerst dich, dich mir anzupassen. Ich bin kein Schattenwandler, also bin ich nicht so schnell. Mir ist bewusst, dass du mir das unter die Nase reiben willst, aber das ist nicht nötig, ich kenne meinen Platz."

Das ließ Ace die Augenbrauen heben, Jaron klang wütend, so hatte er den anderen Mann noch nicht erlebt. Meist war Jaron ein etwas zu fröhlicher Kerl, der immer einen Spruch auf den Lippen hatte.

„Verzeih", erwiderte er deshalb. „Mir war nicht klar, dass ich so schnell gelaufen bin. Künftig werde ich mich dir anpassen."

Nun lächelte Jaron wieder. „Danke, mehr verlange ich auch schon nicht." Ace ließ sich ebenfalls auf dem weichen Grasboden nieder und holte einen der beiden Wasserschläuche aus seinem Gepäck. Er nahm einen Schluck, ehe er ihn wieder wegpackte.

„Raven hat mir gestern von Sara erzählt", begann Jaron plötzlich und Ace hob den Blick. „Hat er das? Und ich dachte, darüber wüsstest du längst Bescheid."

Der Fluchelf schüttelte den Kopf. „Nicht richtig, nein. Quinn hat sie mir gegenüber zwar erwähnt, aber ich wusste nichts von ihrem Schicksal mit den Sklavenhändlern. Das ist schrecklich, die Frau tut mir leid und auch, dass Quinn sich deshalb noch immer große Vorwürfe macht."

Ace neigte den Kopf. „Ja, das tut er und das ist ein Problem. Er kann nicht weiterziehen. Saras Tod liegt nun über sechs Monate zurück und noch immer spricht er von ihr. Als leitender Hauptmann muss er lernen, so etwas schneller loszulassen, denn der Tod gehört zum Leben, ob wir wollen, oder nicht."

Jaron starrte ihn einen Moment lang mit sichtlicher Fassungslosigkeit an. „Ach ja? Und wieso trauerst du dann noch?"

Das war ein Schlag in die Magengrube und Ace musste die Zähne zusammenbeißen, um dem Kerl nicht an die Kehle zu gehen. „Meine Frau, mit der ich viele Jahre lang zusammen war, ist wohl kaum vergleichbar mit einer Elfe, die Quinn nicht einmal zwei Wochen gekannt hatte", hielt er mühsam beherrscht dagegen.

Jaron schnaubte. „So wiegst du also Leben auf? Das hätte ich nicht von dir gedacht."

Ace' Augen wurden schmal und er knurrte. „Was? Das ich nicht jedem Toten jahrelang hinterher trauere, den ich nur flüchtig gekannt habe? Verzeih, wenn ich dich deiner Illusion beraube, aber wenn du mal so alt wie ich bist, sprechen wir gern erneut über dieses Thema."

Da ließ Jaron ein bellendes Lachen hören. „Das Alter! War natürlich klar, dass du es darauf schiebst. Egal, wie lange man jemanden kannte, es ist immer schlimm, wenn derjenige stirbt. Wenn es mir mit zunehmendem Alter egal werden sollte, dann bin ich wohl kaum besser als der König oder die Sklavenhändler."

Sofort war Ace auf den Beinen. „Was willst du mir damit sagen, Jaron?", wollte er wissen. „Stellst du mich gerade mit diesen Bastarden gleich?"

Auch Jaron kam hoch, der Mann überragte ihn um fast eine Kopflänge, doch sie wussten beide, im körperlichen Kampf war er dem Fluchelf weit überlegen.

Anders sah es jedoch aus, wenn dieser auf seine Magie zurückgriff.

„Tue ich das oder du selbst?", hielt Jaron dagegen. „Wie kannst du das Leben dieser Frau mit Füßen treten und sie in die Vergessenheit schicken, nur weil du sie kaum gekannt hast? Merkst du denn nicht, wie falsch das ist?“

Ace hielt inne, sie redeten sich in Rage und wenn das so weiterginge, würden sie sich wirklich noch bekämpfen. Er dachte an das Versprechen, welches er Quinn gegeben hatte, und zwang sich, einen kühlen Kopf zu bewahren.

„Nein, natürlich will ich nicht, dass Sara vergessen wird. Darum geht es auch gar nicht. Doch wie du mitbekommen hast, haben wir bereits große Probleme und wenn Quinten sich überall so hineinsteigert, und nicht loslassen kann, wird er bald zusammenbrechen. Dieser immensen Belastung wäre niemand gewachsen. Verstehst du jetzt, was ich sagen möchte?“

Der Fluchelf trat etwas zurück und die Anspannung wich sichtlich aus seinen Schultern. „Verzeih den Ausbruch und ja, jetzt verstehe ich, was du meinst“, erwiderte er mit deutlich ruhigerer Stimme.

Gerade nochmal gut gegangen, ging es Ace durch den Kopf und er ließ sich wieder auf dem Boden nieder.

„Ruh dich aus, ich möchte heute noch eine große Strecke schaffen, um so früh wie möglich am Dorf anzukommen.“

Jaron neigte verstehend den Kopf, setzte sich wieder und streckte die langen Beine von sich.

Verstohlen musterte Ace den Fluchelf. Er sah gut aus ... für einen Mann.

Wenn er so gesinnt wäre, hätte er vielleicht sogar Interesse an Jaron haben können.

Stirnrunzelnd wandte Ace den Blick ab. Wieso, bei den Göttern, hatte er überhaupt solche Gedanken.

„Ace? Hörst du mir zu?“, fragte Jaron und er versteifte sich. „Verzeih, ich habe nachgedacht. Was sagtest du?“, wollte er wissen und vermied es, dem anderen in die Augen zu sehen.

Irgendwie fühlte er sich ertappt, obwohl er nichts getan hatte.

„Ich fragte, ob du bereits einen Plan hast, wie wir beim Dorf vorgehen wollen?“, fragte Jaron und Ace schüttelte den Kopf. „Nein, ich war noch nie dort und möchte mir erst einmal ein Bild vor Ort machen. Wir werden sehen, was wir tun können, wenn wir da sind.“

Der Blick des Fluchelfen blieb auf ihn gerichtet. „Du hattest bereits mit den Sklavenhändlern zu tun, oder? Ich meine, vor dem Vorfall in Torya.“

Überrascht hob Ace die Augenbrauen.

„Wie kommst du denn bitte darauf?“, fragte er, doch als Jaron schwieg, seufzte er. „Du hast recht, ich kam bereits mit ihnen in Kontakt, aber das ist sehr lange her. Zudem weiß ich nicht, ob sie vom selben Ring sind, denn zur damaligen Zeit war ich offiziell nicht an einer Mission beteiligt.“

Der andere Mann legte den Kopf zur Seite.

„Was ist damals passiert?“

Ace brummte unbestimmt.

„Ich erinnere mich daran, dass einige Dörfer sich hilfesuchend an den König gewandt haben, weil junge Frauen und Mädchen verschwunden waren. Dass das sogar zu uns Aurox durchgedrungen war, konnte nur heißen, dass wirklich etwas im Gange war. Da wurden selbst wir hellhörig und manch einer, unter anderem ich, hat sich eben auf eigene Faust auf die Suche gemacht. Auch, wenn wir mit vielen Elfen nicht gut auskommen, heißt das nicht, dass wir es zulassen, wenn ihnen grundlos geschadet wird.“

Er hörte Jarons amüsiertes Schnauben, ignorierte es aber und sprach stattdessen weiter.

„Ich konnte zwei Männer aufhalten, die eine bewusstlose Frau wegbringen wollten. Sie kämpften und gaben nicht auf, obwohl ich ihnen offensichtlich überlegen war. So erledigte ich sie schlussendlich. Die Frau brachte ich in das nächstgelegene Dorf und legte sie dorthin, wo sie schnell gefunden werden würde", erzählte er und zog dann die Brauen zusammen. „Recht viel mehr hatte ich mit dem Problem zu dieser Zeit nicht zu tun, aber ich erfuhr auch erst etwas später, dass es sich tatsächlich um Sklavenhändler gehandelt hatte. So haben mir die beiden, die ich tötete, gleich noch weniger leidgetan."

Es raschelte und Ace lugte zu Jaron, der sich nach vorn gelehnt hatte. „Dann ist es also möglich, dass die Händler von damals dieselben wie heute sind."

Ace neigte zustimmend den Kopf. „Ja, in der Tat."

Der Gesichtsausdruck des großen Mannes wurde nachdenklich. „Wieso sind sie zurückgekommen? Wenn sie bereits einmal gejagt wurden, warum riskieren sie es erneut?"

Das waren gute Fragen, doch Ace hatte keine Antworten darauf. „Wir sind hier, um genau das herauszufinden. Warte ab, bis wir im Dorf sind, vielleicht erschließt sich uns das ein oder andere schneller, als wir ahnen."

Daraufhin herrschte Schweigen und kurze Zeit später setzten sie ihren Weg fort. Diesmal achtete Ace darauf, nicht zu zügig zu laufen, und tatsächlich hielt Jaron bis zum Abend hin problemlos durch. Erst, als es begann dunkel zu werden, blieb Ace erneut stehen. „Schlagen wir das Lager auf, bevor die Nacht hereinbricht."

Der Fluchelf erhob keinen Einspruch und sie machten es sich auf einer kleinen, gut geschützten Lichtung bequem.

Allein wegen der Erweckten verzichteten sie auf ein Feuer, denn das könnte diese anlocken.

„Ich hasse es, nichts sehen zu können", murmelte Jaron und Ace musterte den sichtlich unzufriedenen

Elf. Das Mondlicht drang kaum durch die Äste der Baumkronen, sodass es für den Mann wohl wirklich stockfinster sein musste.

Als Schattenwandler hatte Ace dieses Problem nicht, seine Augen durchdrangen jede Dunkelheit.

„Du solltest versuchen, zu schlafen“, riet er. „Ich halte Wache. Wenn der Morgen graut und es heller ist, wecke ich dich, damit ich auch etwas Ruhe bekomme.“ Seufzend ließ Jaron sich auf dem Boden nieder und schob sich dabei den Lederbeutel unter den Kopf.

In der darauf folgenden Stille schloss auch Ace die Augen, doch er blieb sitzen, den Rücken an einen Baum gelehnt. Dabei lauschte er aufmerksam, aber mehr als die gewohnten Geräusche der Natur, drangen nicht an seine Ohren. Nach einer Weile hob er die Lider und schielte zu Jaron, der eingeschlafen war.

Der Atem des Mannes ging ruhig und gleichmäßig, hin und wieder war sogar ein leises Schnarchen zu hören. Jarons Wimpern ruhten auf hohen Wangenknochen, die etwas volleren Lippen waren leicht geöffnet.

Ace schüttelte den Kopf, als er bemerkte, was er da tat. Bei den Göttern, was war nur los mit ihm? Wieso konnte er nicht aufhören, Jaron immer wieder zu mustern?

Jaron

Sein Nacken prickelte, doch Jaron ließ die Augen geschlossen. Ace sah ihn an, schon wieder. Er bemerkte die verstohlenen Blicke des Aurox durchaus und fragte sich, wieso der Mann das tat?

Aus Interesse?

Das konnte er sich beim besten Willen nicht vorstellen. Das Einzige, was Ace von ihm wollte, war, dass er ihn in Ruhe ließ. Zumindest hatte es all die Zeit immer den Anschein danach gehabt. Ob Jaron gerade zu viel in ein paar simple Blicke interpretierte? Gut möglich, aber sein Instinkt sagte ihm etwas anderes.

Als er sich sicher war, dass Ace' Blick auf ihn gerichtet war, hob er die Lider. Mittlerweile war die Sonne am Aufgehen und das Licht, das durch die Baumkronen drängte, reichte aus, damit Jaron den Aurox direkt ansehen konnte.

Ace' Augen weiteten sich und eine leise Röte schlich sich auf seine Wangen, ehe er eilig den Blick abwandte.

Sieh an, dachte sich Jaron, so etwas war er von dem sonst so forschen und abweisenden Mann nicht gewohnt.

„Guten Morgen", grüßte er und ließ das gerade Geschehene unter den Tisch fallen. „Wolltest du mich nicht wecken?"

Jaron setzte sich auf, während Ace abwinkte. „Hätte ich dann schon, aber da du von selbst aufgewacht bist, kann ich mich jetzt hinlegen."

Kurz angebunden, ja, das war ihm eher vertraut.

Schon legte Ace sich auf den Boden und wandte ihm dabei den Rücken zu.

Jaron schmunzelte, er wurde einfach nicht schlau aus diesem Kerl, aber er kam auch nicht von ihm los.

Von seinen eigentlichen Absichten, die Trauer aus Ace' Augen zu vertreiben, war er immer mehr abgewichen. Nicht, dass er dem anderen nicht helfen wollte, doch Jaron merkte, dass etwas mit ihm passierte.

Er mochte Ace und das konnte gefährlich werden, denn bisher war jeder, dem er nahegekommen war, ums Leben gekommen.

Die einzige Ausnahme bildete Quinten, doch der hatte nach einigen Jahren von ihm weggemusst. Womöglich hatte ihm dies das Leben gerettet.

Jaron zog Tod und Verderben an, das war ihm schon als junger Mann aufgefallen. Damals hatte er noch in seinem Heimatdorf gelebt. Mit seinen Eltern und zwei älteren Schwestern.

Es war ein gutes Leben gewesen.

Jarons Familie, allesamt starke Fluchelfen, war die vorstehende Familie des Dorfes gewesen. Sein Vater hatte immer dafür gesorgt, dass es allen gutging und Jaron war stolz auf ihn gewesen.

Bis zu jenem schicksalhaften Tag, an dem sich seine Fähigkeit gezeigt hatte.

Jaron schloss die Augen, er erinnerte sich noch daran, als wäre es gestern gewesen.

Unter den Fluchelfen gab es eine besondere Kraft, die nur sehr wenige beherrschten. Man konnte sie nicht erlernen, entweder man trug sie im Blut oder eben nicht.

Jaron tat dies und hätte alles dafür gegeben, dass es nicht der Fall wäre. Doch das Schicksal hatte andere Pläne für ihn, und somit für seine Familie.

Die Hauptkraft der Fluchelfen war es, in die Köpfe ihrer Feinde dringen zu können und deren Erinnerungen zu durchforsten. So konnten sie Lüge von Wahrheit unterscheiden und all das herausholen, was ihre Opfer verbergen wollten.

Doch Jarons Gabe ging weiter. Ihm war es möglich, Erinnerungen zu nehmen und zu geben. Den Leuten so falsche Tatsachen vorzugaukeln, sie in den Wahnsinn zu treiben oder Dinge vergessen zu lassen, die ihnen wichtig gewesen waren.

Das machte ihn zu einer äußerst gefährlichen und starken Waffe.

An seinem 20. Geburtstag war es seinem Vater zum ersten Mal aufgefallen. Sie hatten zusammen seine Magie trainiert, doch etwas war anders gewesen.

Jarons Kräfte hatten nicht so reagiert, wie sein Vater erwartet hatte. Also hatte er ihn kurzerhand getestet.

Der Schock ... wie gut konnte Jaron sich an den Schock erinnern, der seinem Vater ins Gesicht geschrieben gewesen war. Er hatte ihn beschworen, nie jemandem etwas davon zu erzählen, und Jaron hatte es versprochen.

Doch gehalten hatte er es nicht.

Nur wenige Jahre später hatte er mit Freunden im Wald gejagt. Sie waren von Silberkriegern des Fürsten gestellt worden, die ihnen die Beute hatten abnehmen wollen. Jaron und ein weiterer Elf aus dem Dorf waren die einzigen Fluchelfen in ihrer Gruppe gewesen und hatten die Herausgabe des Fleisches verweigert.

Nie hätte er geglaubt, dass die Silberkrieger sie daraufhin tatsächlich angreifen würden. Immerhin waren sie allesamt Elfen ... doch das war nur in Jarons jungen Ansichten der Fall gewesen.

Diese Männer und Frauen hielten sich für etwas Besseres und als sie den anderen Fluchelfen töteten, brach Jarons Fähigkeit sich Bahn.

Er zerfetzte die Köpfe der Silberkrieger und rettete dem Rest somit das Leben. Doch der Preis dafür holte sie wenige Monate später ein.

Eine ganze Horde Silberkrieger fiel in sein Dorf ein, sie waren auf der Suche nach ihm.

Einer der Männer von damals musste überlebt haben und hatte seinem Fürsten von Jarons schrecklicher Gabe berichtet.

Er erzitterte, als sich Bilder vor seinem inneren Auge wiederholten. Blut, es war überall so viel Blut gewesen. Seine Familie hatte ihn nicht hergeben wollen, also hatten die Silberkrieger begonnen, unschuldige Männer und Frauen des Dorfes zu töten.

Jaron hatte das nicht mit ansehen können, alles war seine Schuld gewesen und ... so hatte er sich gestellt.

Seine lieben Eltern hatten seinen Namen gerufen, panisch und voller Sorge, als die Männer des Fürsten ihn mit sich genommen hatten.

Jaron hatte nicht zurückgeblickt, nicht einmal. Er hatte es nicht gekonnt. Dies war das letzte Mal gewesen, dass er in seinem Dorf gewesen war. Er wusste nicht einmal, ob seine Eltern noch lebten und was mit seinen Schwestern geschehen war.

Aber es war besser so, denn so waren sie sicher.

Sie alle.

Fast gewaltsam musste er sich von den Erinnerungen losreißen und konzentrierte sich wieder auf Ace. Der Mann schlief nicht, da war er sich sicher, dennoch ruhte der Aurox sich aus.

Mit einem leichten Lächeln auf den Lippen ließ er den Blick über Ace gleiten und musste dabei an Quintens Warnung denken. Als der Blutelf vom König wiedergekommen war, hatte er ihn sogleich zur Seite genommen.

Jaron war völlig überrumpelt gewesen, als Quinn ihm erzählte, dass er Teil dieser Mission war. Mirro hatte ihn wohl nur zu gern freigegeben und das konnte Jaron sich leider durchaus vorstellen.

Einerseits war er natürlich froh über die Chance, mal vom Schloss und diesem Bastard wegzukommen, andererseits wusste er, was das für Blake bedeutete. Nun war niemand mehr da, der wenigstens etwas Rücksicht auf den Aurox nahm.

In diesem Punkt war Jaron hin- und hergerissen gewesen, doch schlussendlich hatte Quinn ihn von der Wichtigkeit dieser Mission überzeugen können. So konnte er jetzt nur hoffen, dass Blake durchhalten würde.

Jedoch war es in der Warnung seines Bruders nicht um diesen Aurox gegangen, sondern um Ace. Quinten hatte ihm nochmal eingeschärft, es nicht zu übertreiben. Ace war zwar ein gutmütiger und ruhiger Mann, doch durch den Verlust, den er vor Monaten hatte hinnehmen müssen, hatte sich auch sein Wesen verändert.

Natürlich hatte Jaron versprochen, sich zusammenzureißen, und das stimmte sogar.

Immerhin wollte er, dass die Mission ein Erfolg werden würde!

Doch Ace ließ ihn einfach nicht los, und das, obwohl der Mann eigentlich nicht viel machte.

Mittlerweile tat es Jaron sogar leid, dass er ihn vorhin so angegangen war.

Kurz hatte er wirklich geglaubt, sich in Ace getäuscht zu haben, doch nach der Erklärung hatte er dessen Sichtweise verstanden.

Für einen Moment schloss er die Augen, bei all den Gedanken pochten seine Schläfen schmerzhaft. Bewusst ließ er dann den Blick schweifen und atmete tief durch, um den Kopf freizubekommen.

„Wir können aufbrechen“, sprach plötzlich Ace und Jaron blinzelte verdutzt. „Du hast dich gerade erst hingelegt, so ruh dich doch aus. So viel Zeit haben wir“, drängte er, aber der Aurox stand bereits auf. „Nein, besser wir kommen schnell voran, so bleibt uns mehr Luft beim Dorf.“

Jaron erhob sich und ergriff seinen Lederbeutel. „Wenn du meinst, aber das wirst du nicht durchhalten, wenn du dir keinen Schlaf gönnst“, warnte er und erntete einen vernichtenden Blick. „Ich weiß, was ich leisten kann und was nicht, Fluchelf. Komm jetzt.“

Schon lief Ace los und Jaron starrte ihm hinterher. Was genau war denn das nun gewesen? So feindselig war Ace doch zuvor nicht ... oder?

Seufzend eilte er dem Aurox nach und schloss zu ihm auf. Er enthielt sich jedes weiteren Kommentars, der ihn wohl nur noch mehr in der Achtung des Mannes würde sinken lassen.

Dennoch war er neugierig, was zu Ace' plötzlichem Stimmungswechsel geführt hatte.

Tatsächlich dauerte es nicht lange, da hörte er den anderen Mann fluchen. „Bitte verzeih meine harsche Art", bat Ace und rieb sich über das Gesicht.

Jaron winkte ab.

„Schon gut, aber möchtest du mir vielleicht sagen, was los war?"

Im ersten Moment herrschte wieder Schweigen und Jaron befürchtete, mit seiner Frage zu weit gegangen zu sein, doch dann traf ihn Ace' Blick. „Ich bin tatsächlich eingeschlafen und habe von einer meiner Töchter geträumt. Sie ist bei Lybra ... eine Gefangene, mehr oder weniger. Ich weiß nicht, was genau mit ihr passiert ist, und konnte ihr bisher auch nicht helfen."

Selbst wenn Jaron die junge Frau nicht kannte, so zog sich ihm das Herz schmerzhaft in der Brust zusammen. „Das tut mir schrecklich leid, Ace. Ich hoffe sehr, du kannst sie bald zurückholen." Worte zu finden, wenn es um solch ein heikles Thema ging, war nicht gerade seine Stärke, aber er hoffte, der Aurox würde ihn verstehen.

Tatsächlich nickte dieser und lächelte leicht. „Danke, das hoffe ich auch."

Erstaunlicherweise war die Stimmung nach diesem kurzen Gespräch gelöster und Jaron hatte das Gefühl, dass Ace sich ihm ein klein wenig öffnete. Das war mehr, als er die letzten Monate geschafft hatte.

Er zuckte zusammen, als es in seiner Brust stach und rieb sich die Stelle. „Alles in Ordnung?“, hörte er den Aurox fragen und nickte. „Sicher, alles gut.“

Stirnrunzelnd horchte er in sich hinein, woher war das denn jetzt auf einmal gekommen?

Er bekam keine Antwort darauf und als die Sonne ihren höchsten Stand erreichte, konnten sie in der Ferne bereits Rauch aufsteigen sehen.

„Bis wir dort sind, ist es Nachmittag“, stellte Ace fest und Jaron verzog das Gesicht. „Durch mich bist du deutlich langsamer, verzeih. Dennoch bin ich froh, dabei zu sein, und kann mit meinen Fähigkeiten hoffentlich helfen.“

Erneut traf ihn Ace‘ Blick, diesmal konnte er Skepsis darin erkennen.

„Ich weiß dein Angebot zu schätzen, aber wenn es möglich ist, möchte ich auf den Einsatz von Fluchmagie verzichten.“

Natürlich, dachte Jaron bei sich, seine Magie war verrufen und nur zu grausamen Dingen fähig. „Ich verstehe“, gab er lediglich zurück und hielt die Augen auf das Ziel gerichtet.

Wie er es manchmal hasste, ein Fluchelf zu sein. Was hieß ‚manchmal‘?

Dies machte den Großteil seines Denkens aus, immerhin war ihm das all die Jahre beigebracht worden.

„Wenn wir dort sind, werde ich das Dorf umrunden“, sprach Ace und riss ihn somit aus seinem Selbstmitleid. „Was soll ich derweil machen?“, wollte Jaron wissen.

„Am besten kümmerst du dich um ein sicheres Lager in der Nähe des Ortes. Ich werde dich dann schon finden“, antwortete Ace, was Jaron das Gesicht verziehen ließ. Er kam sich ein wenig wie ein Hausmütterchen vor, das schon mal das Essen herrichten sollte, damit der Mann es bequem hatte, wenn er von der Arbeit kam.

Ach, bei den Göttern, er war wirklich ein verweichlichter Kerl! „Natürlich“, gab er zurück. „Ich bin gespannt, ob du schon etwas herausfinden wirst.“

Er musste sich verdammt nochmal zusammenreißen, so ging das nicht weiter.

Jaron war ein guter und fähiger Kämpfer, der sicher seiner Stärken bewusst war. Die Gedanken, wie er sie in Ace‘ Gegenwart hatte, waren so gar nicht das, was er von sich selbst kannte.

Dieser Kerl brachte ihn völlig aus dem Konzept, mehr, als Jaron selbst bemerkt hatte.

Das war gefährlich ...

Es dauerte bis zum frühen Nachmittag, ehe sie den Ort erreichten. Sie blieben abseits und versteckten sich zwischen den dichten Bäumen des Waldes, welcher das Dorf umgab.

„Ich werde mich umsehen“, sagte Ace und drückte ihm seinen Lederbeutel in die Hand. „Sieh zu, dass du dich in meiner Abwesenheit nicht umbringen lässt.“

Jaron hob eine Augenbraue, doch noch ehe er etwas erwidern konnte, war der Aurox auch schon im Dickicht verschwunden.

„Danke für dein grenzenloses Vertrauen“, murrte er und legte das Gepäck ab.

Die Arme vor der Brust verschränkt, lehnte Jaron sich an einen dicken Baumstamm und blickte in Richtung der Häuser.

Wie gern hätte er Ace begleitet, doch war ihm klar, er wäre dem erfahrenen Mann nur im Weg. Jaron wühlte mit der Schuhspitze die Erde auf und knirschte unzufrieden mit den Zähnen. Zum Warten verdammt zu sein, gefiel ihm gar nicht. Da fiel sein Blick auf seinen Lederbeutel.

Kurzerhand griff er ihn sich und zog ein in Leder gebundenes Buch hervor. Eigentlich hatte er es im Schloss lassen wollen, es dann aber doch nicht übers Herz gebracht.

Dieses kleine Ding war sein wertvollster Besitz und neben dem dunkelroten Haarband, welches er stets trug, die einzige Erinnerung an sein Zuhause.

Schon als kleiner Junge hatte er gerne gemalt und sich Kohlestücke von seinem Vater gestohlen. Seine Mutter hatte das früh bemerkt und ihm daraufhin dieses Buch geschenkt, zusammen mit seinen eigenen Zeichenutensilien.

Zuerst war er etwas unbeholfen, doch dann wurden seine Bilder immer besser und heute konnten sie sich auf jeden Fall sehen lassen.

Was nicht hieß, dass er seine Malkunst irgendjemandem zeigte. Der Einzige, der bisher einen Blick darauf hatte werfen dürfen, war Quinten.

Die Erinnerungen, die er in den Bildern eingefangen hatte, gehörten Jaron allein und er hütete sie wie seinen Augapfel.

Nun öffnete er das Buch und blätterte bis zu einer leeren Seite. Dann zog er ein schmales Kohlestück hervor und begann zu zeichnen. Viel nachdenken musste er nicht und was er malte, war ihm mittlerweile auch gut bekannt.

Er hatte das Motiv schon dutzende Male zu Papier gebracht, nicht nur in seinem Buch. Die meisten Zeichnungen hatte er im Kaminfeuer verbrannt, damit niemand sie zu Gesicht bekommen würde.

Mit gespitzten Ohren, um von seiner Umgebung alles mitzubekommen, dauerte es eine ganze Weile, bis er fertig war.

Dann begutachtete er sein Werk und ein Seufzen kam ihm über die Lippen.

Das Kohlestück verschwand wieder im Lederbeutel, ehe Jaron die feinen Konturen des Gesichtes nachfuhr, welches ihm nun aus seinem Buch entgegenblickte.

Ace ...

Selbst in seinen Träumen wurde er von dem Aurox verfolgt und das, obwohl der Mann absolut kein Interesse an ihm hatte. Jaron wusste ja nicht einmal, wieso er ständig an ihn denken musste.

Zwar redete er sich ein, dass es bei alldem nur darum ging, Ace aus seiner Trauer zu helfen, doch war dem wirklich so?

Dass er Ace' Lippen nachfuhr, bemerkte er erst jetzt und schnell schloss er das Buch. „Das muss aufhören", befahl er sich selbst und schob es zurück in den Lederbeutel.

Sein Herzschlag hatte sich beschleunigt und Jaron schloss die Augen.

„Selbst wenn, er mag Männer nicht auf diese Weise", erinnerte er sich und tat einen tiefen Atemzug. „Schlag ihn dir aus dem Kopf."

Leises Rascheln drang an seine Ohren und Jaron hielt den Atem an.

Er drückte sich mit dem Rücken an den Baumstamm und lauschte.

Schritte, eindeutig und gar nicht weit weg.

Vielleicht Ace?

Nein, der Mann war noch nicht so lange fort und würde gewiss länger brauchen, um das Dorf auszuspähen.

Leise fasste Jaron an seinen Gürtel, an dem ein Dolch in der Scheide hing. Er zog die Klinge und packte den Griff fest.

Plötzlich erklang ein dumpfer Aufprall und die Schritte verstummten. Jaron runzelte die Stirn und lugte vorsichtig um den Baum herum.

„Bei den Göttern“, kam es ihm keuchend über die Lippen, als er eine Frau am Boden liegen sah, mit dem Gesicht im Dreck.

Er taxierte die Umgebung, konnte aber keine Gefahr entdecken, also lief er zu der Elfe, die sich nicht rührte.

Angespannt ließ er sich in die Hocke sinken und griff die Frau an der Schulter, was diese leise ächzen ließ. „H…ilfe…“

Die Stimme der Elfe war kaum zu verstehen, krächzend und heiser, als hätte sie lange und viel geschrien.

„Ich werde dir helfen“, versprach Jaron und drehte sie vorsichtig auf den Rücken. Ein Zischen entkam ihm, als er die aufgerissene Robe der Elfe erblickte. Ihr Körper war von blauen Flecken übersät, ebenso von Schnittwunden, aus denen noch immer Blut quoll.

„Was ist mit dir passiert?“, wollte er wissen und blickte der Elfe in die Augen. Diese wirkten verquollen und waren rot unterlaufen, es war, als würde sie durch ihn hindurchsehen. „Nein, bleib bei mir“, drängte Jaron, doch da wich bereits alles Leben aus der Frau und sie erschlaffte vollends.

„Verflucht“, knurrte Jaron und biss die Zähne hart zusammen. Notdürftig zog er die Robe der Verstorbenen zu, konnte dabei aber etwas an ihrer Schulter erkennen.

„Bitte verzeih mir“, bat er sie, auch wenn sie nicht mehr am Leben war. Er entblößte einen Teil ihres Oberkörpers samt Schulter und fluchte. „Diese dreckigen Bastarde!“

Das Zeichen der Sklavenhändler, welches er bei Quinten gesehen hatte, war ihr oberhalb der Brust, fast bei der Schulter, eingebrannt worden.

Es wirkte schon älter und vernarbt. Anscheinend hatte diese Elfe die letzte Zeit ihres Lebens in den

Händen dieser Schweine verbracht und unsägliches Leid erdulden müssen.

„Wir werden dich rächen“, versprach er und schloss die Robe, bevor er den Leichnam in ein großes Gebüsch zog. Er würde sie Ace später zeigen, ging es ihm durch den Kopf, ehe er innehielt.

„Oh verdammt“, raunte Jaron und blickte sich um. Wenn die Elfe eine Sklavin gewesen war, dann war sie ihren Herren entkommen und nun bei der Flucht gestorben. Es war also gut möglich, dass die Händler ihr auf den Fersen waren.

Jaron griff den Dolch fester, sollten sie kommen, dann würde er ihnen zeigen, wozu ein Fluchelf fähig war.

Kapitel 3

Ace

Bereits die Hälfte des Dorfes hatte er umrundet und dabei keine Auffälligkeiten entdeckt. Ace runzelte die Stirn, alles wirkte so normal.

Das wäre niemals der Fall, wenn die Sklavenhändler, die vor wenigen Tagen hier gewesen waren, nicht bereits bekannt wären.

Ein Verdacht reifte in Ace und er betete zu den Göttern, dass er sich irren möge.

Wie in jedem Dorf gab es ein Haus, welches hervorstach. Es gehörte dem Dorfvorsteher und dessen Familie. Ace hatte es bereits eine Weile im Blick, doch darin tat sich rein gar nichts. Natürlich wusste er nicht, ob der Vorsteher Familie hatte, aber so still wie es war, wohl eher nicht.

Leise pirschte er weiter vorwärts, darauf bedacht, im Schatten zu bleiben, um nicht gesehen zu werden. Als er plötzlich Kinderlachen hörte, blieb er sofort stehen und beobachtete, wie drei Mädchen und zwei Jungen im Alter von höchstens acht auf den Versammlungsplatz des Ortes liefen und fröhlich spielten.

Ein Lächeln legte sich auf Ace‘ Lippen und er wollte schon weiter, doch da stockte ihm der Atem.

Das konnte nicht wahr sein! Zwei der Mädchen und ein Junge trugen eine Halskette, an der ein Anhänger baumelte.

In diesen war das Zeichen der Sklavenhändler eingeprägt!

Ace ballte die Fäuste, wie gern würde er jetzt das Haus des Vorstehers stürmen und den Mann zur Rede stellen. Hatte der Elf wirklich sein Dorf an diese Händler verkauft? Die Leben seiner Leute? Wofür?

Fragen über Fragen gingen ihm durch den Kopf, aber er musste sich zurückhalten. Unbedacht in das Haus einzudringen, war keine gute Idee. Mit einem unterdrückten Knurren zog er sich tiefer in den Wald zurück und umrundete das restliche Dorf.

Tatsächlich entdeckte er zwei Frauen, die etwa um die 40 sein mussten, und ebenfalls solche Anhänger trugen. Sie wirkten allerdings völlig normal und ausgelassen. Vielleicht wussten sie noch nichts von ihrem Schicksal?

Etwas stimmte hier ganz und gar nicht, das war nicht mehr von der Hand zu weisen. Ace zog sich vom Dorf zurück und machte sich auf den Rückweg zu Jaron. Der Fluchelf würde hoffentlich am vereinbarten Ort auf ihn warten.

Doch an der kleinen Lichtung war tatsächlich niemand mehr, dafür die Lederbeutel, die ihnen gehörten.

„Das kann doch nicht wahr sein“, brummte Ace und zog zwei Messer, mit denen er sich die Unterarme an den Schnitten öffnete. Seine Blutklingen glitten sofort heraus und er spitzte die Ohren.

War Jaron angegriffen worden?

„Ace“, hörte er plötzlich seinen Namen und wandte sich zur Seite. „Wo warst du?“, verlangte er von Jaron zu wissen. Dieser kam mit grimmiger Miene zwischen den Bäumen hervor. „Ich hörte vorhin etwas und dachte an Erweckte. Doch es war eine schwer verletzte Elfe, sie ist ihren Verletzungen erlegen und trägt das Zeichen der Sklavenhändler."

Sofort war Ace' Groll verraucht.

„Zeig sie mir", bat er den Fluchelf, der sich abwandte und ihm voran lief. Der Anblick der sichtlich geschundenen und misshandelten Frau ließ Ace die Fäuste ballen. Jaron hatte sie in dichtes Gebüsch gezogen und wies nun auf das Brandzeichen, welches zwischen linker Schulter und Brust zu sehen war.

„Es ist längst verheilt und alt", meinte der Fluchelf. „Sie muss jahrelang bei ihnen gewesen sein."

„Und nun ist sie entkommen", hing Ace an. „Der Tod ist eine Erlösung für diese arme Seele."

Aus den Augenwinkeln erkannte er, dass Jaron nickte. „Vielleicht gehörte sie einst zu dem Dorf hier? Immerhin schien sie auf den Weg dorthin zu sein."

„Das kann auch Zufall sein", widersprach Ace. „Die bessere Frage ist, ob diese Bastarde noch in der Nähe sind. Das könnte uns in die Karten spielen."

„Das ging mir ebenso durch den Kopf, jedoch hat sich bisher niemand gezeigt. Gehört hätte ich auch nichts, aber meine Ohren sind nicht so gut wie deine", entgegnete der Fluchelf. Ace hatte die ganze Zeit über gelauscht, aber nichts wahrgenommen, außer den Tieren des Waldes.

„Wer weiß, welche Strecke die arme Frau zurückgelegt hat, bevor sie die Kräfte verließen", meinte er schließlich. „So leid es mir tut, wir müssen sie zurücklassen. Ich will mich im Dorf nur dann zeigen, wenn es unbedingt nötig ist."

Jaron zog die Brauen zusammen und Ace sah ihm an, dass er dies nicht guthieß, doch er sagte nichts dazu.

„Hast du im Ort etwas herausfinden können?", fragte er stattdessen und Ace nickte. „Ja, aber lass uns erst zurück zu unseren Sachen, ich möchte nicht das Risiko eingehen, dass uns jemand den Proviant stiehlt."

Er wandte sich ab und hielt auf die kleine Lichtung zu. Es dauerte einen Moment, ehe er Jarons Schritte hinter sich vernahm, es fiel dem Mann merklich schwer, die Tote einfach zurückzulassen.

Erleichtert stellte Ace fest, dass ihr Gepäck noch an Ort und Stelle lag. Er zog aus seinem Lederbeutel einen Wasserschlauch und trank einen großen Schluck, bevor er sich zu Jaron wandte.

„Die Leute im Dorf hatten mit hoher Wahrscheinlichkeit nicht zum ersten Mal Kontakt mit den Sklavenhändlern", fiel er mit der Tür ins Haus. Jarons violette Augen weiteten sich. „Bist du dir sicher?"

Ace nickte.

„Leider. Einige der Kinder tragen Halsketten mit einem Anhänger, der das Symbol der Händler trägt. Es scheint, als wären das die Auserwählten, die irgendwann von ihnen geholt werden."

Der Mund des Fluchelfen öffnete sich einen Spaltbreit. „Was? Wissen sie von ihrem Schicksal?"

Achselzuckend hob Ace die Hände.

„Ich weiß es nicht, mit ihnen sprechen konnte ich ja schlecht. Es sind übrigens nicht nur Kinder, die die Ketten tragen, ich sah auch junge Erwachsene damit. Sie wirkten allerdings nicht so, als würden sie in Angst leben."

Sichtlich schockiert fuhr Jaron sich über die Haare. „Wir müssen mit dem Vorsteher des Dorfes sprechen."

Da hatte er recht. „Dann werde ich mich doch zeigen müssen", murmelte Ace.

„Oder du lässt es mich allein machen", schlug der Fluchelf vor, was ihn die Stirn runzeln ließ. „Hast du denn schon einmal jemanden verhört?"

Ein freudloses Lächeln zierte Jarons Lippen, als er nickte. „In der Tat, doch ich habe nicht vor, meine Magie einzusetzen. Ich mag nicht so erfahren sein wie du, aber das werde ich hinbekommen."

Das war Ace gar nicht recht, aber die Alternative wäre, sich offen dem Vorsteher zu zeigen. „Ich werde in der Nähe bleiben, vielleicht kann ich mich beim Haus verstecken und mithören", meinte er.

Jaron nickte. „Das wäre nicht schlecht, sollte es doch irgendwie eskalieren, hätte ich dich quasi als Rückendeckung."

Ace überlegte kurz, stimmte dann aber zu. „Gut, geh allein ins Dorf und zum Vorsteher. Immerhin sind wir in offizieller Mission unterwegs und das kannst du dem Mann auch sagen. Aber sei vorsichtig, welche Informationen du preisgibst. Wir wissen nicht, ob der Elf mit den Sklavenhändlern unter einer Decke steckt, oder vielleicht sogar welche von ihnen im Haus sind."

Jaron verschränkte die Arme vor der Brust. „Alles möglich, ich werde es im Hinterkopf behalten. Doch vergiss nicht, ich bin nicht wehrlos und ein Fluchelf. Du magst meine Magie verachten, aber sie kann mich in diesem Fall ausgesprochen gut schützen."

Das ließ Ace schmunzeln. „Ach, verachten wäre zu viel gesagt. Es kommt immerhin darauf an, wer die Person hinter der Kraft ist, und bisher waren es selten gute Leute, von daher habe ich leider Vorbehalte."

Da winkte der andere ab.

„Verständlich", meinte Jaron. „Wie dem auch sei, ich werde dann jetzt gehen."

Ace griff den Elf am Arm, als dieser loswollte. „Moment. Nicht mehr heute, der Abend ist längst da und bald wird es dunkel. Morgen haben wir den ganzen Tag für die nötigen Erkundungen und Verhöre."

Das ließ den großen Elf innehalten. „Nun gut, wenn du meinst. Hast du denn sonst noch etwas im Dorf herausfinden können?“

Ace schüttelte den Kopf. „Nein, nicht wirklich. Es scheint ein schlichtes Grauelfendorf zu sein. Außer den Anhängern ist mir nichts merkwürdig oder besonders vorgekommen.“

Er beobachtete, wie Jarons Blick in Richtung der Büsche ging, in denen die tote Frau lag. „Mal sehen, was der Vorsteher morgen zu sagen hat“, murmelte er. „Sollen wir die Umgebung nochmals prüfen? Immerhin ist es noch immer möglich, dass die Händler in der Nähe sind.“

Das war zwar eher unwahrscheinlich, dennoch stimmte Ace zu. „Wir bleiben aber zusammen“, ließ er Jaron wissen, der keine Einwände hatte. So liefen sie gemeinsam los, wobei Ace witternd den Atem einsog.

Blutgeruch kitzelte seine Nase, dieser musste von der Toten stammen.

Er könnte dem Duft folgen und so den Weg herausfinden, den sie genommen hatte. Doch dann konnte es wirklich sein, dass sie auf die Händler trafen.

„Woran denkst du?“, wollte Jaron wissen und Ace brummte unbestimmt. „Ich rieche nur das Blut der Frau und das reizt mich.“ Besser, er behielt seine wahren Gedanken für sich, nicht, dass er Jaron dadurch noch auf falsche Ideen brachte.

„Es ist alles ruhig“, sagte er nach einer Weile zu dem jüngeren Mann. „Gehen wir zurück, du kannst gewiss kaum noch was sehen.“

„Nicht mehr viel, das stimmt“, gab Jaron zu und kurz darauf waren sie wieder bei ihrer kleinen Lichtung. „Hier war jemand“, stellte Ace sofort fest, denn ein fremder Geruch hing in der Luft.

„Sklavenhändler?“, hörte er den Fluchelf fragen.

„Ich weiß es nicht, eher unwahrscheinlich. Könnten Leute aus dem Dorf gewesen sein“, antwortete er ihm. „Oder Erweckte ...“ Die letzte Option gefiel ihm am wenigsten. Da schlug er sich noch lieber mit Sklavenhändlern als mit Ammeys Brut herum.

„Wir sollten uns einen anderen Ort suchen, um die Nacht zu verbringen“, meinte Jaron und da konnte er ihm nur zustimmen.

„Komm“, brummte er und lief los, doch schon nach wenigen Momenten hörte er den anderen hinter sich fluchen. „Ich sehe kaum noch was“, knurrte Jaron hörbar frustriert und Ace hielt inne. „Wenn du das irgendjemandem erzählst“, murmelte er und streckte die Hand nach hinten aus. „Gib mir deine Hand.“

Eine gefühlte Ewigkeit herrschte Schweigen, ehe sich warme Finger mit seinen verschränkten. Ace biss die Zähne zusammen, als sein Herz daraufhin schneller schlug. Wieso reagierte er so auf den Kerl?

Völlig egal, sie waren auf Mission und das gehörte nicht hierher. Er führte Jaron und achtete darauf, dass der Mann nicht stolperte.

„Hier sollte es gehen“, sagte Ace und blieb stehen, als sie eine ziemlich uneinsehbare Stelle gefunden hatten. Als Lichtung konnte man das nicht bezeichnen, es war auch kaum Platz, aber so würde sie gewiss niemand finden.

„Setz dich hierhin“, wies er den Fluchelf an.

Kaum saß Jaron, streckte er die langen Beine von sich und Ace hob eine Augenbraue. „Ich weiß, ich bin nicht gerade groß, aber ein bisschen Platz brauche ich dennoch.“

Sofort zog der Elf die Beine an und setzte sich anders hin. „Verzeih, das war keine Absicht.“

Ace schnaubte, musste aber grinsen, was Jaron, den Göttern sei Dank, nicht sehen konnte. So ließ er sich ebenfalls auf dem Boden nieder und lehnte sich an einen Baumstamm. „Schlaf, ich übernehme wieder die erste Wache“, teilte er dem Fluchelf mit, der seufzte. „Sicher, doch wecke mich diesmal früher auf, verstanden?“

Ace blinzelte, das klang sehr nach einem Befehl, aber das ließ er unter den Tisch fallen. „Werde ich und jetzt ruh dich aus.“

Er war froh, dass Jaron keine Diskussion anfangen wollte, denn der Mann schwieg und schloss die Augen. Ace merkte jedoch, dass er nicht schlief, und nach einer Weile sprach er ihn erneut an.

„Was ist los?“, wollte er wissen, da hob der Fluchelf die Lider. Aber sein Blick ging an ihm vorbei, es war stockdunkel und Jaron konnte nichts sehen. In diesem kleinen Versteck drang nicht einmal das wenige Licht des Mondes zu ihnen durch.

„Mir geht das, was du gesagt hast, nicht aus dem Kopf. Ebenso wenig die Tote, die nun vergessen im Gebüsch liegt“, erklärte der jüngere Mann und Ace verzog das Gesicht. „Es ist viel, keine Frage, aber denk daran, wir werden herausfinden, was hier gespielt wird, und wie wir helfen können. Für die Frau können wir nichts mehr tun, aber wenn wir die Sklavenhändler aufhalten, bewahren wir andere davor, demselben Schicksal zu erliegen“, versuchte er, Jaron Mut zu machen.

Er wusste, so sehr ihn der andere oft nervte, dass Jaron kein einfaches Leben gehabt hatte. Zwar hatte Quinten ihm nicht alles erzählt, doch so einiges und das genügte Ace. Zudem war der Fluchelf auch noch relativ jung, keine 100.

Immerhin konnten Elfen 2000 Jahre alt werden, die doppelte Lebensspanne eines Schattenwandlers ... Somit war es nicht möglich, dass Jaron die Erfahrung hatte, die man für solch eine Mission zweifellos brauchte. Dennoch, nun waren sie hier und Ace war sich sicher, dass Jaron seine Sache gut machen würde.

Jedoch behielt er dies lieber auch für sich, nicht, dass der Kerl sich irgendetwas darauf einbildete. Das würde er nur zum Anreiz nehmen, Ace wieder zu drangsalieren.

„Fragst du dich manchmal, wieso unsere Welt so geworden ist, wie sie ist?“, fragte der Fluchelf und riss Ace somit aus seinen Gedanken. Irritiert sah er zu dem anderen. „Wie kommst du denn nun darauf?“, wollte er wissen, schüttelte dann den Kopf. „Nun ja, hin und wieder hat mich diese Frage durchaus geplagt, aber das war eher in meinen jüngeren Jahren. Heute akzeptiere ich, was ist, und ändere, was möglich ist.“

Er beobachtete Jaron, der nachdenklich wirkte und dann einen langgezogenen Seufzer ausstieß. „Klingt vernünftig, denke ich.“ Damit drehte der Mann sich etwas auf die Seite und schloss erneut die Augen.

Ace blinzelte. Was war das nun wieder gewesen? Irgendwie wurde er aus dem Kerl nicht schlau. Resignierend schloss er selbst die Lider und lauschte auf die Umgebung.

Es blieb einige Zeit still, doch als der Morgen zu grauen begann, drang ein Rascheln an seine Ohren und sogleich war er auf den Beinen.

„Jaron“, raunte er und öffnete in einer fließenden Bewegung die Schnitte in seinen Unterarmen. „Wir kriegen Gesellschaft.“

Der Fluchelf war ebenfalls zügig hoch, sein Blick im ersten Moment schläfrig, doch bei seinen Worten wurde er schlagartig wachsam. „Sklavenhändler?“, fragte er flüsternd und zog einen Dolch.

„Kann ich nicht sagen, aber es sind mehrere. Drei, vielleicht vier“, erwiderte Ace und spähte aus ihrem

Versteck hervor. Ein Fluch blieb ihm in der Kehle stecken und er biss die Zähne zusammen. Das waren keine Sklavenhändler ...

„Erweckte", zischte er Jaron zu, der nach Luft schnappte. „Ich habe noch nie gegen diese Wesen gekämpft", wisperte der Fluchelf, was Ace nicht wunderte.

„Bleib im Versteck", wies er den anderen an. „Ich stelle mich ihnen allein. Wenn es einfache Elfen sind, kriege ich sie ohne Hilfe klein."

„Warte!", hörte er Jaron zischen und fühlte dessen Hand an seinem Arm. „Du gehst nicht allein, auf keinen Fall!"

Das ließ Ace knurren. „Wir haben keine Zeit für diesen Mist. Was willst du schon ausrichten? Deine Fähigkeiten helfen kaum gegen Tote! Bleib zurück, Elf!"

Er stieß Jaron einfach weg, der ihn mit geweiteten Augen anstarrte, ehe er den Dolch senkte.

Ja, das war etwas hart gewesen, das musste Ace selbst zugeben, aber sie konnten sich gerade nicht mit sinnlosen Diskussionen herumzuschlagen.

Also wandte er Jaron den Rücken zu und fixierte die Erweckten. Einer von ihnen war bereits gefährlich nahe und Ace spannte sich an. Blitzschnell schoss er aus seinem Versteck und auf den Erweckten zu. Wie von ihm erhofft, reagierte der Mann zu langsam.

Zwar drehte der Tote sich noch in seine Richtung, doch ehe er reagierten konnte, schlug Ace ihm mit der Blutklinge den Kopf ab.

Damit war nur die Gefahr nicht gebannt, denn die Erweckten konnten nicht sterben, sie waren bereits tot.

So wankte der Körper unbeeindruckt weiter, wenn auch blind. Doch dem konnte Ace sich nicht widmen, sein Augenmerk lag auf den dreien, die ihn nun angriffen. Sie waren bewaffnet, aber er dankte den Göttern, dass es sich allesamt um normale Elfen handelte. Kein Schattenwandler war unter ihnen, was ihm den Kampf erleichterte. Als bester Kämpfer im Lager war es eigentlich ein Kinderspiel für ihn, gegen drei oder sogar vier Elfen zu bestehen.

Leider fühlten diese hier nur absolut keinen Schmerz, sodass jede Wunde, die er ihnen zufügte, ihre Wirkung verfehlte.

„Verdammt!", keuchte Ace, als ihn ein Messer am linken Oberarm erwischte. Der Schmerz war nicht nennenswert, dennoch ein Zeichen, dass die Erweckten einst fähige Krieger gewesen sein mussten. Mit einfachen Grauelfen hatte er es hier nicht zu tun. Geschickt sprang Ace zur Seite, um einer langen Klinge zu entgehen, dabei ließ er sich fallen und rollte sich ab, ehe er wieder auf die Füße kam.

Einer der Erweckten, diesmal eine Frau, kam zielstrebig auf ihn zugeeilt, die beiden Messer in ihren Händen blitzten im Licht der aufgehenden Sonne.

An einem davon klebte Blut, also war sie es, die ihn eben erwischt hatte.

Diesmal würde ihr das nicht gelingen, ging es ihm durch den Kopf, während er ihren Angriff abwehrte und ihr dabei beide Messer aus den Händen schlug. Einen Wimpernschlag später war auch sie ihren Kopf los und schon wandte er sich dem nächsten zu.

Die beiden Männer, die übriggeblieben waren, ...

Ace' Augen weiteten sich und er ließ die Blutklingen sinken. „Jaron", flüsterte er und starrte zu den Erweckten, die beide auf den Knien waren. Jaron hatte die Hände auf ihren Köpfen und seine violetten Augen leuchteten in blutigem Rot.

Die feinen Härchen in Ace' Nacken richteten sich alarmiert auf und er wusste, der Fluchelf nutzte seine

Magie. Anders, als er gedacht hatte, schien sie jedoch Wirkung zu zeigen, denn als Jaron die Hände von den Erweckten nahm, fielen sie wie nasse Säcke zu Boden. Sie rührten sich nicht mehr, schienen wahrhaftig tot zu sein.

Wären da nur nicht die Augen, die weit offen waren und immer wieder von einer Seite zur anderen zuckten.

„Was hast du getan?“, wollte Ace leise wissen und starrte den Fluchelf fassungslos an.

Dessen Augen nahmen wieder ihre natürliche Färbung an, blieben dabei jedoch eiskalt. „Der nutzlose Elf kann mehr, als der eingebildete Aurox glaubt“, ließ Jaron ihn wissen und Ace fuhr zusammen. „Ich habe nie gesagt, dass du nutzlos bist“, wollte er sich erklären, aber Jaron winkte ab.

„Vergiss es, ich habe genau gehört, was du gesagt hast, und du brauchst es auch nicht zu wiederholen. Bleib bei den Toten und kümmere dich darum, dass sie nicht mehr aufstehen. Ich gehe ins Dorf, auf deine Rückendeckung kann ich dabei verzichten.“

Ace biss die Zähne zusammen, das hatte er verdient. Seine Worte mussten Jaron verletzt haben und das würde er so schnell nicht wieder in Ordnung bringen können. „Verstanden“, gab er deshalb lediglich zurück und senkte dabei den Blick.

Jaron

Er bebte vor Wut und musste an sich halten, um Ace nicht die Faust ins Gesicht zu donnern. Wahrscheinlich hätte er den flinken Aurox nicht einmal erwischt, aber auf einen Versuch hätte Jaron es nur zu gern ankommen lassen! In seinem Leben hatte er sich schon vieles anhören müssen. Vorgesetzte, die ihn als Schwächling oder Nichtsnutz dargestellt hatten, waren ihm nicht fremd. Bisher hatten ihn diese Worte auch nie gestört ...

Doch vorhin, als Ace ihn so rüde zurechtgewiesen hatte, hatte dies etwas in Jaron ausgelöst.

Allein, wie der Mann ‚Elf' ausgesprochen hatte, als wäre es eine wüste Beschimpfung.

‚Was kannst du schon ausrichten? Bleib zurück, Elf!'

Nein, nie wieder würde er sich so behandeln lassen und zurückbleiben erst recht nicht.

Sollte der Aurox sich im Wald verstecken und sich um die Erweckten kümmern, die Sache mit dem Vorsteher würde Jaron allein regeln.

Ace in seiner Nähe zu haben, war gerade keine gute Idee, dafür war er viel zu wütend auf den Kerl.

Erst, als er einige Häuser zwischen den Bäumen erspähen konnte, blieb Jaron stehen. Er schloss die Augen und machte mehrere tiefe Atemzüge. Nur langsam beruhigte sich sein kochendes Blut, und der rote Nebel in seinem Kopf zog sich zurück.

Deutlich gefasster und mit gestrafften Schultern schritt er sicheren Schrittes ins Dorf.

Die Sonne ging gerade erst auf, so waren nur wenige Leute auf den Straßen unterwegs, die ihn aber gleichsam mit Argwohn musterten.

Keiner sprach ihn an, sie machten lieber einen weiten Bogen um ihn und Jaron beobachtete, wie zwei jüngere Knaben zu einem recht großen Haus eilten und dort klopften.

Da musste der Vorsteher wohnen, ging es ihm durch den Kopf, und er hielt auf den Bau zu. Dort wurde soeben die Türe geöffnet und ein schmächtiger Elf mit langem grauem Haar und dunkelgrünen Augen blickte die beiden Jünglinge vor seinem Haus fragend an. Die Worte konnte Jaron nicht verstehen, aber da einer von ihnen gar panisch auf ihn wies, war klar, dass sie über ihn sprachen.

Schon hob der Vorsteher den Blick und fixierte ihn. Mit einer Handbewegung scheuchte er die beiden Jungen davon, bevor Jaron bei dem älteren Mann ankam.

„Sei gegrüßt“, sprach er und neigte dabei den Kopf. „Mein Name ist Jaron und ich bin auf Geheiß des Goldkönigs hier. Gehe ich recht in der Annahme, dass du der Vorsteher des Dorfes bist?“

Die Brauen des anderen zogen sich für einen Moment zusammen, ehe er nickte. „In der Tat. Komm herein“, bat er und Jaron betrat den geräumigen Bau.

Noch während der Elf die Türe schloss, ließ er den Blick schweifen und versuchte, sich alles einzuprägen. Der Eingangsbereich war allerdings wenig spektakulär, die Holzbretter des Bodens waren abgewetzt, und nur ein einfaches Regal stand zu seiner Linken. Dort waren drei Paar Schuhe zu sehen. Allein wohnte der Mann hier also auf keinen Fall.

„Hier entlang“, brummte der Vorsteher und Jaron meinte, in seiner Stimme eine gewisse Anspannung zu hören. Ob es der reinen Tatsache geschuldet war, dass er vom Goldkönig kam, oder der Angst, dass die Sklavenhändler im Dorf gesehen worden waren, wusste er noch nicht.

Nun wurde er in eine geräumige Stube geführt, in der drei wuchtige Sessel standen, zusammen mit einem niedrigen, aber breiten Tisch. Darauf befanden sich zwei Becher und als Jaron die Luft einsog, meinte er, Met zu riechen.

„Hast du Besuch? Komme ich ungelegen?“, fragte er den Elf beiläufig, der sofort abwinkte. „Nein, weder das eine noch das andere. Meine Frau kam nur noch nicht dazu, aufzuräumen, bitte verzeih. Nimm Platz, ich bin gleich da", antwortete der Vorsteher, griff sich die Becher und verschwand im Nebenzimmer.

Jaron folgte ihm kurzerhand, es konnte nicht schaden, einen genaueren Blick in die Räumlichkeiten zu werfen. Es schien jedoch nur ein einfacher Raum mit Kochstelle und ein paar Schränkchen zu sein.

Über der Feuerstelle befand sich ein Kessel, aus dem Dampf aufstieg, und der Geruch nach Essen hing in der Luft. Doch eine Frau konnte Jaron nirgends sehen.

Der Elf stellte die Becher auf einen der Schränke und wandte sich dann zu ihm um. Die dunkelgrünen Augen blitzten und der Vorsteher presste die Lippen zu einem schmalen Strich zusammen, ehe er wortlos an Jaron vorbei zurück in die Stube marschierte.

„Setz dich doch", wiederholte der Mann nun deutlich gereizter.

Jaron beschloss, den Tonfall zu ignorieren, und ließ sich in einen der Sessel sinken. „Ein nettes Haus hast du", meinte er und sah sich dabei um. Hier gab es weichen Teppich auf den Boden, der zwar schon etwas mitgenommen aussah, jedoch hochwertig wirkte. Zudem war ein breiter Kamin in die Hauswand eingelassen, in dem ebenso ein Feuer prasselte.

„Danke, ich habe es vor vielen Jahren von meinem Vorgänger übernommen", antwortete der Vorsteher und setzte sich ihm schräg gegenüber. „Nun, was führt einen Goldkrieger des Königs in mein bescheidenes Dorf?"

Jaron lächelte ohne Freude und sah dem anderen in die Augen. „Ich bin kein Goldkrieger, ich bin ein Fluchelf des Königs." Dass er lediglich Rekrut war, musste der Kerl ja nicht wissen. Und das Wort ‚Fluchelf' brachte genau die Reaktion, die Jaron sich erhofft hatte. Wenn auch nur für einen kurzen Moment, aber die Augen des Älteren weiteten sich und Furcht flackerte darin auf.

Er verbarg etwas, so viel stand fest. Selbst ohne Ace' Hinweise mit den Anhängern, die einige hier im Ort trugen, wäre das offensichtlich gewesen.

„Ah, dann verzeih die falsche Anrede", meinte der Vorsteher und neigte dabei respektvoll den Kopf. „Doch jetzt würde ich gern wissen, weshalb der König einen Fluchelf in mein Dorf schickt?"

„Nun, es ging das Gerücht um, dass hier Erweckte durch die Straßen schleichen", antwortete Jaron, wobei ihm die Lüge glatt über die Lippen ging. „Der König ist besorgt, immerhin treiben diese grausigen Kreaturen hier überall ihr Unwesen. Wenn sie noch näher an die Hauptstadt und das Schloss gelangen ... nicht auszudenken ..."

Tatsächlich wirkte es so, als würde eine gewisse Anspannung von den Schultern des Vorstehers fallen. „Erweckte?", fragte er. „Leider kommen immer mal wieder welche dieser Wesen hierher, doch bisher blieb es ohne Konsequenzen. Meine Leute verstehen sich darin, sich zu wehren und zur Not haben wir uns in die Häuser eingeschlossen, bis die Gefahr vorbei war. Doch wie gelangte diese Information an den König?"

Ah, nun kamen sie zu den interessanten Fragen.

Der Mann wollte also nicht, dass etwas von seinem Dorf zum Herrscher Jiltoryas drang.

Wieso wohl? Gewiss wegen der Sklavenhändler.

„Dies teilte mir unser König nicht mit", tat Jaron die Frage einfach ab. „Wohl aber, dass sich Berichte von besorgten Bürgern bei ihm häufen. Anscheinend aus ganz Torya. Deshalb bin ich hier, ich möchte mir selbst ein Bild von der Lage machen und zur Not auch überprüfen, was wirklich vor sich geht." Bewusst sagte

Jaron dies, um seine Fähigkeiten ins Spiel zu bringen, die auch unter Elfen gefürchtet waren.

Der Vorsteher schluckte sichtlich und strich sich eine Strähne seines grauen Haares aus dem Gesicht. „Ah, das ist natürlich nur allzu verständlich. Doch sei dir versichert, hier haben wir keine Geheimnisse. Dies ist nur ein einfaches Grauelfendorf und wir wollen keine Schwierigkeiten."

Jaron lächelte und erhob sich. „Dessen bin ich mir sicher und deshalb werde ich mich zuerst auch einfach einmal umsehen. Später komme ich dann nochmal auf dich zurück."

Der Elf nickte und begleitete ihn zur Tür. Jaron blickte nicht zurück, als sich diese hinter ihm schloss. Er ging die Straße ein stückweit entlang, ehe er in eine Seitenstraße abbog, sich der Blicke mancher Elfen bewusst, die ihm argwöhnisch nachstarrten.

Erst, als er den Wald betrat und sich sicher war, dass niemand ihn mehr sehen konnte, blieb Jaron stehen. „Ace?", fragte er mit normaler Lautstärke. Denn auch, wenn er dem Mann gesagt hatte, er würde das hier allein machen, war ihm klar, dass der Aurox in der Nähe sein musste.

„Hast du etwas herausgefunden?", hörte er Ace fragen und schon erschien der Mann zu seiner Linken. Der Schatten der dortigen Bäume hatte den Schattenwandler verborgen. Ace' Miene war bar jeder Emotion und er wirkte hochkonzentriert. Das zuvor Geschehene spielte gerade keine Rolle mehr.

Knapp berichtete Jaron, was er beim Vorsteher gesprochen hatte. „Dass er etwas verbirgt, ist offensichtlich. Mit ein wenig Glück wird er irgendwann das Haus verlassen und uns zu einem Komplizen führen. Wer weiß, womöglich ist auch einer der Händler im Dorf", mutmaßte Jaron.

Ace runzelte die Stirn und nickte bedächtig. „Vielleicht. Eine gute Taktik, hoffen wir, sie führt zum Erfolg. Ich werde hineingehen und das Haus des Elfen beobachten."

„Tu das, aber ich selbst bleibe nicht untätig. Immerhin sagte ich, dass ich mich umsehen möchte", meinte Jaron. „Wenn ich jetzt fortbleibe, würde das sehr merkwürdig wirken."

Ace' Blick ging zum Dorf. „Wohl wahr, aber bitte gib acht. Wir wissen nicht, wer in diesem Ort wirklich ein einfacher Grauelf ist."

So, nun sollte er plötzlich achtgeben?

Jaron verkniff sich jeden Kommentar und brummte. „Mach dir keine Sorgen, ich weiß mich zu verteidigen und habe meine Fähigkeiten. Dann behalte den Vorsteher im Auge, wir sehen uns nachher."

Damit ließ er Ace erneut stehen und wandte sich dem Dorf zu. Als plötzlich eine Hand nach seinem linken Handgelenk griff, erstarrte er. Verblüfft lugte er über die Schulter, nun wirkte Ace' Miene verkniffen. „Es tut mir leid."

Wie bitte?

Hatte Jaron sich verhört, oder hatte der Aurox sich wirklich entschuldigt? Langsam wandte er sich zu dem kleineren Mann um und schon verschwand Ace' Hand von seinem Arm.

„Ich hätte nie so mit dir sprechen dürfen", sagte Ace, noch ehe Jaron das Wort ergreifen konnte. „Ich kenne dich nicht richtig, genauso wenig weiß ich über deine Fähigkeiten. Natürlich ist mir klar, dass du nicht wie Mirro bist, und dennoch kann auch ich nicht gänzlich aus meiner Haut, doch das spielt keine Rolle. Auf jeden Fall tut es mir leid, was ich zu dir gesagt habe."

Damit hätte Jaron niemals gerechnet und der Groll, der sich in ihm gestaut hatte, verrauchte vollends.

„In Ordnung“, erwiderte er und lächelte dabei sogar etwas. „Wir beide haben nicht gerade das beste Verhältnis und mir ist bewusst, dass ich daran eine große Mitschuld trage. Doch eines möchte ich dir versichern, Ace. Nie wollte ich dir mit meinem Handeln schaden oder dich gar verletzen. Auch wenn du es gewiss nicht so empfindest, aber ich mag dich. Du bist ein guter Mann mit einem starken Herzen, der für seine Leute einsteht. Das schätze und respektiere ich.“

Von seinen persönlichen Gefühlen, die gerade schon wieder in eine verkehrte Richtung liefen, sprach er besser nicht.

Dass sich nun auch auf Ace‘ Lippen ein kleines Lächeln ausbreitete, half dabei allerdings nicht, denn das veranlasste Jarons Herz dazu, mit einem Mal deutlich schneller zu schlagen.

„Ich weiß“, antwortete Ace zu seinem Erstaunen. „Es hat wirklich lange gedauert, hinter deine Fassade zu blicken, aber so langsam begreife ich, wieso du mich so penetrant nerven willst. Weil du mir helfen möchtest.“

Sieh an, Jaron war durchschaut worden, doch wie Ace gerade jetzt darauf gekommen war, würde ihn schon interessieren.

„Richtig“, gab er dennoch zu. „Und auch, wenn du mich mehr als einmal hast töten wollen, bin ich froh, dich hin und wieder aus deiner Starre gerissen zu haben.“ Ohne groß darüber nachzudenken, streckte er die Hand aus und hielt sie dem Aurox hin. „Ich wäre für einen Neuanfang. Zusammen können wir gewiss mehr erreichen, als wenn wir uns nur zanken wie alte Weiber.“

Es war ein Versuch, mit etwas Witz die Spannung zu lösen, die sich zumindest in ihm selbst aufgebaut hatte.

Ace sah einen Moment lang auf die Hand, ehe er zugriff. „In Ordnung, lassen wir es auf einen Versuch ankommen. Womöglich bist du nicht so schlimm, wie ich dachte."

Jaron grinste. „Warte es ab, ich verspreche dir, ich bin sogar schlimmer ... Süßer."

Bewusst nutzte er den lästigen Kosenamen, der Ace immer aus der Haut fahren ließ.

Als nun dessen linke Augenbraue zuckte, musste Jaron lachen. „Mistkerl", knurrte Ace und ließ seine Hand los. „Hör auf, mich so zu nennen!"

Dass kein großer Nachdruck in der Stimme des anderen lag, gefiel Jaron. „Sicher", meinte er lediglich und schüttelte dann den Kopf. „Also gut, so sehr mir unser Gespräch gefällt, die Mission hat Vorrang."

Sogleich wurde Ace' Miene wieder ernst und er nickte. „Richtig. Ich gehe und behalte das Haus des Vorstehers im Auge."

Jaron lugte zum Dorf. „Gut, ich sehe mir das Dorf an sich an und versuche, mit ein paar Leuten ins Gespräch zu kommen. Mal sehen, was wir herausfinden und ob der Vorsteher vielleicht mit jemandem vor Ort zusammenarbeitet."

Damit blickte er nochmals zu Ace, ehe er sich abwandte und in den Ort zurückging. Mittlerweile ging es schon in Richtung Mittag, ein kleiner Markt war im Zentrum des Dorfes aufgebaut worden und die Händler priesen ihre wenigen Waren an.

Jaron bemühte sich um eine gelassene Miene und schlenderte bewusst langsam zwischen den Leuten hindurch. Dabei begutachtete er die Stände und nickte den dahinterstehenden Elfen freundlich zu.

Mit gespitzten Ohren lauschte er auf die Gespräche der Dörfler, die zumeist abrupt verstummten, wenn er in die Nähe kam. Dennoch gelang es ihm, hin und wieder Fetzen davon mitzubekommen. Leider nichts, was ihm weiterhelfen würde.

Dabei galt sein Augenmerk den Häusern, er suchte nach dem Zeichen der Sklavenhändler. Ravens Theorie war es gewesen, dass diese Mistkerle das Dorf womöglich ausgespäht hatten, ehe sie hierhergekommen waren. Auch wenn Jaron sich sicher war, dass der Vorsteher mit ihnen irgendwie unter einem Hut steckte, musste es ja nicht bedeuten, dass alle involviert waren.

Tatsächlich brauchte er nicht lange zu suchen. Jaron blieb in einer Gasse stehen und musterte das kleine Symbol, welches unter einem Fensterbrett eingeritzt worden war. Hätte er nicht speziell danach Ausschau gehalten, hätte er es gewiss übersehen.

Es war nicht größer als eine Goldmünze und wirkte bereits ziemlich alt. Er spähte durch das Fenster, dessen Vorhänge fast vollständig zugezogen waren. Nur durch einen schmalen Spalt konnte er sehen, was sich dahinter verbarg. Eine Stube, wie es schien.

Jaron zuckte zurück, als sich die Lücke plötzlich schloss. Die Bewohner des Hauses hatten ihn wohl bemerkt. Er überdachte seinen nächsten Schritt, ehe er zur Haustür trat und klopfte. Dass ihm niemand öffnete, überraschte ihn nicht, doch er konnte bemüht flaches, aber schnelles Atmen durch das morsch wirkende Holz vernehmen.

„Mein Name ist Jaron, ich bin ein Gesandter des Goldkönigs Jiltoryas und bitte um Einlass“, sprach er ruhig, aber laut genug, dass die Leute hinter der Tür ihn hören mussten.

Es dauerte einen Moment, doch dann wurde ihm geöffnet. Eine Frau ... wohl eher ein Mädchen, in alter Lumpenkleidung, stand vor ihm und blickte mit geweiteten ängstlichen Augen zu ihm auf. „Mein Herr, bitte, wir haben nichts, was wir Euch geben könnten.“

Geben?

Jaron runzelte die Stirn. „Ich möchte nichts von dir haben, gewiss nicht. Aber ich würde mich gern mit dir unterhalten. Sind denn deine Eltern zuhause?"

Die langen braunen Haare des Elfenmädchens flogen, als sie den Kopf schüttelte. „Nein, mein Herr. Sie wurden geholt und wir ..."

„Bina!", ertönte der Ausruf eines Jungen und plötzlich wurde die Elfe an der Schulter gepackt und zurückgezogen. Jaron schob die Tür nun ganz auf und staunte, als er vier Kinder, allesamt etwa im selben Alter, erblickte. „Sagt mir bitte nicht, ihr lebt hier allein?", wollte er wissen, trat ein und schloss die Tür hinter sich.

Nur dürftig wurde der trist wirkende Eingangsbereich von einer alten Öllampe erhellt.

„Wir sind alt genug und kommen gut allein klar", stellte der Junge fest, der Bina so rüde zurückgezogen hatte. „Was wollt Ihr von uns?"

Jaron hob eine Augenbraue und sah dem Elf absichtlich fest in die Augen. Hinter dessen forschen Worten verbarg sich Angst, die im Blick des Jungen zu sehen war. „Wo sind eure Eltern?", wollte er wissen, statt auf die Frage einzugehen.

„Sie sind nicht hier", war die Antwort des Jungen. „Wann sie wiederkommen, wissen wir nicht." Als ein leises Schluchzen in der Luft lag, zuckte Jarons Blick zu Bina, die sich mit einem Hemdärmel die Augen wischte.

„Wohin sind sie gegangen?", hakte Jaron nach und der Junge zuckte nur die Achseln. „Das wissen wir nicht, aber das ist auch egal. Wir kommen zurecht und brauchen niemanden, auch keinen König."

„Sie wurden von den bösen Männern mitgenommen", murmelte Bina fast lautlos und sofort wandte Jaron sich ihr zu. „Böse Männer? Kamen sie mit einem großen Karren ins Dorf, der von Pferden gezogen wurde?"

„Bina! Sei still, du dummes Gör!", schimpfte der Junge und Jaron warf ihm einen warnenden Blick zu. „Rede nicht so mit ihr, sonst zeige ich dir, wer ein Gör ist", knurrte er und wie zu erwarten, wich die Großspurigkeit aus dem Jungen, und er trat zurück.

„Ja", antwortete Bina indes auf Jarons Frage. „Sie kommen immer wieder ... Sie haben Mama und Papa mitgenommen, während wir uns versteckt hatten."

Jaron überlief ein eiskalter Schauer. „Sie wollten eigentlich euch mitnehmen, nicht wahr?"

Als darauf nur stumm genickt wurde, ballte er die Fäuste. Diese widerwärtigen Sklavenhändler!

Als die Eltern ihre Sprösslinge nicht ausliefern wollten, hatten sie eben die Erwachsenen mitgenommen, um die Kinder allein und mittellos zurückzulassen.

„Wird euch denn nicht von den anderen Dorfbewohnern geholfen?", wollte er wissen und wieder sprach der Junge, doch dieses Mal ohne trotzigen Unterton. „Nein, sie dürfen uns nicht helfen. Wir sind Zurückgebliebene und selbst schuld an unserem Schicksal."

Das ließ Jaron den Atem anhalten. „Selbst schuld? Wer sagt das?"

Diesmal erntete er statt einer Antwort Schweigen. Die beiden Mädchen, die bisher noch nicht ein Wort gesprochen hatten, blickten starr zu Boden und hielten sich verkrampft an den Händen.

„Wer?", hakte Jaron mit etwas forscherer Stimme nach.

„Der Vorsteher", murmelte Bina und schlang die Arme um sich selbst. „Wir dürfen mit niemandem reden ... Wenn er das erfährt, wird er uns bannen."

Nur über Jarons Leiche! „Niemand wird euch irgendetwas zuleide tun, das versichere ich euch. Bleibt im Haus, ich komme wieder", versprach er, auch wenn ihm noch nicht klar war, was er wirklich für die Kinder würde tun können.

Er verließ das Haus und taxierte aufmerksam die Umgebung. Plötzlich war kaum noch jemand auf den Straßen unterwegs, die Leute schienen sich seinetwegen zurückgezogen zu haben. Selbst die Stände waren teils abgebaut worden.

Er biss die Zähne zusammen und sah zum Haus des Vorstehers. Hoffentlich würde der Kerl sich selbst verraten, damit Jaron ihn zur Rechenschaft ziehen konnte!

Kapitel 4

Ace

Ace hatte sich in die Nähe des großen Gebäudes schleichen können, in dem der Dorfvorsteher lebte, ohne bemerkt zu werden.

Nun stand er im Schatten, nur wenige Schritte von seinem Ziel entfernt, und wartete darauf, dass der Elf herauskommen würde. Das Gespräch mit Jaron hing ihm nach, aber er versuchte, es zu verdrängen.

Gerade war die Mission wichtiger und eigentlich wusste er das. Wieso er dennoch ständig an den anderen Mann denken musste, war ihm absolut nicht klar, aber es ärgerte ihn gewaltig.

Als er eine Bewegung hinter einem der Fenster wahrnahm, wurden seine Augen schmal. Eine Frau mit langem blondem Haar zog soeben die Vorhänge zu. Dabei blickte sie in seine Richtung, ohne ihn zu sehen. Ace biss die Zähne zusammen, die linke Gesichtshälfte der Elfe war bläulich verfärbt, das Auge halb zugeschwollen. Sofort wuchs in Ace der Verdacht, dass der Vorsteher sie schlug, oder schlimmer, vielleicht war auch sie eine Sklavin.

Er zwang sich, ruhig zu bleiben, auch wenn er gerade gern ins Haus gestürzt wäre, um endlich an die Informationen zu kommen, die sie brauchten!

Doch seine Geduld wurde wenig später belohnt, denn die Hintertür des Gebäudes öffnete sich und der Vorsteher verließ sein Heim.

Sofort heftete Ace sich an seine Fersen und ließ den Elf nicht aus den Augen. Dieser schritt sicheren Fußes und mit gelassener Miene durch das Dorf. Einige Häuser weiter, als er schon fast das Ende des Örtchens erreicht hatte, blieb der Mann stehen und klopfte an einer Tür.

Ace war nicht weit von ihm entfernt, weiterhin im Schatten verborgen und an eine Hauswand gedrückt, beobachtete er das Geschehen.

Gerade wurde dem Vorsteher geöffnet, ein Mann mit schwarzem kurzem Haar und dunklen braunen Augen blickte ihn fragend an.

„Hast du kurz Zeit?", fragte der Vorsteher und sogleich trat der andere zur Seite, um ihn einzulassen. Als die Tür ins Schloss fiel, knurrte Ace dumpf. Verdammt, er musste wissen, was die Kerle sprachen!

Nach einem kurzen Rundumblick huschte er über die Straße, wobei er den sicheren Schatten verließ, ehe er im nächsten verschwand.

Er schlich die Seite des Hauses entlang und spähte durch eines der Fenster. Der Vorhang war nur halb zugezogen, sodass Ace den Vorsteher und den schwarzhaarigen Elf sehen konnte.

Sie setzten sich in die Stube und da fiel die Fassade des Vorstehers in sich zusammen. Er fuhr sich gar hektisch durchs Haar, sein Blick verdunkelte sich. „Der König hat einen Fluchelf hergeschickt, um irgendwelche Gerüchte zu überprüfen. Es geht um die Erweckten, die hier immer wieder herumstreunen."

Der andere Elf hob die schwarzen Brauen.

„Jetzt hol mal tief Luft, Wydan. Was hat der Fluchelf genau gesagt?"

Wydan, das war also der Name des Vorstehers ...

„Dass beim König besorgte Briefe von Bürgern des Landes eingegangen sind. Vielleicht auch von hier“, antwortete dieser. „Wenn der Fluchelf in die Köpfe der Leute sieht, dann ... Krow, dann fliegen wir auf!“

Krow hob die Hände. „Niemand fliegt auf, beruhige dich“, befahl er in herrischem Tonfall. „Zur Not verschwindet dieser Fluchelf, wenn er zu viel herumschnüffelt. Uns kommt keiner in die Quere, dafür haben wir zu hart an diesem Dorf gearbeitet.“

Ace verzog verächtlich das Gesicht. Was hatten diese Bastarde den Leuten hier nur angetan?

Jarons Fähigkeiten wurden selbst in seinen Augen immer verführerischer. Wenn sie in die Köpfe dieser beiden Männer blicken würden, würde sich gewiss so einiges aufklären.

Doch dadurch würden sie sich verraten und da sie nicht wussten, wie sehr die Leute im Dorf in den ‚Handel‘ mit den Sklavenhändlern verwickelt waren, wäre es zu riskant.

„Er will im Laufe des Tages nochmals zu mir kommen“, sprach Wydan. „Was soll ich tun? Ich will nicht, dass er seine Fluchmagie bei mir anwendet!“

Die Angst in der Stimme des Kerls war berechtigt und Ace grinste. Und wie der Vorsteher sie zu spüren bekommen würde, ginge es nach ihm.

„Ich werde dich ins Haus begleiten und mich dort verstecken“, antwortete Krow. „Wenn der Gesandte des Königs versucht, Hand an dich zu legen, werde ich ihn daran hindern. Ob er das überleben wird, ist fraglich.“

Ace musste ein Knurren unterdrücken, die Mistkerle wollten doch tatsächlich über Leichen gehen.

Über Jarons Leiche.

Oh nein, das würde gewiss nicht passieren. Allein der Gedanke daran, dass dem Elf etwas zustoßen könnte, ließ Ace' Blut zu Eis gefrieren. Auch, wenn er bisher nicht viel von Jaron gehalten hatte, so würde er zu verhindern wissen, dass ihm während ihrer gemeinsamen Mission ein Leid widerfuhr.

„Gut, das ist gut", murmelte Wydan und fuhr sich hektisch durchs Haar. „Sowas können wir gerade absolut nicht gebrauchen, bald steht der nächste Handel an, und wir brauchen das Gold."

Gold? Darum ging es den Männern also?

Angeekelt verzog Ace das Gesicht. Wie tief konnte man sinken? Die eigenen Leute für ein paar läppische Münzen zu verschachern und bereitwillig Leben zu zerstören.

„Geh zurück zum Haus, ich folge dir in Kürze", brummte Krow und es klang wie ein Befehl. Ace ahnte, dass dieser Elf mehr Erfahrung mit den Sklavenhändlern hatte, womöglich war er sogar Teil des Rings. Umso wichtiger war es, mehr Informationen zu bekommen.

„In Ordnung", hörte er Wydan zustimmen, ehe Schritte erklangen. Ace spähte um das Gebäude und beobachtete, wie der Vorsteher es verließ und wieder auf sein Haus zuhielt.

Kurz ließ Ace den Blick schweifen, konnte Jaron aber nirgends entdecken.

Er knirschte leise mit den Zähnen, zu gern würde er warten, bis dieser Krow zu Wydan ging, damit er sich in dessen Räumlichkeiten umschauen konnte, doch das würde Jaron in Gefahr bringen. Außer, er machte den Fluchelf vorher ausfindig.

Aber hatte er die Zeit dafür?

Ace erinnerte sich an Jarons Worte, der Mann war nicht wehrlos und verfügte über Fluchmagie. Da müsste es Ace riskieren können, ihn allein mit den beiden anderen Elfen zu lassen. Zumindest kurz.

So wartete er, bis Krow nach einer Weile das Haus verließ. Weiterhin war von Jaron nichts zu sehen, sodass Ace hoffte, dass dem Fluchelf nichts zugestoßen war.

Dennoch suchte er ihn nicht, stattdessen sah er Krow nach, bis diesem vom Vorsteher die Tür geöffnet wurde. Dann machte Ace sich an dem Fenster zu schaffen, durch welches er vorhin das Gespräch der Elfen belauscht hatte.

Immer wieder blickte er sich verstohlen um, doch keiner der Dörfler kam ihm zu nahe.

So gelang es Ace, das Fenster mithilfe eines Messers, mit dem er den Riegel am unteren Ende durchtrennte, zu öffnen. Das leise Geräusch klang in seinen Ohren wie ein Steinschlag, doch als es auch nach einigen Momenten ruhig blieb, schob Ace das Fenster auf und sprang ins Haus.

Sogleich schloss er es wieder und trat dann zur Seite, damit man ihn von draußen nicht sehen konnte.

Nun, außerhalb der sicheren Schatten, musste er doppelt achtgeben.

Nach einem tiefen Atemzug machte er sich auf die Suche. Leise schlich er durch die unteren Räume des Hauses und zog jede Schublade auf, öffnete jede Schranktür. Als plötzlich ein leises Quietschen zu hören war, hielt er abrupt inne. Ace lauschte und blickte zur schmalen Treppe, die ins Obergeschoss führte.

Lebte Krow doch nicht allein?

Nach kurzem Zögern zog er zwei Messer und öffnete die Schnitte in seinen Unterarmen. Dann sprang er die Treppe nach oben und ließ dabei die Blutklingen hinausgleiten.

Nun befand er sich in einem kurzen Gang, von dem aus zwei Türen wegführten. Eine davon war lediglich angelehnt, die andere zu.

Die geschlossene Tür weiterhin im Augenwinkel schlich er auf die angelehnte zu.

Langsam sog er den Atem ein und runzelte die Stirn. Blut hing in der Luft, nur fein und bereits älter, aber dieser Duft war unverkennbar.

Ein leises Wimmern drang an seine Ohren und sogleich fixierte er die geschlossene Holztür.

Er ging darauf zu und griff die Klinke, dabei lauschte er und meinte, bemüht leises Atmen zu hören. Dann riss Ace die Tür kurzerhand auf und trat mit ausgefahrenen Blutklingen und kampfbereit in den Raum dahinter.

„Bei den Göttern“, knurrte er, als er eine gefesselte und geknebelte Frau auf einem Bett liegen sah. Ihre Arme waren nach oben gestreckt und mit Seilen am Bettrahmen befestigt worden. Die Beine gespreizt und an die unteren Bettpfosten gebunden. Ace war klar, dass die Frau nackt sein musste und das dünne Laken, welches über sie gelegt worden war, verhüllte ihre Gestalt kaum.

Die braungrauen Augen der Elfe weiteten sich und sie fing an zu zittern, dabei zog sie an den Fesseln, sodass das Bett ein leises Ächzen von sich gab. Ace fluchte unterdrückt und zog die Tür zu, ehe er zu der Frau ans Bett trat.

„Du wirst nicht schreien, wenn ich dir den Knebel aus dem Mund nehme“, sagte er ruhig und zog die Blutklingen wieder ein, so weit, dass nur noch die Spitzen zu sehen waren. So würden die Schnitte geöffnet bleiben.

„Ich sehe in deinem Blick, dass du weißt, was ich bin, und du liegst richtig“, sprach er weiter. „Ich bin ein Aurox des Goldkönigs, jedoch ist es nicht mein Begehr, dir zu schaden, im Gegenteil. Deshalb bitte ich dich, schrei nicht, ich werde dir nicht wehtun.“

Es dauerte einen langen Moment, doch dann nickte die Elfe und Ace betete zu den Göttern, dass sie ihn nicht belog.

Er griff den Knebel und zerriss das lederne Band zwischen den Fingern, ehe er den Ball aus ihrem Mund zog. Sie keuchte und leckte sich sogleich die trockenen Lippen, doch kein Schrei entwich ihr.

„H-hab Dank", murmelte sie, ihre Stimme heiser, als hätte sie viel geschrien. Als Nächstes löste Ace die Fesseln an ihren Handgelenken, wobei deutliche rote und teils blutige Abdrücke zum Vorschein kamen.

Als sie sich aufsetzte, rutschte das Laken in ihrem Schoß zusammen und entblößte ihren nackten Oberkörper. Ace biss die Zähne zusammen, die Frau hatte schon viel erleiden müssen, die vielen Narben und teils auch frischen Striemen zeigten von Folter und Missbrauch.

Und als er die Stelle zwischen ihrer linken Brust und der Schulter fixierte, stieß er ein Knurren aus. „Du bist eine Sklavin", stellte er fest, denn das dort vorhandene Brandzeichen war unverkennbar. Zudem war es alt und wirkte fast so, als wäre es schon mehrfach eingebrannt worden.

Sie nickte, den Blick im ersten Moment beschämt gesenkt, ehe sie ihn hob und ihm fest in die Augen sah. „Sie holten mich vor über 100 Jahren zu sich. Ich war noch ein Mädchen und wusste nicht, wie mir geschah. Seither ... seit meiner Ausbildung zur Sklavin, ist dies mein Leben."

Ausbildung ... Ace schluckte, diese Händler waren widerwärtiger Abschaum!

„Wissen die Dorfbewohner von dir?", fragte er mit mühsam beherrschter Stimme und das Entsetzen in seinem Inneren wurde größer, als sie nickte. „Natürlich. Sie alle wissen von den Sklavenhändlern und dem

Schicksal, das ihnen teilweise blüht. Es ist der Vertrag, der das Dorf bindet, schon so lange, wie ich denken kann", erklärte sie ihm.

„Wie ist dein Name?", wollte er wissen und sie blinzelte sichtlich erstaunt. „Mein Name? Den wollte schon sehr lange niemand mehr wissen. Ich bin Hora, so lautet mein Sklavenname."

Er schüttelte sogleich den Kopf. „Nein, der interessiert mich nicht. Ich will deinen wahren Namen wissen, wie haben deine Eltern dich genannt?"

Ein wehmütiger Ausdruck trat in ihre Augen, doch sie antwortete: „Tamina."

Ace lächelte.

„Tamina also. Ich würde sagen, dass es mich freut, dich kennenzulernen, doch die Umstände sind nicht gerade schöner Natur."

Er machte sich daran, die Seile um ihre Fußknöchel zu lösen, und spürte dabei ihren Blick auf sich.

„Und wie heißt du, Aurox?"

Er sah zu ihr, weiterhin lächelnd. „Ace."

Da runzelte sie plötzlich die Stirn, als würde sie angestrengt nachdenken. Er löste beide Seile um ihre Knöchel und richtete sich auf. „Ist etwas?", wollte er irritiert wissen, denn sie musterte ihn haargenau.

„Gibt es mehr von euch, die deinen Namen tragen?", fragte sie, was seine Verwirrung noch wachsen ließ.

Er verneinte.

„Warum, bei den Göttern, willst du das wissen?"

Tamina lächelte zum ersten Mal. „Weil mir eine andere Sklavin vor einigen Jahren, bevor ich in dieses Dorf kam, von dir erzählte."

Das zog Ace beinahe den Boden unter den Füßen weg!

„Wie bitte?", hakte er nach. „Wer von den Frauen der Sklavenhändler kennt mich?"

Schon dachte er an die Elfe, die er vor vielen Jahren gerettet hatte, doch diese hatte er zurück in ihr Dorf gebracht, außerdem kannte sie seinen Namen nicht.

„Madiva. Sie sprach sehr achtungsvoll von dir. Als Freund“, war Taminas Antwort und nun musste Ace sich an die Bettkante setzen.

Sein Herz raste mit einem Mal und er starrte die Sklavin fassungslos an.

„Sagtest du ... Madiva?“

Tamina nickte bestätigend. „Ja, sie erzählte mir von ihrer Zeit im Schloss und auch von dir. Ich denke, damit wollte sie mir Mut machen und mir zeigen, dass es auch noch Gutes in unserer Welt gibt.“

Ace starrte mit leicht geöffnetem Mund zu Boden. Madiva, die starke und schöne Blutelfe ... Geroms Schwester und ... Quintens Mutter.

„Du wirkst schockiert“, meinte Tamina. „Wusstest du nichts von ihrem Schicksal?“

Schweigend schüttelte Ace den Kopf, während sich ein harter Knoten in seinem Bauch zusammenballte. All die Jahre hatte er geglaubt, sie sei tot. So wurde es ihm gesagt, sogar von Gerom!

Hatte der Mann seine eigene geliebte Schwester an die Sklavenhändler verkauft?

Nein, das konnte Ace sich nicht vorstellen. Dafür waren sich die beiden zu nahegestanden.

„Ich dachte, sie sei tot“, erklärte er und blickte zu der Elfe neben sich. „Hätte ich geahnt, was wirklich mit ihr geschah, hätte ich alles getan, um sie zu retten.“

Tamina schob die Beine vom Bett und setzte sich neben ihn, wobei sie das Laken notdürftig um sich schlang.

„Es tut mir leid, das wusste ich nicht.“

Er schüttelte den Kopf und straffte die Schultern. Diese Information würde ihm niemand mehr nehmen und irgendwie musste er einen Weg finden, Madiva zu retten.

Doch jetzt befand sie sich außerhalb seiner Reichweite, Tamina hingegen war neben ihm. Zudem musste er zu Jaron, verdammt!

Sein Blick zuckte zum Fenster, von dem aus er, wer hätte es geahnt, das Haus des Vorstehers sehen konnte. Der Verdacht, dass Krow zu den Sklavenhändlern gehörte und hier war, um den Mann zu überwachen, wuchs noch mehr.

„Zieh dich an und pack deine Sachen“, wies er die Frau an. „Du wirst nicht in diesem Dorf bleiben.“

Taminas Augen wurden groß.

„Aber ... aber das geht doch nicht! Ich bin gebrandmarkt, eine Sklavin, sie werden mich immer finden. Ein Entkommen gibt es nicht, ich bin ihr Eigentum. Gerade du als Aurox müsstest das doch wissen!“

Einst hätten ihn diese Worte schwer getroffen, doch heute stand er über dem, als was er bezeichnet wurde. ‚Aurox‘ war auch nicht mehr als ein Wort, welchem der König die dreckige Bedeutung verliehen hatte.

„Ich weiß, wie du dich fühlst“, erwiderte er. „Und mir ist bewusst, dass du an das glaubst, was du sagst. Doch du irrst dich, es gibt einen Weg hier raus und wenn du mir dein Vertrauen schenkst, werde ich ihn dir zeigen.“

Ihre graubraunen Augen musterten ihn einen langen Moment, ehe sich Entschlossenheit in ihnen breitmachte. „In Ordnung, ich will dir glauben.“ Damit erhob sich die viel zu zierliche Frau und begann, sich anzukleiden.

Ace wandte sich ab und trat seitlich zum Fenster, sodass er hinausspähen konnte, aber nicht von draußen gesehen werden würde.

Ob Jaron bereits beim Vorsteher war? Verdammt, hatte er zu viel Zeit verstreichen lassen?

Nun musste er auch noch Tamina aus dem Dorf bringen, ehe er dem Fluchelf zu Hilfe kommen konnte!

Ace hoffte, keinen Fehler zu begehen.

„Ich bin fertig“, verkündete die Elfe und er drehte sich zu ihr. „Hast du keinen Besitz, den du mitnehmen möchtest?“, fragte er, denn mehr als die Sachen, die sie am Leibe trug, hatte sie nicht bei sich. Das weite Kleid reichte ihr bis knapp zu den Unterschenkeln und wirkte alt und ausgeblichen. Nicht einmal Schuhe hatte sie an den Füßen.

„Nein, das ist alles“, antwortete Tamina. „Den Rest hat er mir gekauft und davon möchte ich auf keinen Fall etwas behalten, wenn du verstehst.“

Ace neigte den Kopf.

„Gut, dann verschwinden wir von hier. Komm mit.“ Er ging ihr voraus und lauschte dabei, doch im restlichen Haus war es still.

Unten angekommen griff er sie bei der Hand. „Keinen Laut, wenn wir draußen sind. Ich bringe dich aus dem Dorf und zu einem sicheren Versteck. Dort wirst du warten müssen, bis ich meine eigentliche Mission abgeschlossen habe. Verstanden?“

Sie schluckte, wobei ihre zarte Kehle arbeitete, doch sie nickte wortlos.

Ace öffnete die Tür nur einen Spaltbreit und lugte hinaus. Es war bereits nach Mittag, die Sonne begann ihren Abstieg und es gab reichlich Schatten.

„Du wirst im Schatten ebenso unsichtbar wie ich“, ließ er Tamina wissen. „Erschreck dich nicht und halt dich an meiner Hand fest.“

Er ließ der Frau keine Zeit zum Antworten, stattdessen huschte er mit ihr über die schmale Straße und in den Schatten des nächsten Gebäudes. Es waren weiterhin Leute im Dorf unterwegs, sie mussten vorsichtig sein.

Ace atmete erleichtert durch, als er mit der Frau den sicheren Wald erreicht hatte.

„Das lief besser als erhofft“, murmelte er und zog sie sogleich weiter. „Hier drüben kannst du dich verstecken“, wies er sie an und brachte sie zu einer kaum einsehbaren Lichtung, die zwischen dichtem Gebüsch lag. „Viel Platz ist nicht vorhanden, aber das wird dir hoffentlich genügen“, sprach er und sie nickte.

Tamina war weiß um die Nase, sie schluckte immer wieder und sah sich ängstlich um. „Wenn sie mich finden, bin ich tot“, murmelte sie und er lächelte, in der Hoffnung, ihr Mut machen zu können. „Sie werden dich nicht finden, bleib einfach hier und warte auf mich.“

Nachdem sie leise und kaum hörbar zugestimmt hatte, ließ er sie allein. Schnell eilte er zurück zum Dorf und schlich, verborgen in den Schatten, wieder hinein.

Jaron

Nachdem er sich noch eine Weile am Rande des Ortes umgesehen hatte, vor allem, um wieder zu sich zu finden, war Jaron jetzt auf dem Weg zum Vorsteher. Weiterhin glomm die Wut in ihm, doch wenigstens hatte er sich nun wieder im Griff. Aber die verängstigten Blicke der Kinder würde er wohl nie wieder vergessen. Allein dafür würde er dem Vorsteher gerne mit seinen Fähigkeiten zu Leibe rücken.

Um nicht erneut in Rage zu verfallen, tat er einen tiefen Atemzug und bemühte sich um eine ruhige

Miene. Er klopfte und nach einem kurzen Moment wurde ihm geöffnet.

„Ah, du bist es“, war die Begrüßung und der ältere Elf ließ ihn ein. „Haben dir meine Leute weiterhelfen können?“

„In der Tat“, antwortete Jaron und ging wieder in die großzügige Stube. „Ich habe so einige interessante Dinge gesehen und gehört.“

Jaron wandte sich dem Vorsteher zu und verschränkte die Arme vor der Brust.

„Ist es in deinem Dorf normal, dass elternlose Kinder ihrem Schicksal überlassen werden?“

Die direkte Frage ließ den Elf sichtlich straucheln und er trat einen Schritt zurück, ehe er die Fassade wieder errichtete. „Wie bitte? Das ist eine dreiste Anschuldigung!“, stieß er hervor und ballte die Fäuste.

Jaron blieb unbeeindruckt und hob lediglich eine Augenbraue. „Ist dem denn nicht so?“, wollte er wissen und sofort schüttelte der andere den Kopf. „Natürlich nicht! Wie, bei den Göttern, kommst du nur auf so etwas? Ich achte auf meine Leute, wir kümmern uns umeinander und niemand wird allein gelassen. Vor allem keine Kinder!“

Die Empörung war gut gespielt, aber mehr auch nicht. Die Augen des Elfen blieben kalt, der Blick überlegt. Der Vorsteher machte keinen Schritt, ohne vorher darüber nachzudenken.

„So, so“, murmelte Jaron und begann, im Raum auf und abzulaufen. „Dann scheint es, als sei ich belogen worden. Es ist nur, wieso leben Kinder, die weit vom Erwachsenenalter entfernt sind, allein in einem Haus? Ohne Eltern und ohne Bezugspersonen?“

„Ach, du meinst diese vier Bälger!“, rief der Vorsteher plötzlich aus und winkte sogleich ab. „Nun verstehe ich deine Verwirrung. Die Kinder sind keineswegs ohne Hilfe. Wir achten auf sie, seit sie ihre Eltern verloren haben. Es war bei einem Überfall vor wenigen Monden."

Das war an den Haaren herbeigezogen, so viel stand fest, dachte Jaron bei sich, blieb jedoch stehen und verschränkte die Arme vor der Brust.

„Ein Überfall? Von Erweckten?"

Der andere schüttelte den Kopf. „Nein, die Erweckten haben es bisher, den Göttern sei Dank, nicht geschafft, den Meinen ernsthaft zu schaden. Es waren Wegelagerer. Die Eltern der Kinder waren Händler, die mit ihrem Karren von Dorf zu Dorf gezogen sind. Die Sprösslinge ließen sie zumeist bei den Nachbarn. Als sie nicht zurückkehrten, wurden wir misstrauisch und nun ja, nach kurzer Suche fanden wir die Leichen, samt dem ausgeräumten Karren."

Eine schlichte zusammengereimte Geschichte, doch Jaron nickte bedächtig. „Einfach grausam. Doch wie erklärt das, dass die Kinder nun allein sind?"

Der andere Elf schüttelte den Kopf. „Sind sie nicht, doch gerade der ältere Junge spielt sich gerne auf und möchte sich als Mann der Familie hervorheben."

Hätte Jaron nicht die Angst in den Augen der Kinder, gerade von Bina, gesehen, hätte er das womöglich sogar geglaubt. Vielleicht.

„Ah, da bin ich ja beruhigt", gab er dennoch gespielt erleichtert zurück.

„Hast du denn auch etwas zu der Problematik des Königs herausfinden können?", fragte der Vorsteher. „Oder gibt es etwas, wobei ich helfen kann?"

Ach, wollte da jemand erfahren, was Jarons nächster Schritt war? Er schüttelte den Kopf. „Nein zu beiden Punkten. Mir scheint, meine Nachforschungen in diesem Bereich müssen gründlicher ausfallen. Gut, dass ich da meine Möglichkeiten habe."

Dass der Kerl nun weiß um die Nase wurde, ließ Jaron grinsen, sodass er sich schnell abwandte. Das brauchte der ältere Elf nicht zu sehen.

„Aber weshalb? Ich verstehe nicht", hörte er diesen murmeln. „Hier ist doch offensichtlich alles in Ordnung. Was genau willst du denn noch? Oder hast du mir nicht die Wahrheit über deine Mission gesagt?"

Nun wandte Jaron sich dem anderen zu, seine Miene war bar jeder Emotion. Nur langsam hob er eine Augenbraue. „Willst du mich hier des Lügens bezichtigen?"

Der Vorsteher wich nicht zurück und verschränkte die Arme vor der Brust. „Mir scheint dein Verhalten etwas merkwürdig. Ob du lügst, kann ich nicht sagen, aber der Verdacht ist da."

Jaron ärgerte sich sofort, hatte er sich verraten?

Wie, verdammt?

Doch jetzt konnte er nicht zurück und zur Not würde er dem Vorsteher diesen Gedanken aus dem Kopf holen. Dafür waren seine Fähigkeiten schließlich da.

„Wenn du so misstrauisch gegenüber einem Gesandten des Goldkönigs bist", entgegnete Jaron, „dann muss ich ja fast schon annehmen, dass du etwas verbirgst, nicht wahr?"

Da ballte der Vorsteher die Fäuste. „Das ist eine dreiste Unterstellung! Schon wieder! Erst wirfst du mir vor, meine eigenen Leute zu vernachlässigen und Kinder im Stich zu lassen, und jetzt das! Zügle dich oder du wirst mein Dorf sofort verlassen!"

Fühlte der Vorsteher sich etwa angegriffen oder kam Jaron für seinen Geschmack der Wahrheit zu nahe? „Wieso denn so aufgebracht?", wollte er deshalb wissen.

Da schnitt der ältere Mann mit der Hand durch die Luft. „Es genügt!", donnerte er. „Raus aus meinem

Haus und verschwinde aus meinem Dorf! Der König wird eine Beschwerde von mir bekommen, so lasse ich nicht mit mir umgehen! Ich habe mir nie etwas zu Schulden kommen lassen, da wird mir jetzt auch ein Bursche wie du nicht auf der Nase herumtanzen!“

Jaron hatte die Wahl, nachzugeben und zu gehen, oder die Wahrheit preiszugeben, und damit sein Wissen.

„Du wagst es wirklich, zu behaupten, du hättest dir nichts zu Schulden kommen lassen?“, fragte er fassungslos und wandte sich nun vollends dem Vorsteher zu. „Wie wenig Ehre hast du im Leib?“ Noch während er sprach, ging er auf den Mann zu, der mit einem Mal sehr ruhig geworden war.

„Wovon sprichst du?“, wollte der Elf wissen und Jaron schnaubte. „Von den Sklavenhändlern, denen du deine eigenen Leute verkaufst.“

Ob es die richtige Entscheidung gewesen war, würde sich zeigen, aber er hatte sie getroffen und wartete gespannt auf die Reaktion des Vorstehers.

Diesem wich alle Farbe aus dem Gesicht und seine Augen weiteten sich kaum merklich. Als der Blick des Mannes nur leicht an Jaron vorbei zuckte, wirbelte er instinktiv herum. Gerade schoss ein schwarzhaariger Kerl mit gezücktem Dolch auf ihn zu. Nur einen Wimpernschlag später hätte der Mann ihn wohl erwischt, doch Jarons Magie war schneller.

Ein simpler Gedanke reichte aus und seine Fluchmagie wallte in ihm auf. Die Kraft flutete ihn und schoss, ähnlich wie schwarze dünne Fäden, aus ihm hervor. Sichtbar war die Magie nur für ihn, und als die schwarzen Tentakel in den Kopf des Mannes drangen, brach dieser noch im Lauf zusammen.

Der Dolch landete ungenutzt auf dem Boden und Jarons Fähigkeit zerpflückte die Erinnerungen des

Fremden binnen weniger Momente. Eindrücke von vielen Jahren schossen durch Jarons Verstand und er bemerkte zu spät, dass er viel zu weit gegangen war.

Das war das Gefährliche an der Fluchmagie. Drang man zu tief in den Kopf eines Opfers, konnte man sich in den Erinnerungen verlieren und nie wieder daraus hervorkommen.

Gespräche und Bilder tanzten wie Schatten um ihn herum und Jaron versuchte verzweifelt, etwas zu fassen zu bekommen.

Schmerz riss ihn aus dem Verstand des Fremden und er taumelte zurück. Der Vorsteher hatte seine Chance ergriffen und den Dolch nach ihm geworfen. Er steckte in Jarons linken Oberarm und die Pein raubte ihm den Atem.

Warum der Elf ihn nicht gleich getötet hatte, wurde erst klar, als Jaron ihn entdeckte. Er lag bewusstlos auf dem Boden, eine Blutlache bildete sich unter seinem Körper und Ace stand mit ausgefahrenen Blutklingen vor dem Sterbenden.

Alles drehte sich um Jaron und seine Beine drohten, nachzugeben. Die Wunde war eine Sache, doch die Nachwirkungen der Fluchmagie raubten ihm beinahe selbst das Bewusstsein. „Ace“, krächzte er, ehe mit einem Mal alles dunkel wurde.

Etwas Kühles wurde auf seine Stirn gelegt und Jaron blinzelte. „Was?“, murmelte er leise und sah zu Ace auf, der sich über ihn lehnte.

„Bei den Göttern, endlich kommst du wieder zu dir“, stieß der Aurox hörbar erleichtert hervor. Jarons Kopf fühlte sich merkwürdig leer an und sein Körper schien ihm nicht gehorchen zu wollen. Er brauchte drei Anläufe, ehe er es schaffte, sich aufzusetzen.

„Wo bin ich?“, fragte er, als er merkte, dass er in einem Bett lag.

„Im Schlafzimmer von Wydan“, antwortete Ace, was ihn nur noch mehr irritierte. „Von wem?“, fragte er und Ace wies in eine Ecke des Raumes.

Dort lag der Vorsteher, mit einer dicken Bandage um den Bauch geschlungen und aschfahlem Gesicht wirkte er mehr tot als lebendig.

„Sein Name ist Wydan“, erklärte Ace ihm, während Jaron die Beine vom Bett schob.

„Und der andere?“, wollte er sogleich wissen, sich an den Mann mit den schwarzen Haaren erinnernd, der ihn attackiert hatte.

„Krow ist tot“, war Ace knappe Antwort. „Ich habe die Leiche in die Wälder gebracht, damit die Dörfler sie nicht so einfach finden.“

Tot ...

Dieses eine Wort brachte Jaron erneut ins Wanken.

Es war nicht so, dass er noch nie getötet hätte, doch mit seiner Magie, war es tatsächlich das erste Mal. Etwas, was er eigentlich nie hatte tun wollen.

„Jaron“, sprach Ace ihn an und riss ihn so aus seiner Starre. „Was? Verzeih, ich ... bin etwas erschrocken darüber, dass er tot ist“, gab er zu und rieb sich über das Gesicht.

„Das kann ich verstehen, aber du musst zu dir kommen und dich konzentrieren. Du warst den ganzen Tag bewusstlos, die Nacht bricht bereits herein und morgen müssen wir wieder aufbrechen. Außerdem habe ich noch eine andere Sache, um die ich mich kümmern muss“, erwiderte Ace und Jaron straffte die Schultern.

Zwar war das Gefühl, einen völlig benebelten Kopf zu haben, noch da aber er würde sich zusammenreißen.

„Was meinst du mit ‚andere Sache‘?“, wollte er wissen und beobachtete, wie Ace‘ Blick zum Fenster ging.

„Im Haus von Krow fand ich eine Frau, gefesselt und geknebelt. Eine Sklavin der Händler, die sie wohl Krow überlassen haben“, erklärte der Aurox und Jaron überlief es eiskalt. „Dieser Bastard!“, knurrte er und schon bereitete es ihm weniger Kopfschmerzen, den Kerl mit seiner Magie gerichtet zu haben.

„Ich habe sie befreit, aber nun wartet sie im Wald auf mich“, sprach Ace weiter. „Ich kann sie dort nicht einfach allein lassen, sie wird sonst Panik bekommen und womöglich fliehen, das könnte ihr Ende bedeuten.“

Da musste Jaron ihm zustimmen. „Ich bin wach und bei Sinnen. Geh zu ihr, sieh nach ihr und wenn es dir möglich ist, komm zurück. Aber gib acht, wir wissen nicht, wer hier im Dorf zu den Händlern gehört“, drängte er Ace, der zustimmend nickte. „Stimmt, sei unbesorgt, ich passe auf.“ Damit war der Mann auch schon durch die Tür und Jaron blickte ihm mit einem leisen Seufzen nach.

Kaum war Ace außer Sicht, fuhr er sich durchs Haar, wobei seine Finger zitterten.

Das lag zum einem an der genutzten Magie, doch aber auch an dem Schock, dass er tatsächlich damit getötet hatte.

Jaron blickte auf seine Hand und schluckte. „Das wollte ich nie werden“, murmelte er leise und schloss dabei die Augen. „Verdammte Sklavenhändler!“

Leises Röcheln war zu hören und sofort sprang Jaron auf die Füße. Das bereute er, denn es drehte sich alles und ehe er sich versah, saß er wieder auf dem Bett.

Sein Magen zog sich zusammen und Übelkeit erfasste ihn, welche er nur mit Mühe niederringen konnte.

Das Geräusch war von Wydan gekommen, dessen Lider sich ein wenig gehoben hatten. Die Augen wirkten verschleiert, gar blicklos und dennoch blinzelte er ganz langsam. Noch lebte er, aber weit hatte der Elf es nicht mehr, bis er von den Göttern geholt werden würde.

Wenn Jaron noch Informationen von dem Kerl haben wollte, dann musste er sie sich also jetzt holen. Dass das kein guter Einfall war, war ihm durchaus bewusst, aber die Mission, und vor allem die unschuldigen Dörfler, hatten Vorrang.

So stand er langsam vom Bett auf, wartete, bis der Raum sich nicht mehr drehte und trat auf Wydan zu.

„Dein Leben ist verwirkt“, teilte er dem Elf mit, der ihn anscheinend nicht einmal mehr hören konnte. Jaron stieß ein leises Schnauben aus, ehe er die Hand auf Wydans Kopf legte und nach einem tiefen Atemzug die Augen schloss.

Diesmal musste er sich Zeit lassen und mit Bedacht vorgehen. Krow hatte er wohl mit dem geballten Angriff seiner Magie direkt getötet. Das wollte er dieses Mal nicht, zumindest nicht unbedingt, denn der Kerl würde sowieso zeitnah sterben.

Ein kümmerliches Wimmern erklang und Jarons Lippen verzogen sich zu einem spöttischen Lächeln. Könnte der Elf noch sprechen, würde er ihn jetzt wohl um Gnade anflehen.

Jaron ließ ein wenig seiner Magie in den Mann fließen, sodass jeder Laut unterbunden wurde. Wydans kaum geöffnete Augen schlossen sich vollständig und er wurde schlaff.

Diese Methode hatte er noch im Silberreich erlernt. Sie war brachial und das Opfer würde bleibende

Schäden davontragen, doch bei diesem Mann war das sowieso egal, weshalb Jaron sich keine Mühe gab, vorsichtig mit ihm umzugehen.

Stattdessen begann er Stück für Stück den Verstand des Vorstehers zu durchforsten. Diesmal ruhig und mit Bedacht, sodass die Eindrücke ihn nicht zu fassen bekamen und beherrschen konnten. Denn würde er sich jetzt einfangen lassen, wäre es sein Ende. Ace war nicht hier und würde so schnell auch nicht zurückkommen.

Jaron sog jedes Bild, jedes vielleicht wichtige Gespräch in sich auf und betete zu den Göttern, dass ihm nichts entgehen würde. Einen zweiten Versuch würde er nicht bekommen, denn Wydans Erinnerungen begannen bereits, in sich zusammenzufallen. Der Mann lag im Sterben, Jaron musste sich beeilen.

Eilig zog er so viele wenn auch noch so bruchstückhafte Bilder und Gesprächsfetzen zu sich, ehe plötzlich die Verbindung abriss. Jaron keuchte und taumelte zurück. Das Bett stoppte ihn und erneut fiel er darauf. Sein Atem kam abgehackt und einige Schweißtropfen rannen an seinen Schläfen hinab.

Wydan war tot, der Vorsteher hatte sein verdientes Schicksal bekommen und Jaron musste zu Atem kommen.

Nur langsam beruhigte sich sein rasendes Herz und er holte mehrfach tief Luft. Sein Mund war staubtrocken und er zitterte ob der Anstrengung.

So schnell würde er seine Magie nicht mehr in diesem Maß einsetzen können, ohne Gefahr zu laufen, sich erneut darin zu verlieren.

Er musste vorsichtig sein und hoffte, dass er sie vorerst nicht mehr brauchen würde.

Müde und geistig kraftlos schloss er die Augen und versuchte, sich auf die eingesammelten Erinnerungen zu konzentrieren. Dabei lauschte er aber weiterhin, doch im Haus blieb es still.

Die unzähligen Fetzen, Gespräche und Bilder huschten durch seinen Verstand und schnell fingen seine Schläfen an, schmerzhaft zu pochen. Noch nie hatte er so eine gewaltige Masse an Erinnerungen aufgenommen. Zwar hatte seine Fluchmagie damit kein Problem gehabt, er selbst jedoch durchaus. Egal, wie sehr er sich konzentrierte, er fand keinen Punkt, an dem er beginnen konnte. So schloss er alles, was er von Wydan und Krow bekommen hatte, mithilfe seiner Magie hinter einer dicken Mauer in seinem Kopf ein.

Sogleich nahm die Pein ab und er konnte durchatmen. Jaron entspannte sich, sobald er in sicherer Umgebung und nicht mehr allein war, würde er erneut versuchen, die Informationen herauszufiltern, die sie brauchten.

Als er plötzlich ein leises Quietschen hörte, setzte er sich sogleich auf. Die Haustür! Sein Blick zuckte zum Fenster, Ace konnte unmöglich bereits zurück sein.

„Wydan? Liebster?“, ertönte eine Frauenstimme und Jaron unterdrückte einen Fluch.

Der Vorsteher hatte davon gesprochen, dass er eine Frau hatte, doch Jaron hatte diese Information wohl verdrängt.

Er musste sie ruhigstellen, die Götter allein wussten, wie die Stube aussehen musste! Ace hatte sich gewiss nicht die Zeit genommen, um zu putzen.

Leise stand er auf und schlich zur Tür. Er spähte hinaus und lugte in Richtung der Stube.

Das Haus hatte nur ein Stockwerk, war dafür aber breit gebaut. Er konnte den Durchgang erkennen, der auf das zurückgelassene Schlachtfeld führte und betete zu den Göttern, die Frau möge nicht den direkten Weg dorthin nehmen.

„Was ist denn hier passiert?“, hörte er sie laut keuchen. „Wydan?“

Die Panik in ihrer Stimme war unverkennbar und schon kamen eilige Schritte in seine Richtung.

Jaron verzog das Gesicht, auch wenn er noch geschwächt war und sein verletzter Arm schmerzhaft pochte, mit einer einfachen Elfe würde er es hoffentlich noch aufnehmen können. Da kam eine kleine blonde Frau aus der Stube, den Gang entlang geeilt. Eine Gesichtshälfte war bläulich verfärbt, ein Auge beinahe zugeschwollen.

Jaron runzelte die Stirn, ob der Vorsteher sie geschlagen hatte?

Da fiel ihr Blick auf ihn und sie hielt abrupt in ihrem Lauf inne. Dabei wehte das Kleid um ihre Beine und ihr Mund öffnete sich. Blitzschnell schoss Jaron auf sie zu und seine Hand landete auf ihrem Mund. Damit erstickte er ihren Schrei und riss sie zu Boden.

Er selbst fiel auf die Knie und stieß dabei mit der Schulter gegen die Wand, was scharfen Schmerz durch seine Schulter jagen ließ. Nur mit Mühe konnte er einen Aufschrei unterdrücken und biss dabei so hart die Zähne zusammen, dass er Blut schmeckte.

„Keinen Laut“, stieß er gepresst hervor, während ihre Hände sich zitternd um seinen Unterarm legten. Doch ihre Versuche, sich zu befreien, blieben halbherzig, sie wirkte, wie im Schock erstarrt.

Verdammt, was sollte er jetzt mit der Frau machen? Sie würde versuchen, zu fliehen, sobald er sie losließ, und das konnte er auf keinen Fall riskieren. Niemand durfte wissen, was hier geschehen war.

„Verzeih“, murmelte er und drang mithilfe seiner Magie in ihren Kopf ein.

Da versteifte sie sich und nur einen Wimpernschlag später wand sie sich wie ein Aal in seinem Griff. Dabei konnte er sie keuchen und nach Luft ringen hören, doch er ließ nicht locker. Er hasste sich selbst dafür, dass er nicht besser in dieser Technik war, doch nach zwei Versuchen klappte es endlich.

Das Bewusstsein der Elfe erlosch wie eine Kerze im Wind und sie blieb regungslos liegen. Jaron nahm die Hand von ihrem Mund und merkte, wie ihm etwas von der Nasenspitze tropfte. Er blickte auf die Flüssigkeit, die nun ins Kleid der Frau einsickerte.

Blut.

Er hatte es übertrieben, seine Fluchmagie zu sehr beansprucht. Das Gesicht verziehend setzte er sich neben die Bewusstlose auf den Boden und lehnte den Hinterkopf gegen die Wand. Seine Schläfen tobten, der Schmerz steigerte sich und er schloss die Augen.

Kapitel 8

Ace

„Du lügst mich auch wirklich nicht an?“, wollte Tamina zum wiederholten Mal wissen und erneut schüttelte Ace den Kopf. „Nein, ich lüge nicht, sie sind tot. Beide.“

Die ehemalige Sklavin war sichtlich fassungslos, ihre Augen geweitet. „Und was geschieht jetzt mit dem Dorf? Die Händler, sie werden wiederkommen und wenn Krow und Wydan nicht da sind, dann könnte das schlimm für die Bewohner enden.“

Das war Ace durchaus bewusst. „Ich weiß und deshalb werden wir auch zeitnah zum Schloss aufbrechen. Der leitende Hauptmann hat die Oberhand über diese Mission und wenn mein Partner den Bericht abgibt, werden schnell Maßnahmen ergriffen. Die Händler werden niemandem in diesem Dorf mehr schaden, dafür werden wir sorgen. Wahrscheinlich wird der König es sogar auflösen lassen, denn was hier all die Jahre geschah, ungesehen, ungeahnt, hätte niemals passieren dürfen.“

Tamina blickte ihn einen Moment lang schweigend an, ehe sich Tränen in ihren Augen sammelten und sie sich schnell abwandte. „Das ist nicht zu glauben“, murmelte sie leise. „Es scheint so unwirklich.“

Ace legte ihr die Hand auf die Schulter und drückte sie sanft. „Alles wird sich zum Guten wenden, du wirst sehen“, versprach er, ehe er sich erhob. „Ich muss zurück und meinen Partner holen. Dann brechen wir alsbald auf.“

Immerhin senkte sich die Nacht langsam über sie und das war die bevorzugte Zeit der Erweckten.

Ace hatte kein Verlangen danach, diesen Wesen erneut zu begegnen.

„Beeil dich ... bitte“, wisperte Tamina und er nickte ihr zu. „Werde ich, bleib in Deckung und warte auf mich.“

Da sie nichts erwiderte, machte er sich auf den Rückweg. Durch die Dunkelheit verschwanden die Schatten, was ihn seiner wichtigsten Deckung beraubte. Doch Ace hatte mehr als genug Erfahrung darin, sich auch ohne die Hilfe seiner Gabe zu verbergen.

So huschte er ins Dorf, wo um diese Zeit so gut wie niemand mehr unterwegs war. Die Leute hier hatten bereits mit Ammeys Brut zu tun gehabt, sie schienen zu wissen, wie sie sich verhalten mussten, um ihnen bestmöglich zu entgehen.

Nach kurzer Zeit erreichte er das Haus, dessen Tür nicht verschlossen war, und huschte hinein. Sofort stieg ihm ein fremder Duft in die Nase und er biss die Zähne zusammen. Verflucht, hatte Jaron Probleme bekommen, während er fortgewesen war?

Er folgte der Fährte, die ihn erst in die Stube und dann in den dahinterliegenden langen Gang führte. Dort entdeckte er eine bewusstlose Frau und Jaron, der neben ihr am Boden saß. „Den Göttern sei Dank, du bist es“, murmelte der Fluchelf, dessen violette Augen seltsam verschleiert und dumpf wirkten.

„Du siehst schlecht aus“, stellte Ace fest und ging vor ihm in die Hocke. „Hast du deine Magie überanstrengt?“ Er war vielleicht kein Experte in Sachen Fluch- oder Blutmagie, doch Madiva hatte ihm einst erklärt, dass Magie wie die Muskeln des Körpers trainiert werden musste. Und so, wie Jaron aussah, hatte er viel zu viel davon angewandt.

„Ja, es gab keinen anderen Weg“, murmelte dieser soeben. „Wydan ist tot, ich nahm mir alles, was ich bekommen konnte, und dann kam sie ... jetzt bin ich ausgebrannt und mein Schädel droht zu zerspringen.“

Ace schloss die Augen, somit war sein Plan, schnellstmöglich zu Tamina zurückzukehren, dahin. „Wie lange wirst du brauchen, um dich zu erholen?“, wollte er von dem Fluchelf wissen. „Ich will dich nicht drängen, doch ich kann die Frau nicht die ganze Nacht allein im Wald lassen.“

Jaron blinzelte, ehe er das Gesicht verzog. „Gib mir ein bisschen Zeit, ich komme schon wieder auf die Füße. Zwar ist meine Magie dann auf keinen Fall einsatzfähig, doch ich werde laufen können.“ Ace erhob sich, da griff Jaron nach seinem Handgelenk. „Aber Ace, ich kann nicht so einfach das Dorf verlassen.“

Wie bitte? Verdutzt blickte er auf den Fluchelf. „Und wieso nicht?“

„An einem der Häuser habe ich das Zeichen der Sklavenhändler entdeckt, ins Holz eingeritzt. Darin leben vier Kinder, ihre Eltern opferten sich für sie ... aber jetzt sind sie allein und haben niemanden, der sich um sie kümmert. Ihre Augen, Ace, diese Angst und Hilflosigkeit“, berichtete Jaron, wobei seine Stimme zum Ende hin sehr leise geworden war.

Ace‘ Herz zog sich vor Schmerz zusammen. Er war selbst Vater und die Vorstellung, die eigenen Kinder im Stich lassen zu müssen, war ihm nur allzu vertraut.

„Wir können keine Kinder mit zum Schloss zurücknehmen“, erwiderte er dennoch. „Der Weg würde uns mit ihnen deutlich mehr Zeit kosten und ich kann nicht allein für unser aller Sicherheit garantieren. Du bist verletzt und kannst nicht auf deine Fluchmagie zurückgreifen. So sehr es schmerzt, es geht nicht."

Jaron schwieg, ehe er ihn losließ.

„Dann bleibe ich hier."

Ace knurrte frustriert.

„So war die Mission aber nicht abgesprochen. Ich kann dich nicht zurücklassen ..."

„Die Kinder aber schon?", fiel Jaron ihm ins Wort. „Was denkst du, wird passieren, wenn die Händler wieder herkommen? Sie nehmen die Mädchen und Jungen mit sich! Willst du, dass sie das gleiche Schicksal erleiden wie ihre Eltern?"

Ace schüttelte den Kopf.

„Natürlich will ich das nicht, aber wie schon gesagt, sollten wir auf dem Rückweg in Bedrängnis geraten, kann ich nicht für die Sicherheit der ganzen Gruppe garantieren. Jaron, denk nach, wenn wir im Schloss sind und Quinn alles berichten, wird er sicherlich sofort Maßnahmen ergreifen. Goldkrieger des Königs werden herkommen und die Kinder in Gewahrsam nehmen", versuchte er, Jaron umzustimmen.

Doch dieser blieb stur. „Dann tu das, berichte Quinn und wenn die Krieger hier sind, kehre ich mit ihnen zusammen heim. Ich werde auf keinen Fall das Risiko eingehen, dass den Kindern etwas passiert."

Frustriert warf Ace die Hände in die Luft.

„Und was genau willst du tun, wenn die Händler hier eintreffen sollten? Deine Magie ist nutzlos und du verletzt und geschwächt! Sie werden dich eher ebenfalls mitnehmen und das Dorf niederbrennen. Oder wie willst du erklären, dass Krow und Wydan tot sind?"

Seine Worte mochten grausam klingen, doch sie entsprachen der Wahrheit und dies schien auch Jaron klarzuwerden. Der Fluchelf schloss die Augen und seine Hände ballten sich zu Fäusten.

Da er schwieg, wandte Ace sich der bewusstlosen Frau zu, die er sogleich erkannte.

„Wydans Frau“, identifizierte er die Elfe, die er zuvor von draußen beobachten hatte können und betrachtete die geschwollene Gesichtshälfte. „Wohl wieder eine Sklavin.“

„Vielleicht“, brummte Jaron. „Doch sie rief nach ihm, als sie heimkehrte, und nannte ihn Liebster.“

Ace runzelte die Stirn, womöglich hatte sie sich ihrem Schicksal ergeben und das Beste daraus gemacht. „Mal sehen, wie sie auf den Tod ihres Gatten reagiert“, meinte er. „Sollte sie Probleme machen, müssen wir sie aus dem Weg schaffen.“

Ace war zwar kein Verfechter des Tötens, aber wenn es die Mission gefährdete, war es hin und wieder nötig.

„Noch mehr Tote“, hörte er Jaron flüstern. „Das gefällt mir nicht, es sind schon genug Lebenslichter erloschen.“

Ace seufzte. „Denk daran, die beiden Kerle waren Anhänger der Sklavenhändler, die das Dorf verkauften. Ihre Leben waren längst verwirkt, sie wussten es nur noch nicht. Außerdem, warten wir ab, wie die Elfe reagiert, wenn sie zu sich kommt.“

Erneut verfiel Jaron in Schweigen und Ace ließ ihn grübeln. Ihm war klar, dass die Entscheidung, die Kinder zurückzulassen, alles andere als einfach war. Ihm ging es ja genauso.

Sein Herz blutete bei dem Gedanken, aber sie hatten keine Wahl. Es wäre noch gefährlicher, wenn sie sie mit durch den Wald nehmen würden.

Er wandte sich von Jaron ab und ging ins Schlafzimmer, wo er den toten Wydan auf dem Boden liegend vorfand. Er griff ihn und zog ihn ins Bett, ehe er ihm die Decke überwarf. Eigentlich war es unnötig, aber Ace widerstrebte es, den Mann in seiner eigenen Blutlache liegen zu lassen. Krow hatte er einfach im Wald in ein Gebüsch gelegt. Die Tiere würden sich an ihm gütlich tun, dann hatte er wenigstens irgendeinen Sinn im Leben gehabt.

Er zog die Vorhänge zu und ging wieder hinaus. Jaron kam gerade auf die Füße, ziemlich langsam und wackelig, doch Ace bot nicht an, ihm zu helfen. Der Fluchelf war wegen seiner Entscheidung nicht gut auf ihn zu sprechen, da hielt er sich besser zurück.

„Wegen mir können wir los", sagte Jaron, wobei er sich an der Wand abstützte.

„Immer mit der Ruhe", erwiderte Ace. „Vergiss Wydans Frau nicht, auch um sie müssen wir uns kümmern."

Jaron schnaubte und blickte auf die Elfe. „Wenn ich nochmal auf meine Fluchmagie zurückgreife, könnte ich sie für die nächsten Tage in Schlaf halten, aber das würde sie vielleicht töten."

Sofort schüttelte Ace den Kopf. „Keine Magie, das ist zu riskant. Aber wir können sie mit zu Tamina nehmen, vielleicht kann sie uns auch etwas über Wydans Frau erzählen. Das könnte die Entscheidung leichter machen."

Jaron zuckte mit den Achseln, wobei er sogleich heftig zusammenfuhr. „Ah verdammt!", knurrte er und griff sich an die Schulter.

Ace seufzte. „Ich weiß, du bist wütend auf mich", setzte er an, doch da winkte Jaron ab. „Doch nicht auf dich! Du hast ja recht, aber es gefällt mir nicht. Wieder bin ich machtlos und kann niemanden schützen."

Darum ging es also. Ace trat auf ihn zu und legte die Hand auf seine Schulter. „Du bist nicht machtlos, im Gegenteil. Ohne dich würde diese Mission niemals erfolgreich sein. Ich bin froh, dass du mich begleitet hast und wir nun die Informationen haben, die wir brauchen, um gegen die Sklavenhändler vorzugehen. Natürlich behagt es mir nicht, das Dorf hinter mir zu lassen, aber jetzt können wir im Moment nichts mehr ausrichten. Hast du denn in den Erinnerungen von Wydan und Krow herausfinden können, wer im Dorf auf der Seite der Händler steht?"

Jaron verneinte zähneknirschend. „Mein Kopf ist völlig benebelt, die ganzen Bilder und Gespräche darin hätten mir fast den Verstand geraubt, sodass ich alles weggeschlossen habe. Sobald mir meine Magie wieder gehorcht, werde ich mich allem annehmen und das herausfinden."

Ace lächelte leicht. „Sehr schön, dann wissen wir das hoffentlich, bis wir wieder beim Schloss sind. So kann Quinn schnell reagieren und die nötige Hilfe herschicken. Einverstanden?"

Nach einem langen Moment des Schweigens nickte Jaron, was Ace erleichterte. „Sehr gut, dann nehmen wir Wydans Frau mit und gehen zu Tamina", beschloss er und diesmal widersprach Jaron nicht.

So nahm Ace die Frau und legte sie sich über die Schulter. „Bist du sicher, dass du laufen kannst? Wenn du durch das Dorf torkelst, weckst du nur die Bewohner auf", meinte Ace skeptisch, denn Jaron war noch immer weiß um die Nase.

„Es wird gehen", erwiderte dieser und Ace hoffte, dass es der Wahrheit entsprach, sonst würden sie doch noch auffliegen.

Ace öffnete die Tür einen Spalt und spähte hinaus. Mittlerweile war die Nacht über den Ort hereingebrochen und niemand war mehr zu sehen. Nur die spärlichen Fackeln erleuchteten hier und da die Wege. So schafften sie es, ungesehen aus dem Dorf zu eilen. Dabei achtete Ace auf Jaron, der deutlich langsamer als er selbst war und dabei auch noch torkelte.

Immer wieder ließ Ace den Blick schweifen, konnte aber niemanden entdecken, die Vorhänge der Fenster blieben allesamt zu, sodass sie hoffentlich wirklich nicht gesehen worden waren. Den Göttern sei Dank.

Im Schutz des Waldes hörte er Jaron scharf ausatmen und wandte sich dem Fluchelf zu. Dieser lehnte sich keuchend an einen Baum und presste die Lippen zu einem dünnen Strich zusammen. Die Anstrengung stand ihm ins Gesicht geschrieben und Schweißperlen glänzten auf seiner Stirn.

„Es ist nicht mehr weit", versuchte Ace, ihm Mut zu machen. „Bei Tamina können wir uns ausruhen."

Mit einem kaum wahrnehmbaren Nicken löste Jaron sich vom Stamm und folgte ihm weiter.

Die Frau, die Ace die ganze Zeit über der Schulter trug, rührte sich noch immer nicht, sodass er sich fragte, wie viel Magie Jaron bei ihr angewandt hatte.

Das mannshohe Gebüsch, in dem sich Tamina versteckte, kam in Sicht und schon trat die zierliche Elfe daraus hervor. Das Licht des Mondes erhellte den Bereich, sie musste sie also sehen können.

„Was bin ich froh, du bist zurück", hörte Ace sie leise murmeln und lächelte, ehe er Wydans Frau ablegte.

„Wieso ist sie hier?", fragte Tamina mit hörbarer Angst in der Stimme.

Ace hob den Blick. „Was kannst du uns zu ihr sagen?", wollte er wissen und beobachtete, wie Tamina sich die Lippen leckte. „Sie war einst eine Sklavin, wie ich, doch sie hat sich bei Meister Krow und Herrn Wydan so sehr eingeschmeichelt, dass sie sie in ihre Machenschaften mit einbezogen haben. Sie hat mitgemacht, wenn ... wenn ..."

Ace schluckte ein Knurren hinunter, er konnte sich schon denken, was die drei mit Tamina angestellt hatten. „Schon gut, du musst nicht weitersprechen“, sagte er sanft und lugte zu Jaron, der sich gerade auf den Boden niederließ.

„Sollen wir sie erledigen?“, fragte der Fluchelf und Ace überlegte, schüttelte jedoch den Kopf. „Nein, wir fesseln sie und nehmen sie mit. Sollte sie zu große Probleme während des Rückweges machen, dann töten wir sie. Ansonsten könnte sie ein paar weitere Informationen liefern.“

Dass Jaron dabei nicht widersprach, zeigte, wie erschöpft er war.

Ace machte sich Sorgen um den jungen Fluchelf. Er war noch keine 100 und die Belastung durch den heutigen Tag war enorm. Ace überdachte ihre Möglichkeiten. Ursprünglich hatte er vorgehabt, erst morgen Abend aufzubrechen. Theoretisch würde ihnen die Zeit reichen, aber jetzt, wo er wusste, wie es um das Dorf stand, sollten sie sich beeilen.

„Wenn ich dich stütze, denkst du, du kannst laufen?“, fragte er Jaron, der müde blinzelnd den Blick hob. „Gerade bin ich froh, nicht sofort einzuschlafen.“

Verdammt, das hatte Ace befürchtet. „In Ordnung. Schlaf, ruh dich aus und sobald du wieder wach bist, brechen wir auf. Ich will, so schnell es geht, zu Hauptmann Quinten.“

Jaron gab lediglich ein Brummen von sich, dann war er auch schon eingeschlafen. Ace musterte ihn, ehe er neben der Frau des Vorstehers in die Hocke ging. „Wie ist eigentlich ihr Name?“, wollte er von Tamina wissen.

Diese rieb sich die Arme und war noch immer etwas blass im Gesicht. „Jenna, das ist zumindest ihr Sklavenname. Wie sie wirklich heißt, weiß ich nicht“, antwortete sie.

Er griff sich seinen Lederbeutel und zog zwei Seile daraus hervor. Nun war er froh, die doch etwas sperrigen Dinger mitgenommen zu haben. Mal wieder hatte ihn sein Instinkt nicht im Stich gelassen.

Er fesselte Jenna die Hände auf den Rücken und band ihr ebenso die Beine an den Knöcheln zusammen.

Solange sie rasteten, war es sicherer, immerhin wollte er keinen Fluchtversuch riskieren. Aus mehreren Tüchern formte er einen Knebel, den er ihr in den Mund schob, ehe er die Stoffenden hinter ihrem Kopf zusammenband.

„Du machst das nicht zum ersten Mal“, stellte Tamina fest und er sah zu ihr. „Ich bin ein Aurox“, erinnerte Ace die Elfe. „Und fast 300 Jahre alt, also habe ich schon einiges an Erfahrung sammeln dürfen ... oder müssen.“

„Das ist schrecklich“, erwiderte Tamina und trat an seine Seite, als er sich von Jenna erhob. „Wieso tut ihr das für den König?“

Ace blinzelte.

„Wir haben keine Wahl, immerhin sind wir durch den Fluch an ihn gebunden. Weißt du davon nichts?“

Als sie den Kopf schüttelte, schnaubte er

„Es hat sich also nicht gerade weit verbreitet, dass wir alles andere als freiwillig für den Goldkönig arbeiten.“

Er zog sich das Kettenhemd über den Kopf und ließ es zu Boden fallen, ehe er den Kragen seines Oberteils zur Seite schob, und so das Fluchmal offenbarte. „Dieses Symbol trägt den Fluch in sich, der uns an ihn bindet. Gehorchen wir nicht, sterben wir. Er hat unsere Leben in der Hand und kann über uns verfügen, wie es ihm beliebt. Wir sind auch nichts weiter als Sklaven, Tamina.“

Die Elfe starrte die schwarze dornenbesetzte Rose einen langen Moment an, dann hob sie die Hand, als würde sie sie berühren wollen.

Eilig trat Ace zurück und ließ sein Oberteil los. „Jede Berührung ist extrem schmerzhaft", erklärte er auf ihren verdutzten Blick hin.

„Das wusste ich nicht, bitte verzeih", murmelte sie und ließ die Hand sinken. „Der König ist ein grausamer Mann. Wenn ich sehe, was er dir und deiner ganzen Art antut, dann ist er kaum besser als die Sklavenhändler."

Ace nickte. „Da stimme ich dir zu, aber gegen ihn können wir kaum etwas ausrichten. Gegen die Händler hingegen schon, und das werden wir auch."

Er musste Tamina nicht auf die Nase binden, dass sie tatsächlich gegen den König arbeiteten. Immerhin war ihr Vorhaben erst wenige Monate alt und würde so schnell keine großartigen Erfolge hervorbringen.

Kleine Schritte, sehr klein, aber von immenser Bedeutung – so gingen sie vor.

„Willst du tatsächlich noch mitten in der Nacht die Rückreise antreten?", fragte Tamina ihn, als sie merkte, dass er nicht näher auf das Thema eingehen würde.

„Ja, die Zeit drängt immerhin", gab er zurück.

Der Blick der Elfe gefiel ihm nicht.

Sie sah in ihm ihren Retter, was er zwar auch irgendwo war, aber er wollte nicht, dass sie glaubte, es wäre mehr.

So wandte er sich ab und setzte sich zu Jaron.

„Du sagtest, er sei dein Partner", meinte sie, während sie ihn und Jaron musterte. „Seid ihr ein Paar?"

Instinktiv hatte er sogleich mit ‚nein' antworten wollen, aber womöglich wäre es besser, sie würde es glauben. Dann würden hoffentlich keine Missverständnisse entstehen.

„Ja“, antwortete er und legte dabei die Hand auf Jarons Oberschenkel. Den Göttern sei Dank, schlief der Fluchelf.

„Wir sind noch nicht lange zusammen“, sprach Ace weiter. „Es ist meine erste Beziehung zu einem Mann. Weißt du, ich habe meine Frau verloren und dachte, ich würde immer allein bleiben. Keine Frau kann die Lücke füllen, die sie hinterlassen hat. Aber Jaron ...“

Den Satz ließ er unvollendet und als sich die Bestürzung in Taminas Blick mit einem Mal in Zuneigung wandelte, war Ace erleichtert. Die Gefahr, dass die Frau zu viel in ihre Rettung hineininterpretieren würde, war gebannt.

Da legte sich Jarons Hand auf seine und er verspannte sich. Während Taminas Blick zu Jenna ging, schielte Ace zu Jaron.

Dessen Lider waren einen spaltbreit geöffnet.

Oh, oh ...

Jaron

Sein Herz raste so laut, dass es wohl in ganz Jiltorya zu hören war. Auch wenn Jaron klar war, dass Ace dies nur aus der Not heraus gesagt hatte, um die Annäherungen Taminas im Keim zu ersticken, bedeutete es ihm etwas.

Jaron hatte nicht lange geschlafen und das Gespräch der beiden mitverfolgt.Es war ihm schnell klargewesen, dass Tamina begonnen hatte, in Ace mehr als ihren Retter zu sehen.

Eigentlich hätte ihn das nicht stören sollen, doch es hatte sich ein harter Knoten in seinem Bauch gebildet, der sich bei Ace‘ Worten abrupt gelöst hatte. So hatte Jaron nicht darüber nachgedacht, als er die Hand auf Ace’ legte, die auf seinem Bein ruhte.

Nun starrte Ace ihn mit einer Mischung aus Schock und Scham an, denn eine leise Röte hatte sich auf die Wangen des Aurox gelegt. „Ich hätte niemals geglaubt, dass der König eine Beziehung zwischen Aurox und Elf akzeptieren würde“, hörte er Tamina verblüfft sagen und musste sich ein Schnauben verkneifen.

Er rührte sich nicht, ließ die Augen nur weiterhin einen schmalen Spalt geöffnet, um Ace zu beobachten.

Dessen Blick löste sich nur zögernd von ihm, ehe er sich der Elfe zuwandte. „Das tut er auch nicht“, erklärte er. „Wir halten es geheim, niemand weiß davon. Außer dir und ein paar engen Freunden. Du verstehst also, wie wichtig es ist, dass du keinem davon erzählst?“

„Gewiss“, antwortete Tamina sofort. „Kein Wort wird dazu über meine Lippen kommen.“ Jaron bewegte sich leicht, ehe er die Augen komplett öffnete.

„Da bin ich doch tatsächlich eingeschlafen“, murmelte er und gähnte unterdrückt. Dabei strich er mit dem Daumen über Ace‘ Handrücken und lächelte diesem zu. „Ich denke, nun können wir aufbrechen. Ich fühle mich besser ... Liebling.“

Jaron hatte sich nicht zurückhalten können, und dass Ace sich daraufhin versteifte, ließ ihn schmunzeln. Tatsächlich wollte der Mann die Hand zurückziehen, doch Jaron hielt sie fest. Sofort traf ihn Ace‘ Blick und dessen Augen wurden schmal.

„Geht es dir schon so viel besser?“, wollte der Aurox wissen und versuchte erneut, die Hand zurückzuziehen. Diesmal ließ Jaron ihn gewähren und nickte. „Ja, auch wenn meine Magie weit davon entfernt ist, einsatzfähig zu sein, so kann ich dennoch laufen.“

Er fühlte sich weiterhin schwach, doch das würde noch eine ganze Weile so sein. Die Ruhe hatte ihm gutgetan, und dass Ace ihn, wenn auch nur aus der Not heraus, als seinen Partner bezeichnet hatte, gab ihm merkwürdigerweise Kraft.

Das beunruhigte Jaron etwas, wusste er immerhin nicht, wieso dies so war. Eine kleine Stimme in seinem Hinterkopf wollte ihm weismachen, dass Ace vielleicht mehr für ihn war ...

Aber hätte dies eine Zukunft? Immerhin hatte Ace eine Frau gehabt und Kinder, wieso sollte der Mann sich gerade auf ihn einlassen?

Nein, wenn es auch reizvoll war, dies würde nie passieren. Was aber nicht hieß, dass Jaron Ace' kleine Notlüge nicht ausnutzen konnte!

„Ich habe wirklich kein gutes Gefühl dabei, wenn wir mitten in der Nacht durch die Wälder ziehen", ließ sich Tamina vernehmen, die sich die Oberarme rieb. „Wäre es nicht sinnvoller, bis morgen früh zu warten? Wenigstens bis Sonnenaufgang? Die Strecke bis Torya bewältigen wir doch innerhalb von zwei Tagen, genügt das denn nicht?"

Jaron lugte zu Ace, der den Kopf schüttelte. „Nein, denn ich will, dass Jaron, so schnell es geht, dem leitenden Hauptmann berichten kann, was in dem Dorf vor sich geht. Es stehen viele Leben auf dem Spiel und da gilt es, keine Zeit zu verlieren."

Da konnte Jaron ihm nur zustimmen, auch wenn Tamina weiterhin nicht glücklich wirkte. „Die Erweckten ...", setzte die Elfe erneut an, doch diesmal unterbrach Jaron sie. „Ace ist ohne Probleme in der Lage, uns gegen diese Wesen zu verteidigen. Meine Magie mag derzeit schwach sein, aber auch ich bin nicht wehrlos. Ich verstehe, dass du Angst hast, aber sei unbesorgt, wir bringen dich sicher nach Torya."

Nach einem langen Moment, während dem die Elfe ihn eindringlich musterte, nickte sie schließlich.

„Ich vertraue euch, dann lasst uns aufbrechen."

Jaron erhob sich, erleichtert, dass Tamina nicht weiter diskutierte. Ace hob indes die noch bewusstlose Frau des Vorstehers hoch und legte sie sich über die Schulter.

„Ich möchte wirklich wissen, wie viel Magie du bei ihr angewandt hast", sprach Ace und sah dabei zu ihm.

Jaron hob die Brauen.

„Weil sie noch nicht wieder zu sich gekommen ist? Das kann dauern", erwiderte er. „Ich nutzte nicht viel Fluchmagie, doch genug, um sie eine Weile schlafen zu legen. Es wird ihr nicht schaden und sie wird gewiss bis zum Morgengrauen aufwachen."

Ace neigte den Kopf.

„Dann sind wir hoffentlich schon weit weg vom Dorf, sodass sie uns keine großen Schwierigkeiten machen kann."

Da Ace die Frau trug, nahm Jaron ihre beiden Lederbeutel, ehe sie losgingen. Der Mond schien durch das Blätterdach der Bäume und erleuchtete spärlich den Weg.

Jaron musste sich immer wieder an Baumstämmen festhalten, sein Körper wollte nicht so wie er und seine Sicht verschwamm andauernd.

Er biss die Zähne zusammen, als seine Beine drohten, nachzugeben.

Ein schlanker Arm legte sich um seine Mitte und er blickte verblüfft auf Tamina, die ihn stützte.

„Ich mag nicht so aussehen", erklärte sie lächelnd, „aber ich habe durchaus Kraft. Lass mich dir helfen."

Jaron war sich nicht sicher, dennoch blieb ihm nichts anderes übrig, denn er konnte sich nur schwer aufrecht halten.

„Hab Dank“, sagte er deshalb mit einem kleinen Lächeln auf den Lippen. Ace hatte zu ihnen geblickt, er wirkte nicht minder erstaunt, beobachtete sie aber nur.

Tamina war Jaron wirklich eine Hilfe, so kamen sie etwas schneller voran und ließen das Dorf hinter sich. Jaron hatte weiterhin ein schlechtes Gefühl dabei, die Kinder allein dort zurückzulassen, doch schlussendlich hatte Ace recht. Die vier mitzunehmen wäre mit noch mehr Risiken behaftet gewesen.

Plötzlich lag ein leises Stöhnen in der Luft und sogleich blieben sie stehen.

Tamina sog neben ihm zischend die Luft ein. „Jenna wacht auf“, hörte er sie murmeln, genau in dem Moment, als Ace Wydans Frau ablegte.

Diese blinzelte, ihr Blick verschleiert. Jaron löste sich von Tamina, um an Ace‘ Seite zu treten. „Sieh an, wer da zu sich kommt“, meinte er und verschränkte die Arme vor der Brust. Zwar war er noch immer wacklig auf den Beinen, doch das konnte er zumindest für den Moment vertuschen.

Jenna brauchte kurz, ehe sie zu erkennen schien, dass sie keineswegs zuhause war. Ein ängstliches Wimmern drang durch den Knebel in ihren Mund und Ace griff das Band an ihrer Wange.

„Wenn du schreist, ist es dein Ende“, erklärte er und löste den Knebel, der zu Boden fiel.

„Wer seid ihr?“, stieß Jenna mit bebender Stimme hervor und leckte sich die Lippen. „Wo bin ich?“

„In Sicherheit“, antwortete Ace. „Vorerst. Du begleitest uns zum Schloss des Königs und wirst dort befragt. Wenn du ohne Schuld bist, kannst du bald wieder deiner Wege ziehen.“

Jaron musste sich ein Grinsen verkneifen, als sich Jennas Augen weiteten und sie an ihren Handfesseln zog. „Aber ... ich habe mir nichts zu Schulden kommen lassen! Wer seid ihr, dass ihr so mit der Frau des Vorstehers umgeht? Wo ist Wydan überhaupt?“

„Tot“, antwortete Jaron wahrheitsgemäß. „Ebenso wie Krow, und das Dorf wird schon bald von allem gereinigt werden, was mit den Sklavenhändlern zu tun hat. Willst du auch dazugehören?“

Bewusst ließ er seine Stimme hart und barsch klingen, wodurch die Frau zusammenzuckte. Ihr Blick war angsterfüllt, doch Jaron merkte, dass nicht alles davon echt war.

Sie schien ihre Lage einzuschätzen.

Da bewegte sich Tamina und lenkte Jennas Aufmerksamkeit damit auf sich.

„Du!“, zischte Jenna und sofort verschwand jegliche Angst aus ihren Augen. „Du Miststück! Das ist dein Werk!“

Ace griff sie an der Schulter und drückte sie nieder, als sie Anstalten machte, sich zu erheben. Was allein durch die Fußfesseln ein Ding der Unmöglichkeit gewesen wäre.

„Bleib sitzen“, befahl Ace. „Was ist ihr Werk?“

Jenna zitterte, ihre Lippen waren zu einem schmalen Strich zusammengepresst, während Tamina sich hinter Jaron versteckte.

„Alles! Sie stellt sich erneut als das Opfer da und lässt mich ins Messer laufen“, keifte Jenna. „Das hat sie genauso bei Wydan und Krow gemacht!“

Jaron runzelte die Stirn und lugte über die Schulter. „Ist das so?“, wollte er von Tamina wissen, die den Kopf schüttelte.

„Nein, das würde ich niemandem antun“, erklärte sie leise. „Jenna wollte fliehen, doch ihr Plan war zum Scheitern verurteilt. Auch wenn ich nur eine Sklavin bin, wollte ich nicht sterben, also habe ich ihr nicht geholfen. Das führte dazu, dass Wydan sie erwischte.“

„Du Lügnerin!“, schrie Jenna und Jaron sah, wie Ace ihr die Hand auf den Mund schlug. „Wenn du nicht sofort leise bist, schneide ich dir die Zunge heraus“, grollte der Aurox. „Wir sind mitten im Wald und die Erweckten treiben hier ihr Unwesen. Willst du sie zu uns locken?“

Als Jenna kaum merklich den Kopf schüttelte, nahm Ace die Hand wieder weg. Diesmal sprach die Frau des toten Vorstehers deutlich leiser.

„Es war nicht mein Plan, sondern ihrer, und sie hat mich im Stich gelassen“, erklärte sie und funkelte in Jarons Richtung.

Da trat Tamina an seine Seite.

„Warum wundert es mich nicht, dass du jetzt mir die Schuld gibst? Ich sagte dir von Anfang an, dass es so nicht funktionieren wird. Außerdem hast du dich doch erfolgreich bei Krow eingeschmeichelt, sodass du deinen Spaß dabei hattest, mich zu missbrauchen und leiden zu sehen.“

Jaron zog die Brauen zusammen. Zwei Sklavinnen, die sich gegenseitig das Leben schwer gemacht hatten ... So schien es in seinen Augen.

„Wie dem auch sei“, sprach Ace und richtete sich wieder auf. „Wir gehen zum Schloss, alle. Wenn du uns Schwierigkeiten machst, Jenna, wirst du nicht lebend dort ankommen. Jaron hier, ist ein Fluchelf, also verscherze es dir besser nicht mit ihm.“

Dass Ace nun sogar mit seinen Fähigkeiten drohte, überraschte Jaron, doch es machte ihn auch ein wenig ... stolz? Hatte der Aurox ihn endlich akzeptiert?

Schnell schüttelte er die Gedanken ab, sie passten nicht hierher, gerade gab es Wichtigeres.

„Ich“, setzte Jenna an, ehe sie abrupt verstummte und die Augen schloss. „Ihr habt Wydan getötet und auch Krow ... ich werde euch keine Probleme machen.“

Jaron musterte die Elfe, sie wirkte eingeschüchtert, besaß aber auch einen scharfen Verstand. Er würde sie im Auge behalten. Die Worte waren die Richtigen, doch das hatte rein gar nichts zu bedeuten.

Ace hob Jenna hoch und stellte sie auf die Füße, bevor er die Seile an ihren Füßen löste. „Ein Fluchtversuch und ich trage dich“, stellte der Aurox klar und erneut nickte die Elfe. „Verstanden“, hörte Jaron sie leise murmeln, ehe sie ihren Weg fortsetzten. Tamina blieb an seiner Seite, Jenna war in der Mitte und Ace ging voraus.

Trauer über den Verlust von Wydan, konnte er gar nicht in ihr wahrnehmen. Womöglich war sie doch nichts weiter als eine Sklavin, die dem Vorsteher vorgespielt hatte, was er hatte sehen und hören wollen.

Als der Tag anbrach, liefen Jaron die Schweißperlen die Schläfen entlang.

„Ace“, sprach er den Aurox an, der sich sogleich zu ihm umwandte.

„Wieso sagst du denn nicht früher etwas?“, wollte er wissen und trat zu ihm. Jaron versteifte sich, als Ace die Hand hob und ihm auf die Stirn legte.

„Du fieberst“, stellte er fest und Jaron musste schlucken.

Auch, wenn er nicht über die scharfen Sinne von Schattenwandlern verfügte, so stieg ihm Ace‘ Duft in die Nase.

Etwas hatte sich verändert, stellte er fest und musste den Atem anhalten, als ein Schauer ihn durchlief.

„Es ist nicht schlimm“, erklärte er, als er seine Stimme wiedergefunden hatte. „Und auch normal, wenn man seine Magie überbeansprucht. Das vergeht innerhalb von ein oder zwei Tagen und wird mich nicht weiter behindern. Wohl aber, dass meine Beine den Dienst versagen. Eine Rast wäre wirklich gut.“

Ace musterte ihn, er wirkte nicht so, als würde er ihm glauben, doch er nickte. „Natürlich, wir verweilen hier für eine Weile, bis es dir besser geht.“

Da bemerkte Jaron Taminas Blick, sie wirkte skeptisch und er brauchte einen Moment, ehe er begriff, weshalb. Die ganze Zeit über, selbst, als Jenna noch bewusstlos gewesen war, hatten Jaron und Ace sich nicht wie ein Paar verhalten.

Keine persönlichen Worte, nichts hatten sie ausgetauscht. Das führte zu Argwohn bei der Elfe.

Als Ace sich abwenden wollte, griff Jaron ihn an der Hand und zog ihn ohne Vorwarnung an sich.

Ace keuchte leise und landete halb an seiner Brust. Da dieser fast einen Kopf kleiner war, als Jaron, musste er den Kopf zurücklegen, um zu ihm aufzusehen. Das nutzte Jaron aus.

Er legte eine Hand in Ace Nacken und sah, wie sich Ace‘ Augen weiteten. Doch noch bevor er reagieren konnte, senkte Jaron den Kopf und küsste ihn.

Nur ein kurzer flüchtiger Kuss, doch es ging Jaron durch Mark und Bein. Ace‘ warme Lippen und die Tatsache, dass sich dessen Fingernägel leicht in seine Brust drückten, ließen Hitze in Jaron aufsteigen.

Oh, verdammt!

Er zwang sich, den Kuss zu beenden, und löste sich mit einem Lächeln von Ace. „Ich danke dir, Liebster.“

Ace starrte ihn einen langen Moment an, die Lippen kaum merklich geöffnet, ehe er sich fing und nickte. „Natürlich, wie gesagt, melde dich doch einfach früher. So weit musst du es nicht kommen lassen.“

Da hob er die Hand und legte sie an Jarons Wange. „Wir gehen erst weiter, wenn du dich gut genug fühlst.“

Das verschlug ihm den Atem, doch bevor er reagieren konnte, nahm Ace die Hand weg und wandte sich ab.

Jaron fasste sich und ließ sich auf dem Boden nieder. Seine Beine brannten und schmerzten, doch all das war in den Hintergrund gerückt, denn er konnte Ace noch auf seinen Lippen schmecken.

Das Herz raste ihm in der Brust und Jaron musste sich zusammennehmen, um normal zu atmen. Verflucht, er steckte in Schwierigkeiten.

So dürfte er nicht auf so einfache Berührungen und einen Kuss reagieren.

Er hatte Gefühle für Ace entwickelt, ohne es zu merken.

Der Aurox schien dieses Problem nicht zu haben, er hatte Jenna dazu gebracht, sich ebenfalls zu setzen, und holte nun einen Wasserschlauch aus seinem Lederbeutel, den er der Elfe gab.

„Willst du nicht auch etwas trinken?“, fragte Tamina und riss ihn aus seinem Starren. Schnell legte er ein Lächeln auf und sah die ehemalige Sklavin an. „Verzeih, ich bin abgeschweift. Wasser klingt gut.“

Er nahm seinen Beutel und zog den Schlauch hervor, den er öffnete und Tamina reichte. „Erst du, es ist genug für uns beide da.“

Sie erwiderte sein Lächeln und trank mehrere Schlucke, ehe sie ihm den Schlauch reichte, den er dann fast leerte. Jaron hatte nicht gemerkt, wie durstig er gewesen war, doch wenn er darüber nachdachte, hatte er kaum etwas zu sich genommen, weder Essen noch Trinken.

Immer wieder ging sein Blick zu Ace und Jaron wurde klar, er konnte es nicht mehr leugnen. Der Mann hatte sich in sein Herz geschlichen, auch, wenn Ace dies gewiss nicht beabsichtigt hatte.

Immerhin hatte der Aurox ihm stets zu verstehen gegeben, dass Jaron nicht willkommen war und seine Art Ace eher abstieß.

Jaron erinnerte sich an das Gespräch, bevor er zuletzt ins Dorf aufgebrochen war. Ace hatte erkannt, was er die letzten Monate getan hatte. Ihm geholfen, das waren Ace‘ Worte gewesen.

War das der Grund, weshalb es sich so anfühlte, als hätten sich die Dinge geändert?

Da war Jaron sich nicht sicher, aber egal weshalb, es hatte keine Zukunft. Ace mochte Männer nicht auf diese Weise, also würde er das tun, was er am besten konnte.

Seine eigenen Gefühle zurückstellen, lächeln und versuchen, ein Freund für den anderen Mann zu werden. So hätte er die Chance, Ace wenigstens etwas nahe zu sein.

Zudem würde es ihre Zusammenarbeit erleichtern, denn nach dieser Reise wäre die Mission noch nicht vorbei, zumindest ahnte Jaron das.

Quinn war Hauptmann und konnte somit nicht einfach zum Dorf reisen.

Da Jaron bereits involviert war, würde ihm diese Aufgabe zufallen.

Sofern Mirro nichts einzuwenden hatte.

Doch da er ihn schon diesmal bereitwillig abgegeben hatte, würde er sich jetzt kaum querstellen.

Auch wenn Jaron nur ein einfacher Rekrut war, wäre er mit seinen Fähigkeiten für eine solche Mission geeignet.

Doch Jaron dachte viel zu weit voraus. Sie waren noch nicht einmal zurück im Schloss. Jaron lehnte sich mit dem Rücken an einen umgefallenen Baumstamm und schloss die Augen.

Seine Schläfen pochten schmerzhaft und seine Fluchmagie regenerierte sich nur langsam. Er merkte, dass er ein wenig davon wieder einsetzen könnte, aber das wäre nicht genug, um sich einem Feind zu stellen.

Derzeit war Ace also der Einzige, der sie schützen könnte, sollten sie angegriffen werden.

Das gefiel Jaron absolut nicht, doch selbst der Schwertkampf würde ihm in seinem jetzigen Zustand nicht gelingen.

„Wenn sie könnte, würde sie mich töten", hörte er Tamina leise flüstern und hob die Lider, um zu der Elfe zu blicken. Sie hatte sich neben ihn gesetzt und schielte zu Jenna, die bei Ace war.

Deren Hände waren noch immer gefesselt und sie starrte zu Boden.

Dabei wirkte ihr Kiefer verkrampft und ihre Brauen waren zusammengezogen. Sie schien nachzudenken, vielleicht über einen Fluchtplan.

„Wie viel Wahrheit steckt in ihren Worten?", wollte Jaron von Tamina wissen, die das Gesicht verzog. „Es ist ihre Version der Dinge, die geschehen sind, doch das macht sie noch lange nicht wahr", begann sie zu erzählen und rang die Hände. „Natürlich war es der Plan, zu fliehen, irgendwie aus dem Dorf zu kommen und zu versuchen, ein neues Leben zu beginnen. Welcher Sklave würde das nicht gern? Aber eine wirkliche Chance gab es nie. Wann immer wir glaubten, es wagen zu können, geschah etwas Unvorhergesehenes, oder die Männer kamen uns auf die Schliche. Es war einfach zu riskant, sodass ich beschloss, zu warten. Doch das wollte Jenna irgendwann nicht mehr hören. Sie versuchte es allein und wie ich erwartet hatte, misslang die Flucht. Krow und Wydan brachten sie danach fast um, ich sah sie viele Monde nicht und glaubte, sie sei tot. Doch als Krow sie irgendwann plötzlich mitbrachte, war jedes Licht aus ihren Augen verschwunden. Meine einstige Freundin war zur Marionette der Sklavenhändler geworden."

Jaron lauschte aufmerksam, in Taminas Stimme schwang Bedauern mit, sogar Verlust. Jenna musste ihr viel bedeutet haben, ehe sich alles verändert hatte.

„Das tut mir sehr leid“, erwiderte er und sie lächelte matt. „Mir auch. Sie war eine gute Frau und ich weiß nicht, was Krow mit ihr gemacht hat, dass sie nun zu diesen grausigen Taten fähig ist. Oft war sie die Schlimmste von den dreien ... während sie über mich herfielen.“

Jaron sah zu Jenna, die weiterhin zu Boden starrte. Die Frau wirkte nicht wie ein Opfer, so viel stand fest. Als Ace sich rührte, zuckte sein Blick sofort zu ihm.

Er war auf die Beine gekommen und streckte sich durch, wobei das Kettenhemd raschelte. Es zog sich etwas nach oben und legte einen Streifen Haut frei.

Sofort machte Jarons Herz einen Satz – verflucht!

Kapitel 6

Ace

Er fühlte Jarons Blick auf sich und sogleich stockte Ace der Atem. Was war nur auf einmal los?

Seit dem Kuss ... Jaron hatte ihn einfach geküsst! ... Seither war alles anders. Nie zuvor hatte Ace einen Mann geküsst, mal von seinen Jungs abgesehen, als sie noch Kinder waren, doch das war wohl kaum vergleichbar. Das, was Jaron in ihm ausgelöst hatte, war völlig neu und äußerst gefährlich.

Ace wusste nicht damit umzugehen und versuchte, sich klarzuwerden, was dieses Chaos in seinem Kopf zu bedeuten hatte.

Vor der Mission und auch zu deren Beginn hatte er Jaron nicht leiden können.

Und jetzt?

Er wollte es nicht zugeben, aber dieser Kuss, er war ihm durch und durch gegangen.

Und es hatte ihm gefallen.

Das kam ihm wie Verrat an Arya vor. Seine Frau, die vor gerade einmal sechs Monaten gestorben war. Sofort schmerzte Ace das Herz und er musste die Augen schließen.

Wie konnte er nur Jaron küssen? Wie hatte er das zulassen können? Es sogar mögen?

Nein, das war nicht richtig und durfte nicht noch einmal passieren. Auf keinen Fall.

Er zwang das Geschehene in den Hintergrund und konzentrierte sich auf Jenna. Die Frau des verstorbenen Vorstehers saß auf dem Boden, den Blick gesenkt. Sie wirkte eingefallen und ließ die Schultern hängen, als hätte sie sich ergeben. Doch etwas an dieser Elfe gefiel Ace nicht. Er würde sie besser im Auge behalten. Schwierigkeiten konnten sie nicht gebrauchen.

Ohne Fußfesseln konnte sie immerhin versuchen, zu fliehen ... Sein Nacken kribbelte, Jaron beobachtete ihn. Ace atmete langsam durch, er musste einen klaren Kopf behalten, die Mission, sie war das Wichtigste.

Also lehnte er sich gegen einen Baumstamm und behielt Augen und Ohren offen.

Tamina blieb an Jarons Seite, sie schien die Versuche, Ace näherzukommen, aufgegeben zu haben, was ihn durchaus erleichterte. Doch hätte er die Lüge mit Jaron nicht erfunden, wäre es nie zu dem Kuss gekommen, ging es ihm durch den Kopf.

Verflucht! Das ließ ihn einfach nicht los!

Er biss die Zähne zusammen, hoffentlich würde das eine einmalige Sache bleiben.

Den Fluchelf bei einem erneuten Versuch wegzustoßen, kam leider nicht in Frage, das würde den Schwindel auffliegen lassen. Und er wollte der ehemaligen Sklavin nicht wehtun.

Auch, wenn er sie nicht kannte und ihre Wege sich alsbald trennen würden, ein solcher Mann war Ace schlicht und ergreifend nicht.

Nach einer Weile blickte er zu Jaron, der bereits etwas besser aussah.

Die vergangene Anstrengung merkte man ihm zwar noch immer an, doch das würde sich nicht ändern, bis sich die Fluchmagie regeneriert hatte.

„Kannst du weiter?“, fragte Ace und sofort nickte der andere. „Ja“, antwortete Jaron, ohne zu zögern, wobei er ihm in die Augen sah.

Dass Ace‘ Herz in diesem Moment einen Schlag aussetzte, missfiel ihm. „Gut, dann brechen wir auf“, beschloss er und wandte sich ab. Kurz war ihm, als würde er Jaron leise lachen hören, doch der Laut verflog, ehe er ihn wirklich wahrnehmen konnte.

Ace blickte nicht zurück, stattdessen achtete er auf Jenna, die gehorsam und schweigend auf die Füße kam. Sie blieb hinter ihm und Ace verließ sich auf seine Instinkte. Sollte die Frau etwas versuchen, würden sie ihn warnen.

Doch es blieb still und den Göttern sei Dank, zeigten sich ihnen auch keine Feinde. Jaron hielt erstaunlich gut durch, wobei Ace nicht zu schnell ging, um den Fluchelf nicht zu überfordern. So machten sie tatsächlich erst bei Anbruch der Nacht Rast.

Der Platz war nicht wirklich eine Lichtung und auch nicht sonderlich gut geschützt, doch etwas Besseres hatte sich in der Nähe nicht gefunden.

„Ich übernehme die Nachtwache“, ließ er Jaron wissen, der nickte. „Aber wecke mich früh, damit du ebenfalls Schlaf bekommst“, bat der Fluchelf.

„Sicher“, brummte Ace und setzte sich an den Fuß eines hohen Baumes.

Jenna fixierte Tamina immer wieder, was Ace die Stirn runzeln ließ.

Tamina bemerkte die Blicke, sie wich ihnen regelrecht aus und schien sich bei Jaron verstecken zu wollen. Was zwischen diesen Frauen vorgefallen war, hatte tiefe Spuren hinterlassen.

Bei beiden.

Er griff seinen Lederbeutel und holte den restlichen Proviant heraus. Einen Teil davon gab er Jenna, denn entkräftet würde sie den Weg nicht in der Zeit schaffen, die er sich vorgenommen hatte.

Jaron teilte sein Essen und Trinken mit Tamina, und kurze Zeit später legten sich alle zum Schlafen nieder.

Die Ruhe tat zwar gut, war aber nicht gerade förderlich, denn so begannen Ace' Gedanken erneut zu kreisen.

Als sich Jaron nach einer Weile regte und aufsetzte, lugte er zu dem Mann. „Kannst du nicht schlafen?", wollte er leise wissen, um die Frauen nicht zu wecken.

Jaron schüttelte den Kopf, erhob sich und kam zu ihm. Er setzte sich neben ihn und Ace runzelte die Stirn. „Du solltest schlafen, damit du morgen den Weg schaffst", erinnerte er ihn.

„Es geht mir gut, also zumindest besser", antwortete Jaron ebenso leise. „Ich möchte mich entschuldigen."

Ace blinzelte. „Was? Weshalb?"

Ein freudloses Lächeln legte sich auf Jarons Lippen. „Ich hätte dich nicht küssen dürfen. Ich habe deine Worte an Tamina ausgenutzt."

Damit hatte Ace nicht gerechnet und kurz verschlug es ihm sogar die Sprache, doch dann winkte er ab. „Schon gut." Über dieses Thema wollte er so gar nicht reden.

„Ich weiß immerhin, du magst Männer nicht auf diese Weise und schon gar nicht mich", meinte Jaron und Ace schloss die Augen.

Warum fiel es ihm plötzlich so schwer, dem Fluchelf zuzustimmen?

„Oder?"

Dieses Wort ließ ihn die Lider heben. Jaron sah ihn direkt an und Ace konnte den Blick nicht abwenden.

Er öffnete den Mund, wollte dem Mann sagen, dass er keinesfalls so empfand.

Arya ...

Doch kein Ton drang über seine Lippen und da lächelte Jaron. „Verstehe. Das ist alles, was ich wissen wollte.“

Damit erhob der Fluchelf sich und ging zurück auf seinen Platz. Ace starrte ihm nach.

Verflucht, was hatte er da wieder angerichtet? Mit seinem Schweigen machte er Jaron Hoffnung! Und so, wie es aussah, hegte dieser Absichten, von denen Ace keine Ahnung gehabt hatte.

Diese Tatsache hallte viel zu laut in ihm wider. Was ihn aber wirklich schockierte, war seine Reaktion darauf. Wieso nur hatte er nicht einfach sagen können, dass er kein Interesse an Jaron hatte?

Überhaupt an einem Mann!

Ace knirschte mit den Zähnen, er musste das klarstellen.

Sofort.

Und doch rührte er sich nicht von der Stelle. Die Nacht verstrich, während Ace weiter mit sich rang und sich trotzdem nicht aufraffen konnte.

Ihm fiel keine Erklärung für sein Verhalten ein und der Schmerz in seinem Herzen wurde größer.

Betrog er Arya allein damit schon?

Das Gesicht seiner wundervollen Partnerin, die ihm drei Kinder geschenkt hatte, mit der er viele Jahre lang zusammen gewesen war, blitzte vor seinem inneren Auge auf. Sie lächelte ihm zu und neigte dabei den Kopf, als würde sie ihm mitteilen wollen, dass es in Ordnung war, weiterzuziehen.

Mehr als einmal hatte sie ihm versichert, dass es sogar richtig wäre, wenn er weiterziehen würde, sollte etwas mit ihr passieren.

Nein, Arya hätte niemals gewollt, dass er sich im Schmerz verlieren und zum Alleinsein verdammen würde.

Ace merkte gar nicht, dass sein Blick bei diesem Gedanken zu Jaron gegangen war, der sich soeben regte. Die Sonne begann gerade, aufzugehen, und tauchte den Himmel in den Farben der Morgendämmerung.

Blinzelnd fuhr Jaron sich durchs Haar, ehe er zu ihm schielte. „Wieso hast du mich nicht geweckt?"

Der Vorwurf in der Frage war nicht zu überhören und auch berechtigt.

Ace zuckte die Achseln. „Ich habe die Zeit völlig vergessen", gestand er wahrheitsgemäß, was Jaron schnauben ließ. „Dann leg dich wenigstens jetzt hin. Wir gehen nicht weiter, bevor du nicht ein bisschen geschlafen hast."

Diese bestimmende Art war er von Jaron nicht gewohnt, doch er hatte kein Interesse daran, zu diskutieren. „In Ordnung", antwortete er deshalb schlicht und schloss an Ort und Stelle die Augen.

Schlaf konnte er, wie erwartet, keinen finden, und als sich die anderen einige Zeit später erhoben, stand auch er auf.

„Das war kaum nennenswert", ließ ihn Jaron wissen.

„Ich komme zurecht", erwiderte Ace, ohne den anderen anzusehen. „Wir brauchen Wasser. In der Nähe ist ein Bachlauf, dort füllen wir die Schläuche auf und suchen ein paar Beeren. Zum Jagen möchte ich keine Zeit vergeuden, also gibt es erst wieder etwas zu essen, wenn wir beim Schloss sind."

„Jenna!", schrie Tamina auf und Ace wirbelte sofort zu der Frau des Vorstehers herum. Sie hatte ein Messer gezogen und es sich in den Hals gerammt.

„Verdammt!", fauchte Ace und war sogleich bei ihr. Jenna sackte zu Boden, aus ihrem Mund lief Blut und die Lippen waren zu einem grotesken Lächeln verzogen. „Ich werde ... euch nichts ... verraten."

Die Worte waren kaum mehr als gehaucht, doch Ace hörte sie. Die Frau wollte die Sklavenhändler schützen? Die Leute, die ihr das Leben gestohlen haben, sie zu der Spielfigur anderer gemacht hatten?

Als Jenna sich mit blutigen Fingern das Messer aus dem Hals ziehen wollte, packte Ace sie bei den Armen. „Jaron, ich brauche Seile“, knurrte er.

Der Fluchelf brachte sie sofort und sie fesselten Jenna die Arme auf den Rücken. „Das Messer bleibt, wo es ist“, befahl Ace. „Du wirst uns nicht wegsterben, Elfe, das lasse ich nicht zu!“

Jennas Augen weiteten sich, ihre Lippen zitterten. „Monster“, stieß sie bebend hervor.

Ace war klar, dass sie Schmerzen haben musste, doch das hatte sie sich selbst zuzuschreiben.

„Kein Mitleid für den Feind“, teilte er ihr kühl mit. „Und zu diesem hast du dich mit dieser lächerlichen Handlung gemacht. Du verbirgst etwas und das wirst du nicht mit ins Grab nehmen.“

„Wieso nur, Jenna?“, hörte er Tamina schluchzen, blendete sie aber aus.

„Wir können sie nicht so tragen, Ace. Du musst zum Schloss laufen und Hilfe holen“, drängte Jaron plötzlich.

Ace wandte sich dem Fluchelf zu. „Ich kann euch nicht alleinlassen, außerdem, wen soll ich herbringen? Wir schaffen das auch so.“

Zwar war er sich nicht sicher, doch er würde Jaron und Tamina nicht zurücklassen.

„Du könntest Quinn und Raven holen“, hielt der Fluchelf dagegen, doch da winkte Ace sofort ab.

„Ich kann Quinn nicht einfach vom Schloss wegbringen, das geht nicht, und das weißt du auch. Denn selbst mit Raven würden wir nicht innerhalb eines Tages zurück sein. Das bekäme also jemand mit und dafür haben wir dann keine Erklärung. Lass es,

Jaron. Entweder sie schafft es oder sie stirbt. Wir werden es versuchen“, erklärte er und nach kurzem Zögern stimmte Jaron ihm zu.

Erneut drang Taminas leises Weinen an seine Ohren und er drehte sich zu der Elfe. Sie war auf die Knie gesunken und hatte eine Hand vor den Mund geschlagen. „Wieso nur?“, hörte er sie immer wieder murmeln.

Jaron ging an ihm vorbei zu der schockierten Elfe und ließ sich bei ihr nieder. Ace hingegen wandte sich wieder Jenna zu. Ihre Augen waren vor Schmerz verschleiert und noch immer sickerte ein wenig Blut aus ihrem Mund, doch sie war dem Tode nicht nahe. Eine Bewegung des Messers und das würde sich ändern.

„Wir müssen weiter“, sagte er und Jaron half Tamina auf die Füße. „Jetzt gilt es umso mehr, keine Zeit zu verlieren.“

Ace bückte sich und hob Jenna vorsichtig auf die Arme. Geschwächt durch die Verletzung, ächzte die Frau lediglich, doch ihr Kopf rührte sich bei der Bewegung. Sofort gellte ein spitzer Schrei in der Luft und Ace knurrte. „Verdammt!“

Jaron trat zu ihm und schob Jenna einen Knebel in den Mund. „Das wird nicht funktionieren“, raunte der Fluchelf und Ace musste ihm zustimmen. Denn nun versuchte Jenna, sich aus seinem Griff zu winden und selbst, wenn ihre Bemühungen recht kraftlos waren, so würde sie die Verletzung verschlimmern und gewiss vor Ankunft im Schloss sterben.

„Wenn wir ihr Wissen wollen, muss ich es mir jetzt holen“, teilte Jaron ihm mit und Ace zögerte. Das könnte bedeuten, dass der Fluchelf sich erneut überanstrengte und sich womöglich selbst in die Bewusstlosigkeit beförderte. Oder Schlimmeres.

Ace kannte sich zwar mit Fluchmagie nicht gerade gut aus, doch er wusste, dass es bereits Fälle gab, bei denen die Elfen sich in ihrer Magie verloren hatten. Oder besser gesagt, in den Erinnerungen ihrer Opfer. Das tötete sie zwar nicht im eigentlichen Sinne, doch sie kamen nicht mehr zu Bewusstsein.

Eingesperrt in den eigenen Kopf, gefangen in der Vergangenheit eines fremden Lebens ... Das stellte Ace sich grauenhaft vor.

Und der Gedanke, dass Jaron dies widerfahren könnte, ließ ihn gar schaudern.

„Nein", antwortete er deshalb barscher als gewollt. „Keine Fluchmagie, du bist nicht einsatzfähig. Wenn sie stirbt, dann ist das so. Wir kommen auch ohne sie zurecht, immerhin kann uns Tamina gewiss ebenso weiterhelfen."

Jaron starrte ihn wortlos an, ehe er nickte. „Wie du meinst, ich hoffe, das ist die richtige Entscheidung. Tamina mag uns helfen können, doch war sie nicht so eng mit Krow und Wydan beisammen."

Das mochte stimmen, aber es war Ace egal. „Wir machen es so", beschied er Jaron in einem Tonfall, der keine Widerrede duldete. Bei seinen Jungs, wie er die Männer im Lager nannte, die er quasi großgezogen hatte, hatte dies stets funktioniert.

Jaron hingegen schnaubte. „Du bist nicht der Alleinverantwortliche für diese Mission. Ich mag jünger sein als du, doch mein Wort zählt ebenso."

Ace knurrte unwirsch und drückte dabei die zappelnde Jenna fester an sich. Deren Bewegungen wurden bereits langsamer, sie verlor auch die letzte Kraft und ihr Kopf ruhte an seiner Schulter. Blutgeruch kitzelte seine Nase, was für ihn jedoch nichts Ungewohntes war und ihn somit nicht störte. Aber dadurch war sein Geruchssinn eingeschränkt, was zu Problemen führen könnte, sollten sie verfolgt werden. Er musste sich auf sein Gehör verlassen. „Du hast eine verletzte Schulter und deine Magie ist verbraucht“, erinnerte er Jaron. „Für Diskussionen haben wir keine Zeit, also akzeptiere meine Entscheidung und komm weiter.“

Ace bemühte sich, ruhig zu bleiben, auch wenn er Jaron gerne angeschrien hätte. Diese Verzögerung passte ihm so gar nicht.

In Jarons violetten Augen blitzte es, aber der Mann hielt sich mit weiteren Kommentaren zurück. Stattdessen griff er Tamina am Arm und zog sie sanft, aber bestimmt mit sich.

Der Elfe liefen noch immer Tränen über die Wangen, doch sie weinte stumm. Das Entsetzen stand ihr dafür ins Gesicht geschrieben.

Ace konnte es verstehen, eine solche Tat hätte er von Jenna nicht erwartet.

Die Frau war ruhig geworden, ihr Atem kam röchelnd und auch, wenn das Messer nicht weiter bewegt wurde, würde sie wahrscheinlich nicht bis zum Schloss überleben. Vielleicht wäre es gnädiger, sie zu erlösen, ging es ihm durch den Kopf.

Doch hatte sie Gnade verdient?

„Denk gar nicht dran“, brummte Jaron neben ihm und sein Blick zuckte zu dem Fluchelf. „Was meinst du?“, wollte er wissen und der andere schnaubte.

„Du willst sie töten, aber bevor du das tust, hole ich mir ihre Erinnerungen. Darüber wird nicht diskutiert“, ließ Jaron ihn wissen.

Ace knurrte dumpf. „Das könnte dich in eine gefährliche Lage bringen, du bist jetzt schon stark geschwächt.“

Da verdrehte der Fluchelf einfach die Augen. Das ließ ihn mit einem Mal sehr jung wirken. Jaron war bereits knapp 100 Jahre alt, doch für eine Rasse, die gut 2000 Jahre alt werden konnte, war es nicht gerade viel.

Elfen zählten, wie auch Schattenwandler, mit 50 zu den Erwachsenen, somit konnte er Jaron zwar als Jungspund bezeichnen, doch nicht als Knaben. Der Mann stand in dieser Mission nicht unter ihm, als Elf sowieso nicht, was hieß, Ace konnte sich nicht einfach über sein Wort hinwegsetzen. Sie mussten sich einig sein. Eigentlich.

Aber Jaron schien nicht einsehen zu wollen, dass das Einsetzen von Magie, ihn vielleicht das Leben kosten könnte.

„Wir werden sehen, noch erlösen wir sie nicht“, teilte Ace ihm mit und Jaron neigte den Kopf. „In Ordnung.“

Es war offensichtlich, dass Jaron die Frau nicht einfach töten wollte, selbst wenn es ein Akt der Gnade für sie gewesen wäre. Ace wusste, wie schwierig es war, eine solche Entscheidung zu treffen. Es ging um Leben und Tod ... Auch, wenn er Jaron bereits hatte töten sehen, so war ihm klar, dass dem Mann dahingehend einfach die Erfahrung fehlte.

Eine Erfahrung, die man sich eigentlich für niemanden wünschte, in ihrer Welt jedoch zum traurigen Alltag gehörte.

Sie setzten ihren Weg fort, doch schon nach kurzer Zeit drang ein jämmerliches Gurgeln an sein Ohr.

Er lugte auf Jenna, die ihn flehentlich anstarrte, die Lider zur Hälfte geschlossen. Ihre Kraft war verbraucht, sie schien zu bereuen, was sie getan hatte, denn die Qualen mussten schrecklich sein.

Erlösen oder nicht, ging es Ace durch den Kopf und für einen Moment ruckte sein Blick zu Jaron, der sich gerade mit Tamina beschäftigte. Abrupt blieb Ace stehen und ließ sich mit Jenna auf dem Boden nieder.

„Ace!", hörte er Jaron rufen, doch er ignorierte ihn. Stattdessen griff er das Messer und riss es aus Jennas Hals.

Einer Fontäne gleich schoss Blut daraus, als die Wunde offengelegt wurde.

Die Augen der Elfe weiteten sich, die Lippen zuckten um den Knebel herum, dann legte sich ein ihm gut bekannter weißer Schleier über ihren Blick.

Sie war tot.

„Wie konntest du nur?", fauchte Jaron und stieß ihn gegen die Schulter.

Ace, der in der Hocke gewesen war, fiel ins Gras, rappelte sich aber sofort wieder auf.

„Es war das einzig Richtige", teilte er dem Fluchelf mit emotionsloser Miene mit. „Sie hätte es nie bis zum Schloss geschafft, so ersparen wir ihr unnützes Leid."

Wütend schnitt Jaron mit der Hand durch die Luft. „Darum geht es nicht und das weißt du! Mit ihrem Tod verschwinden auch ihre Gedanken und Erinnerungen! All die Informationen, die sie uns hätte liefern können, sind fort und das ist deine Schuld!"

Ace hielt Jarons zornigem Blick stand und neigte den Kopf.

„Ja, das ist es und ich bereue es nicht. Tamina kann uns gewiss ebenso weiterhelfen. Die Qualen Jennas zu verlängern oder sie deiner Magie auszusetzen, jetzt, wo du sie wohl nicht einmal unter Kontrolle hast, wäre schlicht falsch", erklärte er bemüht ruhig. „Außerdem hätte es dich das Leben kosten können und diesen Gedanken ... ertrug ich nicht."

Die Worte auszusprechen, bedeutete, einen weiteren Schritt in die eigentlich falsche Richtung zu tun, doch Ace hatte sie nicht zurückhalten können.

Er konnte es nicht mehr leugnen, Jaron bedeutete ihm etwas.

Jaron

Das zu hören, ließ Jarons Zorn verrauchen. Hatte Ace das gerade wirklich gesagt? Das hieß, der Mann wollte ihn schützen. Empfand er womöglich doch etwas für ihn?

„Oh Jenna“, schluchzte Tamina, die sich erneut die Tränen von den Wangen wischte. „Ein solches Ende hast du nicht verdient. Finde Ruhe im Reich der Götter.“

Ihre Worte rissen ihn aus seiner Starre und Jaron schüttelte den Kopf. „Das hoffe ich auch für sie“, murmelte er. Ace wandte sich bereits ab. „Gehen wir weiter“, hörte Jaron ihn sagen.

Da er selbst gerade nicht wusste, was er erwidern sollte, nahm er den Marsch wieder auf, wobei er Tamina am Arm griff, um sie mit sich zu ziehen.

Die Frau stand sichtlich unter Schock, doch Jaron erging es im Moment nicht anders, wenn auch aus einem anderen Grund.

Sein Herz, das bei Ace‘ Worten einen Schlag ausgesetzt hatte, raste nun in seiner Brust und wollte sich gar nicht mehr beruhigen. Er versuchte, einen klaren Kopf zu bewahren und nicht zu viel in das Gesagte zu interpretieren, doch irgendwie wollte es ihm nicht gelingen.

Jennas Tod lag wie eine dunkle Wolke über ihrer kleinen Gruppe. Gerade Tamina war nun völlig verstummt, nur hin und wieder konnte man sie leise schniefen hören. Im Lauf des Tages merkte Jaron, dass sich seine Fluchmagie langsam erholte. Zur alten Stärke hatte er zwar noch nicht zurückgefunden, doch es wurde stetig besser.

Ace sprach nur das Nötigste mit ihm, jedoch drängte Jaron den Aurox auch nicht, denn er musste sich selbst erst einmal über alles klar werden.

Erneut übernahm Ace die Nachtwache und Jaron legte sich in der Nähe von Tamina nieder. Wirkliche Ruhe fand er nicht, der Schlaf mied ihn, dafür kreisten andauernd Gedanken in seinem Kopf umher.

Dieses Mal blieb er trotzdem liegen, ihm war nicht nach einem Gespräch. Zudem hätte er nicht einmal gewusst, was er sagen sollte.

Jaron ließ die Augen geschlossen und kaum trafen die ersten Strahlen der Sonne seine Lider, hob er sie und setzte sich auf. „Leg dich schlafen, du brauchst Ruhe", sagte er zu Ace, der ihm lediglich zunickte und sich dann selbst ablegte. Auch ihm schien die Situation nicht zu gefallen ...

Jaron schüttelte den Kopf.

Egal, was passiert war, nun zählte es, erst einmal nach Hause zu kommen. Dort könnten sie dann vielleicht in Ruhe und ohne Tamina darüber sprechen.

Nach kurzer Zeit regte sich die Elfe und sah zu ihm. „Habt ihr euch gestritten?"

Jaron blinzelte. „Bitte?", fragte er verwirrt, ehe er sich an Ace' Lüge erinnerte.

Oh, verfluchter Mist!

„Nein, das ist kein Streit", wiegelte er ab. „Die Lage hat sich verschärft und dass er Jenna erlöste, ohne mir die Möglichkeit zu geben, in ihren Kopf zu blicken, war schlussendlich die richtige Entscheidung. Auch, wenn es mir nicht gefallen hat."

Sofort wurde Taminas Miene traurig. „Sie war nicht immer so. Ich habe sie ganz anders kennengelernt. Eine noch junge Frau mit der Hoffnung, irgendwann frei zu sein. Nun ist sie es, zwar nicht auf die Weise, die wir uns erhofften, aber immerhin."

Er nickte, viel dazu sagen konnte er nicht, da er Janna nicht gekannt hatte.

Jaron merkte erst, dass sein Blick zu Ace gegangen war, als Tamina leise fragte: „Du liebst ihn sehr, nicht wahr?"

Im ersten Augenblick konnte er nicht einmal antworten, so sehr brachten ihn die Worte aus der Fassung.

Liebe?

Natürlich glaubte sie, er habe eine Beziehung zu Ace, aber dem war nicht so. Der Aurox mochte Männer nicht auf diese Art.

Oder?

‚Es hätte dich das Leben kosten können und diesen Gedanken ... ertrug ich nicht ...'

Das hatte Ace gesagt. Er hatte ihn schützen wollen, aber das war noch lange kein Zeichen dafür, dass der Mann Gefühle für ihn hegte.

„Natürlich tue ich das", antwortete er, als das Schweigen drohte, sich auszudehnen. „Ich war überglücklich, als er mir eine Chance gab, und werde alles daran setzen, diese nicht zu vergeuden."

Er war etwas irritiert über sich selbst, denn das kam ihm alles recht leicht über die Lippen, als würde es der Wahrheit entsprechen. Zwar hatte Jaron nie Probleme mit kleinen Tricks oder Lügen gehabt, doch gerade fühlte es sich anders an.

„Das ist schön", murmelte Tamina, bevor sie ein Seufzen ausstieß. „Halte die Liebe fest, sie ist viel zu oft flüchtig und von kurzer Dauer."

Er schmunzelte und legte ihr die Hand auf die Schulter. „Mach dir deshalb keine Gedanken. Zwischen Ace und mir ist alles in Ordnung."

Ihr Blick ging zu dem Aurox, ehe sie ihm zulächelte. „Gewiss, verzeih meine Sorge. Es würde mich auch gar nichts angehen."

Jaron winkte ab und sah auf, als Ace sich rührte. Er streckte sich, dann stand er auf und wandte sich ihnen zu. „Da wir alle wach sind, sollten wir unseren Weg fortsetzen", schlug er vor und Jaron neigte den Kopf. „Je schneller wir beim Schloss sind, desto besser", stimmte er ihm zu.

Normalität, er musste alles normal wirken lassen, damit Tamina keinen Verdacht schöpfte. Immerhin wollte er Ace' Lüge nicht enttarnen.

Er ging zu ihm und nahm ihn am Arm. „Kann ich kurz mit dir sprechen?", fragte er im Flüsterton und Ace hob die Brauen. „Sicher. Was ist los?"

Jaron fühlte Taminas Blick im Rücken, doch er schenkte ihr keine Beachtung.

„Ich verstehe, warum du sie getötet hast", erklärte er Ace. „Dennoch finde ich nicht gut, dass du es ohne Rücksprache mit mir getan hast. Du magst es nicht glauben, doch ich kann meine Kräfte durchaus einschätzen. Aber dennoch danke für deine Sorge."

Erstaunen blitzte in Ace' Augen, ehe er den Kopf schüttelte. „Dafür musst du mir nicht danken und du hast recht, ich hätte zuerst mit dir sprechen müssen. Die Situation ist unglücklich verlaufen, aber jetzt ist daran nichts mehr zu ändern."

Schon wollte der Aurox sich abwenden, doch Jaron hielt ihn fest. Ace legte den Kopf leicht in den Nacken, um zu ihm aufsehen zu können, und Jaron senkte den seinen. Schon berührten sich ihre Lippen, wenn auch nur flüchtig. Dass Ace sich sofort versteifte, entging ihm nicht, doch er entzog sich dem Kuss nicht.

Die Wärme von Ace' Lippen ging Jaron durch Mark und Bein und gerade hätte er den Mann nur zu gern an sich gedrückt, doch das würde dieser niemals zulassen. Also löste er sich gezwungenermaßen von ihm und lächelte. „Gehen wir weiter."

Ace blickte ihn einen Herzschlag lang an, dann nickte er und wandte sich ab. „Wenn wir uns beeilen, erreichen wir das Schloss noch vor Sonnenuntergang."

Es war unüberhörbar, dass der Aurox sich wünschte, diese Mission wäre bald vorbei. Jaron konnte ihm einerseits zustimmen, denn in den vergangenen Tagen war mehr passiert, als sie bei Beginn der Mission geahnt hatten.

Dass es schlecht um das Dorf und seine Bewohner stand, war vom ersten Moment an offensichtlich gewesen, doch wie gravierend es wirklich war ... Schon, wenn er an die Kinder dachte, die wieder allein und verängstigt in diesem Haus saßen.

Und was tat Jaron?

Nicht nur, dass er sie einfach zurückließ, nein, er hatte auch ausschließlich Ace im Kopf. Das war mehr als unangebracht. Er sollte sich auf seine Aufgabe konzentrieren, verflucht!

Wieso nur fiel ihm das so schwer?

Da stach es in seiner Brust und er musste ein Seufzen unterdrücken. Ja, er hatte Gefühle für den schönen Aurox entwickelt und das würde ihn gewiss noch in gewaltige Schwierigkeiten bringen. Denn selbst, wenn Ace ihn mit Jennas Tod hatte schützen wollen, konnte er sich einfach nicht vorstellen, dass der Mann auch nur im Ansatz so für ihn empfand.

Den Göttern sei Dank war ihnen das Glück hold. Keine Erweckten kreuzten ihren Weg und als die Sonne gerade ihren Abstieg begann, erreichten sie endlich das Schloss. Zusammen mit Tamina nutzten sie den seitlichen Eingang bei den Trainingsplätzen, wobei sie von einigen Goldkriegern argwöhnisch gemustert wurden. Da Jaron als Fluchelf-Rekrut und auch als Freund des leitenden Hauptmanns bekannt war, wurden sie nicht aufgehalten. Tamina blickte verschreckt drein, sie wollte eindeutig nicht hier sein, was er verstehen konnte.

„Hab keine Furcht, du bist in Sicherheit“, raunte er ihr zu, ehe sie die breite Treppe bis ganz nach oben stiegen. Ace lief ihnen voran und blickte dabei kein einziges Mal zurück. Nun war er wieder Quintens Leibwächter und durfte sich nicht so vertraut mit ihnen zeigen.

Wie der König seine stärksten Kämpfer behandelte, würde Jaron nie verstehen. Die Schattenwandler wären vielleicht nicht allesamt auf seiner Seite, würde er besser mit ihnen umgehen, aber dann hätte er wenigstens eine sichere und loyale Gruppe an exzellenten Kämpfern.

Doch freiwillig würde der alte Elf an der jetzigen Situation nichts ändern. Jaron wusste, dass Quinten und ein paar andere daran arbeiteten, etwas zu verändern, doch wie lange dieser Prozess dauern würde und ob sie wirklich erfolgreich sein würden, das wussten nur die Götter.

Jaron war zwar offiziell kein Teil dieser Gruppierung, doch er hatte sich längst dazu entschieden, zu helfen, wo es ihm möglich war. Einem König, der einen solch großen Unterschied zwischen Elfen und anderen Völkern machte, wollte er nicht dienen und erst recht nicht folgen.

An der Tür zu Quintens Quartier angekommen, klopfte Ace einmal, ehe er öffnete. Jaron ließ ihm bereitwillig den Vortritt und folgte mit der eingeschüchterten Frau. Er schloss die Tür und blieb mit Tamina dort stehen, während er den Blick schweifen ließ.

Quinten, wie sollte es auch anders sein, saß an seinem Schreibtisch und hob sogleich den Blick. „Ihr seid zurück“, stellte er erfreut fest und erhob sich. „Und ihr seid nicht allein?“

Ace verneigte sich, ehe er sich in eine Ecke beim Kamin zurückzog, was Jaron nur aus den Augenwinkeln beobachtete.

Seine Aufmerksamkeit galt Quinn. „Sind wir, Hauptmann. Verzeiht die späte Störung, doch der Bericht kann nicht warten. Wir haben alarmierende Zustände vorgefunden und einiges herausgefunden. Dies hier ist Tamina, auch sie wird viel zum Bericht beisteuern können.“

Dass er so förmlich sprach, war beabsichtigt, denn auch, wenn er nicht glaubte, dass Tamina ihnen Schaden zufügen wollte, war Vorsicht besser als Nachsicht.

Quinn neigte den Kopf und verschränkte die Arme vor der Brust, dabei blieb er beim Arbeitstisch stehen. „Sprich!“, befahl er und Jaron begann ohne Umschweife. Er ließ nichts aus, auch nicht den Tod von Wydan, Krow und Jenna. Seinen Fund mit den Kindern, die im Dorf auf Rettung warteten, und die Vermutung, dass die Sklavenhändler bald wieder dort einfallen würden.

Als er geendet hatte, herrschte für einen langen Moment Schweigen, ehe Quinten einen barschen Fluch ausstieß. „Das hätte nie geschehen dürfen“, knurrte er wütend. „Ich werde mich sogleich um entsprechende Maßnahmen kümmern. Jaron, dein Meister sprach mit mir, du sollst dich bei deiner Rückkehr augenblicklich im Fluchelf-Bereich melden. Tamina bleibt vorerst hier, wir werden eine Bleibe für sie finden.“

Mirro wollte ihn sehen? Damit hatte Jaron nicht gerechnet, dennoch verneigte er sich pflichtbewusst und schenkte Tamina ein aufmunterndes Lächeln, ehe er das Quartier verließ. Auf dem Gang stieß er den Atem aus und schloss nur kurz die Augen.

Seine Schläfen pochten noch immer, auch wenn sich seine Magie weitgehend erholt hatte. Was er brauchte, war Ruhe und kein Treffen mit Mirro.

Dennoch, so würde er vielleicht die Chance bekommen, einen Blick auf Blake zu werfen. Wie es dem armen Aurox wohl ergangen war?

Mit gestrafften Schultern ging er die Treppe ein Stockwerk nach unten und bog in den Gang der Fluchelfen ein. An dessen Ende befand sich die Tür zum eigentlichen Fluchelf-Bereich. Er klopfte und als Mirros „Herein“ erklang, öffnete er und trat ein.

„Meister“, grüßte er höflich und verneigte sich. „Ich bin zurück. Hauptmann Quinten sagte mir, Ihr wollt mich sprechen?“

Mirros kalte graue Augen fixierten ihn, Zorn flammte darin und Jaron schluckte. Wie hatte er seinen Meister so wütend gemacht? Er war doch nicht einmal hier gewesen!

„Die Dinge werden sich hier ändern“, informierte Mirro ihn und lehnte sich im Stuhl zurück. „Meine Dienste werden nicht länger benötigt.“

Was?

Jaron blinzelte. „Wie meint Ihr das, Meister?“, wollte er vorsichtig wissen und Mirro stieß ein Schnauben aus.

„Dass der König für dich einen neuen Meister hat, der auch gleich den kompletten Fluchelf-Bereich übernehmen wird. Du bist ihm so wichtig, dass ich dank dir meinen hart erarbeiteten Posten verliere!“

Jaron fuhr zurück, die Wut in Mirros Stimme schnitt wie eine Klinge durch sein Fleisch und er biss die Zähne zusammen. Spannung lag in der Luft, der erfahrene Fluchelf ließ seiner tödlichen Magie

Freiraum. Die Botschaft war offensichtlich. Er könnte Jaron töten, jetzt und hier ...

„Meister, dies war gewiss nie meine Absicht“, versuchte er zu erklären, doch Mirro schnitt mit der Hand durch die Luft und sofort verstummte Jaron.

„Absicht oder nicht, das spielt keine Rolle“, beschied ihn der ältere Fluchelf. „Deine Zukunft scheint wichtiger zu sein als die meine, also werde ich die Stelle räumen. Dein neuer Meister ist bereits im Schloss und du wirst ihn morgen hier treffen. Sonnenaufgang, Bursche!“

Jaron nickte, sein Mund war staubtrocken.

Ein neuer Meister ... bedeutete dies eine neue Chance, die Dinge besser zu machen?

Vielleicht sogar für Blake?

Oder war der neue schlimmer als Mirro?

„Jawohl, Meister Mirro“, antwortete er höflich und Mirro bedeutete ihm, zu verschwinden.

Jaron wandte sich ab, auch wenn er nur zu gern zu Blake gegangen wäre. Wenigstens kurz nach ihm gesehen hätte, doch das hätte Mirro wohl endgültig dazu verleitet, ihn zu töten.

Also verließ er den Bereich, dabei fühlte er den Blick seines Meisters ... seines ehemaligen Meisters, im Rücken.

Erst, als er in seinem Quartier war und die Tür ins Schloss fiel, atmete Jaron durch. „Wieso ersetzt der König Mirro?“, fragte er in den leeren Raum. „Und wie ist derjenige wohl, der dessen Posten übernimmt?“

Fragen, die hoffentlich morgen geklärt werden würden.

Jaron schüttelte den Kopf und trat sich die dreckverkrusteten Stiefel von den Füßen. Seinen Lederbeutel ließ er neben der Tür fallen und ging in die Waschkammer. Nach einer gründlichen Wäsche und frischer Kleidung nahm er das in Leder gebundene Buch zur Hand, welches ihm so viel bedeutete. Damit ließ er sich in einem der beiden Sessel nieder, die vor dem Kamin standen. Dort hatte er zuvor ein Feuer entfacht, um das Quartier zu wärmen.

Mit einem Stück Kohle in der Hand, blätterte er, bis er eine freie Seite fand und begann zu zeichnen.

So viele Gedanken, Eindrücke und Erinnerungen kreisten in seinem Kopf, all das musste raus, und wenn Jaron einen guten Weg dafür kannte, dann war es das Zeichnen. So konnte er all dem freien Lauf lassen und ließ sich einfach treiben.

Das Dorf, die Gespräche mit Wydan, dessen Tod und auch der von Krow. Dabei hatte Jaron viel zu viel von dessen Erinnerungen in sich aufgenommen ... und sich beinahe verloren. Nur dank Ace' Eingreifen, blieb ihm dieses Schicksal erspart.

Ace ... Nie hätte Jaron damit gerechnet, diesem doch so distanzierten Mann so nahezukommen. Körperlich, und vor allem emotional.

Sie hatten sich beide während dieser Zeit besser kennengelernt und durch Ace' Lüge war etwas in Jaron entstanden, was er erst nicht hatte greifen können. Oder wollen.

Doch es war da und das zu leugnen, würde nichts daran ändern. Ja, er mochte Ace, vielleicht auch mehr als das. Taminas Worte gingen ihm durch den Kopf. „Du liebst ihn sehr, nicht wahr?"

Nein, von großer Liebe zu sprechen, wäre übereilt, doch er hatte Gefühle für den schönen Aurox.

Die Frage war, wohin würde das führen?

Jaron stieß den Atem aus und hob die Kohle vom Papier. „Natürlich", murmelte er und blickte in Ace' Gesicht. Dieser schien ihn direkt anzusehen, eine Mischung aus Schock und Unglaube in den Augen.

Genau diesen Ausdruck hatte er gehabt, als Jaron ihn das erste Mal geküsst hatte.

Er legte die Kohle beiseite und strich über die Zeichnung. Es war die dritte, die er an diesem Abend angefertigt hatte.

Die anderen beiden zeigten teilweise das Dorf mit Wydans Haus und das der Kinder.

Deren Gesichter hatte er nicht gemalt, das hatte er nicht übers Herz gebracht.

Nach einem Moment schloss Jaron das Buch und legte es in das kleine Regal über dem Kamin. Er trat ans Fenster und blickte hinaus in die sternenklare Nacht. Nichts war zu sehen, bis auf den Mond, der sein weißes Licht über den Wald verteilte und die Bäume darin eintauchte. Malerisch und wunderschön, wüsste man nicht, was sich dort verbarg.

Erweckte.

Die Brut Ammeys, einer Blutelfe, die laut den Legenden von den Toten zurückgekehrt war.

Jaron war ihr nie begegnet, doch die Geschichten, die Quinn, Raven und auch Ace erzählten, reichten, um ihm eisige Schauer über den Rücken zu jagen.

Das große Ziel war es, diese Frau zur Strecke zu bringen, aber leicht würde dieses Unterfangen nicht werden. Niemand wusste derzeit, wo sich Ammey befand, nur ihre Erweckten streiften wie eine Plage durch die Lande.

Insgeheim fragte er sich, wie weit sich diese Wesen bereits ausgebreitet hatten.

Ob sie vielleicht sogar schon im Vierten Silberreich vorkamen? Dort, wo seine Heimat lag?

Jaron schüttelte den Gedanken schnell ab. Er würde es nicht herausfinden und selbst wenn, könnte er nichts dagegen tun. Er hoffte nur, die Leute in seinem Dorf würden sich zu verteidigen wissen.

Er wandte sich ab und ging ins Schlafzimmer. Dort hatte er eine kleine Öllampe entfacht, die den Raum weit genug erhellte, sodass er zum Bett fand. Die groben Vorhänge hatte er zugezogen, um die Kälte auszusperren.

Jaron legte sich ins Bett und zog die Decke bis zum Hals hoch, ehe er die Öllampe löschte. Mit Ace‘ Bild vor Augen, welches ihn wohl so bald nicht wieder loslassen würde, und einem Herzen, welches zu schnell schlug, schlief er alsbald ein.

Kapitel 7

Ace

Quinn hatte Wort gehalten, denn nach kurzer Zeit war Tamina aus dem Quartier geholt worden. Die Frau würde ihre eigenen Räumlichkeiten bekommen, wenn sie auch bewacht werden würde.

Einfach zur Sicherheit.

Erst, als sie unter sich waren, trat Ace aus seiner Ecke hervor und Raven kam den Gang entlang in den Wohnbereich.

„Ich habe Jarons Bericht mitgehört“, erklärte der jüngere Aurox. „Da habt ihr ja ziemlich viel mitmachen müssen.“

Ace neigte den Kopf und strich sich durch die Haare. „Es waren keine angenehmen Tage, so viel kann ich dir sagen. Doch die Erkenntnisse waren die Strapazen wert und jetzt können wir hoffentlich handeln.“

Quinn, dem die Wut noch immer im Blick stand, trat zu ihnen. „Sei dir gewiss, die Leute werden keine Furcht mehr vor den Sklavenhändlern haben müssen. Ich bin mir sicher, der König wird das Dorf auflösen und die Bewohner in anderen Orten unterbringen. Die Fluchelfen werden sich ein paar von ihnen genauer ansehen und herausfinden, wer noch mit den Händlern in Verbindung steht.“

Ace nickte zustimmend, so war es das Beste. Doch etwas brannte ihm noch auf der Seele.

Madiva, Quinns totgeglaubte Mutter ... Sie lebte und war eine Marionette der Sklavenhändler. Wie würde der Mann reagieren, wenn Ace ihm davon erzählte?

Quinn war sehr impulsiv und könnte sofort handeln wollen. Dabei neigte er dazu, alles andere zu vergessen. Auch wenn es Ace nicht gefiel, vorerst sollte er die Information zurückhalten.

Mit Jaron würde er darüber sprechen, er besaß immerhin die Erinnerungen von Krow und Wydan. Vielleicht würde er ihm mehr zu Madiva sagen können.

Wenn er sie doch nur ausfindig machen könnte!

Es schmerzte ihn, die Freundin in den Händen dieser Mistkerle zu wissen und nichts tun zu können.

„Ace?“, hörte er Quinn fragen und hob schnell den Blick. „Verzeih, ich war in Gedanken“, erklärte er sich. „Was sagtest du?“

Quinn musterte ihn, sein Blick fragend, doch da sich Ace nicht weiter dazu äußerte, seufzte der Blutelf.

„Wie hat die Zusammenarbeit mit Jaron funktioniert? Ich weiß ja, dass du deine Probleme mit meinem Bruder im Geiste hast.“

Das war sogar noch untertrieben, dachte Ace.

Doch während der Mission hatten sich die Dinge geändert.

Gefährlich geändert.

„Es hat erstaunlich gut geklappt“, antwortete er deshalb wahrheitsgemäß. „Wir hatten unsere Differenzen, aber diese waren bald überwunden. Ich bin froh, ihn bei dieser Aufgabe an der Seite gehabt zu haben.“

Quinn und Raven starrten ihn ungläubig an, dann schlug Raven seinem Blutelf auf den Oberarm. „Ich sagte doch, sie würden sich verstehen!“

Ace runzelte die Stirn. Wie Raven ‚verstehen' aussprach, gefiel ihm nicht.

Er blickte zwischen dem Aurox und Quinn hin und her. „Weiß ich etwas nicht?“, fragte Ace argwöhnisch, doch beide winkten nur ab.

„Nein, wir haben nur geglaubt, dass Jaron und du euch verstehen würdet, wenn ihr euch näher kennengelernt habt“, erklärte Quinn mit zuckenden Mundwinkeln.

Da stimmte etwas nicht, doch das war Ace gerade egal. Er war müde und kaputt von der Mission. Noch immer trug er die teils dreckverkrustete Kleidung und die Stiefel, die womöglich schon mit seinen Füßen verwachsen waren.

„Wir ihr meint“, entgegnete er deshalb. „Entschuldigt mich, ich muss aus diesen Sachen raus.“

Damit ließ er den Wohnraum hinter sich und ging in sein Schlafzimmer. Dort holte er eine dunkle Hose aus dem Kleiderschrank und ein dazu passendes Oberteil in einer ähnlichen Farbe.

Hier im Quartier musste er nicht ständig die Uniform tragen, was eine willkommene Abwechslung war.

Mit der Kleidung in Händen huschte er in die Waschkammer. Dort wusch er sich gründlich, was eine Wohltat war, ehe er die frischen Sachen anzog und sich kurzerhand ins Bett fallen ließ.

Ace schloss die Augen und stieß den Atem aus. Die Geschehnisse der vergangenen Tage kreisten noch in seinem Kopf, aber dank seiner jahrhundertelangen Erfahrung konnte er die Dinge alsbald ausblenden. Doch was ihn nicht in Ruhe ließ, war Jaron.

Der Fluchelf, den er eigentlich so gar nicht hatte leiden können, war zu etwas anderem geworden. Einem Mann, dem Ace vertraute ... und der ihn geküsst hatte.

Er hob die Hand und strich mit den Fingerspitzen über seine Lippen. Sogleich musste er an Arya denken, doch diesmal waren die Erinnerungen nicht schmerzbehaftet.

Arya gehörte die Vergangenheit und die Zeit würde ihm niemand mehr nehmen können.

Jarons Gesicht blitzte vor seinem inneren Auge auf und Ace biss die Zähne zusammen.

Wäre es eine Möglichkeit? Ein Neuanfang mit Jaron?

Er schüttelte den Kopf und drehte sich zur Seite, wobei er sich die Decke fast bis über den Kopf zog. Genug der Grübelei, befahl er sich selbst.

Es dauerte bis in die tiefe Nacht, ehe er endlich Schlaf finden konnte, und nicht mal im Traum ließ der vermaledeite Fluchelf ihn nicht in Ruhe.

Der Kuss verfolgte ihn, Jarons weiche Lippen, sein Duft und seine großen Hände auf Ace‘ Schultern ...

Mit einem Keuchen kam er zu sich und setzte sich abrupt im Bett auf. Helle Sonnenstrahlen fielen durch das Fenster, er hatte die Vorhänge nicht zugezogen.

„So geht das nicht weiter“, schimpfte er und sah an sich herab. „Oh verflucht!“

Selbst sein Körper verriet ihn, er war im Schlaf hart geworden und ahnte, dass der Traum schuld daran war.

Er zwang sich, durchzuatmen und sich zu beruhigen, denn selbst sein Herz schlug viel zu schnell.

Erst nach einer ganzen Weile hatte sich alles gelegt und er konnte aufstehen. Nachdem er sich in der Waschkammer erleichtert hatte, ging er nach vorne in den Wohnraum, wo er Quinn und Raven in den Sesseln am Kamin vorfand.

„Die Mission muss dich ganz schön beansprucht haben“, war Ravens Begrüßung. „Es ist schon gleich Mittag.“

Ace strauchelte. Selten schlief er länger als bis nach Sonnenaufgang!

„Anscheinend“, gab er zurück und ging zu dem kleinen Fass in der Nähe des Kochfeuers, wo er sich mit einem Becher Wasser schöpfte, den er augenblicklich leerte.

„Wie ist der Plan für heute, Quinn?“, fragte er und drehte sich zu dem Blutelf, der ihn neugierig musterte.

„Ich muss jetzt dann zum König, um die Maßnahmen bezüglich des Dorfes zu besprechen. Du hast frei und keine Widerrede. Wer weiß, ob ich dich nicht noch ein paar Tage entbehren werde müssen, sollte der König eine weitere Mission genehmigen“, antwortete der Blutelf.

Ace nickte verstehend, daran hatte er auch schon gedacht. „In Ordnung, dann werde ich mal nach meinen Jungs im Lager sehen.“

Da keine Einwände kamen, ging er zurück ins Schlafzimmer, wo er sich eine frische Uniform anzog, ehe er das Quartier verließ. Er lief die Treppe bis ganz nach unten und ging ins Lager der Aurox.

Dort war um diese Zeit nicht viel los, die meisten vertrieben sich den Tag an der frischen Luft.

Wenn sie schon durch das Fluchmal in der Nacht gefangen gehalten wurden, so konnten sie wenigstens tagsüber ein wenig hinaus.

Wenn auch durch Ace‘ Abwesenheit der Ruf des Königs ausgesetzt worden war. Heute Nacht würde sich das wieder ändern ...

Im Lager sprach er mit ein paar Aurox, die ihm aber weiter nichts Neues berichten konnten. Die letzten Tage waren ruhig gewesen. So verließ Ace das Schloss und ging zum Trainingsplatz seiner Leute.

Hier war schon deutlich mehr los und schnell fand er den Mann, den er gesucht hatte.

„Isaak“, rief er den jüngeren Aurox und sofort wandte dieser sich ihm zu. Ein seltenes Lächeln legte sich auf seine Lippen und er kam heran.

„Willkommen zurück. Ich hoffe, deine Mission war erfolgreich?“, grüßte Isaak und Ace nickte. „Danke und ja, kann man so sagen. Wie war die Lage hier?“

Isaak hatte Ace‘ Posten im Lager übernommen, seit er bei Quinn im Quartier lebte.

Auch wenn Isaak nur knapp über 100 Jahre alt war, so besaß er viel Erfahrung und konnte den anderen bei auftauchenden Problemen gut helfen, wenn es Probleme gab. Er mochte eine harte Schale haben und gerne zur Blutklinge greifen, doch seine Brüder behandelte er immer gut.

Er war für sie da und bildete sogar die Jüngeren unter ihnen aus. Streng, aber gerecht, so kannte Ace seinen Isaak.

Schon immer sah er in dem Jungen und in ein paar anderen quasi seine Kinder und nicht selten wurde er von ihnen mit ‚Vater‘ angesprochen. Ace fühlte sich immer wieder geehrt …

„So weit ist alles in Ordnung“, antwortete Isaak. „Weiterhin begleiten zwei oder drei von uns die Goldkrieger in der Stadt bei ihren Patrouillen, doch Erweckte sind bisher keine mehr aufgetaucht. Auch im Schloss blieb es weitgehend ruhig, jedoch nicht im Wald. Nachdem der letzte Hof in der Nähe, den du noch selbst in Augenschein genommen hast, ebenfalls von Erweckten eingenommen worden war, kamen sie immer näher ans Schloss heran. Vom König hört man keine neuen Befehle, wenn, dann äußert sich der leitende Hauptmann. Es sind Grenzen gezogen worden, die von uns in größerer Anzahl bewacht werden. Natürlich nicht Tag und Nacht, das lässt der Ruf des Königs nicht zu. Aber so haben wir bisher schon einige

Erweckte erledigen und verscharren können. So sollten sie bis auf weiteres keine Gefahr darstellen."

Ace knirschte mit den Zähnen, er verstand nicht, wieso der König nicht mehr unternehmen wollte!

Der alte Narr war so in seiner Angst vor Ammey gefangen, dass er sich nur in seinem verdammten Thronsaal verschanzte. Der Königin schien es nicht anders zu ergehen, denn von der sonst recht präsenten Frau war nichts zu sehen oder zu hören.

„Ich werde nochmal mit Quinn reden", beschloss Ace. „Wir müssen endlich nach Ammey suchen und da reicht es nicht, die Grenzen zu bewachen. Wenn der Frau niemand das Handwerk legt, werden die Erweckten sich über ganz Jiltorya ausbreiten. Die Seuche wird bald nicht mehr zu stoppen sein, wenn es nicht schon zu spät ist. Nur die Götter wissen, wie viele von diesen Wesen sich bereits durch die Lande bewegen. Wenn ich nur an die armen Seelen denke, die aus ihrer Grabesruhe geholt worden sind, ... So kann es nicht weitergehen."

Isaak nickte bestätigend. „Wenn ich etwas tun kann, lass es mich wissen."

„Werde ich", versprach Ace. „Doch zuerst muss der König überzeugt werden und dazu brauchen wir Quinn. Ich werde hochgehen, vielleicht erwische ich ihn noch, bevor er aufbricht."

Damit ließ er Isaak zurück und lief ins Schloss. Leider traf er im Quartier nur Raven an, der ihm sagte, dass Quinn bereits beim Treffen war.

„Verdammt", knurrte Ace und lehnte sich gegen den Küchentisch. „Ihr habt keine neuen Hinweise zu Ammey, oder?", fragte er sicherheitshalber, war aber nicht überrascht, als Raven den Kopf schüttelte. „Noch immer halten der König und die Königin sich mit Maßnahmen zu der Blutelfe zurück. Sie lassen zu, dass ihre Ländereien von Erweckten überflutet werden und verstecken sich ängstlich im Schloss. Das ist einfach nur widerwärtig", spuckte der jüngere Aurox aus.

„Stimmt, und deshalb müssen wir etwas tun. Zur Not mit Hilfe von außen", beschloss Ace und Raven hob die Brauen. „Sind sie denn noch in der Nähe?"

Ace nickte. „Ja, er hat es mir versprochen und Taavin hält sein Wort."

Ace' älterer Bruder war ein Hybrid. Eine Mischung aus Druide und Schattenwandler und damit ein Wesen, welches laut dem König nicht existieren durfte. Doch Taavin scherte sich einen feuchten Kehricht darum, was der König von ihm dachte.

Zwar hatte er Sakina bei sich, Ace' Tochter, doch auch sie war im Kampf ausgebildet und würde dem Hybrid gewiss eine Hilfe sein.

Zudem waren Liam und Silvan höchstwahrscheinlich bei ihnen, außer, die beiden hatten ihre eigene Mission weiterverfolgt. Ace kannte davon keine Einzelheiten, wusste aber, dass es mit Liams Eltern, Grey und Mila, zu tun hatte.

„Sprich doch erst mit Quinn", bat Raven. „Er kommt im Laufe des Nachmittags zurück."

Ace überlegte, aber dann nickte er. „In Ordnung, du hast recht. Ich will ihn ja nicht übergehen."

Auch wenn es ihn innerlich drängte, in den Wald zu laufen. Er wusste nicht genau, wo Taavin und die anderen sich versteckten, doch die grobe Richtung kannte er. Selbst wenn er sie nicht finden würde, würden sie seinen Geruch erkennen und sich ihm gewiss zeigen.

„Bleibst du so lange hier oder willst du noch zu Jaron?", wollte Raven wissen und Ace blinzelte irritiert. „Wieso sollte ich zu Jaron wollen?", fragte er, auch wenn der Gedanke merkwürdigerweise verlockend war.

Raven zuckte die Achseln. „Ich dachte, da ihr euch jetzt versteht, würde es dich eher zu ihm drängen. Immerhin war er gestern schon im Fluchelf-Bereich und dort gibt es Neuerungen. Das wird auch Blake betreffen.“

„Was meinst du damit?“, wollte er alarmiert wissen. Blake ging es so schon katastrophal schlecht. Es war ein Wunder, das der arme Kerl all die Jahre als Spielzeug der Fluchelfen überlebt hatte. Wobei das, was Blake hatte, nicht als Leben zu bezeichnen war.

„Es wird einen neuen Meister geben“, antwortete Raven. „Mirro muss seinen Platz räumen.“

Ace riss die Augen auf. „Und weshalb sagst du mir das erst heute?“

Der andere schnaubte. „Zum einen, weil Quinn es mir selbst erst heute Morgen erzählt hat, und zum anderen, weil es keine Rolle spielt. Wir werden sehen, wie der Neue sich verhält und was er im Fluchelf-Bereich ändern wird.“

Ace knirschte mit den Zähnen. Und wieder konnte er nur abwarten, das gefiel ihm absolut nicht.

„Wie heißt der neue Fluchelfmeister?“, wollte er wissen und Raven überlegte. „Malex, hat Quinn gesagt. Ein wohl schon älterer Fluchelf.“

Malex ... Der Name sagte Ace etwas und er zog die Brauen zusammen. Ein Fluchelf mit diesem Namen hatte bereits einmal im Schloss gelebt, doch zu dieser Zeit war Ace selbst noch ein Junge gewesen, keine 50 Jahre alt. Könnte es der gleiche Mann sein?

Wohl kaum.

„Kennst du ihn etwa?“, wollte Raven wissen und Ace zuckte die Achseln. „Ich weiß es nicht“, gestand er. „Der Name kommt mir bekannt vor und ich erinnere mich dunkel daran, dass einst ein Fluchelf mit diesem Namen im Schloss war. Doch ob es der gleiche Mann ist, kann ich erst sagen, wenn ich vor ihm stehe. Ich weiß nicht einmal mehr genau, wie er damals aussah.“

Raven brummte und lümmelte sich in den Sessel. „Nun ja, Jaron wird uns bestimmt etwas über den mysteriösen Neuen erzählen können.“

Ace trat ans Fenster, gerade gab es genug Probleme, um die sie sich kümmern mussten. Zudem durften sie dabei ihre eigentliche Mission, den verdammten König loszuwerden, nicht vergessen.

Auch wenn Letzteres ein äußerst heikles und schwieriges Unterfangen sein würde. Dafür würden ein paar Monate Vorbereitung nicht reichen, das war ihnen allen bewusst.

Doch eines nach dem anderen.

Ammey und die Erweckten standen, ebenso wie das Dorf, in dem er mit Jaron gewesen war, ganz oben auf der Liste.

Wenn die Sklavenhändler und die Blutelfe beseitigt waren, konnten sie mit dem eigentlichen Plan weitermachen.

Geduld, mahnte er sich selbst, alles zu seiner Zeit.

„Sag mal, Ace“, fing Raven an. „Ist zwischen Jaron und dir etwas vorgefallen?“

Er schloss die Augen, woher kam diese Frage jetzt wieder? „Wie kommst du darauf?“, wollte Ace wissen. „Was soll denn passiert sein?“

„Ich weiß nicht, es ist nur so ein Gedanke“, war Ravens doch recht rätselhafte Antwort.

Nun wandte Ace sich dem Jüngeren zu. „Raus mit der Sprache, Raven“, verlangte er. „Quinn und du, ihr habt gestern schon so merkwürdige Andeutungen gemacht! Was ist hier los?“

Raven hob die Hände, seine Lippen waren zu einem Grinsen verzogen. „He, immer mit der Ruhe. Rein gar nichts ist los, wir haben uns nur Gedanken gemacht.“

Ace verengte die Augen zu schmalen Schlitzen. „Gedanken worüber?“

Nun konnte Raven ihm nicht mehr in die Augen sehen, er senkte den Blick. „Ach, wir hoffen eben, dass du noch glücklich wirst.“

Wie bitte?

Ace lehnte sich gegen den Fenstersims. „Glücklich? Raven, was meinst du?“ Auch wenn er glaubte, die Antwort zu kennen, wollte er es hören.

„Seit Aryas Tod bist du nicht mehr du selbst“, antwortete Raven und lugte zu ihm. „Quinn, ich und auch einige der anderen haben sich seitdem große Sorgen um dich gemacht. So kennen wir dich nicht ... Erst, als Jaron vor gut sechs Monaten ins Schloss kam, änderte sich dein Verhalten etwas. Jetzt hatten wir die leise Hoffnung, mit euch beiden könnte es mehr werden.“

Ace schwieg, nun war es an ihm, zu Boden zu starren. War sein Verhalten wirklich so auffällig gewesen? Die Zeit nach Aryas Tod kam ihm teilweise unwirklich vor, vielleicht hatte er sich tatsächlich verändert. Und das anscheinend nicht zum Guten.

„Es tut mir leid, wenn ich euch Sorge bereitet habe“, antwortete er nach kurzem Schweigen. „Das lag nicht in meiner Absicht, doch der Verlust meiner Frau hat mich schwer getroffen.“

„Das ist ja auch völlig verständlich“, fiel ihm Raven ins Wort, der sich gerade erhoben hatte und nun zu ihm kam. „Trauer ist etwas, das wir alle kennen. Du warst für mich da, als meine Eltern starben, als ich mit einem Mal völlig allein war. Der Unterschied ist, dass du nicht zugelassen hast, dass wir für dich da sind. Du hast alles mit dir selbst ausgemacht und das führte dazu, dass du dich immer mehr in dich selbst zurückgezogen hast.“

Ace sah auf, er konnte Raven nicht widersprechen, denn tatsächlich war es genau so, wie der jüngere Mann sagte. Doch das war Ace in dieser Zeit nicht wirklich aufgefallen und selbst wenn, war es ihm egal gewesen.

„Jaron hat es geschafft, dich aus deinem Schneckenhaus zu locken“, sprach Raven weiter. „Deshalb dachten wir, er würde dir guttun, und gestern, da habt ihr irgendwie vertraut gewirkt.“

Ace lachte leise.

„Vertraut? Ich stand in der Ecke und er an der Tür. Wie kann man da vertraut wirken?“

Raven schüttelte den Kopf, seine Miene blieb ernst. „Wann immer Jaron im Quartier war, hast du ihn mit eisigem Schweigen gestraft und ihm immer wieder fast schon tödliche Blicke zugeworfen. Gestern war es anders, als wärt ihr euch einig. Verstehst du?“

Ace überlegte, ja, er wusste, was Raven sagen wollte, und es war ja auch wirklich viel während der Mission passiert.

„Was Jaron und mich betrifft“, meinte Ace nach kurzer Überlegung, „ich weiß nicht, ob und was aus uns werden kann. Gerade will ich darüber auch nicht nachdenken. Es ist so einiges geschehen, das erst einmal sacken muss, verstehst du? Bitte, lass mir und auch ihm einfach Zeit.“

Ravens Augen weiteten sich und schon lächelte er wieder. „Natürlich, alle Zeit der Welt. Wie gesagt, wir wollen nur, dass du und auch Jaron glücklich werdet.“

Ace erwiderte das Lächeln.

„Danke, mein Freund. Die Zeit wird zeigen, wohin es führt. Und ich bleibe hier, bis Quinn zurückkommt, dann besprechen wir die nächsten Schritte. Ich bin gespannt, was der König wegen des Dorfes und der Sklavenhändler unternehmen wird.“

Jaron

Die Nacht war kurz und Jaron fühlte sich alles andere als erholt, als er am frühen Morgen in der Waschkammer stand. Noch verschlafen wusch er sich und kleidete sich mit der formellen Uniform der Fluchelfen.

Die schwarze Kutte, die er sich über die Schultern legte, fühlte sich auch noch nach mehreren Monaten im Schloss fremd an.

Sie gehörte nicht zu ihm, war in seinen Augen mehr ein Schandfleck als alles andere. Dennoch trug er sie, wie es von ihm verlangt wurde.

Er trank einen Becher Tee und aß ein Stück Brot, ehe er zum Fluchelf-Bereich aufbrach. Es war merkwürdig, denn er wusste, Mirro würde nicht dort sein.

Ein neuer Meister ... Jaron hatte sich nicht mit dem Gedanken anfreunden können, wusste er immerhin nicht, wer ihn nun erwartete.

Als er in den Gang einbog, an dessen Ende der Arbeitsraum war, stutzte er.

Bei Mirro war die Tür stets geschlossen gewesen, nun stand sie fast vollkommen offen. Etwas langsamer als sonst, schritt er darauf zu und lugte in das Zimmer.

„Meister?“, fragte er vorsichtig und blickte sich um. Da trat ein hochgewachsener Mann aus dem Versuchsraum ins Arbeitszimmer.

Jaron selbst war groß, aber dieser Fluchelf überragte ihn fast um eine halbe Kopflänge!

Das Erste, was Jaron auffiel, waren die Augen ... sie strahlten in einem hellen und doch warmen Goldton.

„Guten Morgen“, grüßte der Fremde ihn mit einem Lächeln auf den Lippen. „Du musst Jaron sein.“

Er nickte dem älteren Elf zu. „In der Tat, Meister. Ich hoffe, ich bin nicht zu spät?“

Der andere schüttelte den Kopf. „Nein, natürlich nicht, ich bin selbst vorhin erst hergekommen. Bitte schließe die Tür, dann können wir uns unterhalten.“

Gehorsam kam Jaron dem nach und ließ sich danach seinem Meister gegenüber am Tisch nieder.

„Mein Name ist Malex“, begann dieser sogleich. „Wie Mirro dir hoffentlich mitgeteilt hat, werde ich ab heute den Fluchelf-Bereich und auch deine Ausbildung übernehmen. Wir werden also viel Zeit zusammen verbringen.“

Jaron neigte den Kopf. „Meister Mirro sprach gestern Abend noch mit mir. Ich bin erst von einer Mission heimgekehrt, weshalb mich die Neuigkeiten glatt ein wenig überrumpelt haben“, gestand er, was Malex lachen ließ. Mirro hatte nie gelacht, ging es ihm durch den Kopf. Wenn sich seine Lippen verzogen hatten, dann zu einem höhnischen oder herablassenden Grinsen.

„Das kann ich mir gut vorstellen“, meinte Malex. „Mirros Art ist und war schon immer äußerst ... speziell, von daher wird er dir auch nicht gerade viel erklärt haben, nehme ich an?“

Jaron schüttelte den Kopf.

„Da liegt Ihr richtig, Meister Malex. Meister Mirro hat mir immer nur das Nötigste erklärt, sei es im Umgang mit meiner Fluchmagie, oder auch in den täglichen Aufgaben und Belangen im Schloss.“ Er konnte diesen Malex nicht einschätzen, aber bisher hatten seine Instinkte nicht Alarm geschlagen, was ihn vorsichtig hoffen ließ. So hatte Jaron beschlossen, vorerst weitgehend ehrlich zu sein.

„Verstehe“, murmelte Malex und seufzte. „All das wird sich künftig ändern, darauf hast du mein Wort. Ich werde mir die Zeit nehmen, dich in der Kunst der Fluchmagie auszubilden. Mit allem, was dazugehört.“

Die letzten Worte gefielen Jaron nicht, musste er doch sofort wieder an Blake denken. Dabei zuckte sein Blick zur Tür, die in den Versuchsraum führte.

Was hatte Malex wohl bei dem Aurox gemacht?

„Hab keine Sorge“, hörte er seinen neuen Meister sagen. „Blake wird es auch besser gehen. Ich bin nicht Mirro und meine Methoden unterscheiden sich grundlegend von den seinen.“

Sogleich war Jaron ganz Ohr und richtete seine volle Aufmerksamkeit auf Malex. „Wie meint Ihr das? Wie nutzt Ihr die Magie?“

Malex hob eine Hand und ein kleiner Windwirbel bildete sich in zwischen dessen Fingern. Nach einem Augenblick rieselten winzige rote Blütenblätter hinab und landeten auf dem Arbeitstisch.

„Fluchmagie ist nicht bösartig oder grausam“, erklärte Malex ruhig. „Sie ist ein Teil von uns und wie wir sie nutzen, obliegt allein uns selbst. Wir entscheiden, ob unsere Kräfte für gute Zwecke oder schlechte genutzt werden.“

Jaron hatte noch nie gesehen, dass so etwas mit Fluchmagie möglich war!

Er kannte seine eigene Kraft nur im Zusammenhang mit Informationsbeschaffung und Folter. Er war absolut fassungslos und begeistert.

„Könnt Ihr mir das beibringen?“, wollte er fast schon aufgeregt wissen und Malex nickte. „Gewiss, das ist immerhin meine Aufgabe als dein Meister. Unsere Magie kann völlig schmerzlos genutzt werden. Niemand muss leiden, wenn wir Informationen brauchen. Leute wie Mirro, die Spaß daran haben, zu foltern und zu quälen, tragen seit jeher dazu bei, dass Fluchelfen einen solch grausigen Ruf haben", erklärte Malex.

Jaron fehlten glatt die Worte, das klang alles zu schön, um wahr zu sein.

Er versuchte, sich zu beruhigen und einen klaren Kopf zu bewahren.

Malex war ein Fremder und konnte ihm alles Mögliche erzählen. Nichts davon musste stimmen.

Jaron brauchte Beweise.

„Wie funktionieren Eure Methoden, Meister?", fragte er deshalb nach und Malex lehnte sich in seinem Stuhl zurück. Dabei griff er seine langen dunkelblauen Haare, die zu einem kunstvollen Zopf geflochten waren, und legte sie sich über die Schulter.

Jaron konnte die ein oder andere golden schimmernde Haarnadel darin erkennen.

Sein Meister schien viel Wert auf sein Äußeres zu legen. Jaron kam nicht umhin, Malex zu mustern, und musste zugeben, dass dieser wahrlich gutaussehend war. Würde sein Herz nicht bereits für einen anderen Mann schlagen ...

Einen Moment!

Wohin zogen Jarons Gedanken denn schon wieder? Für wen schlug sein Herz denn?

„Ich werde dir alles beibringen, was ich weiß, und dir meine Arbeitsweise genau erklären", antwortete Malex und riss ihn somit aus seinen Gedanken. „Es braucht Zeit, um die verschiedenen Herangehensweisen zu erlernen, und viel Übung."

Sogleich versteifte Jaron sich, denn Übung bedeutete Schmerz und Leid für Blake ...

„Sei unbesorgt", meinte Malex, als hätte er seine Gedanken erraten. „Blake wird es nicht schlecht ergehen. Die ersten Übungen, bis du die Methoden verstanden hast, finden an mir statt."

Damit hatte Jaron nicht gerechnet, erneut verschlug es ihm die Sprache und er starrte seinen neuen Meister schweigend an.

„Unglaublich", brachte er nach einem langen Moment über die Lippen. „Wenn ... wenn das alles wahr ist, dann würde ich mich freuen, von Euch lernen zu dürfen."

Malex neigte den Kopf, dabei verzogen sich seine Lippen erneut zu einem Lächeln. „Ich verspreche dir, es ist wahr, was ich dir sage, und die Dinge werden sich ändern. Stück für Stück. Sowohl für dich als auch für Blake, denn was bisher hier im Fluchelf-Bereich geschah, ist grauenhaft. Ich werde nichts davon dulden. Da Mirro sich seine Rekruten stets selbst ausgesucht hat, mit Ausnahme von dir, habe ich die Männer und Frauen aus dem Schloss entfernen lassen, die seinen Methoden so bereitwillig frönten. So etwas kann ich nicht gebrauchen."

Jaron blinzelte, mit all diesen Informationen kam er kaum noch hinterher!

„Bitte verzeiht", unterbrach er Malex. „Heißt das, ich bin derzeit der einzige Rekrut?"

Als der ältere Fluchelf zustimmend nickte, entkam Jaron ein leises und ungläubiges Lachen.

„Nicht zu glauben ..."

„Ich weiß, das ist alles viel zu verarbeiten und wir werden noch genug Zeit haben, die einzelnen Dinge in Ruhe zu besprechen", sagte Malex und erhob sich dabei. „Ich habe jetzt aber ein paar Sachen mit Blake zu erledigen. Mirro hat Schlimmes bei ihm angerichtet, ich werde versuchen, den Schaden wenigstens etwas zu beheben."

Da erhob sich Jaron und sah erneut zum Versuchsraum. „Dürfte ich Euch begleiten? Ich würde gern nach Blake sehen. Mirro hat es mir nie gestattet, ihm in irgendeiner Form zu helfen. Wenn er mich dabei erwischte, ging das nicht gut für mich aus."

Da verhärtete sich Malex' Miene und das Gold seiner Augen wurde dunkler. „Dieser Widerling", knurrte Jarons Meister leise. „Komm mit und auch, wenn ich mich wiederhole, es wird sowohl Blake als auch dir künftig besser im Fluchelf-Bereich gehen. Ich werde mich um alles kümmern."

Auch, wenn Jaron die Worte allesamt nur zu gern geglaubt hätte, so brauchte er Beweise. Zu viel war in seinem Leben bereits geschehen, als dass er sich leichtfertig an etwas Gesagtes klammerte. Selbst wenn es so verlockend war wie Malex' Aussagen.

„Vielen Dank, Meister", antwortete er und folgte dem älteren Fluchelf in den Versuchsraum.

Anders, als Jaron es gewohnt war, saß Blake nicht in seiner Zelle, sondern auf einem Stuhl bei einem der beiden Fenster.

Er blickte hinaus, ein sehnsüchtiger Ausdruck lag auf seinem Gesicht und Jarons Herz zog sich zusammen.

Er wusste, dass Blake bereits über 100 Jahre hier gefangengehalten wurde, und seitdem hatte er keinen Fuß mehr aus dem Fluchelf-Bereich getan.

Es war unvorstellbar, keinen Wind zu spüren, der einem durch die Haare fuhr. Gras unter den nackten Füßen, oder einfach ein simples Gespräch mit einem Freund zu führen.

Nichts davon hatte Blake im vergangenen Jahrhundert tun können. Es war ein Wunder, dass der Mann überhaupt noch am Leben war, und das aus so vielen Gründen.

Kaum hatten sie einen Fuß in den Versuchsraum gesetzt, sprang Blake auch schon auf, den Blick unterwürfig gesenkt. „Verzeiht, ich gehe wieder in meine Zelle", murmelte er, doch Malex trat vor den deutlich eingeschüchterten Mann. Jaron beobachtete, wie der Fluchelf Blake die Hand auf die Schulter legte und ihn sanft wieder auf den Stuhl drückte.

„Nichts spricht dagegen, wenn du aus dem Fenster siehst“, versicherte Malex ihm.

Jaron fing Blakes Blick auf, als dieser zu ihm lugte und lächelte. Hoffentlich würde Malex sie nicht hinters Licht führen, ging es ihm durch den Kopf.

Da wandte sich dieser auch schon zu Jaron um. „Was Mirro angerichtet hat, ist nicht zu beheben, das haben wir beide vorhin bereits besprochen“, erklärte Malex. „Aber dennoch ist es mir hoffentlich möglich, wenigstens ein paar der Schäden zu beseitigen.“

Jaron nickte und beobachtete, wie Malex die Hände an Blakes Schläfen legte.

Der Aurox blieb dabei völlig ruhig sitzen, wenn er auch verblüfft wirkte.

Normalerweise lag Blake auf dem Tisch, wenn an ihm gearbeitet wurde.

Schon verschwand das helle Gold aus Malex‘ Augen und machte einem blutigen Rot Platz.

Jaron fühlte die Fluchmagie des älteren Mannes, doch anders als bei Mirro, stach sie nicht wie tausend Nadeln auf seiner Haut, stattdessen war es, als würde eine warme Brise über ihn hinweg wehen.

Die Natur der Person spiegelt sich in der Magie wider, so hatte es ihm sein Vater beigebracht und wenn er Malex mit Mirro verglich, dann war da auf jeden Fall etwas dran.

Blake zitterte nicht einmal, während Malex an ihm arbeitete und Jaron lehnte sich gegen den Türrahmen. Sein Kopf war seit dem Morgen endlich klar, die Fluchmagie wieder vollständig und einsatzbereit. Später, wenn er zurück im Quartier wäre, würde er sich die Erinnerungen von Krow und Wydan vornehmen.

Da nahm Malex auch schon die Hände von Blake, der mit einem Mal in sich zusammensackte. Sofort wollte Jaron nach dem Mann greifen, doch sein Meister war schneller.

Malex hob den Aurox in die Arme und trug ihn in die Zelle. „Das war ein wenig viel für den Guten“, murmelte er und seufzte. „Jetzt kann er sich erholen. Jaron, heute muss ich mich erst einmal durch Mirros Wust wühlen, den er mir hinterlassen hat. Du kannst gehen, wir sehen uns morgen zur Mittagszeit.“

Jaron stutzte. „Mittag?“, fragte er sicherheitshalber nochmal nach und Malex nickte. „Ja, ich bin niemand, der allzu früh mit der Arbeit beginnt, also reicht Mittag völlig. Zudem habe ich morgen noch ein Gespräch mit dem König, ehe ich herkomme.“

Jaron sah zu Blake, der gerade von Malex zugedeckt wurde und lächelte.

Vielleicht war es wirklich eine positive Veränderung, nun einen neuen Meister zu haben.

„In Ordnung, dann werde ich zur vereinbarten Zeit bei Euch sein“, versprach er und verließ danach den Bereich.

Erneut war sein Kopf zum Bersten voll mit Informationen. Doch dieses Mal waren sie nicht schlecht und brachten kein neues Unheil mit sich. Das war eine willkommene Abwechslung, wie Jaron fand.

Im Quartier entledigte er sich seiner formellen Kluft und zog schlichte Kleidung an. Dann machte er sich auf den Weg zu Quinten.

Sein Bruder würde gewiss hören wollen, was er zu seinem neuen Meister zu sagen hatte.

Außerdem ... hätte Jaron so die Chance, Ace nahe zu sein.

Sie hatten sich seit ihrer Ankunft im Schloss gestern nicht mehr gesehen und Jaron ahnte, dass zwischen ihnen noch Gesprächsbedarf bestand. Er war tatsächlich etwas nervös, als er bei den Räumlichkeiten von Quinn, Raven und Ace ankam. Erst nach einem tiefen Atemzug klopfte er.

Nur wenige Momente später wurde ihm von Raven geöffnet. Der große Aurox lächelte bei seinem Anblick und trat zur Seite. „Komm rein. Solltest du zu Quinn wollen, der ist noch beim König. Ich weiß nicht, wie lange die Besprechung dauert."

Jaron nickte und schloss die Tür hinter sich. „Ja, zu ihm will ich, aber ich dachte mir schon, dass er noch im Thronsaal sein könnte. Ich warte einfach, sofern ich hier nicht störe?"

Raven schnaubte belustigt.

„Seit wann störst du, bitte?"

Kopfschüttelnd winkte Jaron ab.

„Entschuldige, du hast ja recht. Ich bin nur nicht ganz klar im Kopf. Der neue Fluchelfmeister ... ist so anders als Mirro. Das muss erst einmal sacken."

„Wie meinst du das, anders? Gut oder schlecht?", erklang Ace' Stimme und Jaron zuckte zusammen. Er hatte den Aurox beim Fenster gar nicht bemerkt.

„Ähm, er wirkt viel freundlicher und aufgeschlossener", antwortete er nach kurzem Zögern. „Meister Malex' Methoden sind laut ihm schmerzfrei und er ist nicht darauf aus, zu foltern."

Ace lehnte sich gegen den Fenstersims und runzelte die Stirn. „Wie kann es sein, dass sich die Praktiken zweier Fluchelfen so stark unterscheiden? Das kommt mir etwas merkwürdig vor."

Da hatte Ace durchaus recht, doch für Jaron hatten Malex' Worte aufrichtig geklungen, auch wenn er sie noch nicht vollständig unter Beweis gestellt hatte.

„Ich kannte bisher nur das, was meine Eltern mir beigebracht haben und die Herangehensweisen von

Mirro“, entgegnete Jaron. „Aber ich stimme dir schon zu, es klingt alles etwas zu schön.“

Jaron fühlte Ravens Blick auf sich, der Aurox musterte ihn genau und irgendwie kam er sich gerade etwas verloren vor, so wie er vor der Türe stand.

Um die plötzlich aufkeimende Nervosität zu überspielen, lächelte Jaron und ging zu Ace, um sich neben ihn ans Sims zu lehnen.

„Aber er scheint Blake zu mögen. Als ich in den Versuchsraum kam, saß Blake am Fenster und wirkte sogar ziemlich entspannt“, berichtete er, um die Stille zu füllen.

Sofort war ihm Ace‘ Aufmerksamkeit sicher, die braunen Augen des schönen Mannes waren fest auf ihn gerichtet. „Wirklich?“, fragte er hörbar hoffnungsvoll.

Jaron nickte. „Ja, und Malex möchte Blake helfen. Er sagte, durch Mirros Grausamkeiten wäre zu viel kaputt, als dass er alles reparieren könnte, doch er meinte, er würde tun, was in seiner Macht stünde. Ich sah ihm dabei zu, wie er an Blake arbeitete, während dieser am Fenster saß. Nicht ein Ton war über Blakes Lippen gekommen, er hatte sich nicht verkrampft, gar nichts. Es war so anders, dass ich einfach glauben will, dass Malex einer der Guten ist.“

Das mochte naiv sein und Jaron war sich dessen bewusst, doch nach den Schrecken der vergangenen Tage, war der Gedanke an eine positive Wendung einfach zu verlockend.

„Wer weiß, womöglich hast du recht“, meinte Ace nach einem Moment des Schweigens. „Würdest du mir Malex beschreiben?“

Ein wenig verwirrt über diese Bitte hob Jaron die Augenbrauen, doch da Ace sich nicht erklärte, tat er ihm den Gefallen. „Er ist etwas größer als ich, hat dunkelblaue Haare, die heute zu einem Zopf geflochten waren, und dazu hellgoldene Augen. Er wirkt trainiert, als würde er nicht nur mit seiner Fluchmagie umzugehen wissen", beschrieb Jaron den Fluchelf und Ace' Blick ging langsam zu Boden. „Ja, dann liege ich mit meiner Vermutung doch richtig. Malex war vor ein paar Jahrhunderten schon einmal im Schloss, aber ich kannte ihn zu jener Zeit nicht. Ich habe ihn höchstens ein paar Mal gesehen und nur am Rande mitbekommen, dass er Torya verließ. Nach ihm kam bald schon Mirro."

Jaron blinzelte. „Wieso verlässt man das Schloss, wenn man bereits einen hohen Posten bekleidet?"

Da zuckte Ace nur die Achseln. „Ich weiß es nicht, aber Malex ist womöglich schon älter. Da passiert es, dass es einen in andere Gefilde drängt."

Diese Erklärung erschien Jaron zu banal, doch eine bessere fiel auch ihm nicht ein, also beließ er es dabei.

Kurz darauf ging endlich die Quartierstüre auf und Quinn kam zurück. Seine Miene wirkte düster und nachdenklich.

„Du bist wieder da", begrüßte Raven seinen Mann. „Das hat länger gedauert, als ich erwartet habe. Wie lief es mit dem Königspaar?"

Quinns Blick zuckte von Raven, den er kurz anlächelte, zu Ace und Jaron. „Es war ein ereignisreiches Gespräch mit einer unerwarteten Entscheidung. Aber bevor ich euch alles erzähle, würde ich mich gern umziehen."

Dass Raven daraufhin mit seinem Blutelf nach hinten verschwand, war wenig verwunderlich und ließ Jaron lächeln.

Quinn hatte sein Glück mit Raven gefunden und das freute ihn ungemein. Doch schon erwischte er sich dabei, wie er zu Ace schielte.

Da trafen sich ihre Blicke und Jaron erstarrte.

Auch Ace rührte sich nicht, sodass sie sich Momente lang in die Augen sahen.

Schon fing Jarons Herz an, schneller zu schlagen, und sein Mund wurde trocken. Die Wirkung, die Ace mittlerweile auf ihn hatte, war beinahe schon erschreckend, doch er konnte sich ihr nicht entziehen.

„Wir sollten später miteinander reden", meinte Ace leise, und da Jarons Stimme ihm den Dienst verwehrte, nickte er lediglich.

Er fürchtete sich vor diesem Gespräch, denn seine Gefühle waren nicht mehr von der Hand zu weisen. Der kleine Junge, der einst seine Familie und sein Dorf verloren hatte, rechnete mit der nächsten Zurückweisung.

Quinn kam zusammen mit Raven wieder in den Wohnbereich und verhinderte, dass Jaron zu tief in Gedanken versank.

„Das Dorf wird aufgelöst", begann der Blutelf ohne Umschweife. „Doch keiner von euch wird an dieser Mission weiter beteiligt sein."

Jarons Brauen schossen hoch. Damit hatte er nicht gerechnet. „Wer dann?", wollte er wissen.

„Ein Truppenführer der Stadt wird sich mit seinen Leuten und der Unterstützung von Malex um die Bewohner kümmern", erklärte Quinn und verschränkte die Arme vor der Brust.

Sein Bruder hatte sich an den großen Arbeitstisch gelehnt, Raven direkt neben sich.

„Es wird allerdings noch eine weitere Mission geben", erzählte Quinn. „Eine deutlich größere, mit dem Ziel, die Ausbreitung der Erweckten einzudämmen und Ammey aufzuspüren."

Sofort straffte Jaron sich.

„Wieso das auf einmal? Was hat diesen plötzlichen Umschwung bewirkt?"

Quinn lächelte leicht. „Nun, ich war es auf jeden Fall nicht ... Weder der König noch die Königin, scheinen allzu großes Vertrauen in meine Fähigkeiten als leitender Hauptmann zu haben. Wie lange ich mich ihnen noch beweisen muss, damit sie das bekommen, weiß ich wirklich nicht. Aber egal, ich schweife ab. Tatsächlich kam der Drang, endlich etwas zu tun, von Kaleb und Malex."

Jaron legte den Kopf schräg.

„Und was wurde nun beschlossen? Wie soll diese zweite Mission genau aussehen und wer soll sie durchführen?"

Kapitel 8

Ace

Dass Kaleb mit der Entscheidung des Königspaares zu tun hatte, verwunderte Ace nicht wirklich. Er wusste, dass der ältere Aurox einst in einer Art Garde gedient hatte, die viel und engen Kontakt zu den Herrschern Jiltoryas gehabt hatte.

Kaleb war einer der wenigen Aurox in dieser Garde gewesen und auch, wenn der Mann eher schweigsam war, so hatte er Ace erzählt, dass der König und die Königin, zur damaligen Zeit noch anders gewesen waren. Nicht so feindselig zu ihren Aurox, wenn sie sie dennoch ähnlich schlecht behandelt hatten, wie heute.

Doch früher waren die Aurox teils selbst schuld an den Umständen im Lager gewesen, denn die Obrigkeiten, die die Leitung dort mit Gewalt an sich gerissen hatten, waren grauenhafte Männer gewesen. Den Elfen hatten sie in ihren Methoden der Folter und Unterdrückung in nichts nachgestanden ...

„Da kommt es tatsächlich noch besser", antwortete Quinn und Ace lauschte ihm gespannt. Vielleicht hatte er selbst eine Chance, an der Jagd auf Ammey beteiligt zu sein. Es würde ihn durchaus reizen.

„Der König will einen Hauptmann an dieser Mission dabeihaben und Agron fällt in seinen Augen weg", sprach Quinn weiter. „Zu diesem Punkt hat er sonst keinen Kommentar gegeben, was äußerst merkwürdig ist, doch er will, dass ich mich persönlich darum kümmere.“

Ace fielen fast die Augen aus den Höhlen. „Was? Du? Als leitender Hauptmann des Schlosses?“ Wieso sollte der König seinen wichtigsten Mann auf eine solch heikle und gefährliche Mission entsenden? Da stimmte etwas in Ace‘ Augen nicht!

„So ähnlich habe ich auch dreingeblickt“, meinte Quinn und lächelte ihm freudlos zu. „Diese Entscheidung kam mir ebenfalls seltsam vor. Doch wenn ich der Königin glauben darf, ist es eine Bewährungsprobe für meine Führung und mein Können. Da ich noch sehr jung bin und dennoch diese Position innehabe, ist es meine Chance, mich zu beweisen.“

Ace nickte langsam. „Kann ich alles nachvollziehen, doch irgendwie finde ich es dennoch zu einfach erklärt, wenn du mich verstehst. Dann hat der König nur noch Agron als Hauptmann im Schloss. Mehr gibt es ja derzeit nicht.“

„Das ist richtig und deshalb wird auch, bevor wir zur Mission aufbrechen, die Entscheidung fallen, wer noch in den Posten des Hauptmanns gehoben wird“, erklärte Quinn.

Ace hatte ganz vergessen, dass es ja in diesem Punkt bereits eine Art Vorentscheidung gegeben hatte. Nur zwei Hauptmänner waren für das Schloss und Torya schlicht zu wenig. Und da Agron ein dreckiger Mistkerl war, der den Tod verdient hatte, war er auch keine vertrauensvolle Hilfe.

Wie sehr Ace diesen Bastard hasste!

Als Hauptmann hatte er einen Aurox bei sich, Haydan ... Auch einer der Männer, die in Ace einen

Vater sahen. Haydan war immer ein besonderer Junge für ihn gewesen, ein eher stilles Kind, das sich zu einem hervorragenden Kämpfer und großartigen Mann entwickelt hatte.

Bis Agron ein Auge auf ihn geworfen und ihn über ein Gesuch beim König zu sich geholt hatte.

Nun fristete Haydan eine jämmerliche Existenz, geprägt von Missbrauch und Folter, bei dem Bluteelf. Wie Ace wusste, hatte Agron Haydan durch den Blutbund an sich gekettet und nutzte das schamlos aus. Eigentlich sollte Haydan ein Leibwächter für den Hauptmann sein, doch dieser benutzte ihn wie einen wertlosen Sklaven.

Das war dem König nicht bewusst und selbst wenn, wäre es ihm gewiss egal.

Immerhin war Haydan nur ein Aurox ...

„Und wer soll dich begleiten?", wollte Jaron gerade wissen und riss Ace so aus seinen Gedanken.

Da lächelte Quinn und diesmal war es echt. „Nun ja, meine Leibwächter natürlich und zusätzlich noch du, Jaron. Da Malex sich mit der anderen Mission beschäftigt und sich zudem im Fluchelf-Bereich einrichten muss, bist du sozusagen frei und wirst mit uns kommen."

Dass Ace' Herz gerade schneller schlug, ließ ihn die Zähne zusammenbeißen.

Er musste dringend mit Jaron sprechen, auch Ravens Worte im Zusammenhang mit dem jungen Fluchelf gingen ihm nicht mehr aus dem Kopf.

Ob er es wagen sollte?

Eine neue Beziehung nach Arya?

Und dann auch noch zu einem Mann?

Er wusste es nicht ...

„Das kommt unerwartet, aber ich werde gewiss nicht nein dazu sagen", meinte Jaron grinsend und trat auf

Quinn zu, um ihn zu umarmen. „Ich helfe, wo ich kann, und freue mich, hier herauszukommen."

Ace beobachtete die beiden, sie waren wie Brüder, eine Familie, und das sah man ihnen an.

„Ist ja alles schön, aber wie lange haben wir denn Zeit für diese Mission und vor allem, wo sollen wir anfangen zu suchen?", fragte Raven, der sich zum ersten Mal zu Wort meldete.

„Vier Wochen", antwortete Quinn, als er sich von Jaron löste.

Ace riss die Augen auf. „Vier Wochen?", wiederholte er fassungslos. Würden seine Leute wirklich all die Zeit keinen Ruf zu befürchten haben?

„In der Tat", bestätigte Quinn und schüttelte dann aber den Kopf. „Ich ahne, in welche Richtung eure Gedanken gehen, doch nein, der Ruf und somit das Fluchmal, werden nicht all die Zeit ausgesetzt. Der König meinte, es gäbe dafür eine Lösung, damit du nichts vom Ruf mitbekommt."

Ace' Hoffnung brach in sich zusammen und er seufzte. „Wäre auch zu schön gewesen", meinte er. „Dennoch, so lange weg vom Schloss, das ist eine höchst willkommene Auszeit."

Quinn trat zu ihm und legte ihm die Hand auf die Schulter. „Oh ja, das sehe ich ganz genauso. Näheres zur Mission und wie sie genau verlaufen soll, werde ich in den nächsten Tagen erfahren. Aufbrechen werden wir in einer Woche, bis dahin muss ein neuer Hauptmann feststehen, damit Agron Unterstützung hat. Ansonsten wird Mirro, der sich ja noch im Schloss aufhält, quasi einspringen. Und das wollen wir vermeiden."

Dem konnte Ace nur zustimmen. Endlich war dieser Mistkerl nicht mehr im Fluchelf-Bereich, da wollten sie ihn nicht als Hauptmann haben.

„Jaron, wie schätzt du Malex ein?“, hörte er Quinn fragen.

„Bisher sehr gut, eigentlich zu gut, weshalb ich vorsichtig bin“, antwortete Jaron. „Ich werde versuchen, mehr über ihn herauszufinden und auch darüber, wie er arbeitet. Wenn es stimmt, was er mir erzählt hat, dann ist er ein guter Mann, aber das kann ich noch nicht sagen.“

Quinn quittierte das mit einem Nicken.

Ace merkte, dass der Blutelf erschöpft war. Das Gespräch mit dem König und all die neuen Informationen mussten stark in ihm arbeiten.

„Wie wäre es, wenn du für heute Schluss machst“, schlug Ace ihm deshalb vor. „Oder steht noch etwas Wichtiges an, um das du dich kümmern musst?“

Quinn warf ihm einen kurzen Blick zu und schüttelte dann den Kopf. „Nein, für heute ist tatsächlich nichts mehr angedacht, sodass ich mir über die kommende Mission und die Wahl des Hauptmanns Gedanken machen kann. Du kannst dementsprechend gern den restlichen Tag draußen genießen.“

Ace lächelte und lugte zu Raven. Der Mann würde bei Quinn bleiben, das war ihm klar.

Raven wich nie von der Seite seines Blutelfs.

„In Ordnung, danke dir“, sagte Ace an Quinn gewandt und blickte dann offen zu Jaron. „Hättest du vielleicht Zeit?“

Sie mussten reden und das, bevor die Mission beginnen würde, bevor noch Spannungen entstanden, die sie behindern könnten.

„Habe ich“, antwortete Jaron mit einem Lächeln auf den Lippen.

Doch in Jarons violetten Augen konnte Ace etwas ganz anderes lesen.

Nervosität und sogar Angst.

Die Blicke von Quinn und Raven ignorierte Ace, als er zur Tür ging. Jaron folgte ihm und sie verließen gemeinsam das Quartier.

Sie sprachen kein Wort, als sie zur Treppe und ein Stockwerk nach unten liefen.

Ace durfte sich als Quinns Leibwächter so gut wie überall frei bewegen, weshalb es auch nicht problematisch wäre, dabei gesehen zu werden, wie er Jaron begleitete.

Bei dessen Räumlichkeiten angekommen, überließ er dem Fluchelf den Vortritt und schloss hinter sich die Tür.

„Willst du etwas trinken?", fragte Jaron und verschwand sogleich in Richtung des Kochfeuers.

Ace lehnte sich gegen das kühle Holz und schloss kurz die Augen.

Wieso war er plötzlich unsicher?

Sonst hatte er kein Problem damit, ernsthafte und wichtige Gespräche zu führen. Doch dieses Mal ging es um ihn und Jaron ... um eine Zukunft.

„Gerade nicht", antwortete Ace und folgte dem Fluchelf. „Zögere es bitte nicht hinaus, wir müssen reden."

Jaron, der sich gerade einen Becher Wasser geschöpft hatte, stellte ihn auf den Tisch und wandte sich Ace zu.

„Du hast recht, verzeih. Ich bin etwas nervös."

Es wunderte Ace einerseits, dass Jaron das so offen zugab, doch es freute ihn auch. Der Mann wollte nichts verheimlichen.

„Ich ebenso", gab Ace deshalb ebenfalls zu. „Setzen wir uns?"

Jaron nickte und wies zum Kamin, wo sie sich in den beiden Sesseln niederließen.

„Was in den letzten Tagen zwischen uns passiert ist", fing Ace an und blickte zu dem Fluchelf, „war so gewiss nicht geplant. Ich habe dich besser kennengelernt und auch endlich herausgefunden, weshalb du mich die letzten Monate über so stark gereizt und regelrecht genervt hast.“

Tatsächlich war es für Ace ein Schock gewesen, als er begriffen hatte, dass Jaron ihm nur helfen wollte. Wie Raven treffend ausgedrückt hatte, war Jaron der Grund, weshalb sich Ace aus seinem Schneckenhaus hervorgetraut hatte. Nach Aryas gewaltsamen Tod, der ihm noch immer in den Knochen steckte, hatte er sich selbst verloren, ohne es wirklich zu bemerken.

Ace zuckte zusammen, als Jaron plötzlich die Hand auf seinen Unterarm legte.

„Ich weiß, was du gerade denkst“, meinte der Fluchelf. „Vielleicht hätte es einen anderen Weg gegeben, dir zu helfen, aber mir fiel nichts Besseres ein. Und was die Zeit beim Dorf betrifft, ja, da ist viel geschehen, doch noch mehr habe ich den Rückweg zum Schloss im Kopf.“

Ace nickte, wobei es ihm kurz schwerfiel, einen klaren Gedanken zu fassen.

Jarons Hand strahlte eine wohltuende Wärme aus und das tat so gut.

„Ähm, ja, richtig“, meinte Ace langsam. „Durch meine kleine Lüge.“

Das brachte ihm ein Grinsen von Jaron ein. „Ja, sie war der Auslöser und ich habe es ausgenutzt. Aber ich möchte nicht einen Kuss missen.“

Unwillkürlich leckte Ace sich die Lippen. „Ich auch nicht.“

Damit schien Jaron nicht gerechnet zu haben, denn die Augen des Mannes weiteten sich. „Wirklich?“

Ace konnte vorsichtige Hoffnung in dem Wort wahrnehmen und nun musste er sich entscheiden.

Wie sollte es weitergehen?

Er nahm sich einen Moment, in dem er Jaron einfach nur ansah.

Irgendwie hoffte er auf ein Zeichen, etwas, das ihn bestärkte.

Doch alles, was er sah, war Jaron.

„Es hat mich überrumpelt und ich fühlte mich schuldig, meiner Frau gegenüber“, antwortete Ace. „Doch ich habe auch verstanden, dass mir niemand meine Zeit mit Arya nehmen kann. Ich trage sie im Herzen und das für den Rest meines Lebens. Aber sie ist nicht mehr hier und sie würde nicht wollen, dass ich allein bleibe.“

Er zog den Arm zurück, sodass sich seine Hand unter Jarons schob und er die Finger mit den seinen verschränken konnte.

„Ich bin kein leichter Mann und trage viel Ballast mit mir herum. Außerdem hatte ich noch nie eine Beziehung zu einem Mann“, erklärte er und blickte dabei in Jarons violette Augen. „Aber zwischen uns hat sich etwas verändert und ich habe Gefühle für dich entwickelt. Wenn du das also wirklich willst, dann ... würde ich diesen Schritt wagen und eine Beziehung mit dir führen.“

Bei den Göttern, das klang ja schon beinahe formell und Ace stieg die Röte in die Wangen.

Wie konnte man sich nur so unglücklich ausdrücken?

Doch Jaron schien das nicht zu stören, denn auf den Lippen des Fluchelfen breitete sich ein Lächeln aus.

„Bei den Göttern, wie sehr ich dafür gebetet habe, dass du dich dazu entscheidest. Und keine Sorge, ich bin auch nicht einfach, zudem trägt jeder Ballast mit sich herum. Es fällt jedoch leichter, wenn man die Last teilen kann.“

Ace schmunzelte, Jaron hatte es eindeutig besser geschafft, die richtigen Worte zu finden.

„Da stimme ich dir zu, jedoch wirst du auch da Geduld mit mir haben müssen“, warnte er seinen ... seinen Mann. „Ich kümmere mich gern und viel um meine Jungs, aber meine Schlachten schlage ich zumeist allein.“

Als Jaron plötzlich an seiner Hand zog, rutschte Ace nach vorne und ehe er sich versah, fand er sich auf Jarons Schoß wieder.

„Ähm“, murmelte er und blickte mit geröteten Wangen zu Jaron. „Das ist ungewohnt.“

Jarons Arme waren um ihn gelegt und drückten ihn sogar etwas an den warmen großen Körper. Ace fiel es schwer, sich zu entspannen, doch als Jaron ihn nur anlächelte, gelang es ihm nach mehreren Atemzügen.

Ace lehnte den Kopf an Jarons Schulter und legte selbst einen Arm um ihn.

„Hm“, brummte er leise. „Das fühlt sich gut an.“

Auch wenn es seltsam war, als Mann auf dem Schoß eines anderen Mannes zu sitzen, ging es Ace durch den Kopf. Doch wenn er an Quinn und Raven dachte, ebenso wie an Liam und Silvan, dann war es wiederum normal.

Wahrscheinlich stellte Ace sich gerade nur an.

„Wir sind jetzt bald vier Wochen zusammen auf Mission“, meinte Jaron plötzlich und Ace hob den Blick. „Stimmt. Das wird eine ziemliche Umstellung zum täglichen Leben im Schloss.“

Da kam ihm ein ganz anderer Gedanke. Wenn tatsächlich nur ihre Gruppe unterwegs war, dann könnten doch Liam, Silvan, Taavin und Sakina mit ihnen kommen!

Theoretisch wäre das eine Möglichkeit, die Ace unglaublich freuen würde.

Zeit mit seiner Tochter und seinem Bruder verbringen zu können, wäre ein Traum.

„Bleibst du die Nacht über bei mir?", fragte Jaron und instinktiv verkrampfte Ace sich.

Er hatte immerhin schon die Nächte mit Jaron im Wald verbracht, doch jetzt würden sie gemeinsam in einem Bett schlafen.

War Ace schon dafür bereit?

„Gern", antwortete er, noch ehe er den Gedanken zu Ende gebracht hatte. Ace musste über seinen Schatten springen, das war er Jaron auch irgendwo schuldig. Immerhin befand er sich nun in einer Beziehung mit dem Fluchelf und wollte dem natürlich gerecht werden.

„Das freut mich", murmelte Jaron und drückte ihn etwas fester an sich. Ace lächelte, die Nähe und Wärme tat wirklich gut und Jarons Geruch hatte ihm schon immer zugesagt, auch wenn er es nicht hatte zugeben wollen.

Sie verbrachten noch eine Weile vor dem Kamin, ehe sich der Abend und schließlich die Nacht über sie legte. Nach einem kleinen Abendessen, Jaron hatte nicht gerade viel in der Vorratskammer gehabt, lagen sie tatsächlich zusammen im Bett.

Erneut hatte Jaron einen Arm um ihn gelegt und hielt ihn so bei sich.

Ace hatte nichts dagegen, er fühlte sich wohl, wenn er auch ein wenig angespannt war …

„Wir werden nichts machen, womit du dich nicht gut fühlst", erklärte Jaron plötzlich und Ace hob den Blick. „Bin ich so durchschaubar?", wollte er wissen und sein Mann grinste.

„Nun ja, so schwer ist es jetzt nicht, deine Gedanken und Sorgen zu erraten. Ich weiß immerhin, es ist deine erste Beziehung zu einem Mann. Wir haben alle Zeit, mach dir bitte keinen Kopf."

Ace brummte und schloss die Augen. „Ich danke dir, für dein Verständnis." Er schmiegte sich an Jaron und hob die Lider, um ihn direkt anzublicken. „Danke, für alles.“

Damit küsste er Jaron und legte dabei eine Hand an dessen Wange.

Das erste Mal, dass der Kuss von ihm ausging und ja, es fühlte sich richtig an.

Jaron erwiderte den Kuss sogleich und drückte ihn dabei noch fester an sich. Ace‘ Fluchmal wurde so leicht belastet, doch der Schmerz war ihm nur allzu gut bekannt und brachte ihn nicht mehr aus der Fassung. Er konnte ihn sogar weitgehend ignorieren, sofern die Belastung nicht zu arg wurde.

Bei dem einen Kuss blieb es nicht, denn Ace hatte Gefallen daran gefunden.

Immer wieder vereinte er ihre Lippen und fühlte, wie erstes Verlangen in ihm erwachte. Es zog sogar in seinen Lenden, was er jedoch ebenso ignorierte wie den Schmerz des Fluchmales.

Mehr und mehr konnte er sich entspannen und sich auf Jaron einlassen. Vielleicht könnte dies zwischen ihnen tatsächlich funktionieren.

Wieder musste Ace kurz an Ravens Worte denken.

Er sollte glücklich werden ...

Am darauffolgenden Morgen brach Ace früh zu Quinn auf, der ihm jedoch mitteilte, dass ihre morgendliche Runde ausfiel.

„Ich muss wieder zum König, vorhin kam ein Goldkrieger vorbei. Entweder ist etwas passiert, oder es gibt Neuigkeiten zum neuen Hauptmann“, erklärte der Blutelf, während er sich die Stiefel anzog.

„Ich hoffe dann mal auf gute Nachrichten“, meinte Ace und lehnte sich neben der Tür an die Wand. „Wenn du jetzt sowieso im Thronsaal bist, werde ich in den Wald laufen und sehen, ob ich Taavin und Saki finde. Dazu kam mir ein Gedanke. Glaubst du, sie können uns auf der Mission begleiten?“

Quinn hob den Blick. „Interessanter Gedanke, darauf wäre ich gar nicht gekommen. Eigentlich spricht nichts dagegen. Es kann höchstens sein, dass wir sie hin und wieder zurücklassen müssen, sollte ich als Hauptmann in ein Dorf gehen. Wenn sie das nicht stört, gern, immerhin sind wir ja quasi unter uns.“

Genau auf diese Antwort hatte Ace gehofft!

„Wundervoll, ich spreche mit ihnen darüber“, sagte er lächelnd. „Ich bin mir aber jetzt schon sicher, dass sie uns begleiten werden. So viel Zeit am Stück hatte ich noch nie mit meiner Tochter oder meinem Bruder. Das ist glatt aufregend.“

Quinn richtete sich lachend auf. „Das glaube ich dir sofort, jedoch tu mir den Gefallen und bitte deinen Bruder darum, weder Jaron noch mich umzubringen, wenn wir zusammen unterwegs sind. Ich weiß ja, dass er nichts von Elfen hält.“

Ace schmunzelte, musste Quinn jedoch zustimmen. Er liebte seinen Bruder, aber Taavin war als Hybrid, der immer in Freiheit und im Verborgenen lebte, in seinen Ansichten ziemlich festgefahren.

„Ich werde dafür sorgen, dass er sich benimmt, darauf hast du mein Wort“, versicherte er Quinn.

Daraufhin verließ er das Quartier und dazu gleich das Schloss. Von seiner Beziehung zu Jaron hatte er nichts erzählt, es war so frisch, da wollte er erst einmal selbst damit klarkommen. Auch wenn er sich bisher wirklich gut fühlte, so würde die Zeit zeigen, wie es sich mit Jaron entwickelte.

Seinem Mann.

Ace lief direkt in den Wald und witterte. Den Geruch seiner Familie würde er überall herauskennen und so musste er nicht lange suchen, ehe ihm der vertraute Duft in die Nase stieg. Jedoch wurde dieser von etwas begleitet, was ihm nicht gefiel.

Blut.

Hoffentlich war nichts vorgefallen! Sofort lief Ace los und sog dabei immer wieder die Luft ein, um die Spur nicht zu verlieren.

Sorge flutete ihn und er betete zu den Göttern, dass niemandem etwas Ernstes passiert war. Denn weiterhin trieben sich Ammeys Erweckte im Wald herum und diese stellten selbst für einen Hybriden wie Taavin eine Gefahr da.

Jaron

Nachdem Ace das Quartier früh verlassen hatte, hatte Jaron den Vormittag damit verbracht, zu trainieren und zu zeichnen.

Sein Lieblingsmotiv, wie immer. Ace.

Doch diesmal kam er sich nicht schlecht dabei vor, den Mann auf Papier zu verewigen, denn das, was Jaron für unmöglich gehalten hatte, war passiert. Ace und er führten eine Beziehung.

Seit ihrem Gespräch bekam Jaron das Grinsen nicht mehr aus dem Gesicht, ihm schmerzten schon die Mundwinkel, aber das war egal.

Er freute sich ungemein, dass Ace diesen Schritt gewagt hatte, und hoffte inständig, er konnte seinen Mann bei sich halten.

Sicher, sie hatten beide Ballast, den sie mit sich herumtrugen, doch gemeinsam würden sie die Hürden schon überwinden.

Jaron legte sein Buch wieder an seinen Platz über den Kamin und zog die Robe der Fluchelfen an. Es war noch nicht Mittag, doch er würde den Vormittag nutzen, um nach Blake zu sehen. Gestern hatte er ja nicht einmal mit dem Aurox sprechen können. Und auch, wenn Malex' Worte Gutes versprachen, so wollte Jaron Blakes Meinung dazu hören.

Er verließ seine Räumlichkeiten und ging direkt nach unten. Die Tür zum Fluchelf-Bereich war geschlossen und Jaron zog den klobigen Schlüssel hervor, den Mirro ihm nach ein paar Monaten im Dienst gegeben hatte.

Es knirschte leise, als er aufsperrte. Dann drückte er die Tür nach innen auf und sperrte sie direkt hinter sich wieder ab.

Es war still und Jaron schlich leise in den Versuchsraum, dessen Tür nur angelehnt war.

Blakes Zellentür war zu und der Aurox lag auf der Pritsche. Die dünne und teils zerrissene Decke, die über ihm lag, spendete kaum Wärme und Jaron nahm sich vor, mit Malex über eine bessere Unterbringung für Blake zu sprechen. Selbst, wenn der Aurox hierbleiben musste, könnte man dennoch die Umstände ändern, und es ihm bequemer machen.

„Blake?", sprach Jaron ihn leise an und sofort schoss der weißhaarige Mann wie vom Blitz getroffen hoch.

„Was? Wer?", fragte Blake irritiert, die Decke fiel zu Boden und die schwarzen Augen des Aurox fixierten Jaron.

„Ah, du bist es", murmelte Blake nach einem Moment und stieß den Atem aus, bevor er sich auf der Pritsche niederließ. „Guten Morgen ... erschreck mich doch nicht so."

Jaron griff den Zellenschlüssel, der neben der Tür an der Wand hing und sperrte auf.

„Was machst du da?“, fragte Blake schockiert. „Wenn der Meister das sieht, kriegen wir Schwierigkeiten!“

„Das glaube ich nicht“, antwortete Jaron und öffnete die Zelle. „Meister Malex scheint ein guter Mann zu sein. Ich kann mir nach dem gestrigen Gespräch nicht vorstellen, dass es ein Problem für ihn ist, wenn du dir wenigstens etwas die Beine vertrittst.“

Die Unsicherheit stand Blake ins Gesicht geschrieben und er brauchte einen langen Moment, ehe er die Zelle verließ.

„Ich weiß nicht“, hörte Jaron ihn murmeln. „Mein Bedarf an Bestrafungen ist eigentlich gedeckt.“

Das konnte Jaron sich gut vorstellen. Er trat zum Wasserfass, welches in der linken Ecke des großzügigen Raumes stand, und nahm einen der Becher aus dem danebenstehenden Regal, um ihn zu füllen.

„Hier“, sagte er und hielt ihn in Blakes Richtung. Erneut blickte der Aurox eher skeptisch drein, doch dann nahm er den Becher und trank ihn direkt aus.

„Ich habe leider nicht dran gedacht, etwas zu essen mitzunehmen“, gestand Jaron, denn das fiel ihm gerade erst ein.

„Dafür habe ich etwas mitgebracht“, erklang plötzlich Malex‘ Stimme und Jaron fuhr herum.

Dabei sah er aus dem Augenwinkel, wie Blake sofort wieder in seiner Zelle verschwand.

Malex stand im Türrahmen und hatte einen kleinen Korb in der Hand.

„Immer mit der Ruhe, ihr beiden, alles ist in Ordnung“, versicherte Jarons Meister ihnen.

Mit rasendem Herzen atmete Jaron durch, Malex klang nicht wütend und lächelte sogar.

Hoffentlich würde ihnen eine Strafe erspart bleiben.

Schnell verneigte Jaron sich gemäß der Vorschrift. „Guten Morgen, Meister Malex. Bitte verzeiht, sollte ich zu viel gewagt habe, indem ich die Zelle öffnete.“

Wenn schon jemand Ärger bekommen sollte, dann besser er als Blake.

„Guten Morgen und nein, du hast nicht zu viel gewagt“, antwortete Malex. „Ich habe einen Korb aus der Küche mitgebracht, falls ihr wollt, können wir gemeinsam am Tisch essen. Da wir drei künftig viel Zeit zusammen verbringen werden, würde ich es gut finden, wenn wir einander besser kennenlernen.“

Jaron hob den Blick, meinte der Fluchelf das ernst?

Schon trat Malex an den Versuchstisch und stellte den Korb darauf.

„Ich wusste nicht, was du bevorzugst, Jaron, also habe ich eine Auswahl mitgebracht. Blake, bei dir ist es ähnlich. Komm bitte aus der Zelle und iss mit uns“, sprach Malex entspannt, als wäre es das Normalste der Welt.

Jaron hingegen war angespannt, er wartete auf den großen Knall, die Bestrafung und die Rüge dafür, dass er versucht hatte, für Blake zu sorgen.

Mirro war das stets ein Dorn im Auge gewesen.

Auch Blake schien dem Frieden nicht zu trauen, denn er tat keinen Schritt aus der Zelle.

Nun hob Malex den Blick und sah von Blake zu Jaron.

„Ich sehe schon, ihr glaubt mir nicht“, murmelte der Meister und Jaron schluckte. „Ihr müsst verstehen, wir hatten bisher nur mit Mirro zu tun und da ging es nie gut aus, wenn wir etwas taten, was ihm missfiel“, versuchte er zu erklären.

Malex wandte sich um und lehnte sich gegen den Tisch. „Das kann ich mir leider vorstellen, doch ich kann euch nur beweisen, dass ich es mit meinen

Methoden ernst meine, wenn ihr mir eine Chance dazu gebt."

Da war natürlich auch etwas dran, das musste Jaron zugeben.

Er lugte zu Blake und lächelte ermunternd, während er selbst an den Tisch trat.

„Gewiss, und das möchten wir auch, immerhin seid Ihr unser neuer Meister", meinte Jaron und bekam ein Lächeln von Malex.

„In der Tat, das bin ich, doch wenn wir unter uns sind, können wir uns gerne duzen."

Jaron hob die Brauen.

‚Du' zu seinem Meister zu sagen, klang in seinen Ohren falsch.

Dennoch nickte er langsam, um den älteren Fluchelf nicht doch noch zu verärgern.

„Sehr gerne ... Malex."

„Sieh an, das klingt schon viel besser", befand dieser und nun kam auch Blake vorsichtig aus der Zelle.

Malex holte das Essen aus dem Korb und schon gab Jarons Magen ein Knurren von sich.

Da bereits gestern sein Essen in der Vorratskammer knapp gewesen war, hatte es heute Morgen kaum noch etwas gegeben.

Ace hatte damit kein Problem gehabt, immerhin konnte er bei Quinn etwas zu sich nehmen, ehe sie mit ihrer Runde beginnen würden.

Jaron hatte nicht mehr daran gedacht, in die Küche zu gehen, um die Vorräte aufzustocken, sodass es ihm jetzt eigentlich ganz recht war.

Ihm wurde von Malex etwas zugeschoben, ebenso wie Blake, der die Scheibe Brot mit Schinken anstarrte.

„Darf ich das wirklich essen?", fragte der Aurox misstrauisch und Malex nickte. „Natürlich. Wie sollst du sonst zu Kräften kommen? Immerhin haben wir viel Arbeit vor uns, wenn wir deinen Kopf wieder halbwegs in Ordnung bringen wollen."

So langsam begann Jaron zu glauben, dass Malex' Worte allesamt der Wahrheit entsprachen. Der Mann schien keine Hinterlist in sich zu tragen. Normalerweise konnte Jaron so etwas gut an den Augen ablesen, doch bei Malex schimmerte das helle Gold lediglich sanft.

„Ihr ... Du hast mich für eine Mission freigegeben?", fragte er, um Blake die Chance zu geben, in Ruhe zu essen, ohne beobachtet zu werden.

Sofort blickte Malex zu Jaron. „In der Tat. Ich dachte, es wäre in deinem Interesse, vom Schloss wegzukommen und etwas von der Welt zu sehen."

Gerade wollte Jaron von seinem Brot abbeißen, doch Malex' Worte ließen ihn innehalten. „Was von der Welt sehen? Das ist eine gefährliche und heikle Mission, auf die wir gehen sollen. Ich bin mir nicht sicher, ob ich dabei viel Zeit habe, mir Jiltorya anzusehen."

Sofort nickte Malex. „Richtig, doch ihr seid vier Wochen unterwegs und werdet nicht jeden Tag damit beschäftigt sein, zu kämpfen und Erweckte zu verfolgen."

Jaron legte das Brot weg. „Bisher gibt es keine genauen Informationen zur Mission, selbst Hauptmann Quinten wartet noch darauf. Doch du scheinst bereits mehr zu wissen."

Auch wenn es keine Frage war, so nickte Malex.

„Ich bin der Grund dafür, dass wir mehr über Ammeys Aufenthaltsort wissen. Der Hauptmann wird dich und alle, die ihn begleiten, sicher noch persönlich darüber aufklären, doch lass mich so viel sagen: Ihr werdet in Richtung des Vierten Silberreiches aufbrechen, denn dort hat die Seuche bereits um sich gegriffen."

Mit einem Schlag war Jaron speiübel.

Das vierte Silberreich ... da, wo seine Heimat lag, sein Dorf. Seine Familie ...

„Wie schlimm ist es?“, wollte er mit belegter Stimme wissen.

„Noch ist die Hauptstadt des Reiches nicht erreicht, doch die ersten Dörfer wurden schon in Mitleidenschaft gezogen“, antwortete Malex. „Mir ist bewusst, in welche Richtung deine Gedanken gehen, Jaron, und du hast recht. Auch das Dorf deiner Eltern ist betroffen. Oder war es, bevor ich dort geholfen habe, die Erweckten loszuwerden.“

Einen langen Moment starrte Jaron den älteren Fluchelf nur an, während er versuchte, das Gehörte zu verarbeiten. „Du ... du warst in meinem Heimatdorf?“, fragte er fassungslos und Malex neigte den Kopf.

„In der Tat. Ich wollte deinen Hintergrund erforschen, ehe ich dich im Schloss persönlich kennenlerne. Dabei kam es mir gelegen, dass mich mein Weg durch das vierte Reich führte. Ich traf deine Eltern, deine Schwestern und sprach auch mit ihnen.“

Mit einem Mal verwandelten sich Jarons Beine in Pudding und er musste sich am Tisch festhalten, um nicht zu Boden zu gehen.

All die Jahre über hatte er nicht einmal gewusst, ob seine Familie noch am Leben war! Und jetzt hatte Malex sogar mit ihr gesprochen! Das raubte Jaron glatt den Atem.

Da legte sein Meister die Hand auf Jarons Schulter. „Sie sprachen sehr achtungsvoll von dir und vermissen dich. Ich gab ihnen mein Wort darauf, dass sie dich bald wiedersehen werden, und das löse ich damit ein. Während der Mission werdet ihr das Dorf deiner Eltern besuchen.“

Ungläubig starrte Jaron den älteren Fluchelf an. „W... wirklich?“, fragte er leise und Malex lächelte. „Ja, wirklich. Sie wissen davon und freuen sich, dich bald in die Arme schließen zu können. Dieser Besuch im Dorf ist ein geheimer Teil der Mission, den der König nicht zu wissen braucht. Da ihr ja in familiärer Besetzung unterwegs sein werdet, sollte das kein Problem darstellen."

Das stimmte und ... Moment!

„Wie meinst du das, familiär?", wollte Jaron vorsichtig wissen.

Zwar war bekannt, dass er und Quinn sich nahestanden, doch Malex' Wortwahl weckte Jarons Instinkte. Was wusste der Mann?

„Kennst du den Grund, weshalb ich dein neuer Meister geworden bin?", fragte Malex, statt ihm zu antworten.

Jaron verneinte und wartete.

„Ich weiß von deiner Fähigkeit", sprach Malex weiter und Jaron hielt den Atem an.

Bisher wussten nur Quinn und der König davon.

Des Königs Verlangen danach, einen solchen Fluchelf mit seinem Potential im Schloss zu haben, war der Grund, wieso Jaron überhaupt hierhergekommen war.

„Und verfüge auch selbst über sie", beendete Malex den Satz und Jaron riss die Augen auf.

„Was? Aber, dann ...", murmelte er, als ihm plötzlich klar wurde, dass sie in Schwierigkeiten steckten.

Fluchelfen mit Jarons Fähigkeit waren unter ihresgleichen verhasst, denn den ‚normalen' Fluchelfen war es nicht möglich, in ihre Köpfe einzudringen, um Informationen zu beschaffen.

Doch zwei mit derselben Fähigkeit ... und dazu die Tatsache, dass Malex deutlich älter als Jaron war ...

„Du weißt es, nicht wahr?", fragte er leise, während sein Herz so laut und schnell schlug, dass es wohl in ganz Jiltorya zu hören sein musste.

Malex sah ihm ruhig in die Augen und neigte dabei den Kopf.

„Ich weiß alles. Was ihr plant, wer alles dazugehört, einfach alles.“

Erneut wurde Jaron der Boden unter den Füßen weggezogen, während er aus dem Augenwinkel sah, wie Blake vom Tisch zurückwich. Angst spiegelte sich in dessen schwarzen Augen.

„Ich habe dem König nichts davon erzählt und habe es auch nicht vor“, sagte Malex plötzlich. „Noch nie war ich mit der Art und Weise einverstanden, wie er sein Volk und die andere Völker behandelt. Ich werde eurem Vorhaben also nicht im Wege stehen, aber ich werde euch ebenso wenig helfen.“

Jaron wusste nicht, was er glauben sollte.

Doch die bessere Frage war, was konnte er sonst tun?

Malex schien deutlich stärker als er zu sein. Es wäre ihm also nicht möglich, den Mann zu töten. Außerdem wusste er auch nicht, ob er das tun sollte, immerhin würde dann Mirro zurückkommen.

Der trieb sich ja noch immer im Schloss herum.

„Du wirst dem König gar nichts sagen?“, fragte er nochmal genau nach. „Auch nicht, was zwischen uns so passiert?“

Damit meinte er die Beziehungen zwischen Raven und Quinn, ebenso wie seine eigene zu Ace.

Da legte sich wieder ein Lächeln auf Malex‘ Lippen. „Nein, werde ich nicht. Es sollte kein Gesetz darüber geben, wer wen lieben darf. Mach dir keine Sorgen, der König wird nichts davon erfahren, es bleibt alles ein Geheimnis. Ich werde euch nicht im Weg stehen, solange ihr den richtigen Pfad wählt.“

Das ließ Jaron die Stirn runzeln.

„Und woher sollen wir wissen, welcher dieser Pfad ist? Wirst du uns das mitteilen?“

Malex schüttelte den Kopf.

„Nein, wie schon gesagt, ich werde euch nicht helfen. Eure Entscheidungen werden zeigen, wer ihr seid und wie ihr die gewünschten Veränderungen erreichen wollt. Ich werde beobachten und nicht eingreifen, sofern der Pfad richtig ist."

Das beruhigte Jaron nun so gar nicht. Er würde Quinn davon berichten müssen.

Was sollten sie tun?

Ihre ganze Mission, einfach alles stand plötzlich auf dem Spiel! Ein falscher Schritt und Malex könnte dem Herrscher Jiltoryas berichten, was sie planten. Das würde ihrer aller Tod bedeuten, dessen war Jaron sich sicher.

„Wirst du uns warnen, wenn wir falsch wählen?", fragte er und Malex lächelte. „Du wählst deine Worte weise, das gefällt mir und ja, ich werde nicht handeln, ohne vorher zu sprechen. Das kann ich dir versichern."

Jaron nickte und atmete langsam durch.

So heikel die Lage war, er konnte nichts daran ändern und immerhin hatte Malex dafür gesorgt, dass er seine Familie wiedersehen würde.

„Danke", sagte er deshalb und blickte seinem Meister in die hellgoldenen Augen. „Wir werden uns alle Mühe geben, den richtigen Pfad zur rechten Zeit zu wählen."

So langsam nahm die Spannung im Raum ab und selbst Blake blieb außerhalb seiner Zelle, wenn er auch sichtlich auf der Hut war.

„Und wie hast du von Ammey erfahren?", wollte Jaron dann wissen, während er endlich sein Brot aß.

„Ich kannte sie nicht, doch als ich den Spuren der Erweckten folgte, führten diese mich bald zu ihr", antwortete Malex, der Blake etwas Obst zuschob. „Ich habe gegen Erweckte gekämpft und sie unschädlich gemacht. Dabei habe ich in den ein oder anderen Kopf geblickt und sie gesehen. Ihr Name fiel und so begann ich, sie zu suchen. Gefunden habe ich sie in der mir verfügbaren Zeit im Vierten Silberreich nicht, jedoch bin ich mir ziemlich sicher, dass sie dort ihr Versteck hat. Damit kam ich dann zum König.“

Malex schien Ammey nicht zu fürchten, ebenso wenig die Erweckten, wenn er sich ihnen allein gestellt hatte.

„Daraufhin entsendete der König Späher und nun kann die Mission bald beginnen“, beendete Malex seine Erzählung und Jaron blickte schweigend auf den Tisch.

„Verstehe, dann haben wir es allein dir zu verdanken, dass wir mehr über Ammey wissen. Es ist eine Schande, dass der König rein gar nichts aus eigenem Antrieb tut.“

Er hatte sich die Worte nicht verkneifen können und lugte zu Malex, der sogar zustimmend nickte.

„Ich bin mir nicht sicher, weshalb er Ammey so fürchtet, doch diese Angst hält ihn wie an Ketten gefangen“, erklärte sein Meister. „Von daher bin ich froh, dass er die Mission auf mein und Kalebs Drängen hin genehmigte.“

Das hatte ihm Quinn bereits mitgeteilt und Jaron war neugierig auf diesen Kaleb. Er kannte den Mann nicht, doch anscheinend wurde er geschätzt. Und das als Aurox.

„Während ihr Ammey jagt, werde ich mich um das Dorf kümmern, in dem die Sklavenhändler eingefallen sind“, wechselte Malex auf einmal das Thema.

„Das sagte Quinten bereits“, meinte Jaron. „Ich habe die Erinnerungen des Dorfvorstehers und dessen Komplizen aufgenommen, kam jedoch noch nicht dazu, sie mir anzusehen.“

Da blitzte es in Malex‘ Augen. „Ah, deshalb habe ich eine Barriere bei dir gefühlt. Darf ich sie mir holen? Dann brauchst du dich nicht weiter damit zu befassen.“

Jaron zögerte, eigentlich wollte er nicht, dass Malex sich erneut in seinem Kopf umsah und auch noch etwas herausholte.

Doch der Mann wusste sowieso schon über alles Bescheid, da gab es nichts mehr, was Jaron schützen konnte.

„In Ordnung", willigte er ein und hielt Malex die Hand hin. Dieser ergriff sie und schloss die Augen, ebenso wie Jaron. Es kribbelte in seiner Hand, als Malex' Magie durch seinen Körper floss. Sie war weder kalt noch unangenehm, dennoch fühlte Jaron sich, als würde Malex ihn nackt und völlig ungeschützt sehen.

Da ließ der ältere Fluchelf bereits von ihm ab und Jaron blinzelte. „Schon fertig?", wollte er wissen und tastete nach der schützenden Mauer, die er vor der Masse an Erinnerungen errichtet hatte. Sie war intakt.

Malex nickte. „Ja, bei mir geht so etwas sehr schnell."

Wieder ein Beweis dafür, wie stark Malex sein musste, dachte Jaron und schluckte. Diesen Mann wollte er nicht als Feind haben.

„Sag mal", fing er an. „Wie alt bist du?"

Jaron wusste, dass diese Frage unter den älteren Elfen verpönt war, doch da Malex bisher recht offen mit allem umgegangen war, wagte er es.

Da lachte sein Meister und zwinkerte ihm zu, was regelrecht verspielt wirkte und so gar nicht zu Malex' sonstigem Auftreten passte.

„Ah, diese Neugier, wirklich erfrischend", erwiderte Malex und Jaron glaubte, keine Antwort zu bekommen.

„Ich bin 868 Jahre alt, mein junger Freund", hängte Malex dann doch an und Jarons Brauen schossen hoch.

„Das ist ein beachtliches Alter", meinte er, noch ehe er über seine Worte nachdenken konnte.

„Da unser Volk bis zu 2000 Jahre alt werden kann, habe ich knapp die Hälfte meiner Zeit hinter mich gebracht“, sagte sein Meister. „Ich habe viel gelernt und mir so einiges angeeignet, was ich nun an dich weitergeben kann.“

Das klang verlockend, fand Jaron, wenn es ihm auch erneut bestätigte, dass Malex ein äußerst mächtiger Fluchelf war.

Weiterhin fiel es Jaron schwer, den Mann einzuschätzen, was ihm so gar nicht passte, und mit der Tatsache, dass Malex von ihrem Vorhaben wusste, zu einem großen Problem werden könnte.

Kapitel 9

Ace

Der Blutgeruch führte ihn tiefer in den Wald.

Ace zog zwei kleine Messer und öffnete damit die Schnitte in seinen Unterarmen.

Er ließ die Blutklingen vorsorglich ein wenig hervorgleiten, damit ihn niemand unbewaffnet überraschen konnte.

„Vater!“, hörte er plötzlich und hielt im Lauf inne.

„Saki?“, fragte er und Erleichterung flutete ihn, als er seine Tochter erblickte, die auf ihn zukam.

Ihr linker Unterarm war eingebunden und der Verband wies einen Blutfleck auf.

„Was ist vorgefallen?“, wollte er besorgt wissen, während er von ihr umarmt wurde.

„Nichts Schlimmes“, versicherte sie ihm. „Du kannst die Blutklingen wieder einfahren, wir hatten lediglich einen kleinen Trainingskampf.“

Trainingskampf?

In Ace‘ Kopf hatten sich bereits die schrecklichsten Szenarien abgespielt und nun war es lediglich ein Übungskampf gewesen.

Er stieß den Atem aus und drückte seine Tochter an sich. „Dann bin ich erleichtert“, gab er zu und ließ von ihr ab. „Wo sind denn die anderen?“

Saki nahm ihn an der Hand und zog ihn hinter sich her. „Hier drüben, Silvan macht gerade etwas zu essen.“

Ace freute sich, dass Silvan und Liam bei Taavin und Sakina geblieben waren.

Zusammen waren sie einfach sicherer und in diesen Zeiten war das viel wert.

Seine Tochter führte ihn auf eine gut versteckte Lichtung, die von allen Seiten unauffällig abgeschottet worden war.

Wenn man nicht wüsste, dass sich hier ein solcher Platz befand, würde man einfach an dem Dickicht vorbeigehen.

Auf dem dahinterliegenden Bereich brannte ein lauschiges Feuerchen.

Liam saß mit Silvan auf dem Boden und beide hoben den Blick, als er mit Saki aus dem Gebüsch trat.

„Hallo Ace, was für eine Überraschung!“, freute Silvan sich und kam sofort auf die Beine.

Der junge Druide war zu einem lieben Freund geworden, den Ace nicht mehr missen wollte.

So umarmte er Silvan, als dieser auf ihn zutrat. „Sei gegrüßt, mein Freund, es ist eine Weile her“, meinte Ace und drückte Silvan, ehe er ihn losließ.

„Ja, du hättest ruhig öfter vorbeikommen können“, kam es nun von Liam, der ihm zulächelte, aber sitzen blieb.

Ace schnaubte und trat zu dem ehemaligen Aurox, um ihm durchs Haar zu streichen.

Ace kannte Liam, seit er ein Kleinkind gewesen war, sie hatten eine enge Bindung, und das würde sich nie ändern.

„Tu nicht so, als hättest du auch nur einen Gedanken an mich verschwendet“, warf Ace ihm vor und erntete eine hochgezogene Augenbraue.

„Ich vielleicht weniger, aber dafür war Taavin mehr als einmal kurz davor, das Schloss zu stürmen, weil wir nichts mehr von dir gehört haben", erklärte Liam.

Ace stockte, das traute er seinem älteren Bruder sogar zu.

„Hör auf, solchen Unsinn von dir zu geben", ertönte nun Taavins knurrende Stimme und schon trat Ace' Bruder zwischen den Bäumen hervor.

Die hellblauen Augen hefteten sich sogleich auf ihn und Taavins Blick wurde weich.

„Hallo, Bruder", grüßte er ihn und Ace wandte sich um, um Taavin zu umarmen.

Es war immer noch ein berauschendes Gefühl, den Hybrid nach so vielen Jahren wieder bei sich zu haben. Als Ace noch nicht einmal 30 gewesen war, hatte Taavin das Reich Torya verlassen müssen.

Die Gerüchte über Hybride waren zu diesem Zeitpunkt stark gewesen und der König hatte das ganze Reich nach ihnen durchforsten lassen.

So war seinem Bruder kein anderer Ausweg geblieben, als zu gehen.

Es hatte Ace zerrissen, allein zurückbleiben zu müssen, ohne Familie, denn sein Vater war zu jener Zeit bereits tot gewesen, und seine Mutter ebenso.

Nur Taavin hatte er noch gehabt und dann war auch dieser aus seinem Leben verschwunden.

Ace verdrängte die Vergangenheit, immerhin waren sie nun wieder vereint, so gut es unter den herrschenden Umständen möglich war.

Nur Jolina, Sakinas Zwillingsschwester, fehlte in ihrem Kreis.

Wo seine Tochter war, ob sie überhaupt noch lebte ... Ace wusste es nicht und es schmerzte ihn jeden Tag mehr.

Er löste sich von Taavin und trat zurück.

„Schön zu sehen, dass ihr zusammengeblieben seid“, sagte er und blickte in die Runde. „Ich komme mit Neuigkeiten.“

Da er nicht allzu viel Zeit hatte und nicht wusste, wie lange Quinn beim Treffen im Thronsaal sein würde, wollte er sich lieber beeilen.

„Es wird eine großangelegte Mission geben, mit dem Ziel, Ammey ausfindig zu machen und sie zu töten“, begann er und erzählte dann, was er von Quinn gehört hatte.

Erstaunen spiegelte sich auf den Mienen der Männer und seiner Tochter. „Das wurde auch Zeit“, brummte Liam und verschränkte die Arme vor der Brust.

Ace nickte zustimmend. „Sehe ich genauso. Aber weshalb ich euch das erzähle ... wir werden quasi unter uns sein, also könnten wir zusammen die Mission bestreiten. Wenn ihr uns begleiten würdet.“

„Euch begleiten?“, fragte Taavin und sah ihn unschlüssig an. „Ich würde mich nicht sonderlich wohlfühlen, mit diesem Blutelf durch die Lande zu ziehen. Aber es wäre immerhin nur einer von denen.“

Ace lächelte schief, von Taavin hatte er diesen Einwand erwartet. „Tatsächlich wären es zwei Elfen, die uns begleiten. Jaron, ein Fluchelf, wäre ebenfalls mit dabei.“

Da schüttelte es Taavin regelrecht. „Fluchelfen! Die sind ja fast noch schlimmer als die blutgierigen Elfen“, spuckte er aus und Ace seufzte.

„Ich weiß, du hast keine guten Erfahrungen mit Elfen gemacht, aber diese beiden Männer sind anders“, versicherte er Taavin. „Ich konnte mir selbst ein Bild machen und das über Jahre, zumindest bei Quinn. Jaron kenne ich erst gute sechs Monate und ...“

Beinahe hätte er seinem Bruder die Wahrheit gesagt, dass er mit Jaron in einer Beziehung war, doch so wie

Taavin auf die Erwähnung der Elfen reagiert hatte, würde er wohl bei dieser Neuigkeit die Nerven verlieren.

„Und was?“, wollte Silvan wissen. „Wie ist dieser Jaron so?“

Ace überlegte, er war sich unschlüssig, doch eigentlich wollte er es nicht geheim halten, immerhin würden sie einige Wochen zusammen unterwegs sein.

„Jaron ist ein guter und starker Mann. Er trägt das Herz am rechten Fleck und versucht, sich für die einzusetzen, denen Unrecht getan wird“, antwortete er Silvan. „Er hat mir geholfen, als die Trauer mich unter sich begrub und ich es nicht einmal bemerkte. Ich war ein Mistkerl zu ihm und das trägt er mir nicht nach.“

Es blitzte in Liams silbernen Augen.

„Du sprichst ja regelrecht schwärmerisch von ihm. Sag, hast du dich verliebt?“

Ace setzte zu einer Antwort an, doch Taavin kam ihm zuvor. „Als ob mein Bruder sich mit einem dreckigen Elf einlassen würde! So weit kommt es noch!“

Ja, genau damit hatte Ace gerechnet. Er blickte zu Taavin und lächelte. „Verzeih, Bruder, aber Liam hat recht. Ob es Liebe ist, kann ich zum jetzigen Zeitpunkt nicht sagen, dafür ist es zu frisch, doch ich bin mit Jaron zusammen.“

Neben Taavins geschockten Blick fühlte er ein weiteres Augenpaar auf sich ruhen. Sakina war so still gewesen, während er erzählt hatte, er hatte seine Tochter völlig vergessen.

Nun wandte er sich ihr zu.

Wie würde sie auf die Nachricht mit Jaron reagieren? Immerhin war Ace lange Zeit mit Arya zusammen gewesen und allgemein noch nie mit einem Mann.

Statt Schock oder gar Ekel bei Sakina zu sehen, strahlte sie ihn an. „Wie wundervoll!“, rief sie aus und fiel ihm um den Hals. „Ich habe so gehofft, dass du es nach Mamas Tod noch einmal wagst. Ob Elf, Schattenwandler oder Druide, das ist doch völlig egal. Hauptsache, du wirst glücklich. Ich freue mich für dich, Vater.“

Ace legte die Arme um sein Mädchen und schloss kurz die Augen. Insgeheim hatte er etwas Angst vor Sakinas Reaktion gehabt und wahrlich nicht damit gerechnet, dass sie sich so freuen würde.

„Danke“, raunte er, während er Taavin nach Luft schnappen hörte.

„Dieser dreckige Fluchelf hat doch deinen Verstand vernebelt!“, keifte der Hybrid und Ace löste sich von Saki, ehe er sich ihm zuwandte.

„Keinesfalls“, hielt er dagegen und sah Taavin dabei fest in die Augen. „Jaron hat mir geholfen, als ich jeden von mir ferngehalten habe. Er hat sich nicht abwimmeln lassen und dafür gesorgt, dass es mir zum ersten Mal, seit Aryas Tod, besser geht. Ich habe Gefühle für ihn entwickelt und das wird sich nicht ändern, nur weil du ein Problem damit hast.“

Er musste hier eine klare Grenze ziehen, denn auch wenn Taavin sein Bruder war, so würde er nicht von ihm über sein Leben bestimmen lassen.

In Taavins Augen glomm heiße Wut und er ballte die Hände zu Fäusten. „So hättest du niemals gesprochen. Merkst du denn nicht, wie sehr du manipuliert wirst?“

„Taavin, ich denke, du irrst dich“, mischte sich Silvan mit ruhigem Ton ein. „Jeder verdient eine Chance, sich und seine Absichten zu beweisen, auch ein Elf. Und denkst du wirklich, dein Bruder würde nach all den Jahren unter Elfen so leicht auf einen hereinfallen, wenn dieser Böses im Sinn hätte?“

Ein dunkles Knurren drang aus Taavins Kehle und er schnitt mit der Hand durch die Luft. „Sowas kann jedem passieren, da ist auch Ace nicht davor gefeit! Elfen sind hinterhältig und bösartig, nie hat einer dieser Bastarde etwas Gutes im Sinn. Seht euch doch um! So blind könnt ihr nicht sein."

Ace schloss die Augen, er hatte ja gewusst, dass Taavin diese Neuigkeit nicht gut aufnehmen würde, aber dass er gleich so ausrastete, damit hatte er weniger gerechnet.

„Beruhige dich", drängte er und sah zu dem wütenden Hybrid, der geringschätzig schnaubte. „Beruhigen? Weshalb? Weil mein Bruder sich von einem Elfen an der Nase herumführen lässt und den Schwachsinn dieser Missgeburten auch noch glaubt?"

Jetzt reichte es!

Ace schoss auf Taavin zu und ehe der Hybrid sich versah, knallte er auch schon mit dem Rücken an einen Baumstamm.

Ace drückte seinem Bruder den Unterarm gegen die Brust und sah ihm in die Augen.

„Jetzt hör genau zu", knurrte er warnend. „Ich bin nicht mehr der Junge, den du vor über 200 Jahren hier zurückgelassen hast. Ich habe mein Leben gelebt und meine Schlachten geschlagen. Du magst dich dort draußen mit Wäldern und Höhlen auskennen, doch über das Schloss und die dortigen Elfen weißt du nichts! Erdreiste dich also nicht, zu wissen, was darin vor sich geht und mit was wir täglich umgehen müssen. Unter all den schlechten Elfen gibt es auch jene, die uns wohlgesonnen sind. Jaron und Quinn gehören dazu und nur, weil du dir deine Meinung bildest, ehe du wirklich mit ihnen zu tun hattest, hast du deshalb noch lange nicht recht! Es sind gute Männer, die mit uns zusammen an einer Mission arbeiten, an einer besseren Zukunft für alle Völker. Die Frage ist, bist du dabei oder nicht?"

An Taavins schockierter Miene war zu erkennen, dass er nicht mit Ace‘ Stärke und Schnelligkeit gerechnet hatte. Ace musste seinem Bruder klarmachen, dass er kein Kind mehr war und Taavin seine überbehütende Art besser schnell vergessen sollte.

„Verstehe“, brummte dieser gerade und Ace trat zurück. „Entscheide dich, du hast noch ein paar Tage Zeit. Die Mission beginnt in einer Woche, ich werde dann ja sehen, ob du uns helfen willst oder nicht“, teilte er Taavin mit und wandte sich um.

Ace hatte impulsiv gehandelt und sowohl Quinn als auch Jaron verteidigt. Von beiden wusste er, wie sie wirklich über die Situation in Jiltorya dachten und dass sie etwas verändern wollten. Dass Taavin so herablassend und schlecht über sie sprach, hatte Ace so gar nicht gepasst.

„Verzeih, ich habe mich arg im Ton vergriffen“, hörte er seinen Bruder nun leise murmeln.

Ace blickte über die Schulter. „In der Tat, das hast du.“

Taavin rieb sich den Nacken und verzog dabei das Gesicht. „Du bist ganz schön schnell geworden, das hättest du früher gewiss nicht geschafft.“

Ace konnte nicht anders, als die Augen zu verdrehen. „Taavin, wenn ich dich daran erinnern darf ... es sind seit jenem Tag mehr als 200 Jahre vergangen. Ich habe so gut wie jeden Tag damit verbracht, zu trainieren und besser zu werden.“

„Nicht nur besser“, warf Liam ein, den die Diskussion ziemlich kalt gelassen hatte. Der silberäugige Mann warf etwas frisches Holz ins Feuer. „Ace ist der beste Kämpfer im Lager. Leichtfertig legt sich niemand mit ihm an.“

Auch wenn Ace auf dieses Kompliment hätte verzichten können, verfehlte es seine Wirkung bei

Taavin nicht. Sein Bruder wirkte mit einem Mal nachdenklich, er hatte den Blick zu Boden gesenkt.

„Ich begleite euch bei dieser Mission“, teilte er ihnen nach einem Moment des Schweigens mit. „Aber ich werde die Elfen im Auge behalten.“

Ace lächelte und entspannte sich wieder.

„Dagegen ist nichts einzuwenden und ich freue mich, dass du mitkommst. Wir können deine Hilfe sehr gut gebrauchen. Aber bitte, tu mir den Gefallen und sei wenigstens respektvoll zu Quinn und Jaron.“

Das war das Mindeste, was er von Taavin verlangen konnte.

Dieser starrte ihn an, ehe er ein Knurren hören ließ. „Ja, in Ordnung.“

Ein großer Stein fiel Ace vom Herzen, denn immerhin hatte er gehofft, die kommenden Wochen mit seiner Familie verbringen zu können.

Den Göttern sei Dank hatte Taavin sich beruhigt und würde nun mitkommen.

„Danke“, erwiderte Ace lächelnd. „Ich muss jetzt wieder zum Schloss, aber ich halte euch auf dem Laufenden. Sobald ich etwas Neues weiß, komme ich zu euch.“

Er umarmte seine Tochter nochmal, ehe er die versteckte Lichtung verließ und zurücklief. Beim Trainingsgelände ließ er den Blick schweifen, alles schien so weit ruhig, was gut war.

Die ständige Bedrohung durch die Erweckten hatte auch seinen Leuten teils schlaflose Nächte beschert. Den Göttern sei Dank hatten sie bei den bisherigen Kämpfen gegen diese Missgeburten keine Toten zu beklagen gehabt, doch das konnte sich ändern.

Dafür war die Mission da, sie mussten Ammey stoppen, ehe die Anzahl der Erweckten zu groß wurde, um ihnen Herr zu werden.

Ace betrat das Schloss und ging nach oben. Im Stockwerk des Fluchelf-Bereichs hielt er inne. Jarons Duft lag in der Luft und er lugte in den Gang, der zum Arbeitsbereich der Fluchelfen führte.

Die Tür stand offen, was ihn stutzen ließ, das war bisher nie der Fall gewesen. Er biss sich auf die Unterlippe, eigentlich hatte er dort nichts zu suchen, außer Quinn würde ihn mit einer Aufgabe herschicken, was nicht der Fall war.

Doch es drängte Ace, den Schritt zu wagen.

Seit gut 100 Jahren hatte er Blake, den Aurox, den sie im Fluchelf-Bereich als Versuchsperson hielten, nicht mehr gesehen. Als sie den Jungen geholt hatten, war Blake noch ein Kind gewesen und es hatte Ace das Herz zerrissen, als er ihm nicht hatte helfen können.

Seit Jaron hier war, erfuhr er wenigstens hin und wieder etwas über Blake, aber das reichte Ace nicht.

Noch ehe er wirklich darüber nachgedacht hatte, ging er langsam den Gang entlang. Sein Herz raste in seiner Brust und ein weiterer Duft stieg ihm in die Nase.

Vertraut ... Blake.

Er erkannte den Aurox von damals sofort und als er die offene Tür beinahe erreicht hatte, blieb Ace stehen. Er könnte gewaltige Schwierigkeiten bekommen und womöglich auch Quinn mit hineinziehen. Er sollte umkehren, sofort.

„Hallo, Ace“, ertönte plötzlich eine Stimme und ein hochgewachsener Mann trat in den Türrahmen. Helle goldene Augen fixierten ihn und Ace schluckte. Verdammt, zu spät!

Schnell verneigte er sich und senkte den Blick. „Seid gegrüßt, Fluchelfmeister Malex“, sprach er leise. Es war nicht schwer gewesen, zu erraten, wer vor ihm stand, hatte er doch die Beschreibung von Jaron und zudem seine Erinnerungen. Denn nun war er sich sicher. Es war derselbe Mann, der vor vielen Jahren schon einmal im Schloss gewesen war.

„Kommst du, um deinen Schützling zu sehen?“, wollte Malex wissen und Ace wagte es, den Blick zu heben. „Ja, wenn Ihr dies erlaubt.“

Er erwartete eine klare Zurechtweisung und dass Malex ihm Konsequenzen androhen würde, immerhin war es Ace als Aurox nicht gestattet, etwas zu wollen und es gar zu äußern.

„Jaron und ich sind bereits fertig, also kannst du ruhig hereinkommen“, sagte Malex und Ace stockte der Atem.

Schon ging der Fluchelf zur Seite und machte den Weg frei.

Ace zögerte, war dies eine List?

Vorsichtig trat er näher und schließlich in den Arbeitsraum. Malex hatte sich schon abgewandt und nahm an dem großen Schreibtisch Platz, der die Mitte des Raumes einnahm.

Da der Mann ihn nicht weiter beachtete, ging Ace zur Durchgangstür, die in den Versuchsraum führte. Diese war ebenso offen, wenn auch nur einen Spalt.

Er lugte vorsichtig hindurch und konnte Jaron sehen, der gerade einen Tisch abwischte.

Sofort fiel Ace‘ Blick auf die Ketten, die daran befestigt waren. Bei den Göttern, dort hatte Mirro also all die Jahre an Blake ‚gearbeitet‘, wie es immer geheißen hatte!

Bittere Galle stieg Ace in den Mund und er schluckte, ehe er die Tür aufschob und hinter sich schloss. Sollte dies Malex nicht passen, würde er sie schon wieder aufmachen.

„Vater?“, hörte er eine Stimme, die er sofort wiedererkannte. Auch, wenn sie sich verändert hatte, dunkler geworden war.

Ace lächelte und blickte zur Zelle, in der Blake auf einer Pritsche saß. „Du bist erwachsen geworden", raunte er mit belegter Stimme.

Noch immer hatte er das Bild des Jungen vor Augen, der Blake einst gewesen war, doch von diesem war nichts mehr übriggeblieben. Wären nicht die markanten weißen Haare und die schwarzen Augen, der Kerl hätte ein Fremder sein können.

Ohne zu zögern, ging Ace auf die Zelle zu und da kam ihm Blake auch schon entgegen.

Der einstige Junge, der nun als Mann sogar etwas größer war als Ace, warf sich ihm mit Tränen in den Augen um den Hals.

„Vater, bei den Göttern, nie hätte ich damit gerechnet, dich wiederzusehen", schluchzte Blake, der regelrecht in seinen Armen zusammenbrach.

Ace ging es nicht anders, er drückte Blake fest an sich und rang um Fassung. Er wollte nicht, dass der Mann ihn weinen sah, auch wenn ihm gerade danach war.

„Ich bin hier", versicherte er Blake. „Meister Malex hatte nichts dagegen, mich zu dir zu lassen. Ich habe dich vermisst und mir unglaubliche Sorgen gemacht."

Blake zitterte und konnte sich augenscheinlich kaum auf den Beinen halten. Ace drängte ihn sanft zurück in die Zelle, wo er sich mit ihm auf die Pritsche setzte. Der Jüngere ließ ihn dabei nicht los, als hätte er Angst, dies alles wäre nur ein Traum.

Ace konnte es verstehen, auch er war überwältigt, wirklich hier sein zu dürfen. Nach so vielen Jahren.

Erst jetzt hob er den Blick und sah zu Jaron, der ihn anlächelte. Sein Mann trat zur Zelle, blieb jedoch draußen stehen. „Ich hätte nicht erwartet, dich heute hier zu sehen", meinte Jaron und Ace nickte, während er Blake weiter bei sich hielt. „Ich auch nicht, doch es drängte mich, herzukommen. Es war riskant, aber es hat sich gelohnt", erwiderte er.

Jarons Blick war weich, als er zurücktrat. „Ich lasse euch mal allein", meinte er und verließ den Versuchsraum.

Als die Tür ins Schloss fiel, sah Blake auf. „Ich habe deinen Geruch an Jaron wahrgenommen, stärker als normal. Seid ihr euch nähergekommen?"

Ace seufzte, wieso nur kamen alle immer gleich auf diesen einen Gedanken!

„Ja, sind wir", bestätigte er, ehe ihm klar wurde, was er getan hatte.

Fluchelfen arbeiteten an Blake und sahen in dessen Kopf! Wenn sie das mit Jaron und ihm herausfinden würden, könnte das schlimme Konsequenzen nach sich ziehen!

„Also, wir haben uns angenähert", hängte Ace deshalb schnell an. „Jaron und Hauptmann Quinten stehen sich sehr nahe, sodass der Fluchelf häufig im Quartier ist. Außerdem waren er und ich gemeinsam auf einer Mission, wodurch wir uns ein wenig besser kennengelernt haben."

Er hoffte, so würde Blake nicht auf die Idee kommen, sie wären ein Paar, und sollte Malex dies im Kopf des jüngeren Mannes sehen, würde er hoffentlich nichts darauf geben.

Zwar sprach Jaron achtungsvoll von seinem Meister, dennoch war Vorsicht besser als Nachsicht, gerade, wenn es im Umgang mit fremden Elfen war.

„Jaron ist nett", hörte er Blake murmeln.

„Ist er das?", fragte er und strich ihm über den Rücken.

„Ja, er hat mir immer mal wieder geholfen, auch wenn er dadurch Ärger von Meister Mirro bekommen hat", erzählte Blake lächelnd. „Ich mag ihn."

Ace wusste, dass Jaron sich schon für Blake eingesetzt hatte, doch inwieweit er dabei zu seinem Jungen durchgedrungen war, hatte er nur ahnen können.

So wie es aussah, vertraute Blake Jaron in gewisser Weise.

Sein Blick ging zur geschlossenen Tür und ein warmes Gefühl machte sich in seiner Brust breit.

Blake hatte Recht, Jaron war ein guter Mann und auch Ace vertraute ihm. Immerhin war er sein Partner.

Jaron

Er war mehr als überrascht gewesen, plötzlich Ace im Fluchelf-Bereich zu sehen, doch die Freude, die er in Blakes Augen erblickt hatte, war unglaublich gewesen.

Nun hatte er die beiden allein gelassen und war bei Malex. Sein Meister saß am Arbeitstisch und brütete offensichtlich über einem Pergamentbogen.

„Mirro hat eine grausige Handschrift“, hörte Jaron ihn schimpfen und trat zu ihm.

„Ich habe die letzten Monate mit ihm verbracht, soll ich mal sehen, ob ich etwas entziffern kann?“, bot er an, doch Malex winkte ab. „Danke, aber ich kann es gerade noch lesen. Ist alles in Ordnung bei Blake und Ace?“

Jaron nickte. „Ja, jetzt schon. Es ist äußerst gütig, dass du Ace erlaubst, ihn zu besuchen. Mirro hätte das niemals getan.“

Malex sah auf, seine Miene ernst. „Ich weiß und eigentlich ist es gegen die Regeln des Königs. Doch mir ist bewusst, was Blake all die Jahre hat ertragen müssen, und auch, wie sehr seine Familie ihn vermissen muss. Deshalb will ich ihm ermöglichen, Besuch zu bekommen, und wenn die Dinge vielleicht bald besser stehen, auch mit seinem Kopf, dann kann er sogar in Begleitung nach draußen. Wir werden daran arbeiten, aber es wird nicht einfach werden."

Jaron war überwältigt und konnte nur nicken. „Das ist mehr, als wir je zu hoffen gewagt hätten."

Bewusst sagte er ‚wir', denn er betrachtete Blake als Freund, und da Malex all seine Erinnerungen hatte, wusste der Mann das sowieso schon.

„Ich habe einen gewissen Freiraum beim König", erwiderte Malex. „Den nutze ich, um die richtigen Dinge in Gang zu setzen, wenn du verstehst."

Noch immer war Jaron sich nicht sicher, ob er Malex tatsächlich in allen Punkten glauben konnte, doch dass Ace bei Blake war, zeigte, dass der ältere Fluchelf es wohl wirklich ernst meinte.

„Ja, das tue ich", gab Jaron zurück. „Kann ich noch etwas tun, um dir bei der Arbeit zu helfen?"

Heute hatte Jaron Malex dabei beobachtet, wie er sich um Blakes Kopf gekümmert hatte. Es war interessant, dem Mann bei der Anwendung von Fluchmagie zuzusehen. Es war alles so anders als bei Mirro, viel ruhiger und vor allem schmerzfrei.

Dann hatte Jaron eine erste Technik erlernen können, indem er sie bei Malex selbst ausprobierte. Es war befremdlich gewesen, doch er hatte es getan und war dabei erfolgreich gewesen.

Ein Schritt in die richtige Richtung, war es ihm durch den Kopf gegangen. So würde er seine Magie hoffentlich bald einsetzen können, ohne zu foltern oder gar zu töten.

„Danke, aber ich mache das hier nur noch fertig, danach muss ich nochmal zum König. Er hat gerade eine Unterredung mit dem leitenden Hauptmann und wollte mit mir die Details meiner eigenen Mission besprechen“, erklärte Malex. „Von daher kannst du eigentlich gehen, wenn du möchtest. Außer, du würdest lieber auf Ace warten.“

Jaron musste nicht überlegen. „Ich warte und werde etwas aufräumen.“

Eine Arbeit, die er bei Mirro regelmäßig verrichtet hatte und die ihm leicht von der Hand ging. Da Malex keinen Einwand vorbrachte, fing Jaron sogleich an und putzte den gesamten Arbeitsraum.

So begann gerade der Nachmittag, als Malex zum König aufbrechen wollte.

Jaron ging schweren Herzens zu Blake und Ace. Die beiden sprachen noch miteinander und als er den Raum betrat, blickten sie auf.

„Wir müssen leider los“, teilte er Ace mit und sofort konnte er Enttäuschung in Blakes Augen erkennen. Doch der Mann ließ von Ace ab und lächelte dennoch. „Ich habe mich sehr über den Besuch gefreut und es wäre wirklich schön, wenn wir das wiederholen könnten.“

Jaron ließ ihnen die Zeit, sich zu verabschieden, denn auch Ace fiel es sichtlich schwer, sich zu lösen. Doch schlussendlich verließen sie den Fluchelf-Bereich und Ace begleitete ihn zurück zum Quartier.

Dabei machte Jaron kurz bei der Küche halt und holte einen großen Vorratskorb, der bereits an der breiten Theke bereitstand.

Zurück in seinen Räumlichkeiten hörte er, wie Ace den Atem ausstieß.

„Ich muss gleich weiter zu Quinn, der wird wohl nicht gut auf mich zu sprechen sein. Mein Besuch im Fluchelf-Bereich war nicht ausgemacht und er wird sich wundern, wo ich die ganze Zeit über war“, meinte sein Mann und Jaron schüttelte den Kopf. „Du hast eine gute Erklärung, Quinn wird gewiss nicht erbost sein. Mach dir keine Gedanken. Ich glaube eher, er freut sich, dass du Blake sehen konntest."

Da kam Ace zu ihm und Jaron wandte sich seinem Partner zu. „Ich ... würde heute Abend wieder zu dir kommen", meinte Ace. „Sofern das für dich in Ordnung ist."

Jaron nickte sofort. „Auf jeden Fall, ich würde mich freuen." Am liebsten würde er Ace sogar bitten, hier einzuziehen, doch das wäre ein Schritt, der viel zu früh kommen würde.

Sein Aurox streckte sich und Jaron neigte den Kopf. Als sich ihre Lippen berührten, durchfuhr es ihn wie ein Blitzschlag. Wie jedes einzelne Mal, wenn er Ace küsste, fühlte es sich immer wie Zuhause an. Er legte die Hände auf Ace' Hüften und fühlte, wie dieser die Arme um seinen Hals gleiten ließ.

Der Kuss dauerte an und wurde dabei intensiver, was Jaron dazu brachte, die Fingernägel sanft in Ace' Hüften zu drücken.

„Das macht den Abschied nicht leichter", raunte Ace und Jaron lachte leise. „Du hast angefangen", erinnerte er seinen Mann.

Ace löste sich von ihm und trat zurück. „Stimmt, und ich würde es wieder tun. Also gut, ich bin dann weg. Wir sehen uns spätestens heute Abend. Hast du am Nachmittag noch was vor?"

Kurz überlegte Jaron, was er mit seiner ungeplanten freien Zeit anfangen konnte.

„Ich gehe höchstens trainieren, mehr aber auch nicht. Auf jeden Fall werde ich hier sein, wenn du herkommst. Ich koche uns was."

Nachdem Ace das Quartier verlassen hatte, hielt Jaron es nicht lang allein darin aus. Bisher hatte es ihn nie gestört, ohne Gesellschaft zu sein, doch jetzt hatte sich etwas verändert. Also verließ er das Schloss und ging in den Wald.

Er blieb im geschützten Bereich, in dem Tag und Nacht patrouilliert wurde, denn er wollte kein Risiko eingehen. Einem Erweckten würde er wohl noch früh genug erneut gegenüberstehen, da musste er das nicht künstlich herausfordern.

Sein Ziel war ein See, der sich nicht allzu weit vom Schloss entfernt befand.

Dorthin zog er sich gern zurück, um den Kopf freizubekommen. Und heute hatte er Glück, denn es war sonst niemand hier. Also zog Jaron die Stiefel aus und setzte sich ans Ufer. Die Füße steckte er ins kühle Nass und stieß den Atem aus.

Er ließ sich auf die Unterarme zurücksinken und legte den Kopf in den Nacken, um gen Himmel zu blicken.

„Ich wollte es nicht glauben, doch da ist er", erklang plötzlich eine fremde Stimme. Eilig sprang Jaron auf und stieg aus dem Wasser. Sein Blick suchte die Baumreihen ab, doch er konnte niemanden erkennen. „Wer bist du und was willst du?", wollte er wissen und zog sich die Stiefel an.

Ein Erweckter konnte es nicht sein, diese Wesen sprachen nie und griffen einfach an.

„Die bessere Frage ist, was hast du mit meinem Bruder angestellt?", knurrte die Stimme und Jaron richteten sich die feinen Härchen im Nacken auf.

„Da ich dich nicht sehe und keine Ahnung habe, wer du bist, kann ich dir auch die Frage nicht beantworten", hielt er dagegen.

War es ein Aurox, der mit ihm sprach?

Da er niemanden sehen konnte, lag die Vermutung nahe, denn hier im Wald gab es genug Schatten, um sich als Schattenwandler zu verbergen.

„Du musst mich nicht sehen, es reicht, wenn ich dich sehe ... und deine jämmerliche Existenz jederzeit beenden könnte“, hörte er den Fremden sagen.

Ehe Jaron etwas erwidern konnte, frischte mit einem Mal der Wind auf und peitschte ihm plötzlich wie ein wütender Sturm um die Ohren.

Jarons langes Haar, das er zu einem Zopf geflochten hatte, wurde hin und hergeworfen und er tat einen Schritt zurück.

„Was willst du von mir?“, wollte er wissen, während sich ein merkwürdiges Gefühl in seinem Bauch breitmachte.

Seine Instinkte schlugen Alarm, er hatte es hier nicht mit einem gewöhnlichen Aurox zu tun.

„Zu deinem Glück, nichts“, war die tonlose Antwort, die ihm, ähnlich wie der Wind, um die Ohren wehte. „Ich gab mein Wort, also bleibst du am Leben. Vorerst. Doch sei gewiss, ich beobachte dich.“

Kaum war die Stimme verklungen, beruhigte sich auch der Wind und Stille kehrte ein.

Mit klopfendem Herzen sah Jaron sich um, konnte aber weiter niemanden entdecken.

Was bei den Göttern war das gerade gewesen?

Seine Instinkte spielten weiterhin verrückt und Jaron lief eilig in Richtung Schloss los.

Er war ein guter Kämpfer und konnte auch mit seiner Fluchmagie umgehen, doch wenn er den Gegner nicht einmal sehen konnte, kam er an seine Grenzen.

Als er den Wald verließ, wagte er es endlich, durchzuatmen, wenn er auch weiter das Gefühl hatte, jemand würde ihn beobachten.

Erst, als er im Schloss war, ließ dies nach und Jaron lief sogleich nach oben. Ihm war die Lust an Training vergangen. Wer um alles in der Welt hatte ihn am See bedroht?

Wen kannte er, der einen Bruder hatte?

Jarons Kopf war voller Fragen und so ging er kurzerhand zu Quintens Quartier.

Er wusste nicht, ob der Blutelf überhaupt da war, doch alles war besser, als allein in seinen Räumlichkeiten herumzusitzen.

Also klopfte er und wartete.

Fast sofort wurde ihm von Ace geöffnet. Dessen Brauen schossen hoch und er trat zur Seite, um ihn einzulassen.

Als die Tür ins Schloss fiel, griff Ace ihn am Arm. „Du siehst aus, als hättest du einen Geist gesehen. Ist alles in Ordnung?"

Sorge schwang in Ace' Stimme.

Jaron schüttelte den Kopf.

„Ehrlich gesagt, weiß ich nicht, was vorhin passiert ist. Aber es war auf jeden Fall merkwürdig."

Quinn, der an seinem Arbeitstisch gesessen hatte, erhob sich und wies zum Kamin. „Setz dich, du bist wirklich weiß wie die Wand."

Jaron hatte nichts dagegen, ging mit Ace zu den Sesseln und ließ sich in einen davon sinken. Ace setzte sich auf eine der Armlehnen.

„Was ist passiert?", wollte sein Mann wissen.

Jaron widerstand nur schwer dem Drang, nach Ace zu greifen und ihn einfach auf seinen Schoß zu ziehen. Er wusste nicht, ob Ace mit Quinn und Raven schon über ihre Beziehung gesprochen hatte.

Auch wenn er sich gerade nach der Nähe seines Mannes sehnte, hielt er sich zurück.

„Ich ging zum See und wollte etwas den Kopf freibekommen", begann er zu erzählen.

Er berichtete von der seltsamen Begegnung mit dem Fremden, der sich nicht einmal gezeigt hatte, und was er für merkwürdige Dinge von sich gegeben hatte.

„Es mag verrückt klingen, aber ich glaube nicht, dass es ein Aurox war, der versuchte, mir Angst einzujagen", beendete Jaron seine Erzählung.

Da sprang Ace von der Lehne und stieß einen saftigen Fluch aus.

„Dieser verdammte Mistkerl!", knurrte er wütend. „Was soll das denn jetzt auf einmal?"

Verwirrt kam Jaron auf die Füße. „Was meinst du? Kennst du denjenigen, der mich da bedroht hat?"

Ace schnaubte und nickte.

„Oh ja, das tue ich und er wird etwas von mir zu hören bekommen."

Jaron erinnerte sich daran, was der Mann am See gesagt hatte. „Moment, war das dein Bruder? Hast du einen Bruder?"

Ace blickte ihm in die Augen und nickte. „Ja, das habe ich, ... noch ... aber wenn er so weiter macht, bald nicht mehr. Es tut mir leid, Jaron, ich werde mit ihm sprechen, sowas kommt gewiss nicht nochmal vor."

Jaron griff nach Ace' Hand, als dieser in Richtung Tür loslaufen wollte.

„Immer langsam", bat er und zog ihn sanft zu sich. Da er sich nicht wehrte, schlang Jaron die Arme um ihn. „Ich wusste nicht, dass du einen Bruder hast. Wieso hat er mich am See gestellt?"

Kurz schwieg Ace, ehe er sich an ihn lehnte und die Umarmung erwiderte.

Jaron hörte Quinn und auch Raven nach Luft schnappen, ignorierte die beiden jedoch.

„Taavin ist mein älterer Bruder, er war nie im Schloss, so wie ich. Er ist draußen geboren", erzählte Ace. „Ich vertraue dir, Jaron, deshalb verrate ich dir das ... er ist ein Hybrid und er macht sich Sorgen, dass du mich in deinen magischen Bann gezogen hast, oder so etwas in der Art."

Jaron blinzelte. Ein Hybrid. Unglaublich, er hätte niemals gedacht, dass ein solches Wesen existieren könnte.

„Magischer Bann also", murmelte er und lachte dann leise. So langsam fiel die Spannung von ihm ab, die ihn seit der Begegnung am See nicht mehr losgelassen hatte. „Dann ist dein Bruder einfach nur besorgt, weil du dir einen Fluchelf als Partner genommen hast."

Ace nickte. „Ja, so ist es, doch er hat mir versprochen, keinen Unsinn anzustellen, und diese Tat werte ich als Unsinn. Dafür wird er etwas von mir zu hören bekommen, das verspreche ich dir."

„Nein, lass nur", meinte Jaron. „Er macht sich immerhin nur Sorgen und das kann ich verstehen. Brüder oder allgemein Familie sind doch dafür da, um einen im Auge zu behalten. Ich bin ein Fluchelf, meine Art hat nicht gerade den besten Ruf und wenn dein Bruder sein Leben dort draußen verbracht hat, dann hatte er gewiss wenig bis gar keinen Kontakt zu Elfen. Und wenn, dann war dieser sicher nicht gut für ihn."

Seufzend löste Ace sich von Jaron und lächelte freudlos. „Nein, war es nicht, dennoch rechtfertigt es nicht, dass Taavin dir solche Angst einjagt. Immerhin haben wir darüber gesprochen und ich dachte, alles wäre geklärt."

„Ich ahne, die Mission wird nervenaufreibend und das nicht wegen Ammey", hörte Jaron Raven murmeln. Er blickte zu dem Aurox, der neben Quinn stand.

„Ich sehe, ihr wusstet noch nichts von Ace' und meiner Beziehung?", fragte er und beide schüttelten den Kopf.

„Nicht wirklich, aber wir freuen uns für euch", antwortete Quinn. „Und ich stimme Raven zu, wenn Taavin sich jetzt schon so von Jaron gestört fühlt, dann wird die Mission nicht gerade leicht verlaufen."

Knurrend fuhr Ace sich durchs Haar. „Macht euch bitte keine Gedanken, was Taavin betrifft, ich kläre das mit ihm. Danach benimmt er sich entweder respektvoll oder er wird uns eben nicht begleiten. Auch, wenn ich es mir anders vorgestellt hätte, so ein Verhalten den Meinen gegenüber dulde ich nicht.“

Jaron konnte Ace‘ Reaktion verstehen, doch die Angst, die er noch am See vor dem Fremden gehabt hatte, hatte sich in Verständnis gewandelt.

„Ich bin mir sicher, das war ein einmaliger Fehler“, versuchte er Ace zu beruhigen.

„Das hoffe ich auch“, gab sein Mann zurück und schüttelte dabei den Kopf.

Jaron schmunzelte und wandte sich an Quinn.

„Gibt es Neuigkeiten zur Mission?“, wollte er wissen und Quinn nickte. „Ja, so wie es aussieht, haben wir neue Erkenntnisse über Ammey gewonnen. Und das dank deines Meisters. Es geht ins Vierte Silberreich, dort soll Ammey ihr Hauptquartier haben.“

Dann hatte der König also die Informationen, die Malex ihm gebracht hatte, endlich an Quinn weitergegeben.

„Meister Malex hat mir schon einiges erzählt“, gab Jaron zu. „Auch, dass wir im Vierten Silberreich einen Halt in einem ganz bestimmten Dorf machen werden.“

Quinn runzelte die Stirn. „Von was sprichst du? Davon weiß ich nichts.“

Auch Raven und Ace blickten ihn irritiert an und Jaron musste sich kurz sammeln, ehe er sprechen konnte. „Mein Heimatdorf liegt in diesem Silberreich. Ich habe meine Eltern nicht mehr gesehen, seit ich als Junge von den Silberkriegern des Fürsten mitgenommen worden bin. Wie Quinn weiß, hatte ich nicht mal eine Ahnung, ob meine Familie noch lebt. Malex war in meinem Dorf und hat mit ihnen gesprochen. Sie wissen, dass ich im Schloss bin, und Malex gab ihnen sein Wort, dass sie mich bald wiedersehen werden. Da kommt die Mission nun gelegen."

In Quinns Augen blitzte es verstehend und schon trat sein Bruder im Geiste auf ihn zu, um ihn in die Arme zu ziehen.

„Bei allen Göttern, ich freue mich, dass du endlich Gewissheit hast, was deine Familie betrifft! Und natürlich werden wir in deinem Dorf Halt machen, damit du sie sehen kannst. Es gibt keine bessere Gelegenheit als diese Mission, also werden wir sie ergreifen."

Jaron freute sich über Quinns Unterstützung, er wusste, auf ihn konnte er sich immer verlassen. Das hatte sich seit ihrer gemeinsamen Zeit in der Hauptstadt des vierten Silberreiches nicht geändert.

„Danke", raunte er, ehe er sich löste und zu Ace lugte.

Sein Aurox trat zu ihm und legte eine Hand auf seine Schulter. „Ich freue mich darauf, deine Familie kennenzulernen, auch wenn ich nicht so bald damit gerechnet hätte."

Dass tatsächlich ein Hauch Nervosität in Ace' Stimme mitschwang, ließ die Spannung, die sich erneut in Jaron aufgebaut hatte, in sich zusammenfallen.

Stattdessen lachte er und küsste Ace, den er damit völlig überrumpelte. Ace' Hände krallten sich in seine Schultern und er hörte ihn leise keuchen, ehe er den Kuss erwiderte.

„Hab keine Sorge, sie werden dich mögen", flüsterte Jaron an Ace' Lippen, ehe er sich von ihm löste. „Aber es gibt noch etwas, was ich euch sagen muss, und das ist etwas, mit dem ich nicht gerechnet habe. Mit dem wohl niemand von uns gerechnet hat."

Sogleich wurden alle wieder ernst und sahen ihn erwartungsvoll an.

„Was meinst du?“, wollte Quinn skeptisch wissen und Jaron berichtete ihnen von Malex‘ Fähigkeit und der Tatsache, dass der alte und mächtige Fluchelf über ihr Vorhaben und auch ihre Beziehungen im Bilde war.

Die Stille, die daraufhin eintrat, war lauter, als jeder Steinschlag es gewesen wäre.

„Wir stecken in großen Schwierigkeiten“, murmelte Quinn, dessen Feueraugen geweitet waren.

Jaron schüttelte den Kopf. „Nicht unbedingt, denn Malex will uns nicht verraten, zumindest, wenn man seinen Worten glauben kann. Was ich mittlerweile tue, also fast. Er wird nicht eingreifen, uns aber auch nicht helfen, so hat er es ausgedrückt.“

Das mit dem richtigen Pfad wählen, behielt Jaron vorsorglich für sich. Er hätte kein gutes Gefühl dabei, dieses Detail weiterzugeben, irgendetwas hielt ihn davon ab. Da er sich bisher immer auf seine Instinkte hatte verlassen können, tat er es auch jetzt.

„Ich hoffe inständig, du hast mit deiner Einschätzung recht“, meinte Quinn und fuhr sich durchs Haar. „Ansonsten werden schon sehr bald unser aller Köpfe rollen.“

Kapitel 10

Ace

Ace hatte gewusst, dass es Fluchelfen mit einer speziellen und besonderen Fähigkeit gab.

Dass dort draußen jemand herumlief, der Erinnerungen nehmen und geben konnte, wie es ihm beliebte, hatte ihn schon immer schaudern lassen. Doch nie im Leben wäre er darauf gekommen, dass Jaron diese Kraft in sich trug.

Er starrte seinen Mann schweigend an und versuchte, das Gehörte zu begreifen. Sogleich musste er an Taavins Worte denken, dass Jaron ihn manipuliert haben sollte.

Würde der Fluchelf so etwas tun?

Wäre es der Fall, würde Ace sich auf jeden Fall nicht daran erinnern. Mit einem Mal war er sich unsicher, was seine Beziehung zu Jaron betraf. Er wollte ihm nichts unterstellen, doch diese Fähigkeit war ... beängstigend.

Auch, dass nun jemand im Schloss existierte, den sie nicht einschätzen konnten und der über alles Bescheid wusste, gefiel Ace nicht.

Malex' Wissen bedeutete eine gewaltige Bedrohung und vor allem eine Gefährdung für ihre Mission.

Doch was konnten sie dagegen unternehmen?

Versuchen, den Mann zu töten?

So, wie Jaron von ihm gesprochen hatte, stand diese Möglichkeit nicht zur Diskussion. Sie würden also darauf vertrauen müssen, dass der Fluchelfmeister sie nicht an den König verriet.

„Also gut, wie dem auch sei“, meinte Quinn plötzlich. „Es muss dennoch weitergehen und wir müssen die Mission planen. Kaleb wird nachher herkommen, sobald der König ihn lässt, dann besprechen wir die Details.“

Ace lugte zum Fenster, eigentlich hatte er vorhin noch hinausstürmen wollen, um Taavin zu stellen, doch nachdem, was er jetzt über Jaron wusste ...

Da legte jemand die Hand auf seine Schulter und er fuhr zusammen.

„Verzeih, ich wollte dich nicht erschrecken“, entschuldigte sich Jaron und Ace sah zu dem größeren Mann auf. Er konnte nichts erwidern, seine Gedanken kreisten und er wusste nicht, was er sagen sollte.

„Ist alles in Ordnung?“, fragte Jaron beunruhigt und plötzlich blitzte es in seinen Augen. Ein trauriges Lächeln legte sich auf Jarons Lippen und er zog die Hand zurück. „Du glaubst jetzt bestimmt, dein Bruder hatte recht mit seiner Annahme, ich würde dich manipulieren.“

Es zu denken, war eine Sache, doch es aus Jarons Mund zu hören, ließ Ace abrupt den Kopf schütteln. „Nein, also ja ... Ah verdammt“, knurrte er unwirsch. „Ich habe es im ersten Moment geglaubt, zumindest war der Verdacht in meinem Kopf, aber ... nein, das würdest du nicht tun.“

Die Traurigkeit in Jarons Blick schmerzte ihn und als sein Mann auch noch vor ihm zurückwich, griff Ace schnell nach dessen Hand.

„Bitte, verzeih mir, ich wollte dir nicht wehtun“, bat er und schluckte. Wie hatte er nur daran denken können, dass Jaron ihn in irgendeiner Weise manipulieren würde?

Er konnte sehen, dass sein Partner mit sich rang, doch noch ehe Jaron zu einer Erwiderung ansetzen konnte, klopfte es.

Mit zusammengebissenen Zähnen ließ Ace die Hand los und stellte sich neben den Kamin, während Raven zur Tür ging und öffnete.

Ace stieß den Atem aus, als er Kalebs Stimme erkannte. „Hallo Raven, ich hoffe, ich komme nicht ungelegen?“

Raven trat zurück und schüttelte den Kopf. „Gar nicht, immerhin wirst du ja erwartet.“

Ace lächelte, als Kaleb eintrat. Der ältere Aurox war ein guter Freund und ein sehr wichtiger Mann für Ace. Er hatte ihm in schwierigen Zeiten zur Seite gestanden und ihm einst geholfen, die Dinge im Lager zu ändern.

„Dass du aus dem Thronsaal darfst“, begrüßte Ace ihn und stellte sich an Jarons Seite.

Kalebs dunkelbraune Augen fixierten ihn und er schnaubte. „Ich bin selbst erstaunt, aber die Dringlichkeit der kommenden Mission hat den König endlich umdenken lassen.“

Seit Ammey den ehemaligen leitenden Hauptmann Nylo getötet hatte, war Kaleb beim Goldkönig gewesen. Der alte Elf hatte den Aurox zu sich geholt und seither nicht mehr herausgegeben.

Ace wusste ja, dass Kaleb ein spezielles Vertrauensverhältnis mit dem Königspaar hatte, doch dass es so tief reichte, war ihm nicht klargewesen.

„Ich bin froh, dass du den Mann davon überzeugen konntest“, ließ Quinn sich vernehmen und sofort wandte Kaleb sich dem leitenden Hauptmann zu.

Er verneigte sich gemäß dem Protokoll, wobei Quinn abwinkte.

„Wir werden bei der Mission zusammenarbeiten, sie sogar gemeinsam leiten", sprach der Blutelf und Ace hob die Brauen. Davon hatte Quinn zuvor nichts gesagt.

Es wäre wohl das erste Mal in der Geschichte Toryas, dass der König einen Elf und einen Aurox gemeinsam eine Mission leiten ließ.

„In der Tat", bestätigte Kaleb und verschränkte die Arme vor der Brust. „In einer Woche geht es für uns in Richtung des vierten Silberreiches. Die Mitglieder unserer Truppe sind klar, wir gehen zu fünft."

Ace verzog das Gesicht und lugte zu Quinn, der seinerseits zu ihm sah. Ace nickte, das würde er Kaleb selbst erklären.

„Eigentlich sind wir zu neunt", sagte er und der ältere Aurox blickte ihn irritiert an. „Weshalb? Wer kommt noch mit?"

Ace trat zu Kaleb, sie beide verband eine Jahrhunderte alte Freundschaft, zudem wusste Kaleb eigentlich über so gut wie alles Bescheid, sogar über Taavin. Immerhin hatte der Hybrid geholfen, Kaleb aus Ammeys Zauber zu holen. Wäre Taavin nicht gewesen, würde der Aurox wohl noch immer schlafen.

„Taavin und die anderen begleiten uns, sofern du einverstanden bist", erklärte Ace und beobachtete, wie Kalebs Brauen sich hoben. „Dein Bruder will ebenfalls mitkommen?"

Ace nickte. „Ja, ebenso wie Liam, Silvan und meine Tochter, Sakina."

Ein kleines Lächeln legte sich auf Kalebs Lippen und er nickte. „Als würde ich da etwas dagegen haben. Natürlich, wieso auch nicht. Immerhin sind wir ja sozusagen unter uns."

Erleichtert stieß Ace den unbewusst angehaltenen Atem aus. Zwar hatte er nicht geglaubt, dass Kaleb etwas dagegen hätte, dennoch war er jetzt froh, sich nicht getäuscht zu haben.

„Nun gut, die Details sind so weit ja bereits klar", meinte Quinn, ebenfalls lächelnd. „Dann hoffen wir, wir sind bei der Jagd auf dieses Miststück, Ammey, erfolgreich."

Da konnte Ace dem Blutelf nur zustimmen. Wenn sie die kranke Frau eliminiert hätten, könnten sie endlich mit der eigentlichen Mission fortfahren.

Sein Blick ging zu Jaron, der still geworden war. Er wirkte, als würde er über etwas nachdenken, was Ace ihm kaum verübeln konnte.

Immerhin würden sie während der vier Wochen Jarons Heimatdorf besuchen. Diese Neuigkeit hatte seinem Partner sichtlich den Boden unter den Füßen weggezogen.

Ace war sich nicht sicher, ob Jaron sich freute, er war augenscheinlich hin und her gerissen. Später, wenn sie allein wären, würde er in Ruhe mit ihm darüber sprechen.

Kaleb war zu Quinn an dessen Arbeitstisch getreten. Die zwei lehnten sich über die dort liegende Karte Jiltoryas und schienen ein paar Details zu besprechen.

Das würde Ace den beiden Planern überlassen, also wandte er sich Jaron zu. „Willst du noch hierbleiben oder besser zurück in dein Quartier?"

Jaron zuckte zusammen, sein Mann musste tief in Gedanken versunken gewesen sein. „Was? Ach so, ja, gehen wir ruhig zurück. Hier können wir sowieso nicht helfen, die Planung müssen Kaleb und Quinn machen."

Ace fixierte Raven und sogleich sah der größere Aurox in seine Richtung. „Wir gehen", sprach Ace leise, um weder Quinn noch Kaleb zu stören. Raven neigte schweigend den Kopf und Ace verließ mit Jaron das Quartier.

Die Stille war unangenehm, Ace ahnte, dass Jaron es ihm übelnahm, dass er an ihm gezweifelt hatte.

Zwar hatte sein Mann nichts in der Richtung gesagt, doch die Enttäuschung in seinen Augen war groß gewesen.

Bei Jarons Räumlichkeiten angekommen schloss Ace die Tür hinter sich und lehnte sich gegen das kühle Holz. Jaron ging hingegen direkt in die Küche und Ace beobachtete, wie er Wasser für Tee aufsetzte.

Unsicher kaute Ace sich auf der Unterlippe herum, er wusste nicht recht, was er sagen sollte.

„Willst du dich nicht setzen?“, fragte Jaron und Ace stieß die Luft aus.

„Ja, gleich. Jaron, ich weiß nicht, was ich noch sagen soll, außer, dass es mir leidtut“, antwortete er.

Jaron blickte ihn verblüfft an. „Was meinst du?“

Ace ging zu seinem Mann und griff seine Hand. „Dass ich an dir gezweifelt habe“, erklärte er. „Es war falsch von mir, zu glauben, du würdest mich manipulieren.“

Da erst schien Jaron zu begreifen, was er eigentlich meinte. Sofort schüttelte der Fluchelf den Kopf. „Nicht doch, darum geht es nicht, wirklich. Ich meine, ja, es tat weh, aber ich kann auch verstehen, dass du so gedacht hast. Ich hätte dir gleich von meiner Fähigkeit erzählen sollen, dann wären diese Zweifel vielleicht gar nicht aufgekommen. Aber im Moment beschäftigt es mich mehr, dass ich bald meiner Familie gegenüberstehen werde.“

Erleichterung flutete Ace und er konnte nicht anders, als Jaron einfach zu umarmen.

„Verstehe“, raunte er und schloss die Augen, als Jarons Arme sich um ihn legten. Das Gesicht des Fluchelfen lehnte sich an seinen Hals und Jarons warmer Atem ließ ihn schaudern.

„Ich habe Angst“, hörte Ace ihn leise murmeln. „Immerhin ist es meine Schuld, dass so viele gute und unschuldige Leute ihr Leben lassen mussten.“

Ace drückte seinen Partner an sich und strich ihm über den Rücken. „Was ist geschehen?“

Jaron erzitterte regelrecht in seinen Armen und schwieg einen Moment, ehe er mit belegter Stimme zu erzählen begann:

„Die Geschichte ist zu lang, ich fasse sie für dich zusammen. Mein Vater entdeckte meine Gabe und ermahnte mich, sie zu verheimlichen. Ich tat es eine ganze Zeit, bis Silberkrieger des Fürsten in der Nähe meines Dorfes auftauchten. Es kam zu einer Auseinandersetzung mit meinen Freunden, bei dem jemand getötet wurde. Da brach die Fähigkeit einfach aus mir heraus. Ich dachte ... ich dachte, ich hätte die Silberkrieger allesamt erledigt, doch einer entkam.“

Ace schloss die Augen, verdammt, es war klar, worauf was die Geschichte hinauslief ...

„Sie kamen und waren viel zu zahlreich“, sprach Jaron weiter. „Meine Eltern wollten mich nicht herausgeben, es kam zum Kampf und viele der Dorfgemeinschaft ließen dabei ihr Leben. Schlussendlich ... ging ich freiwillig mit den Silberkriegern mit, um das Töten zu beenden. Seither habe ich meine Familie, mein Dorf, nicht wiedergesehen.“

Ace holte tief Luft und ordnete seine Gedanken.

Zum einen wollte er gerade am liebsten zu diesem verdammten Silberfürsten, um ihm und seinen Lakaien den Kopf abzuschlagen, und zeitgleich würde er gern für Jaron alles mit dessen Eltern und dem Dorf klären.

Eines nach dem anderen, ermahnte er sich.

„Das ist grauenhaft“, sagte er ruhig. „Es tut mir unfassbar leid, dass du das mitmachen musstest.

Ebenso deine Familie und die Leute aus dem Dorf. Doch nichts davon ist deine Schuld, Jaron."

Er wusste, wie sein Mann sich fühlen musste, und war nicht verwundert, als Jaron den Kopf schüttelte und sich von ihm löste.

„Wäre ich nicht gewesen, hätte ich mich besser unter Kontrolle gehabt, nichts davon wäre geschehen", hielt der Fluchelf dagegen.

Ace verschränkte die Arme vor der Brust.

„Du warst jung und impulsiv. Das ist normal und das weißt du. Zudem hast du nicht darum gebeten, mit dieser Fähigkeit geboren zu werden, oder?"

Jaron blinzelte und schüttelte erneut den Kopf.

„Nein, natürlich nicht, aber ..."

„Nichts aber", unterbrach Ace seinen Mann. „Es war nicht deine Entscheidung, die Kraft zu besitzen. Es hat dir auch niemand erklärt, wie man sie einsetzt oder beherrscht, richtig?"

Er konnte sehen, wie es in Jaron arbeitete und schon senkte der Fluchelf den Blick.

„Nein", gab er zu.

Ace nickte und legte eine Hand an Jarons Wange. „Siehst du? Dich trifft keine Schuld und das werden deine Eltern und deine Freunde aus dem Dorf gewiss genauso sehen. Ich glaube, du kannst unbesorgt sein."

Die violetten Augen seines Mannes fixierten ihn einen langen Moment, ehe Jaron langsam nickte. „Ich versuche, so zu denken wie du, aber ich kann die Geschehnisse nicht vergessen. Und auch, wenn ich nicht darum gebeten habe ... es ist irgendwo dennoch meine Schuld."

Ace seufzte und drückte seinen Partner an sich. Er wusste, so schnell würde Jaron seine Meinung dahingehend nicht ändern, das wäre auch zu viel verlangt. Immerhin trug der Fluchelf diese Last, diese

Wunden, schon viel zu lange mit sich herum. So einfach würde das nicht verschwinden.

„Wie wäre es, wenn ich uns eine Kleinigkeit zu essen herrichte und du es dir derweil beim Kamin gemütlich machst?“, schlug er vor, um das schmerzhafte Thema für seinen Mann zu beenden.

Jaron winkte jedoch ab. „Verzeih, mir ist nicht nach essen, du kannst dir gerne etwas nehmen.“

Ace nahm erneut Jarons Hand und zog ihn mit sich zum Kamin. „Dann machen wir es uns einfach bequem, in Ordnung?“

Auch, wenn ihre Beziehung noch sehr frisch war und er von all den neuen Informationen über Jaron etwas erschlagen war, so wollte er für ihn da sein.

Es war immerhin seine Aufgabe als Jarons Partner.

Dieser ließ sich von ihm in einen Sessel drücken, doch als Ace zurücktreten wollte, zog Jaron ihn einfach auf seinen Schoß.

Er keuchte überrascht und hielt sich an Jarons Schultern fest. Noch immer war dies ein äußerst ungewohntes Gefühl, doch als Jaron schweigend die Arme um ihn schlang und ihn an sich drückte, ließ Ace es zu.

Er lehnte sich gegen den Fluchelf und entspannte sich mit jedem Atemzug mehr. Jaron suchte Nähe und Trost, wollte dies aber nicht so offen aussprechen, was Ace verstehen konnte.

Der Tag hatte augenscheinlich nicht nur ihm viel abverlangt. Die Informationen, zusätzlich Taavins provokante Aktion Jaron gegenüber ... seine Schläfen pochten schmerzhaft.

Doch auch positive Dinge waren heute geschehen, er musste nur an Blake denken, der sich so sehr gefreut hatte, ihn wiederzusehen. Wenn Malex wirklich der Mann war, der er vorgab zu sein, könnte das für Blake bessere Zeiten, ein besseres Leben bedeuten. Mit etwas Glück könnten ihn sogar seine Brüder besuchen.

Viel zu viele Gedanken kreisten in Ace‘ Kopf, während Jarons Atem immer ruhiger und gleichmäßiger wurde.

„Gehen wir ins Bett“, schlug er vor, ehe sein Mann noch einschlief.

„Gern“, antwortete Jaron und Ace wollte sich erheben.

Er keuchte erschrocken, als Jaron einfach mit ihm im Arm aufstand.

„Jaron!“, schimpfte er. „Lass mich runter, das kann ich bei den Göttern nicht leiden!“

Jaron schien zu merken, dass er eine Grenze überschritten hatte, denn er stellte ihn sofort ab.

„Bitte verzeih, ich habe nicht nachgedacht“, entschuldigte sich der Fluchelf und Ace schüttelte den Kopf. „Schon gut, aber ich hasse es, hochgehoben zu werden. Ich weiß, ich bin klein, doch ich bin kein Kind.“

Sichtlich verlegen rieb sich Jaron den Nacken. „Das wollte ich damit auch nicht ... ach, vergiss es. Ich bin wohl nicht ganz bei mir. Gehen wir schlafen.“

Ace seufzte, er musste sich zusammenreißen. Jaron hatte es nicht abwertend gemeint, sondern einfach nicht nachgedacht.

Bei diesem Thema reagierte Ace grundsätzlich überempfindlich, dessen war er sich auch bewusst, doch er konnte nicht aus seiner Haut.

Dennoch nickte er und ging mit Jaron ins Schlafzimmer.

Ace zog sein Oberteil aus und beobachtete, wie Jaron sich komplett entkleidete.

Sogleich stockte er, wollte sein Mann etwa nackt schlafen?

Tatsächlich legte Jaron sich, augenscheinlich erneut gedankenverloren, in die Laken und blickte in Richtung des Fensters.

Ace biss sich auf die Unterlippe, sollte er es wagen? Nun, wieso eigentlich nicht?

Immerhin waren sie zusammen. So zog auch er sich komplett aus und wie am Abend zuvor machte er es sich neben Jaron im Bett bequem.

Er wandte sich dem Fluchelf zu und zog diesen an sich. Sofort legte sein Partner einen Arm um seine Mitte und seufzte wohlig.

Ace schloss die Augen, etwas Ruhe würde ihm guttun.

Er war erschöpft, doch der Schlaf mied ihn. Jaron hingegen war sofort eingenickt und schnarchte leise.

Ace hob die Lider und sah auf den schönen Fluchelf. Sanft streichelte er Jaron übers Haar und den Rücken, was ihm ein leises Brummen einbrachte.

Schmunzelnd drückte er die Lippen auf Jarons Scheitel und schloss dabei die Augen. Es tat gut und er fühlte sich immer wohler bei seinem Mann.

Womöglich würde es wirklich gutgehen und sie hätten die Chance, zusammen glücklich zu werden.

Die Mission würde dies wohl zeigen, immerhin wären sie dort vier Wochen gemeinsam unterwegs. Da musste Ace gleich an seinen Bruder denken, mit dem er noch ein Wort zu wechseln hatte. Was Taavin sich da herausgenommen hatte, gefiel Ace absolut nicht. Ihm war klar, dass es dem Hybrid nicht passte, dass Ace sich auf einen Fluchelfen eingelassen hatte, doch dies war nicht Taavins Entscheidung. Und Ace würde es nicht zulassen, dass sein Bruder seinen Mann bedrohte. Niemals.

Er zwang sich, sich zu beruhigen, gerade konnte er gar nichts tun. Morgen würde er nochmal in den Wald gehen, sofern es die Zeit zuließe, und Taavin zur Rede stellen.

Jaron fing in diesem Moment an zu zittern und ein Keuchen war zu hören. Sofort drückte Ace ihn fest an sich und summte leise. „Alles ist gut, ich bin da“, versicherte er ihm und tatsächlich beruhigte sich der Fluchelf nach einem langen Moment.

Die Erinnerungen mussten heftig in Jaron arbeiten, so war es kein Wunder, dass sie ihn im Traum heimsuchten. Ace kannte dies selbst viel zu gut ...

Er beschloss, die Nacht wach zu bleiben, um auf Jaron achten zu können. Dabei ging sein Blick immer wieder zum Fenster.

Der Mond war hoch am Himmel zu sehen und Ace fragte sich, wo seine zweite Tochter wohl gerade war? Ging es ihr gut? Wurde sie gefangen gehalten oder irrte sie womöglich allein durch die Wälder?

Er schluckte, keine der Optionen gefiel ihm, doch noch schlimmer war, dass er es schlicht nicht wusste. Sein Herz schmerzte und er sehnte sich danach, Jolina endlich wieder in die Arme schließen zu können.

Sakina hatte es geschafft, Lybras und Ammeys Fängen zu entkommen. Dann war das auch für Joli möglich. An diesem Gedanken hielt Ace sich fest. Er musste, sonst würde er Gefahr laufen, den Verstand zu verlieren ...

Jaron

Sein Schlaf war von unschönen Träumen geprägt gewesen, sodass Jaron alles andere als erholt war, als er am frühen Morgen aufwachte.

Die Sonne war noch nicht einmal am Horizont zu erkennen, und er hatte bereits jetzt Kopfschmerzen. Ein Seufzen unterdrückend blickte er zu Ace hoch.

Jaron hatte sich an seinen Mann geschmiegt und dabei sogar die Beine angezogen. Wirklich erinnern konnte er sich an das, was er geträumt hatte, nicht, doch wie zu erwarten gewesen war, hatte es viel mit seinen Eltern und seinem Dorf zu tun gehabt.

Ace' Lider waren geschlossen, der Mann schien noch zu schlafen. Sofort glitten Jarons Gedanken zur Mission, die ihnen bevorstand. Und zu seiner Familie, die er anscheinend bald wiedersehen würde.

Kalte Schauer liefen ihm über den Rücken. Nicht etwa, weil er sich nicht über diese Chance freute ... Nein ... Jaron hatte Angst.

Angst, in die Gesichter derer zu blicken, die seinetwegen, wegen seiner Fähigkeit, Freunde und Verwandte verloren hatten.

Er musste schlucken und zuckte zusammen, als sich Ace' Hand auf seine Wange legte.

Jaron senkte den Blick und sah in Ace' braune Augen. Kein Urteil lag darin, nur stummes Wissen, um die Dinge, die ihm im Kopf herumspukten.

Seine Kehle war trocken, Jaron wusste nicht, was er sagen sollte, ihm fehlten schlicht die Worte.

Ace schien das nicht zu stören, er streckte sich und Jaron riss die Augen auf, als sein Mann ihn einfach küsste.

Ja, sie waren in einer Beziehung, doch es war alles noch so frisch, und nach den gestrigen Geschehnissen bei Quinten, hätte er nicht damit gerechnet, dass die nächste Annäherung von Ace so ausgehen würde.

Doch er würde sie, bei den Göttern, nicht ablehnen.

Stattdessen schlang er die Arme um den kleineren Mann und ließ den Kuss intensiver werden.

Jaron wollte jetzt nicht nachdenken, nicht darüber nachgrübeln, was passieren könnte.

Er drückte Ace in die Kissen und war binnen eines Wimpernschlages über ihm. Dabei drang Ace' leises Keuchen an seine Ohren, was ihm direkt zwischen die Beine fuhr.

Doch da hielt er auch schon wieder inne. Jaron wusste, Ace hatte noch nie mit einem Mann geschlafen und er war gerade nicht in der besten Stimmung.

„Sieh mich an", raunte Ace und sofort fixierte Jaron seinen Partner. „Es ist in Ordnung. Ich will es ... ich will dich."

Das hätte Jaron wahrlich nicht für möglich gehalten, aber ... „Wenn ich etwas tue, was dir nicht gefällt, oder du aufhören willst", fing er an und wurde sogleich von Ace unterbrochen. „Keine Sorge, ich teile dir schon klar mit, was ich will und was nicht."

Jaron atmete durch. Ja, er hatte vergessen, dass sein Mann ein Schattenwandler war und Jaron ihm körperlich unterlegen war. Ace könnte ihn ohne Probleme aus dem Bett befördern und ihm dabei wahrscheinlich gleich noch das Genick brechen.

„Gut", brachte er hervor, ehe er den Kopf senkte und Ace hart küsste. Dabei drückte er seinen Unterleib gegen seinen Mann. Nur die dünne Decke lag zwischen ihnen, sodass er Ace' Erregung gut fühlen konnte.

Jaron hatte selbst längst reagiert, sein Schwanz pochte vor Verlangen und er rieb sich an Ace.

„Das fühlt sich ungewohnt an", murmelte dieser an seinen Lippen und Jaron musste grinsen.

„Ich weiß, aber vertrau mir, du gewöhnst dich daran und es wird besser, viel besser", versicherte er seinem Partner.

Er ahnte, dass Ace, obwohl er sich ruhig gab, nervös war. Und Jaron wollte ihm gerecht werden, sich Zeit nehmen und dieses verdammte Gefühlschaos dafür in den Hintergrund schieben.

Er griff die Decke und zog sie zwischen ihnen hervor, um sie kurzerhand aus dem Bett zu werfen. Mittlerweile hatte er seinen Mann schon das ein oder andere Mal nackt gesehen und doch raubte es ihm immer wieder den Atem.

„Du bist unverschämt schön“, raunte er heiser und leckte sich die Lippen.

Da legte sich eine leise Röte auf Ace‘ Wangen und Jaron beobachtete, wie er sich auf die Unterlippe biss.

„Ich bin ein Mann“, wurde er leise erinnert. „So etwas wie ‚schön‘ gibt es da nicht. Das findet man bei Frauen.“

Jaron lachte und schüttelte den Kopf. „Da ziehst du also eine Grenze? Für dich können Männer nicht schön sein? Dummerweise muss ich dich enttäuschen. Es geht und in meinen Augen bist du es.“

Schon teilten sich Ace‘ Lippen, doch Jaron unterbrach dessen Protestversuch mit einem erneuten Kuss. Für einen kurzen Moment drückten Ace‘ Hände gegen seine Schultern, ehe Jaron ein gedämpftes Knurren vernahm und sein Mann die Arme um ihn schlang.

Der Kuss wurde leidenschaftlicher und nun, wo keine Decke mehr zwischen ihnen lag, konnte er sich richtig an Ace schmiegen.

Dass diesem dabei ein heiseres Stöhnen entwich, bestärkte Jaron in seinem Tun.

Er ließ eine Hand an Ace‘ Seite nach unten gleiten und drückte in dessen Kniekehle, bis der Mann ein Bein um Jarons Hüften legte.

So konnte Jaron nun mit den Fingern durch Ace‘ Spalte streichen und den Eingang massieren. Dass dieser sich dabei sogleich verspannte, war wenig überraschend.

Jaron ging jedoch nicht darauf ein und gab ihm die Zeit, die er brauchte. Dabei küsste er ihn immer wieder, bis sie beide nach Atem rangen.

Ace‘ Hände hatten sich dabei in seinen Haaren vergraben und das rote Band, welches diese eigentlich zusammenhalten sollte, lag mittlerweile irgendwo auf dem Bett. So fielen Jarons beinahe hüftlangen Haare wie ein intimer Vorhang nach vorne und hüllten sie in eine Art Höhle.

„Das ist ungewohnt“, murmelte Ace und leckte sich die Lippen. Jaron lächelte wissend. „Noch, bald nicht mehr“, erwiderte er und zwinkerte ihm spielerisch zu.

Ace war wirklich angespannt und er hoffte, ihn mit den lockeren Worten etwas herauszureißen.

Tatsächlich schnaubte sein Aurox jetzt und zog eine Augenbraue nach oben, wobei seine Mundwinkel zuckten.

„Du bist dir ja äußerst sicher, nicht wahr?“

Nun grinste Jaron offen. „Aber natürlich“, antwortete er und ehe Ace zu einer Erwiderung ansetzen konnte, küsste er ihn wieder. Dabei schob er die Fingerspitze in seinen Mann.

Er biss Ace in die Unterlippe und erntete erneut ein Keuchen. Seine Fingernägel krallten sich fast schmerzhaft fest in Jarons Schultern, doch das stachelte ihn eher noch an.

Als sie den Kuss lösten, glitt Jaron mit den Lippen über Ace‘ Kinn zu dessen Hals. Dabei ließ er den Finger immer etwas tiefer gleiten und bewegte ihn kreisförmig.

Kaum berührten seine Lippen den Bereich hinter Ace‘ Ohr, keuchte dieser auf einmal.

Jaron merkte sogleich auf, dort schien sein Mann sensibel zu sein. Er knabberte an der feinen Haut und tatsächlich entspannte sich Ace‘ Körper mehr und mehr. So konnte Jaron den Finger ganz in ihn schieben und anfangen, diesen zu bewegen.

„Umfass unsere Schwänze“, brummte Jaron und biss etwas fester zu. „Massier sie, ich will hören, wie du stöhnst.“

Nach einem kurzen Moment lösten sich Ace‘ Finger von seinen Schultern und schon fühlte er sie an seiner eigenen Erregung, was ihm selbst ein Stöhnen entlockte.

Bei den Göttern, wie oft hatte er sich vorgestellt, Ace wirklich nahezukommen, und jetzt lag er mit ihm im Bett!

Es war gar unwirklich und Jaron betete, dass es kein Traum war, aus dem er jäh erwachen würde.

Als Ace‘ Stöhnen an sein Ohr drang, riss ihn das aus seinen Gedanken. Er leckte über die leicht salzig schmeckende Haut, ehe er die Zähne hineindrückte und zubiss. Nicht so fest, dass es bluten würde, aber doch stark genug, um einen Abdruck zu hinterlassen.

„Ah!“, keuchte Ace und Jaron spürte dessen Fingernägel in seiner Erregung. Der kurze Schmerz ließ ihn selbst stöhnen und da sein Mann nun locker blieb, konnte er vorsichtig einen zweiten Finger in ihn gleiten lassen.

Selbst jetzt blieb Ace halbwegs entspannt, er drückte sich ihm sogar etwas entgegen. Jaron war erleichtert, dass es ihm gefiel, immerhin hätte es genauso gut anders sein können. Er hob den Kopf und küsste ihn leidenschaftlich, während er die Finger in ihm spreizte und ihn so weiter dehnte.

Jaron musste sich zusammenreißen, denn Ace‘ geschickte Hände massierten ihn mit einem Mal härter. Dass er dabei noch die Reibung an Ace‘ Schwanz fühlte, brachte ihn nahe an den Rand eines Höhepunktes.

Da drehte Ace den Kopf zur Seite und beendete so den Kuss. „Jaron!“, stöhnte er und schon fühlte Jaron Ace‘ heißen Erguss zwischen ihnen.

„Verdammt“, zischte er und konnte es nicht aufhalten, als er Momente später selbst von seinem Orgasmus mitgerissen wurde.

Jaron zog die Finger aus Ace und richtete sich auf den Knien auf. „Jetzt kannst du nicht mehr bestreiten, ein heißer Anblick zu sein“, raunte er mit heiserer Stimme.

Ace Blick war vor Lust verschleiert, die Lippen einen Spalt geöffnet und sowohl sein eigener als auch Jarons Erguss war etwas auf ihm verteilt.

Jaron ließ einen Finger durch die weißliche Flüssigkeit gleiten, ehe er diesen ableckte.

„Jaron“, keuchte Ace beinahe erschrocken und sogleich färbten sich seine Wangen rot.

Jaron leckte sich hingegen genüsslich die Lippen. „Was denn?“, fragte er unschuldig und rückte etwas ab. „Geh für mich auf alle viere.“

Ace blinzelte. „Auf alle viere?“, wiederholte er, ehe er der Bitte nachkam und dann über die Schulter zu ihm blickte. „Das ist eine recht unnatürliche Position.“

Sanft ließ Jaron die Fingerspitzen über Ace‘ Rücken bis zu dessen Hintern gleiten. „Dafür habe ich eine herausragende Aussicht“, erwiderte er und beobachtete, wie Ace schluckte, ehe er den Blick nach vorne wandte.

„Wenn du das sagst.“

Das Unbehagen war noch immer in Ace‘ Stimme vorhanden, jedoch schon deutlich gemindert.

„Versuch, dich zu entspannen“, riet Jaron, ehe er die Hände auf Ace‘ Hüften legte. „Und vergiss nicht, zu atmen.“

„Leichter gesagt als getan“, hörte er Ace murmeln, doch er nickte.

Jaron drückte seine Erregung gegen Ace‘ gut gedehnten Eingang und schon glitt die Spitze in seinen Mann. „Verflucht bist du eng“, entkam es Jaron und er biss sich auf die Unterlippe.

Zeitgleich hörte er Ace keuchen und sah, dass er den Kopf zwischen den Armen hängen ließ. „Das ist merkwürdig und schmerzt etwas“, raunte er und Jaron musste an sich halten, um sich nicht einfach sofort ganz in ihn zu schieben.

Ace war wirklich eng und vor allem heiß, das fühlte sich verboten gut an!

„Atme“, erinnerte er seinen Mann und rieb Ace über den Rücken. Erst, als er fühlte, wie dieser sich lockerte, ließ er sich langsam tiefer hineingleiten. Das Gefühl war berauschend und Jaron hätte sich darin verlieren wollen.

Sicher, er hatte zuvor schon mit anderen Männern geschlafen, doch keiner von ihnen war mit Ace zu vergleichen, in keiner Weise.

Erleichterung flutete ihn, als er Ace stöhnen hörte. „Du bist riesig, das ist so viel!“

Jaron wusste, dass er gut bestückt war, und das konnte beim ersten Mal durchaus zum Problem werden, doch da Ace sich ihm sogar entgegen drückte, nahm er dies als Kompliment auf.

Als er sich das letzte Stück in seinen Mann schob, stieß Jaron ein Keuchen aus, während Ace auf die Unterarme sank.

Sogleich fing Jaron an, sich zu bewegen, zog die Hüften zurück und versenkte sich immer wieder tief in Ace.

Bei jedem Stoß hörte er ihn stöhnen und das ließ Schauer über seinen Körper jagen.

Immer schneller und ungehaltener wurde Jaron, behielt dabei jedoch im Blick, ob Ace sich wohlfühlte.

„Das halte ich nicht lange aus!", raunte dieser gerade heiser und da spannten sich Ace' innere Muskeln mit einem Mal um Jarons Schwanz.

Ein kurzer Schrei entwich seiner Kehle und Jaron krallte die Fingernägel tief in Ace' Hüften. „Dann komm für mich!", befahl er, denn er konnte sich kaum noch zurückhalten.

Doch erst, als er Ace seinen Namen rufen hörte, ergab er sich dem Höhepunkt und ergoss sich in seinem Mann.

„Ace!", stöhnte er dabei und versenkte sich ein letztes Mal bis zur Wurzel in ihm.

Nach einem langen Moment, indem nur ihrer beider keuchender Atem zu hören war, entzog er sich ihm und ließ sich in die Laken sinken.

Er griff Ace an der Schulter und zog ihn in seine Arme.

„Das war der Wahnsinn", hörte er ihn murmeln und nickte atemlos. „Ja, das war es."

Jarons Herz schlug viel zu schnell und er musste erneut lächeln, bekam das vermaledeite Grinsen kaum noch aus dem Gesicht.

„Du musst gar nicht so selbstgefällig dreinblicken", murrte Ace, sein Tonfall jedoch ohne Nachdruck.

Jaron lachte und hauchte einen Kuss auf Ace' Haar. „Verzeih, das ist nicht einmal meine Absicht, aber ich fühle mich gerade einfach nur fantastisch und kann es kaum glauben."

Da hob sich Ace' Kopf und er blickte ihm in die Augen. „Was kannst du kaum glauben?"

Jaron fuhr sich durchs Haar.

„Dass wir hier liegen, zusammen. Es war ein Traum und jetzt bist du bei mir."

„Du bist ein Schmeichler", warf Ace ihm vor, schmiegte sich dabei jedoch an ihn.

Schmunzelnd schloss Jaron die Augen und genoss den Moment, ehe er sich von Ace löste. „Leg dich bitte auf den Bauch, das könnte etwas unangenehm werden“, bat er und ging in die Waschkammer.

„Was? Wie ... bei den Göttern, das ist komisch!“, hörte er Ace gleich darauf rufen.

Jaron verkniff sich ein Lachen und nahm eine Schale Wasser und einen Lappen mit ins Schlafzimmer. „Mag sein, doch es ist normal. Warte, ich mach dich sauber.“

Ace‘ Kopf war hochrot, aber er hielt still, während Jaron ihn von den Resten ihrer Vereinigung befreite.

„Bin gleich zurück“, ließ er ihn wissen und brachte die Sachen wieder in die Waschkammer, ehe er sich zu seinem Mann ins Bett legte.

Ace wirkte noch immer etwas verlegen, brummte jedoch ein leises „Danke“, und kuschelte sich an ihn, als Jaron einladend den Arm hob.

„Wie fühlst du dich?“, wollte er wissen und streichelte Ace über den Rücken.

„Gut, wieso fragst du?“ Ace hob den Blick und sah ihn irritiert an.

„Es kann etwas viel sein, wenn man zum ersten Mal mit jemandem schläft“, erklärte Jaron und erntete ein Schnauben.

„Ich bin gewiss nicht mehr jungfräulich, Jaron. Ich habe Kinder“, hielt Ace dagegen.

Schnell hob Jaron die Hand. „Das wollte ich damit ja auch nicht sagen, aber mit einem Mann hattest du vorher noch nie so intimen Kontakt, oder?“

Das ließ Ace innehalten und er nickte. „Ah, ja, da hast du recht. Aber keine Sorge, es geht mir gut, außer, dass mich der Rücken etwas schmerzt.“

Zufrieden begann Jaron, besagten Rücken mit einer Hand zu massieren. Dabei lugte er zum Fenster und verzog das Gesicht. Nun war die Sonne bereits am

Aufgehen, die hellen Strahlen tauchten die Landschaft um das Schloss herum in ein leuchtendes Grün.

„Wann musst du heute bei Malex sein?“

Jaron brummte bei der Frage.

„Wir haben nicht wirklich etwas ausgemacht, aber wenn ich an Mirros Gewohnheiten denke, dann wohl ziemlich früh. Das heißt, viel Zeit im Bett bleibt mir nicht mehr, auch wenn ich es gerade äußerst gemütlich finde.“

Ace‘ warme Finger strichen über seinen Bauch und er hörte ihn seufzen. „Da stimme ich dir zwar zu, doch Quinn wartet ebenfalls auf mich. Seine morgendliche Runde darf sich nicht verzögern, sonst verfällt das Schloss noch mehr ins Chaos, als es derzeit sowieso schon ist.“

Jaron schloss die Augen, zu gern würde er noch liegenbleiben, am besten gleich den ganzen Tag ... doch die Pflicht ließ sich nicht aufschieben. Außerdem wartete neben Malex auch Blake auf ihn. Er wollte den Aurox nicht allein mit dem neuen Meister lassen, zumindest nicht, solange er noch hier und nicht auf Mission war.

Womöglich könnte er heute schon von Malex lernen. Dessen Methoden klangen so vielversprechend, dass Jaron hoffte, vielleicht doch noch einen positiven Zugang zu seinen Fähigkeiten zu finden.

„Dann sollten wir aufstehen“, meinte er, als sich auch nach einiger Zeit keiner von ihnen beiden bewegte.

„Stimmt“, murrte Ace, rührte sich jedoch ebenso wenig.

„Komm schon, es hilft ja nichts“, seufzte Jaron schließlich und löste sich von Ace. „Wie du bereits sagtest, Quinn wartet, und ich muss zu Meister Malex. Da kann ich auch gleich nach Blake sehen. Soll ich ihn von dir grüßen?“

Ace brummte, erhob sich dann jedoch und nickte. „Ja, mach das. Ich hoffe, es geht ihm so weit gut."

Dem konnte Jaron sich nur anschließen.

So machten sie sich kurzerhand fertig, aßen noch eine Kleinigkeit und bald darauf fand Jaron sich auch schon im Fluchelf-Bereich wieder.

Malex war mit Papieren beschäftigt und hatte ihn gleich mal zu Blake geschickt.

Jaron hatte noch nicht einmal ganz die Tür zum Versuchsraum geschlossen, da sprang der Aurox auch schon auf. „Du hast mit Vater geschlafen?"

Um ein Haar wäre Jaron über seine eigenen Füße gefallen. „Bei den Göttern, Blake", stieß er hervor. „Nicht so laut!"

Wohl über sich selbst erschrocken, schlug der Aurox eine Hand vor den Mund. „Verzeih, das war nicht beabsichtigt."

Jaron schüttelte den Kopf, Malex wusste immerhin bereits über sie Bescheid, von daher konnte er das also auch wissen.

„Schon gut, aber bitte, erzähl es nicht jedem", bat er und ging zur Zelle, die offen stand.

Blake trat heraus und lächelte nun, wenn ihm auch die Überraschung noch ins Gesicht geschrieben war.

„Seid ihr jetzt zusammen?", wollte er neugierig wissen und Jaron nickte. „Ja, sind wir. Hat er dir das nicht erzählt?"

Als Blake verneinte, fiel Jaron auch der Grund dafür ein. Immerhin hatte Ace zu diesem Moment nichts von Malex' Gabe gewusst, sodass er ihre Beziehung vorsichtshalber geheim gehalten hatte.

„Nun denn, jetzt weißt du ja Bescheid", meinte Jaron. „Wie geht es dir heute? Was macht der Kopf?"

Blake lehnte sich gegen die Gitterstreben der Zelle und zuckte die Achseln. „Eigentlich alles wie immer.

Gestern Nacht und heute Morgen war es ruhig, ich hatte keinen Anfall. Selten, aber auch das kommt vor."

Blakes sogenannte Anfälle waren grauenhaft. Die unzähligen Flüche, die durch den jahrelangen Missbrauch von Mirro und den vielen Rekruten in Blakes Kopf verankert waren, konnten von einem Moment auf den nächsten plötzlich aktiv werden.

Diese unkontrollierte Fluchmagie führte dazu, dass Blake schreckliche Schmerzen hatte, sein Körper sich verkrampfte und er nicht mehr Herr seiner Sinne war.

Jaron konnte nur ahnen, wie viele davon der Aurox schon durchlitten hatte, ohne dass ihm ein Fluchelf geholfen hatte. Mirro war nicht viel daran gelegen, auf Blake zu achten, und Jaron hoffte, dass es nun, mit Malex, anders werden würde.

„Hoffentlich hält die Phase länger an", meinte er aufmunternd und Blake nickte. „Wäre schön."

Da öffnete sich die Tür und Malex trat zu ihnen. „Die Papiere sind so weit erledigt, dann können wir mit der ersten Lektion beginnen, sofern du bereit wärst, Jaron."

Genau darauf hatte er gehofft!

Eifrig nickte Jaron. „Gewiss, ich möchte von dir lernen", antwortete er.

Malex trat an den Versuchstisch und winkte ihn zu sich. „Nun denn, dann lass uns beginnen."

Kapitel 11

Ace

Er war nervös, was im Thronsaal des Königs immer der Fall war. Zu selten geschahen gute Dinge, wenn man als Aurox dort war. Doch heute war ein solch besonderer Tag.

Die Woche bis zur Mission war unglaublich schnell verstrichen und endlich war es so weit, sie würden aufbrechen.

Doch zuerst musste sein Fluchmal dazu gebracht werden, nicht mehr auf den Ruf des Königs zu reagieren, das würde sonst ihren Tod bedeuten, wenn sie weit vom Schloss weg waren.

Der König saß auf dem Thron, Ace hatte nur kurz in dessen Richtung gelugt, starrte ansonsten aber gehorsam zu Boden. Es war ihm als Aurox nicht erlaubt, den Blick ungefragt zu heben.

Raven und er flankierten Quinn, der die Arme vor der Brust verschränkt hatte.

„Mein König, ich möchte nicht drängen, doch worauf warten wir noch?“, wollte der leitende Hauptmann gerade wissen.

„Geduld“, wies der Goldkönig ihn zurecht. „Um das Fluchmal deines Begleiters stillzulegen, bedarf es starker Magie, die du nicht besitzt.“

Ace biss sich auf die Zunge, wie respektlos der König mit seinem leitenden Hauptmann sprach! Das zeigte, wie wenig Vertrauen er eigentlich in Quinten hatte.

Nur, weil dem Mistkerl gerade die Alternative fehlte, hatte Quinn noch den Posten.

Die Mission, so wichtig sie war, sollte auch dazu dienen, dem König zu beweisen, was für ein guter und fähiger Hauptmann der Blutelf war.

Quinn durfte den Titel des leitenden Hauptmannes nicht verlieren, er war für ihre ganz eigene Mission zu wichtig.

Seine Gedanken wurden unterbrochen, als sich die Tür zum Saal öffnete und zwei Männer hereinkamen.

Einer davon war Kaleb, wie Ace aus dem Augenwinkel erkannte.

Der andere war etwas größer als der sowieso schon hochgewachsene Aurox. Fluchelfmeister Malex trug die formelle Kleidung, die den Fluchelfen vorbehalten war und schritt neben Kaleb in den Saal.

„Verzeiht die Verzögerung, mein König“, sprach Malex mit einem Lächeln auf den Lippen. „Ich wurde noch im Fluchelf-Bereich gebraucht.“

„Verstehe“, antwortete der Goldkönig. „Doch nun bist du ja hier, Malex, und wir wollen den Hauptmann mit seinen Begleitern nicht länger als nötig aufhalten.“

Da trat Malex in sein Sichtfeld und Ace lugte zu dem Mann auf.

Dessen hellgoldene Augen schimmerten warm, kein Urteil und keine Verachtung lagen in ihnen.

„Entblöße bitte deinen Oberkörper“, bat Malex und Ace kam der Aufforderung sofort nach. Dabei ließ er die Kleidung einfach zu Boden fallen.

„Es wird dich nicht schmerzen, wenn ich dich berühre, sei unbesorgt“, erklärte Malex und hob die Hand.

Ace musste sich zusammenreißen, um nicht zurückzuweichen, als die Finger direkt sein Fluchmal berührten.

Instinktiv kniff er die Augen zu und spannte sich an, erwartete die allzu bekannte Pein ...

Doch sie blieb aus.

Stattdessen durchdrang ihn ein warmes und sanftes Gefühl, das ihn bis in die Haarspitzen ausfüllte.

Nur Momente später zog Malex die Hand zurück.

„Das war auch schon alles. Das Fluchmal wird erst in etwas mehr als vier Wochen wieder aktiv, sodass ihr zwei drei Tage zusätzlich habt, sollten sich Komplikationen ergeben. Mein Fluch wird das Mal so lange verstummen lassen", sprach der Fluchelf und Ace sah zu ihm auf.

„Danke", raunte er leise und kaum hörbar, sodass es der König nicht mitbekommen würde.

Er wollte herausfinden, wie Malex darauf reagierte, dass er offen die Regeln brach, denn Aurox war es nicht gestattet, ohne Aufforderung zu sprechen.

Erst recht nicht im Beisein des Königs.

Doch erneut überraschte Malex ihn, als er schlicht lächelte und den Kopf kaum merklich neigte.

Während der Mann sich abwandte, beeilte Ace sich, wieder zu Boden zu starren.

Er war verblüfft, bei der Prozedur hatte er die Fluchmagie selbst kaum wahrgenommen, dieses warme Gefühl hatte überwogen.

Malex war wirklich anders, Jaron schien mit seinem ersten Eindruck recht zu behalten, was nur gut für das Schloss sein konnte.

Nach ein paar abschließenden Worten, die der König mit Quinn wechselte, verließen sie schließlich den Saal.

Sie holten ihre eigenen Sachen in Quintens Quartier, wo Jaron auf sie wartete.

„Lief alles wie erhofft?“, wollte er wissen und Ace nickte. „Ja. Wenn wir den Worten deines Meisters glauben können, ist das Fluchmal nun ohne Funktion.“

„Du kannst ihm glauben“, sagte Kaleb, der neben der Tür an der Wand gelehnt dastand. „Malex ist ein starker und fähiger Mann. Doch vor allem ist er eines, ehrlich. Würde er seiner Magie nicht trauen, würde er sie nicht an uns anwenden und uns auf diese Mission schicken.“

Ace runzelte die Stirn. „Hat er denn dein Fluchmal auch mit dem Fluch belegt?“

Dieser Gedanke war ihm im Thronsaal gar nicht gekommen. Malex hatte seine Magie nur bei ihm angewandt, doch Kaleb war ebenfalls ein Aurox.

„Sozusagen“, war die knappe Antwort, mit der Ace sich zufriedengeben musste, denn er wusste, der andere war eher wortkarg und würde nicht mehr dazu sagen.

„Brechen wir auf, ich will heute noch ein Stück der Strecke in Richtung des vierten Silberreiches schaffen, ehe es dunkel wird“, mischte Quinn sich ein und Ace ließ von Kaleb ab.

Sie nahmen ihr Gepäck, schulterten es und verließen das Schloss. Es war ein gar merkwürdiges Gefühl, zu wissen, vier Wochen nicht zurückzukehren.

Ace hoffte, dass im Lager in seiner Abwesenheit alles seinen geregelten Gang gehen würde.

Er hatte Isaak eingehend instruiert, sich um die anderen zu kümmern, und der Mann hatte es ihm versichert. Es würde schon gut gehen.

Ihr Weg führte direkt in den Wald und dort zu einer ihnen gut bekannten Lichtung, wo sie auf die anderen treffen würden. Ace freute sich, auf seine Tochter und auch auf seinen Bruder ...

Eine furchtbare Erkenntnis durchzuckte ihn.

Malex Fähigkeit, er musste von Taavin wissen!

„Alles in Ordnung?“, hörte er Jaron fragen und fühlte, wie sich eine Hand auf seine Schulter legte.

Ace hatte nicht bemerkt, dass er stehengeblieben war. Doch nun hatte auch der Rest angehalten und blickte ihn fragend an.

„Mir ging gerade durch den Sinn, dass der Fluchelf auch von Taavin weiß“, erklärte er und für einen Moment senkte sich Stille über die Gruppe.

„Er wird deshalb nichts unternehmen“, meinte Jaron beruhigend. „Immerhin weiß er es schon ein paar Tage und hätte reagieren können, was er nicht tat. Jetzt beginnt die Mission und somit ist dein Bruder alsbald außer Reichweite des Königs.“

Da war etwas Wahres dran, dennoch hatte Ace mit einem Mal ein äußerst ungutes Gefühl in der Magengegend.

Auf der Lichtung war niemand zu sehen, doch Ace‘ Nase verriet ihm, dass Sakina und Taavin nicht weit weg waren. Ebenso lag Liams und Silvans Duft in der Luft und noch ehe einer von ihnen etwas sagen konnte, traten die vier zwischen den Bäumen hervor.

„Ihr habt euch ja ganz schön Zeit gelassen“, begrüßte Liam sie mit hochgezogenen Augenbrauen.

„Bestimmt nicht freiwillig“, entgegnete Raven und umarmte seinen besten Freund.

Ace lächelte seiner Tochter zu, die ihm sogleich um den Hals fiel.

„Ich freue mich, dass du endlich hier bist“, raunte sie ihm ins Ohr. „Und ist er das? Dein Elf?“

Ace schmunzelte und löste sich von ihr, um Jarons Hand zu ergreifen. „Ja, das ist er. Sakina, das ist Jaron, mein Mann und Jaron, das ist Sakina, meine Tochter“, stellte er die beiden vor.

Dabei entging ihm der Blick von Taavin nicht, der sich fest auf Jaron geheftet hatte.

„Es freut mich, dich endlich kennenzulernen, Sakina“, sagte Jaron und sogleich wandte Ace sich wieder ihm und Saki zu.

Diese musterte die von Jaron dargebotene Hand, ehe sie sie ergriff. „Ebenso. Ich hoffe, du behandelst meinen Vater gut, ansonsten ...“

„Sakina!“, schimpfte Ace empört. „Das will ich überhört haben!“

Jaron hingegen blieb ernst und nickte. „Sei unbesorgt, nichts läge mir ferner, als ihm zu schaden.“

Da er konsequent ignoriert wurde, stieß Ace ein Schnauben aus und trat zu Taavin.

„Benimm dich“, wies er den Hybrid an, der eine Augenbraue hochzog.

„Ich habe noch nicht mal etwas gesagt“, murrte er und verschränkte die Arme vor der Brust.

„Das brauchst du auch nicht“, ließ Ace ihn wissen. „Dein Blick spricht für sich. Jaron ist mir sehr wichtig, ich bitte dich, wenn du ihn schon nicht akzeptieren kannst, dann toleriere ihn wenigstens. Für mich.“

Ein dunkles Knurren vibrierte in der Luft, Taavin wirkte alles andere als glücklich. „Ich verstehe nicht, wie du so gut von ihm sprechen kannst. Er ist ein Elf, sogar ein Fluchelf. Das sind mit die Schlimmsten von der Sorte.“

Ace schloss die Augen, er war dieses leidigen Themas überdrüssig. „Er ist mein Mann“, erinnerte er seinen Bruder, nun mit festerem Tonfall. „Stößt du ihn weg, tust du das Gleiche mit mir.“

Ja, das war wohl kaum fair, doch das interessierte Ace gerade nicht.

Wenn sie die nächsten vier Wochen nicht damit verbringen wollten, den Disput zwischen Taavin und den Elfen zu schlichten, dann musste er hier eine Grenze ziehen.

„Ich habe nie gesagt, dass ich ihn wegstoßen würde", ereiferte sich Taavin. „Ich verstehe es schlicht nicht. Ist das so schwer nachzuempfinden? Ich habe mein Leben lang kaum Kontakt mit Elfen gehabt und wenn, dann ging es nicht gut für mich aus."

Ace nickte. „Das weiß ich, aber bei mir ist es nicht anders. Nur, dass ich äußerst viel Kontakt mit ihnen habe, mein ganzes Leben lang bereits, und als gut kann ich kaum etwas davon bezeichnen. Die Frage ist, wieso schaffe ich es, über diese Kluft hinwegzusehen, und du nicht?"

Das schien nicht das gewesen zu sein, was Taavin hatte hören wollen, denn seine Miene verfinsterte sich.

„Das ist kaum zu vergleichen", brummte der Hybrid und wandte sich ab. „Er hat nichts von mir zu befürchten, solange er die Finger von mir lässt." Damit verzog sich sein Bruder an den Rand der Lichtung.

Ace ließ ihn ziehen, er hatte nichts anderes erwartet. Mit Taavin würde es nicht einfach werden, das war ihm von Anfang an klargewesen. Dennoch freute er sich, dass sein Bruder dabei war.

Noch nie war es ihm vergönnt gewesen, so viel Zeit mit Taavin zu verbringen, also würde er es genießen. Sofern der Hybrid nicht versuchte, seinen Mann zu töten.

„Liam bitte!", drang plötzlich Silvans Stimme an sein Ohr und Ace wandte sich um.

Liam und Quinn standen sich gegenüber und Liam zitterte am ganzen Körper. Er schien kurz davor, auf den Blutelf loszugehen.

Raven wirkte angespannt, er stand etwas seitlich hinter Quinn, sein Blick ruhte auf Liam.

„Ihr beide!", rief Ace mit befehlsgewohnter Stimme. „Auseinander und beruhigt euch!" Ihm war klar, dass die Männer sich nicht grün waren, doch selbst dies musste in der Mission zurückstehen. Dabei war es nicht hilfreich, dass sowohl Liam als auch Quinten über ein hitziges Temperament verfügten.

Doch bei seinen Worten traten sie etwas auseinander, sodass Ace sich zwischen ihnen postieren konnte.

„Wir sind noch nicht mal losgelaufen und ihr geht euch bereits an die Kehle“, stellte er fest und blickte zwischen Liam und Quinn hin und her. „Was bei den Göttern ist vorgefallen?“

Keiner von beiden schien darauf antworten zu wollen, sodass Ace sich an Silvan wandte. Der junge Druide mochte in einigen Punkten noch unerfahren und gar naiv sein, doch er war in der Regel vernünftig.

Tatsächlich verdrehte er soeben die Augen. „Das leidige Thema. Sie mögen sich einfach nicht und jeder wirft dem anderen das vor die Füße.“

Das mochte keine wirkliche Erklärung sein, doch Ace konnte sich vorstellen, wie es sich zugetragen hatte.

Quinn hatte Liam mehr als einmal gefoltert, als dieser noch im Schloss gewesen war. Ungehorsam wurde von den Elfen stets bestraft und Liam war nicht gerade ein gutes Beispiel für einen fügsamen Aurox.

Da war es immer mal wieder unumgänglich gewesen, dass der silberäugige Mann in der Folterkammer gelandet war. Ace hatte ihn von dort sogar schon persönlich abgeholt, als die Elfen mit ihm fertig gewesen waren.

Es war nie ein schöner Anblick, einen der eigenen Leute verletzt und gefoltert zu sehen, doch auch da war Ace für die Seinen da und tat, was er konnte, um ihnen zu helfen.

„Es kommt nicht wieder vor“, brummte Liam, nachdem Silvan ihm fest mit dem Ellbogen in die Seite gestoßen hatte.

Ace nickte und wandte sich Quinn zu.

Der Blutelf knurrte, neigte jedoch zustimmend den Kopf. „Wir sollten aufbrechen, ich will keine Verzögerung, erst recht nicht am ersten Tag."

Nachdem Liam von Silvan zur Seite genommen worden war, trat Ace wieder zu Jaron. Sakina stand neben ihm und wippte auf den Fußballen. „Das ist nicht gerade ein guter Start, oder?", fragte sie und lugte an ihm vorbei.

„Nein, aber vielleicht wird es ruhiger, wenn wir unterwegs sind. Nun kommt, es geht los", erklärte er und sah sich nach Taavin um.

Erstaunt stellte er fest, dass sich der Hybrid mit Kaleb unterhielt. Wobei ‚unterhalten' zu viel gesagt war. Kaleb sprach und wies dabei auf sich, ehe er eine knappe Verbeugung andeutete.

Taavin wirkte, als fühle er sich unbehaglich und winkte schnell ab.

Ace hätte zu gern gewusst, was gesprochen wurde, doch er unterdrückte seine Neugier.

„Wir brechen auf", rief er den älteren Männern zu, ehe er sich mit Jaron und Saki in Bewegung setzte.

Die Gruppe blieb zusammen und langsam beruhigte sich die angeheizte Stimmung.

Kaleb war nun bei Quinten, während Taavin die hinterste Position übernommen hatte. Ace fühlte seinen Blick im Rücken und ließ sich zu ihm zurückfallen.

„Du brauchst nicht bei mir laufen, geh ruhig zu deinem Elf", murmelte Taavin, doch Ace dachte gar nicht daran.

„Jaron mag mein Mann sein, aber du bist mein Bruder. Ich will auch Zeit mir dir verbringen, wenn wir schon die Chance dazu haben", erklärte er. „Sag, was wollte denn Kaleb von dir?"

Natürlich hatte er seine Neugierde nicht zügeln können ...

„Ach, er hat sich nur nochmal dafür bedankt, dass ich ihm geholfen habe, als Ammeys merkwürdiger Zauber auf ihm gelegen hatte. Mehr nicht“, antwortete Taavin, wobei Ace meinte, dass sein Bruder nicht alles verraten hatte. Doch da er den Finger nicht darauf legen konnte, beließ er es dabei.

„Hattet ihr in den letzten Tagen Kontakt mit Erweckten?“, wechselte er stattdessen das Thema und war erleichtert, als Taavin verneinte. „Es war erstaunlich ruhig, als hätten diese Biester sich zurückgezogen. Wohin auch immer.“

Das beunruhigte Ace, er traute Ammey einiges zu, womöglich plante sie etwas und zog ihre Erweckten deshalb zusammen.

Der erste Tag verging weitestgehend ereignislos, auch etwaige Streitereien blieben, den Göttern sei Dank, aus. Taavin schien sich weiterhin nicht wohl in seiner Haut zu fühlen und hielt sich immer etwas von der Gruppe entfernt, sodass Ace sich regelmäßig zu ihm gesellte, dann aber wieder zu Sakina und Jaron ging.

Als sie das Nachtlager aufschlugen, meldete sich Ace zum Feuerholz sammeln. Er war nicht verwundert, als sich sein Bruder ihm anschloss.

Sie liefen ein stückweit zwischen den Bäumen hindurch und hatten alsbald einige Hölzer zusammen.

„Es ist dir wirklich ernst mit diesem Elf?“, wollte Taavin wissen und Ace sah zu ihm.

„Ja, ist es. Wieso fragst du? Habe ich es noch nicht deutlich genug gemacht, dass er mir wichtig ist?“

Taavin ließ ein Schnauben hören.

„Doch, keine Sorge, aber ich kann es einfach nicht glauben. Er ist ein Elf.“

Ace lehnte sich mit der Schulter gegen einen Baumstamm und beobachtete, wie Taavin einen weiteren Ast aufhob.

„Ich habe es dir erklärt, mehrfach, und ich weiß, dass du nicht schwer von Begriff bist“, sagte er. „Also tu mir den Gefallen, und akzeptiere es einfach. Er gehört zu mir, ebenso wie Saki und du.“

Da traf ihn Taavins Blick aus hellblauen Augen. „Liebst du ihn?“

Die Frage überraschte Ace und im ersten Moment wusste er keine Antwort darauf. Jaron und er waren noch nicht lange zusammen, dieses Thema war noch nicht aufgekommen.

„Also nein“, schlussfolgerte Taavin, als er zu lange schwieg. „Wieso dann, Ace? Ich dachte, du hattest eine Frau, die du liebst. Warum begnügst du dich jetzt mit solch einem dreckigen Elf?“

„Zieh Arya da nicht mit hinein“, fauchte Ace barsch. „Sie hat mit Jaron und mir rein gar nichts zu tun. Was soll ich denn deiner Meinung nach machen? Allein bleiben und niemanden mehr an mich heranlassen?“

Taavin ließ seine Hölzer fallen und trat zu ihm. „Das habe ich nicht gesagt, lege mir keine falschen Wörter in den Mund. Mich wundert es nur, wieso du das Andenken deiner Frau mit Füßen trittst, indem du sie durch einen Elfen ersetzt.“

Ace blieb wahrhaftig die Spucke weg. Er konnte nicht glauben, dass Taavin das gesagt hatte.

„Mistkerl“, stieß er hervor und noch, ehe der Hybrid reagieren konnte, hatte Ace ihm die Faust mitten ins Gesicht gedonnert.

Taavin taumelte zurück, Blut lief aus seiner Nase. „Was bei den Göttern soll das?“, keifte sein Bruder und Ace wusste, würde Taavin ernstmachen, hätte er kaum eine Chance. Als Hybrid aus Schattenwandler und Druide verfügte Taavin über gewaltige Kräfte.

Auch, wenn Ace ein äußerst talentierter Kämpfer war, mit Taavins voller Stärke konnte er nicht mithalten.

Doch das war ihm gerade völlig egal.

„Du hast kein Recht, so über Arya oder mich zu sprechen!“, schrie Ace ihn regelrecht an. „Du kanntest weder sie ... noch kennst du mich.“

Damit nahm er das Holz auf, das er gesammelt hatte, und wandte sich ab.

Sein Herz schmerzte, Wut und Trauer kämpften in ihm und er musste das Bedürfnis unterdrücken, die Blutklingen auszufahren, und sich seinem Bruder doch noch im Kampf zu stellen.

„Ace! Warte!“, hörte er ihn rufen, gefolgt von mehreren dumpfen Flüchen. Als Schritte hinter ihm erklangen, wirbelte Ace herum.

Dabei fiel das Holz zu Boden und in einer geübten Bewegung, hatte er die beiden kleinen Messer aus den Scheiden gezogen, und sich die Schnitte in den Unterarmen geöffnet.

„Wage es, mich anzufassen, und du kriegst meine Klingen zu spüren“, knurrte er warnend und fixierte Taavin, der die Hand nach ihm ausgestreckt hatte.

Sofort ließ der Hybrid diese sinken und wich zurück. Seine Nase hatte aufgehört zu bluten, doch die dunkelrote Spur war noch gut zu erkennen, auch wenn der Mann versucht hatte, sie wegzuwischen.

„Verzeih mir, ich bitte dich“, sprach Taavin mit erhobenen Händen. „Ich will mich nicht streiten, wir sind doch eine Familie. Ace, es tut mir leid, ich hätte das nie sagen dürfen. Du hast recht, ich kannte deine Frau nicht und ich bin mir sicher, sie würde nicht wollen, dass du allein zurückbleibst. Es ist vielleicht mein Starrsinn, der mich nicht erkennen lässt, was du in Jaron siehst.“

Die Wut in Ace war keineswegs abgeflaut und er hatte kein Verlangen danach, dieses Gespräch weiterzuführen. „Lass mich in Ruhe, Taavin“, wies er seinen älteren Bruder zurecht. „Du hast alles gesagt, was es zu sagen gibt. Es reicht mir. Tu, was du willst, aber komm weder Jaron noch Sakina oder mir nochmals zu nahe.“

Der Schock stand Taavin ins Gesicht geschrieben, er hatte ihn verletzt und tief getroffen. Jedoch verspürte Ace keine Reue, aber auch keine Genugtuung. Er wollte nur noch aus dieser Situation heraus.

Bittere Galle stieg in seiner Kehle auf, als er sich abwandte, das Holz wieder aufsammelte und zum Lager zurückging.

Kurz bevor er die Lichtung betrat, lugte er über die Schulter nach hinten. Taavin war verschwunden.

Jaron

Geduldig ließ er die Fragen von Sakina über sich ergehen. Kaum waren Ace und Taavin aus dem Lager verschwunden, hatte die junge Frau ihre Chance gewittert, und ihn mit Fragen gelöchert.

Von „Wie hast du meinen Vater kennengelernt?“ zu „Willst du etwa meine Mutter ersetzen?“, war alles dabei gewesen. Jaron hatte sein Bestes getan, um ihr zu versichern, dass er Letzteres auf keinen Fall wollte.

Sakina schien ihm zu glauben, immerhin hatte sie ihm offen zugelächelt, ehe sie ihm befahl, auf ihren Vater achtzugeben.

Das zu versprechen, fiel ihm leicht und als Ace kurze Zeit später wieder ins Lager kam, wollte er ihm von dem interessanten Gespräch mit ihr erzählen.

Doch Ace‘ Miene war kalt und verschlossen, Jaron blinzelte irritiert. Auch von Taavin fehlte jede Spur.

Er ließ Sakina zurück und ging zu seinem Mann, der das gesammelte Holz neben die hergerichtete Feuerstelle legte.

„Ace?“, sprach er ihn unsicher an. „Ist alles in Ordnung?“

Sogleich hefteten sich dessen nussbraune Augen auf Jaron. „Nicht wirklich, Taavin und ich hatten eine ... Auseinandersetzung. Es ist möglich, dass er nicht mehr wiederkommt.“

Schockiert nahm Jaron Ace am Arm und zog ihn etwas zur Seite, damit die anderen ihr Gespräch nicht so deutlich mithören konnten. „Was, bei den Göttern, ist passiert?“

Er spürte, dass Ace wütend war, doch da war noch mehr.

Tatsächlich verzog sein Mann das Gesicht und senkte den Blick zu Boden. „Taavin hat Arya und meine Beziehung in den Dreck gezogen, besser gesagt, wie ich damit umgehe. Mit uns.“

Jaron runzelte die Stirn, er musste Ace‘ doch etwas wirre Worte erst einmal ordnen, aber es war schnell klar, dass Taavin eine Grenze bei seinem Bruder überschritten und Ace damit sehr wehgetan hatte.

„Ich sorge mal wieder für Probleme“, murmelte Jaron, doch Ace schüttelte den Kopf. „Nicht du bist das Problem, Jaron. Du bist mein Mann und ich will dich an meiner Seite, so wie ich an deiner bin. Es ist Taavins störrisch unbeugsame Art, die die Dinge kaputt macht. Ich weiß nicht, ob ich ihm die Sachen, die er sagte, verzeihen kann.“

Das klang wahrlich nicht gut und Jaron überlegte fieberhaft, wie er helfen konnte.

Er wusste, Ace liebte seinen Bruder und es wäre schrecklich, wenn dieser familiäre Bund zerstört werden würde.

„Bist du sicher, dass er alles, was er sagte, auch so gemeint hat?“, fragte Jaron vorsichtig. „Oder war er von Sinnen? Du weißt ja, wir alle geben manchmal Dinge von uns, wobei wir uns unglücklich ausdrücken.“

Ace schnaubte. „Er hat alles, was er sagte, genauso gemeint, glaub mir. Taavin ist in seinen Ansichten festgefahren und verlangt, dass ich diese teile. Was ich nicht kann und nicht will. Und dass er behauptet, ich ziehe Aryas Andenken mit der Beziehung zu dir in den Dreck, schlägt dem Fass den Boden aus. So spricht niemand über meine Frau oder meine Beziehung zu dir. Auch Taavin nicht.“

Da konnte Jaron nicht widersprechen. Taavin hatte wirklich großen Mist gebaut und so unnachgiebig, wie Ace gerade klang, wusste er wahrlich nicht, ob sich das nochmal regeln ließ. Dass Taavin zudem verschwunden war, machte es nicht besser.

Es zischte zu seiner Rechten und Jaron wandte den Kopf, um zur Feuerstelle blicken zu können, wo Silvan gerade mit seiner Druidenmagie das trockene Holz in Brand gesetzt hatte. Sichtlich zufrieden und mit einem Lächeln auf den Lippen erhob der Druide sich.

Sakina war bei ihm, sie schienen zu planen, was sie für die Gruppe zu essen machen konnten.

Sie hatten Proviant aus dem Schloss mitgenommen, sodass es vorerst für alle reichen würde, auch wenn sie jetzt zu neunt ... nein, zu acht ... waren.

„Er hatte in seinem Leben kaum mit Elfen zu tun, wenn ich das richtig verstehe“, meinte Jaron. „Vielleicht ist er einfach verunsichert und ...“

Er verstummte sofort, als Ace mit der Hand durch die Luft schnitt.

„Verteidige sein Handeln nicht, Jaron, ich bitte dich. Es ist jetzt, wie es ist, und wahrscheinlich sehen wir Taavin so schnell nicht wieder. Wenn er überhaupt zurückkommt und nicht längst seiner Wege gezogen ist."

Daran glaubte Jaron nicht, doch er wollte nicht weiter auf dem Thema herumreiten.

Ace war schon verstimmt genug, die Wunden, die Taavins Worte aufgerissen hatten, würden wohl lange bluten.

„Sakina hat mich ausgefragt", erzählte er stattdessen und sofort blitzte es in Ace' Augen. „Sie ist wirklich ziemlich neugierig. Was wollte sie alles wissen?", fragte sein Mann und Jaron lachte. „Sieh an! Und da wissen wir, woher deine Tochter ihre Neugierde hat. Du bist keinen Deut besser, Liebster."

Ace hob eine Augenbraue und Jaron freute sich, als er sah, wie dessen Mundwinkel zuckte.

„Das habe ich nie behauptet und nun sag schon", befahl Ace schmunzelnd.

Sofort schüttelte Jaron den Kopf. „Nein, das kannst du vergessen. Das bleibt ein Geheimnis zwischen Saki und mir."

Bei seinen Worten verengten sich Ace' Augen zu schmalen Schlitzen. „Es gefällt mir nicht, dass du mit meiner Tochter irgendwelche geheimen Dinge besprichst."

Lachend zog Jaron seinen murrenden Aurox einfach in die Arme. „Ich weiß, aber daran wirst du dich gewöhnen müssen, mein Liebster. Du musst uns schlicht vertrauen."

Die Spannung aus Ace' Schultern hatte sich sichtlich gelöst, was Jaron etwas erleichterte.

Er wollte die Hoffnung nicht aufgeben, dass Taavin vielleicht doch noch zurück ins Lager kommen würde, um sich mit Ace auszusprechen.

Und eventuell könnte er selbst auch mit dem Hybrid reden, immerhin hatte der Mann einen ziemlichen Hass auf Jaron. Und das nur, weil er war, was er war, ein Fluchelf.

Doch diese Verachtung war ihm nicht fremd. Selbst unter dem eigenen Volk kannte er die kalten und abschätzigen Blicke, die teils von Angst durchsetzt waren.

Im Silberreich waren ihm diese häufiger begegnet und selbst im Schloss war er die letzten Monate nicht davor verschont geblieben.

Fluchelfen waren böse Wesen, dieser Irrglaube war weit verbreitet.

In seinem Heimatdorf war davon jedoch nichts zu spüren gewesen. Dort lebten viele Fluchelfen und teils auch Blutelfen, zumindest damals, als Jaron noch dort gewesen war. Wie es heute war, wusste er nicht.

Doch damals war das Dorf ein wichtiger Punkt im Vierten Silberreich gewesen und eigentlich sogar vom Silberfürsten für seine Stärke geachtet.

Umso schlimmer war das, was geschah, als Silberkrieger sich an den Dörflern vergriffen hatten, um an Jaron heranzukommen.

Schnell schüttelte er die Erinnerungen ab und konzentrierte sich wieder auf Ace.

Dessen Blick war auf die Feuerstelle gerichtet. Dort hatten Sakina und Silvan mit Hilfe von Liam eine Art Halterung konstruiert, wo sie nun einen Kessel einhängen konnten.

Jaron konnte sich nicht erinnern, dass einer von ihnen dieses klobige Teil mit aus dem Schloss genommen hatte. Vielleicht gehörte es Silvan, ging es ihm durch den Kopf.

Der Mann war ein Druide und wenn Jaron an die Geschichten dachte, die er über diese gehört hatte, brauten sie wohl gerne Tees und Tränke aus Kräutern. Dafür war ein Kessel unerlässlich.

„Ich habe dich ihnen noch nicht mal richtig vorgestellt“, sagte Ace plötzlich. „Liam und Silvan, meine ich. Komm mit, das holen wir jetzt nach.“

Jaron wusste, Ace wollte sich ablenken und wieder zur Ruhe kommen, also folgte er ihm schweigend.

Er ließ sich von Ace offiziell vorstellen und grüßte die beiden Männer. Liam wirkte argwöhnisch und distanziert, während Silvan freundlich lächelte und ihm sogar die Hand gab.

„Schön, dich kennenzulernen, Jaron, und willkommen in unserer kleinen Gruppe“, sagte der junge Druide.

Silvan war der erste Druide, mit dem Jaron je in Kontakt gekommen war, doch wenn alle aus seinem Volk ihm auch nur ein wenig ähnlich waren, dann konnten es nur gute Leute sein.

„Die Freude ist ganz auf meiner Seite und danke für das Willkommen“, antwortete er und schüttelte Silvans Hand, ehe er ihn losließ.

Liam sagte nichts, bis Silvan ihm den Ellbogen in die Seite stieß. „Hallo“, brummte der Mann mit den hellen Silberaugen dann knapp.

Jaron nickte ihm zu, er merkte, dass Liam wohl noch Zeit brauchen würde, um zu entscheiden, ob er ihn akzeptieren oder töten wollte.

Da Silvan sich wieder dem Essen und Sakina zuwandte, ging Jaron mit Ace zu Quinn, der sich mit Raven niedergelassen hatte.

„Wo ist Taavin?“, wollte der Blutelf wissen und Jaron sah, dass Ace das Gesicht verzog. „Weg. Vorerst. Ich weiß nicht, ob er nochmal wiederkommt.“

Quinns Augenbrauen hoben sich, doch ehe er nachhaken konnte, versuchte Jaron, ihm mit einer knappen Geste zu verstehen zu geben, dass er lieber nicht nachfragen sollte. Langsam schüttelte Jaron dabei den Kopf und sah seinem besten Freund in die Augen.

Quinten schien, den Göttern sei Dank, zu verstehen und zuckte nun lediglich die Achseln. „In Ordnung", war alles, was er dazu sagte.

„Können wir noch etwas tun?", wollte Ace wissen, doch Quinn verneinte. „Für heute ist alles erledigt, um das Essen kümmern sich Silvan und Saki, also könnt ihr euch ausruhen. Morgen ziehen wir weiter."

Daraufhin wollte Jaron sich eigentlich auf seinen Lagerplatz begeben, doch Ace bat ihn, mit ihm in den Wald zu gehen. Etwas irritiert folgte er ihm und als sie ein gutes Stück von den anderen entfernt waren, wandte Ace sich ihm zu.

„Es gibt da etwas, dass ich dir erzählen muss."

Jaron hob die Brauen. „Das klingt jetzt nicht unbedingt gut. Ist noch etwas vorgefallen?"

Ace verzog das Gesicht. „Ich hätte eigentlich längst mit dir darüber sprechen wollen, aber irgendwie geriet dieser Gedanke die letzte Zeit ständig in den Hintergrund. Doch bevor ich es erneut aufschiebe ... Hast du dir die Erinnerungen von Wydan und Krow angesehen?"

Kurz musste Jaron überlegen, von wem Ace überhaupt sprach, ehe ihm der Dorfvorsteher und dessen Kontaktperson zu den Sklavenhändlern wieder einfielen.

„Nein, habe ich nicht", antwortete er. „Malex wurde mit der Aufgabe betraut, sich des Dorfes anzunehmen, und so habe ich ihm die Erinnerungen gegeben. Wieso fragst du?"

Ace rang sichtlich mit sich. „Es geht um Quinns Mutter."

Nun verstand Jaron überhaupt nichts mehr. „Langsam, Ace", bat er und hob dabei eine Hand. „Wie kommst du von den beiden Mistkerlen zu Quinns toter Mutter?"

Er hatte von Quinn vor vielen Jahren erfahren, dass dessen Mutter tot war, viel hatte sein Freund jedoch nicht von ihr gesprochen. Er hatte sie immerhin kaum gekannt und war noch ein Junge gewesen, als sie verschied.

„Bevor ich weiterrede, musst du mir etwas versprechen“, drängte Ace plötzlich.

Jaron runzelte die Stirn. „Was genau?“

„Du darfst nichts von dem, was ich dir sagen werde, an Quinn weitergeben.“

Das gefiel Jaron nicht, er hatte keine Geheimnisse vor seinem ältesten Freund und Bruder im Geiste.

„Weshalb sollte ich das tun? Was ist so schlimm, dass Quinn es nicht wissen darf?“, hinterfragte er Ace‘ Bitte.

Doch dieser schüttelte den Kopf.

„Ich kann nichts sagen, ehe du mir dein Versprechen nicht gegeben hast. Ich bitte dich, vertrau mir.“

Jaron befand sich in einer Zwickmühle und knirschte mit den Zähnen, doch schlussendlich nickte er.

„Du hast mein Wort, ich werde Quinn nichts erzählen. Also los, was ist vorgefallen und was hat Quinns Mutter damit zu tun?“

„Sie heißt Madiva“, antwortete Ace. „Und sie ist nicht tot. Zumindest, wenn man Taminas Worten Glauben schenken kann.“

Das verschlug Jaron glatt die Sprache.

„Moment! Du weißt von Tamina, dass Quinns Mutter am Leben ist, und sagst es ihm nicht? Wieso, bei den Göttern?“

Nun war es an Ace, die Hände zu heben.

„Bitte, sei leise und hör mir zu. Tamina traf Madiva bei den Sklavenhändlern. Sie scheint noch dort zu sein und das bereits all die Jahre. Ich weiß nicht, wer ihren Tod inszeniert hat und wie derjenige sogar Gerom davon überzeugen konnte, dass sie tot sei.“

Ace‘ Worte warfen mehr Fragen auf, als sie beantworteten, und Jarons Kopf begann zu schwirren. „Ich weiß noch immer nicht, wieso du ihm nichts sagst“, hakte er nach.

„Du kennst deinen Bruder doch am besten, Jaron. Was würde Quinn tun, wenn er wüsste, seine Mutter ist am Leben und eine Sklavin?“, wollte Ace wissen.

Das ließ Jaron innehalten und er schloss die Augen. „Verdammt, er würde alles stehen und liegen lassen, um nach ihr zu suchen“, erkannte er. „Deshalb hältst du die Information geheim.“

Das war nicht gut und Jaron würde es Quinn gerne gleichtun, um dessen Mutter zu retten.

„Und weshalb fragtest du nach Wydan und Krow?“, hängte er an.

„Weil sie vielleicht in Kontakt mit ihr waren und wir so herausfinden können, wo sie ist oder zumindest war“, erklärte Ace.

Das klang logisch, doch das bedeutete, dass Jaron die Barriere in seinem Kopf, die er zwischen den Erinnerungen der toten Männer und seinem eigentlichen Verstand errichtet hatte, einreißen musste. Das würde kein Spaziergang werden ...

„Ich kann noch immer auf das Wissen der Kerle zugreifen“, erklärte er langsam. „Aber dafür brauche ich Ruhe und Zeit. Das schaffe ich nicht in einer Nacht, erst recht nicht, wenn ich am Folgetag weiterlaufen muss. Vielleicht ... wenn alles gut geht ... kann ich dieses Unterfangen in meinem Dorf in Angriff nehmen. Womöglich wusste einer der Bastarde wirklich etwas, was uns weiterhelfen könnte.“

„Da wir gerade sowieso nichts unternehmen können, um Madiva zu helfen, kann es auch noch so lange warten“, meinte Ace und neigte den Kopf. „Gehen wir zu den anderen zurück und sehen zu, dass wir etwas

Schlaf abbekommen, ehe wir morgen weiterziehen. Und bitte, denk daran, kein Wort zu Quinn."

Jaron gefiel es noch immer nicht, seinen Bruder im Unwissen zu lassen, doch in diesem Fall half es nichts.

„In Ordnung", bestätigte er deshalb und ging mit Ace zurück ins Lager.

Am Folgetag brachen sie früh auf. Weiterhin war nichts von Taavin zu sehen, aber niemand sprach Ace darauf an. Was gut war.

Nur Sakina wirkte besorgt, ihr Blick glitt immer wieder umher, als suche sie nach ihrem Onkel.

Doch dieser blieb verschwunden.

Jarons Hoffnung, die Sache zwischen dem Hybrid und Ace könnte sich zeitnah klären, schwand immer mehr.

Zwei weitere Tage vergingen, in denen sie der Grenze zum Vierten Silberreich näherkamen.

Damit stieg auch Jarons Nervosität, selbst wenn das Dorf seiner Eltern noch gut drei, wenn nicht vier Tagesmärsche entfernt lag.

Im Laufe des Nachmittags des vierten Missionstages, passierten sie ein Dorf Toryas.

Jaron blieb die Luft zum Atmen weg, als er das Chaos dort erblickte.

„Ammeys Brut hat alles und jeden vernichtet", hörte er Quinn sagen. Und genauso sah es aus.

Kein Lebenszeichen war zu erkennen, die Türen der Häuser standen offen und waren teils herausgerissen. Längst getrocknetes Blut war in die Straßen eingesickert und hier und da lagen sogar Körperteile herum.

„Je weiter wir uns vom Schloss entfernen, desto näher kommen wir ihr“, meinte Kaleb, der die Szenerie beinahe gleichmütig betrachtete. „Hier können wir nichts mehr tun, kommt weiter.“

Wie kalt der Mann diese Worte hervorbrachte, ließ Jaron schaudern, doch er hatte recht. So wandte er sich gezwungen ab und folgte den anderen weiter.

„Es ist ein Wunder, dass uns noch keine Erweckten begegnet sind“, sagte Silvan nach einer Weile des Schweigens.

„Das ist auf keinen Fall ein gutes Zeichen“, ließ Raven sich vernehmen. „Zuletzt zogen die Biester durch ganz Torya und nun sind sie wie vom Erdboden verschluckt. Was auch immer Ammey plant, sie scheint einen weiteren Schritt gemacht zu haben. Ich will gar nicht wissen, wohin sie ihre Brut gerufen hat.“

Da konnte Jaron nur zustimmen und zeitgleich betete er zu den Göttern, dass Ammey sein Dorf verschont hatte.

Der Gedanke, die vertrauten Wege, Straßen und Häuser in diesem Zustand wiederzufinden, ließ ihn schaudern.

„Denke nicht in diese Richtung“, sprach Ace ihn plötzlich an und riss ihn aus seinen Überlegungen.

„Verzeih, das ist gerade nicht einfach“, gab er zurück und sein Mann legte einen Arm um seine Mitte.

„Ich weiß und dennoch glaube ich fest daran, dass es deinem Dorf, deiner Familie, gut geht. Sie warten gewiss schon auf dich.“

Jaron versuchte sich an einem Lächeln, was bestenfalls wackelig ausfiel, doch es schien Ace zu genügen.

„Ist das Rauch?“, hörte er Sakina fragen und folgte ihrem Blick. Tatsächlich stieg in der Ferne in einem Bereich des Waldes Rauch auf.

„Wanderer?“, meinte Liam, doch Ace schüttelte den Kopf. „Nein, dort ist ein weiteres Dorf, wenn mich meine Erinnerungen nicht trügen. Womöglich haben Ammeys Bestien diesen Ort noch nicht erreicht.“

„Ich will mir ein Bild davon machen“, verkündete Quinn mit einem Blick zu Kaleb.

Dieser nickte bestätigend. „Ich bin ebenfalls dafür, gehen wir zum Dorf.“

Schon setzten sie sich etwas zügiger in Bewegung und ein ungutes Gefühl beschlich Jaron. Je näher sie dem Dorf kamen, desto schneller schlug sein Herz.

„Blut“, raunte Ace neben ihm. „Der Duft liegt klar in der Luft. Wir sollten auf alles gefasst sein.“

Verdammt, genau das hatte Jaron befürchtet.

Er hoffte, dass sie nicht wieder zu spät kommen würden!

„Bei den Göttern!“, hörte er Quinn zischen, als sie zwischen den letzten Baumreihen hervortraten.

Vor ihnen lag ein Abhang, der zum Dorf führte, aus dem der Rauch aufstieg.

Die Häuser standen teils lichterloh in Flammen, doch diesmal war der Ort nicht ausgestorben. Der aufkommende Wind trug leise Schreie an ihre Ohren und Jaron griff zum Schwert, welches an seiner Hüfte hing.

„Wir müssen ihnen helfen“, stieß er mit bebender Stimme hervor.

„Werden wir“, knurrte Quinn, der ebenfalls die Klinge zog. „Achtet aufeinander, ich will niemanden verlieren, und jetzt los!“

Auf Befehl des leitenden Hauptmanns stürmten sie geschlossen den Abhang hinab.

Jaron musste nicht lange suchen, ehe er den ersten Erweckten entdeckte, der sich gerade über eine am Boden liegende Frau beugte. Das schmatzende

Geräusch, das dabei erklang, fuhr Jaron durch Mark und Bein.

Er packte sein Schwert fester und hielt auf die widerwärtige Kreatur zu, die einst ein Elf wie er gewesen war.

Dabei sparte er sich jedes Wort, die Frau war längst tot und würde selbst zur Erweckten werden, so wie alle, die von den Biestern getötet wurden.

Doch bevor Jaron sein Ziel erreichte, wirbelte der Erweckte plötzlich herum. Blut lief ihm aus beiden Mundwinkeln und Fleischreste waren zwischen seinen Zähnen zu sehen.

Er stieß ein animalisches Knurren aus und krümmte die Finger zu Klauen, während er auf ihn zuschoss.

Jaron riss die Augen auf, verdammt, der Kerl war schnell!

Sogleich keimte die Befürchtung in ihm, dass er keinem Elf sondern einem Schattenwandler gegenüberstand.

Gekonnt ließ Jaron sein Schwert durch die Luft sausen, den Tanz mit der Klinge beherrschte er ausgesprochen gut, und der Erweckte vor ihm schien keine Waffen zu besitzen. Ein Blick auf dessen Ohren zeigte ihm auch, dass es sich um einen Elf handelte. Dennoch, diese Geschwindigkeit war nicht normal!

„Vorsichtig!", brüllte er, um seine Kameraden zu warnen. „Etwas stimmt mit diesen Erweckten nicht!"

„Du irrst, Elf", tönte plötzlich eine weibliche Stimme. Jaron schlug dem Erweckten in einer fließenden Bewegung den Kopf von den Schultern und wandte sich eilig um.

„Was zum …?", keuchte er, als er in Sakinas Gesicht starrte. Doch diese Augen … so kalt …

„Sie sind genau so, wie Herrin Ammey sie haben wollte", sprach die Frau mit dem eisigen Blick weiter.

Zeitgleich glitten dunkelrote Blutklingen aus ihren Armschlitzen hervor. „Und du wirst dich perfekt in ihre Reihen eingliedern, Elf.“

Kapitel 12

Ace

Jarons Warnung drang nur halbherzig an seine Ohren, denn Ace' Aufmerksamkeit galt der Frau, die er zwischen den Häusern entdeckt hatte.

„Jolina?", wisperte er und sogleich begann sein Herz zu rasen.

Hatte er sie endlich gefunden? Doch wieso war sie in einem Dorf, das von Erweckten überrannt worden war?

„Jolina!", rief er, als er mit Schrecken sehen musste, dass seine Tochter kurz davor war, Jaron anzugreifen.

Abrupt wirbelte sie zu ihm herum und Ace kam sogleich zum Stehen. Bei den Göttern, dieser Blick!

Jolis braune Augen, die den seinen so sehr glichen, waren vollkommen glanzlos, kalt und beinahe tot.

„Sieh an, wer sich hier alles in diesem Dorf herumtreibt", tönte seine Tochter und grinste freudlos. „Du hättest besser im Schloss bleiben sollen, alter Mann."

Ace hob die Hände. „Ruhig, meine Kleine. Was ist mit dir passiert?", wollte er wissen und erntete ein Schnauben.

„Du hast jedes Recht, mich so zu nennen, verwirkt!", fauchte Jolina und der blanke Hass troff nur so aus ihren Worten.

Ace schreckte zurück und schluckte hart. „Joli, was haben sie mit dir gemacht?“, flüsterte er, während seine Tochter einen lauten und schrillen Pfiff ausstieß.

„Ihr tut gut daran, schleunigst zu verschwinden“, tönte sie grinsend. „Sonst werden euch die Erweckten hier und jetzt vernichten!“

Alles in ihm drängte Ace dazu, Joli zu greifen und mit sich zu ziehen, doch das schien seine Tochter zu ahnen. Sie sprang zurück und brachte mehr Distanz zwischen sie, während aus den offenstehenden Häusern weitere Erweckte liefen.

„Es sind zu viele!“, hörte er Quinn brüllen. „Rückzug!“

Nein! Nicht schon wieder!

Ace biss die Zähne zusammen, er wollte Jolina nicht hierlassen.

„Schwester?“, drang Sakinas leises Wispern an sein Ohr und schon trat sie neben ihn, den Blick fest auf ihre Zwillingsschwester geheftet.

„Und die zweite Verräterin“, keifte diese und spuckte zu Boden. „Wie gern würde ich euch bemitleidenswerte Kreaturen eigenhändig töten, doch leider ist mir das nicht erlaubt ... noch nicht.“

Damit wandte Jolina sich ab und sprang über ein paar näherkommender Erweckte, um dann doch noch einmal stehen zu bleiben, und über die Schulter zu blicken.

„Wenn wir uns das nächste Mal sehen ... töte ich euch.“

„Ace! Ace!“, schrie Jaron, packte ihn am Oberarm und riss ihn einfach mit sich. Sakina folgte sofort, auch wenn ihr Blick noch einen Moment auf ihrer flüchtenden Schwester ruhte.

Ace befreite sich nur schwer aus seiner Starre, zu tief saß der Schock. Doch dann begriff er, sie waren überall!

Erweckte, so zahlreich, wie er sie nie zuvor gesehen hatte. Die Straßen waren gefüllt mit ihnen, kein Schrei war mehr zu hören, was hieß, es gab keine Überlebenden mehr.

„Schneller, sonst kriegen sie uns“, keuchte Jaron hörbar angestrengt und Ace biss die Zähne zusammen. Er konnte Jolina nicht helfen, zumindest jetzt nicht. Außerdem hatte sie offensichtlich nichts von den Kreaturen Ammeys zu befürchten. „Achtung“, warnte er Jaron, ehe er den größeren Mann kurzerhand hochhob und über die Schulter warf. Jaron keuchte erschrocken und krallte sich an ihm fest. „Was, bei den Göttern, machst du?“, stieß er hervor, doch Ace reagierte nicht.

Stattdessen nahm er die Beine in die Hand und rannte, so schnell es seine Fähigkeiten als Schattenwandler zuließen. Jaron mochte größer sein als er, doch keineswegs stärker. Ace hatte keine Mühen damit, Jarons Gewicht zu tragen und dennoch ein ordentliches Tempo vorzulegen.

Sakina hielt mit ihm mit, ihre Miene verschlossen und ihr Blick bar jeder Emotion.

Als sie die ersten Baumreihen durchbrachen, traf Ace der Geruch seiner Kameraden. Sie hatten nicht Halt gemacht, um auf sie zu warten, sondern schienen sich darauf zu verlassen, dass er sie fand. „Hier lang“, wies er Saki an und folgte der Spur.

Immer wieder warf er einen Blick nach hinten, einige Erweckte waren ihnen sogar jetzt noch auf der Fährte, auch wenn sie mehr und mehr zurückfielen. Die Bestien schienen sich verändert zu haben, ihre Schnelligkeit und auch ihre Kraft waren gestiegen. Selbst die der einfachen Elfen.

Ace hatte keine Schattenwandler unter ihnen entdecken können, was gut für sie war. Denn wenn diese Entwicklung schon einfachen Elfen eine immense Schnelligkeit und Stärke verlieh, wollte er gar nicht wissen, was es bei toten Aurox anrichtete.

„Sie kehren um", keuchte Sakina atemlos und wurde langsamer. „Vielleicht hat ihre Herrin sie gerufen?"

Eine Mutmaßung, genauso gut wie alle anderen, also nickte Ace, ehe er Jaron wieder auf die Füße stellte.

„Verzeih", entschuldigte er sich bei seinem Mann. „Wir hatten keine Zeit zu verlieren, ich wollte nicht riskieren, dass die Erweckten uns zu nahe kämen."

Jaron war weiß im Gesicht und hielt sich den Bauch. „Schon gut, das weiß ich. Mir ist nur etwas übel ..."

Das war wenig überraschend. Ace legte einen Arm um Jarons Mitte und stützte ihn, während sie weiter durch den Wald liefen.

Alsbald fanden sie ihre Gruppe, die sich in einem eher undurchsichtigen Bereich zusammengefunden hatte.

„Geht es euch gut?", wollte Quinn sofort wissen und Ace nickte. „Ja, alles in Ordnung. Bei euch? Ist jemand verletzt?"

Den Göttern sei Dank verneinte Quinn.

„Das müssen mindestens 50, wenn nicht 60 Erweckte gewesen sein", meinte Liam düster. „Es werden immer mehr! Wenn allein in Torya so viele von diesen Mistviechern umherstreifen, dann muss es in den Silberreichen nicht anders aussehen. Ich hoffe, meine Eltern hatten bisher keinen Kontakt mit ihnen ..."

Auf diese Idee war Ace noch gar nicht gekommen. Ein Schauer lief ihm über den Rücken, doch er verdrängte den Gedanken daran, beim nächsten Kampf gegen die Erweckten auf einmal Grey und Mila gegenüberzustehen.

„Es geht ihnen gewiss gut", versuchte er Liam Mut zu machen. „Sie sind gewieft und erfahren. So leicht kommen weder die Erweckten noch Ammey an sie heran.“

Der jüngere Schattenwandler wirkte nicht überzeugt, schwieg jedoch.

„Kommt weiter, bringen wir mehr Distanz zwischen uns und die Erweckten“, befahl Kaleb, dessen Blick unablässig in Richtung des zerstörten und brennenden Dorfes ging.

Ace fühlte Jarons Hand, die nach der seinen griff, und verflocht die Finger mit ihm. Nur Jaron, Sakina und er hatten Jolina gesehen, und gehört, was sie von sich gegeben hatte.

Es brannte schmerzhaft in Ace‘ Brust und er kämpfte darum, sich nicht loszureißen, und nach seiner Tochter zu suchen.

Was, bei den Göttern, hatte Joli nur dazu gebracht, so zu werden? War es Lybras und Ammeys Einfluss? Hatten die beiden Frauen seinem Mädchen solchen Unsinn eingeflüstert?

Immerhin hatte Joli Ammey als Herrin bezeichnet.

Als Jaron an seiner Hand zog, riss es Ace aus den Gedanken und er folgte seinem Mann. Dennoch brannte bittere Galle in seiner Kehle und er schluckte krampfhaft.

Nein, er wollte nicht glauben, dass es keine Hoffnung mehr für seine Tochter gab. Sie lebte und das war das Wichtigste. Alles andere würde sich regeln lassen, da war er sich sicher. Es musste ... Er konnte nicht noch jemanden verlieren, das würde ihn zerstören.

Dieses Mal machten sie nicht Rast, als die Nacht hereinbrach. Die Schattenwandler gingen sowohl vorne als auch hinter der Gruppe, um diejenigen abzusichern, die in der Dunkelheit nicht sehen konnten.

So bewegten sie sich zwar langsamer fort, doch sie kamen voran.

Ace war besorgt, Sakina hatte seit der Begegnung mit ihrer Schwester kein Wort mehr gesprochen und lief mit leerem Gesichtsausdruck neben ihm.

Sie stand ebenso unter Schock wie er selbst und nur zu gern würde er sie in die Arme nehmen.

Doch das ging nicht, solange sie noch unterwegs waren, und so wie es aussah, würden Quinn und Kaleb ihre Gruppe bis zum Morgengrauen durchlaufen lassen.

„Leute, ich denke, wir haben die Erweckten weit hinter uns gelassen und können endlich eine Rast machen", meinte Liam nach einer Weile.

„Bist du müde?", wollte Quinn wissen und erntete ein Knurren. „Ich nicht, aber manch anderer", keifte Liam zurück und wurde von Silvan am Arm genommen. „Ruhig, bitte. Wir sind alle erschöpft und angespannt."

Dem konnte Ace nur zustimmen und bevor noch ein Streit entbrannte, mischte er sich ein.

„Eine Pause wäre gut, Quinn. Denkst du nicht, wir haben genug Strecke gemacht?", fragte er und endlich blieb der Blutelf stehen.

Kaleb, der den Abschluss der Gruppe gebildet hatte, schloss nun zu ihnen auf.

„Machen wir Rast?", wollte er wissen, den Blick ebenso auf den leitenden Hauptmann gerichtet.

„Ja, für heute soll es genug sein, die Brut Ammeys ist weit weg", beschloss Quinn und Ace hörte, wie gerade Silvan erleichtert ausatmete.

Für die Nacht, die nicht allzu kalt war, wurde diesmal kein Feuer gemacht und somit verzichteten sie auch auf eine warme Mahlzeit.

Die Reste, die sie noch an Proviant hatten, wurden aufgeteilt und reichten gerade so für alle.

So fand sich Ace kurze Zeit später zwischen Sakina und Jaron wieder. Sein Mann hatte einen Arm von hinten um ihn gelegt, während Ace sein Mädchen an sich gedrückt hatte.

Saki zitterte leicht, was nicht der Temperatur geschuldet war. Sie hatte die Augen geschlossen und klammerte sich haltsuchend an ihn.

„Warum?“, hörte er sie leise wispern. „Warum hasst sie uns plötzlich? Was haben wir ihr getan?“

Ace wusste keine Antwort auf diese Frage, doch auch ihm brannte es schmerzhaft in der Brust.

„Wir finden heraus, was mit ihr passiert ist“, raunte er und drückte Sakina die Lippen sanft aufs Haar. „Wir werden sie retten.“

Inständig hoffte er, dass ihnen das auch wirklich gelingen würde, denn um ehrlich zu sein, hatte er seine Zweifel.

Joli war immer stärker als Sakina gewesen, sowohl körperlich als auch geistig.

Sie hatte schon als kleines Mädchen ihren eigenen Kopf gehabt, wenn sie sich einmal eine Meinung über etwas gebildet hatte, war sie nicht mehr davon abzubringen gewesen.

Was Arya und ihn gerne mal zur Verzweiflung getrieben hatte.

Doch würde Jolina ihrer eigenen Familie den Rücken kehren? Und das, obwohl sie die Chance auf Freiheit hatte? Wieso blieb sie bei Lybra und Ammey?

So viele Fragen und keine würde beantwortet werden, zumindest noch nicht.

Ace schloss die Augen und zwang sich zur Ruhe.

Ungeachtet der heutigen Geschehnisse würden sie morgen ihre Reise fortsetzen.

Jarons Dorf war der nächste Halt auf ihrer Route, und dieses lag noch einige Tagesmärsche entfernt.

Er freute sich für seinen Mann, dass dieser seine Familie wieder in die Arme schließen würde können.

Zeitgleich war es mit Wehmut verbunden, wenn er an Arya dachte.

Ace unterdrückte ein Seufzen, sollte er weiter so viel grübelte, würde er gar keinen Schlaf finden. Hart verdrängte er jeden Gedanken und konzentrierte sich nur auf seine Atmung.

„Ace, wach auf.“

Jarons Stimme drang nur schwer zu ihm durch und Ace hob träge die Lider. Er war tatsächlich eingeschlafen und die ersten Sonnenstrahlen waren zwischen den Blättern der Baumkronen bereits zu erkennen.

„Brechen wir auf?“, fragte er und setzte sich hin.

„Noch nicht, aber wir wollen besprechen, wie wir weiter verfahren. Der Angriff auf die Dörfer müsste eigentlich dem König gemeldet werden, doch niemand von uns kann umkehren. Das gefällt Quinten und Kaleb nicht.“

Ace verzog das Gesicht, er konnte verstehen, dass die beiden Männer die Geschehnisse melden wollten, doch es schien gerade nicht möglich.

„Mir will dieser laute Pfiff nicht aus dem Kopf gehen“, meinte Raven soeben und Ace hielt den Atem an.

„Mir auch nicht“, schloss sich Liam Raven an. „Aber ich habe niemanden ausmachen können, der ihn ausgestoßen haben könnte. Mal von einem Erweckten abgesehen, was natürlich auch möglich wäre. Vielleicht verrennen wir uns in etwas.“

Jaron schien etwas sagen zu wollen und schnell griff Ace ihn am Arm.

Er schüttelte kaum merklich den Kopf und blickte seinen Mann flehend an.

Er konnte selbst nicht sagen, warum, aber er wollte nicht, dass der Rest der Gruppe von Jolina erfuhr.

Noch nicht.

Sichtlich frustriert lief Quinn auf und ab, bis er abrupt vor einem Baum stehen blieb. Ace meinte, der Blutelf würde darauf einschlagen wollen, stattdessen wurden seine Augen groß.

„Ace, Jaron, kommt her!“, befahl der leitende Hauptmann und sogleich traten sie geschlossen zu ihm.

„Was ist?“, wollte Jaron wissen, während Ace‘ Blick auf die dunkle Rinde fiel.

„Das Zeichen der Sklavenhändler“, knurrte er. Das Symbol dieser Bastarde war deutlich ins Holz des Stammes geritzt und schien zudem noch frisch zu sein.

„Wieso hier?“, fragte Jaron irritiert. „Das nächste Dorf ist das, welches wir gestern passierten. Haben sie sich auch dort neue Sklaven geholt?“

„Das Zeichen ist frisch, sie waren also erst vor Kurzem hier“, sagte Quinn düster. „Das Dorf schien noch nicht lange von den Erweckten besetzt gewesen zu sein, es kann also gut sein, dass sie ...“

„Ich glaube, es war schon länger besetzt“, mischte Kaleb sich sein und unterbrach Quinn. „Denk daran, wie viele dieser Kreaturen sich auf einmal aus den Häusern geschlängelt haben. Zu viele, als dass sie unbemerkt durch den Wald hätten stapfen können.“

Ace lugte zu dem älteren Aurox.

„Auf was willst du hinaus?“, wollte er wissen.

Kaleb brummte. „Auf eine mögliche Zusammenarbeit zwischen Ammey und den Sklavenhändlern.“

Ein Steinschlag hätte sie nicht mehr schockieren können, die ganze Gruppe schien den Atem anzuhalten.

„Wie kommst du darauf?“, fragte Quinn, der sich Kaleb zugewandt hatte.

„Womöglich hatten die Erweckten das Dorf längst eingekreist, vielleicht sogar schon seit Wochen“, mutmaßte Kaleb. „Auch mir geht der Pfiff nicht aus dem Kopf und ich vermute, dass die Erweckten eine Art Anführer dabei hatten. Der sie statt Ammey lenkte und schlussendlich den Angriff anführte."

„Aber wieso haben sie sich in den Häusern verschanzt?", hielt Liam dagegen. „Das ergibt doch keinen Sinn. Pfiff hin oder her, sie schienen auf uns gewartet zu haben. Erst, als wir alle im Dorf waren und gegen sie vorgingen, holten sie die Verstärkung."

„Richtig", stimmte Raven seinem Freund zu.

Ace wurde von Jaron am Arm genommen und etwas zurückgezogen, weg von den anderen.

„Wieso teilst du es ihnen nicht mit?", wollte sein Mann wissen. „Es ist offensichtlich, dass Jolina ..."

„Ich weiß!", zischte Ace zurück. „Bitte, lass mir etwas Zeit, ich ... ich kann es noch nicht sagen."

„Dann tue ich es", teilte Sakina ihnen mit, die soeben zu ihnen getreten war.

„Saki, nein!", befahl Ace und sah seine Tochter streng an. „Solange wir nicht wissen, was mit Joli passiert ist und wieso sie das alles tut, werden wir uns zurückhalten. Auch vor unseren Leuten. Verstanden?"

Seine Tochter zuckte bei dem scharfen Tonfall zurück und senkte den Blick.

Er hoffte, sie würde es dabei belassen, doch da ballten sich ihre Hände zu Fäusten.

„Nein", antwortete sie und sah ihn direkt an.

In ihren braunen Augen schimmerten Tränen und sie schien um Fassung zu ringen.

„Jolina war es, sie hat den Pfiff ausgestoßen!", rief sie laut und deutlich, sodass sofort alle Gespräche um sie herum verstummten.

Ace biss die Zähne zusammen, wie gern hätte er Sakina gerade eine Ohrfeige gegeben.

Wieso tat sie das? Was hatte sie davon?

„Was?“, fragte Quinn und stellte sich neben Saki, um einen Arm um ihre Schultern zu legen.

Sofort drückte sie sich an den Blutelf und schloss die Augen, während ein paar Tränen über ihre Wangen liefen.

„Joli war im Dorf ... sie hat Vater, Jaron und mir gedroht, uns umzubringen. Dann pfiff sie und die Erweckten kamen“, berichtete sie, während Ace schwieg. Zu widersprechen hatte keinen Sinn, das würde nur noch mehr Fragen aufwerfen ...

„Ist das wahr?“, wollte der leitende Hauptmann nun in strengem Tonfall von Ace wissen.

„Ja“, presste er mühsam heraus.

Es kam ihm wie Verrat am eigenen Kind vor, Sakinas Worte zu bestätigen. Als würde er Joli bewusst ans offene Messer liefern.

„Dann gehört sie zu Ammey“, murmelte Kaleb und Ace schloss die Augen.

„Vielleicht.“ Er schaffte es nicht, die logische Schlussfolgerung zu akzeptieren!

„Ganz sicher sogar“, hielt Kaleb dagegen. „Und wenn sie euch auch noch offen droht, dann wird sie das nächste Mal wohl nicht zögern, euch zu töten.“

„Das hat sie gesagt“, bestätigte Sakina leise und mit tränenerstickter Stimme. „Sie will uns töten ... warum auch immer.“

Ace konnte es nicht hören, er wollte es nicht hören! Es zerriss sein Herz und damit konnte er nicht umgehen, nicht schon wieder.

Er wandte sich ab und wollte einfach nur weg.

Als Jaron ihn am Arm packte, riss er sich hart los. „Lass mich!“, fauchte er und lief in den Wald. Nein, er brauchte Zeit und Ruhe, um mit all dem klarzukommen.

Da ertrug er selbst Jarons Gegenwart nicht.

„Ace!", hörte er seinen Mann rufen, doch er blickte nicht zurück.

Stattdessen beschleunigte er seine Schritte, bis er schließlich rannte.

Leise konnte er noch Kalebs Stimme vernehmen, die Jaron dazu riet, abzuwarten.

Kaleb kannte ihn gut, vielleicht zu gut, und er wusste, dass Ace die Gruppe nie im Stich lassen würde.

Als er weit genug weg war, blieb er stehen, holte aus und schlug gegen einen Baumstamm. Der komplette Baum schien zu vibrieren und einige Blätter, sowie kleine Äste fielen auf ihn herab.

Blutduft hing in der Luft und schon fühlte er, wie die Flüssigkeit langsam an seinen Knöcheln nach unten lief.

„Verdammt Joli", stieß er mit bebender Stimme hervor. „Wieso tust du das?"

Er würde keine Antwort bekommen, nicht hier und jetzt. Dafür musste er seine fehlgeleitete Tochter finden und sie zur Vernunft bringen.

„Ihr Götter, helft mir", flehte er und schloss die Augen. „Ich will sie nicht verlieren."

Ace wusste nicht, wie lange er hier stand und dabei zusah, wie die dünne Blutspur auf seiner Hand zu trocknen begann.

Als plötzlich Stimmen an sein Ohr drangen, hielt er den Atem an. Die Sonne stand mittlerweile hoch am Himmel, sodass er sich ohne Probleme in den Schatten einiger Bäume flüchten konnte, und dank seiner Fähigkeit als Schattenwandler unsichtbar wurde.

Lautlos schlich er durch den Wald und witterte, doch kein bekannter Geruch traf seine Nase.

„Diese Mistkerle haben niemanden übriggelassen", hörte er eine Frau knurren. „Das wird dem Meister nicht gefallen. So war es nicht abgesprochen!"

„Nun beruhige dich, verdammt“, fauchte ein Mann. „Du kannst dich jetzt noch so aufregen, es wird nichts ändern. Vielleicht finden wir im nächsten Dorf noch ein paar brauchbare Leute. Komm schon, zurück zu den anderen.“

Ace blieb im Schatten und rührte sich nicht, als er die beiden mit einem Mal sah. Sogleich fiel sein Blick auf die Ohren, es waren offensichtlich Elfen.

Sie trugen einfache Kleidung, dunkle Hosen und ebenso dunkle Oberteile, dazu einen staubbraunen Mantel. Beide waren sie mit einem Schwert und einem Dolch bewaffnet. Ein Wappen konnte er an keinem von ihnen ausmachen.

„Wenn wir versagen“, fügte die Frau leiser an, „werden wir die Nächsten sein, die zu Sklaven werden.“

Sklaven? Ace biss die Zähne zusammen, er hatte anscheinend Anhänger der Sklavenhändler vor sich. Waren sie den Zeichen gefolgt, die im Baumstamm eingeritzt worden waren? Dienten diese als Orientierung? Möglich.

Verdammt, er musste seine Gefühle und seine Sorge um Jolina zur Seite schieben. Wenn sie die Chance haben wollten, mehr über die Sklavenhändler herauszufinden, musste er die anderen informieren. Sofort. Ace wandte sich um und lief los.

Jaron

Die Sorge trieb Jaron um. Wieso war Ace einfach fortgerannt? Er hatte ihn wie ein lästiges Anhängsel abgeschüttelt.

„Lass mich!“

Die gezischten Worte hatten wehgetan, auch wenn Jaron sich sicher war, dass Ace sie nicht im Bösen ausgestoßen hatte.

Sein Mann hatte Angst, das war offensichtlich. Ace wollte nicht noch jemanden verlieren und jetzt, wo Jolina anscheinend auf Seiten Ammeys und Lybras stand, waren die Aussichten auf eine Familienzusammenführung noch mehr in sich zusammengeschrumpft.

„Er kommt zurück“, versicherte ihm Silvan zum wiederholten Male und lächelte ihm aufmunternd zu.

„Ich weiß“, murmelte Jaron und strich sich durchs Haar. Mittlerweile hatten sich einige Strähnen gelöst, er musste furchtbar zerzaust aussehen, aber das war ihm völlig egal.

Er ärgerte sich, dass er Ace nicht doch gefolgt war, als Kaleb ihm davon abgeraten hatte.

Zwar war ihm klar, dass er einem Schattenwandler nie hinterherkommen würde, sollte dieser das nicht wollen, aber vielleicht wäre das ja gar nicht der Fall gewesen.

Zähneknirschend ballte Jaron die Fäuste und war kurz davor, nach Ace zu suchen, als plötzlich dessen Stimme erklang.

„Packt zusammen, sofort!“, rief sein Mann und Jaron wirbelte herum.

„Was ist los? Wieso die Eile?“, wollte er wissen, als Ace bei ihm zum Stehen kam.

„Die Sklavenhändler sind in der Nähe, wenn wir uns beeilen, können wir sie noch einholen“, erklärte dieser und Jarons Augen wurden groß.

Sofort musste er an Ace‘ Worte denken, dass Quinns Mutter bei diesen Bastarden war und jetzt ... womöglich sogar in der Nähe!

Die Wahrscheinlichkeit dafür war schwindend gering, doch jeder noch so kleine Hinweis konnte hilfreich sein!

„Die Sklavenhändler sind gerade nicht unsere Mission“, meinte Kaleb mit vor der Brust verschränkten Armen.

„Du hast selbst angesprochen, dass die Möglichkeit besteht, diese Mistkerle könnten mit Ammey zusammenarbeiten“, hielt Ace dagegen. „Ich habe sie reden hören, wenn auch nicht viel. Sie waren verstimmt darüber, dass im Dorf, in dem wir gestern waren, keine Überlebenden mehr sind. So war es nicht abgemacht, hieß es. Das klingt, als hättest du mit deiner Vermutung recht.“

Auch wenn es ein grausiger Verdacht war, der hoffentlich nicht bestätigt werden würde, so veranlasste Ace‘ Bericht Kaleb dazu, den Blick auf Quinn zu richten.

Der Blutelf schien zu überlegen, doch nur kurz, dann nickte er.

„Wir brechen auf, jetzt. Ace, zeig uns den Weg!“

Ein klarer Befehl und sogleich machte Jaron sich daran, seine wenigen Habseligkeiten, die er bei sich hatte, zusammenzupacken.

Dabei glitt sein Blick immer wieder zu Ace, der ungeduldig wartete.

„Es tut mir leid“, raunte Jaron leise, auch wenn er gar nicht wusste, wieso er sich entschuldigte.

Ace blickte ihn irritiert an.

„Was denn?“

Jaron schulterte den Lederbeutel und stellte sich zu seinem Mann. „Ich weiß es selbst nicht, aber ich hatte das Bedürfnis, mich bei dir zu entschuldigen.“

Das entlockte Ace ein leises Lachen.

„Du bist sonderbar, Jaron, und es besteht kein Grund, sich zu entschuldigen. Wenn, dann müsste das eher ich tun, immerhin habe ich dich äußerst rüde zurückgewiesen."

Kopfschüttelnd winkte Jaron ab. „Du warst aufgebracht und das zurecht, alles gut."

„Mag sein, aber ich hätte es nicht an dir auslassen dürfen", hielt Ace dagegen. „Du wolltest mir immerhin nur beistehen."

Jaron lächelte und küsste seinen Mann. „Das werde ich immer, egal, ob du es an mir auslässt oder nicht. Mach dir keine Sorgen, du wirst mich nicht mehr los. Ich l..."

Was hatte er da sagen wollen?

Abrupt hielt Jaron inne und sah Ace in die Augen. Diese weiteten sich und Ace schien den Atem anzuhalten.

Doch bevor Jaron weitersprechen konnte, war die Gruppe aufbruchsbereit und es ging los.

Verflucht, was hatte ihn gerade geritten?

Er hatte nicht nachgedacht, wie so oft! Jaron lugte zu Ace, der den Blick nach vorne gerichtet hatte.

Er hatte seinem Mann sagen wollen, dass er ihn liebte ... und das war Jaron eben erst selbst klargeworden.

Sie waren noch keinen Monat zusammen und hatten nie über dieses spezielle Thema gesprochen. Und jetzt, mitten in dieser heiklen Mission, war es wohl kaum der richtige Zeitpunkt.

Und dennoch brannten die Worte auf Jarons Zunge ...

„Ace, komm mit", befahl Kaleb und nahm Jaron damit die Chance, doch noch mit seinem Partner zu sprechen.

„Wir gehen voraus und kundschaften die Gegend aus. Nicht, dass wir in eine Falle laufen", erklärte der ältere Aurox und Jaron blieb nichts anderes übrig, als den beiden Männern nachzusehen, während sie eiligen Schrittes zwischen den Bäumen verschwanden.

Nervosität erfasste Jaron, sein Blick ging immer wieder in Quinns Richtung.

Wenn sein Bruder wüsste, dass sie sich bei den Händlern neue Hinweise auf dessen Mutter erhofften, würde ihn wohl nichts mehr halten.

Es drängte ihn, Quinn von Ace' Erkenntnissen zu berichten und doch wusste er, es war keine gute Idee.

„Achtung", zischte sein ältester Freund soeben und hob die Hand, wodurch sofort die gesamte Gruppe in der Bewegung innehielt.

Jaron hielt den Atem an, sein Herz raste und seine Hand zuckte zum Schwert, welches an seiner Hüfte hing.

Ein leises Rascheln ließ Jaron die Muskeln kampfbereit anspannen, den Griff seiner Waffe hatte er fest gepackt.

Doch als er Ace erkannte, der zwischen den Bäumen sichtbar wurde, entspannte er sich kurz.

„Sie sind zu siebt, mit einer kleinen Kutsche und einem Pferd", erklärte er ruhig, sein Blick fokussiert. „Wir vermuten, dass sie Sklaven dabei haben. Kaleb rät zum Angriff."

Jaron lugte zu Quinn, der nickte. „Ich schließe mich dem an. Erledigen wir sie, holen uns Informationen und befreien die Sklaven. Wir können sie mit zu Jarons Dorf nehmen, dort sind sie sicher."

Damit war der Kampf unausweichlich.

Sie setzten sich in Bewegung und Jaron tastete nach seiner Fluchmagie.

Diese wallte bereitwillig in ihm auf und da er wusste, gegen welche Bastarde sie gleich kämpfen würden, hatte er keinerlei Gewissensbisse, seine Magie anzuwenden.

„Dort vorne sind sie", raunte Ace, der an seiner Seite lief, ihm zu. „Bereit?"

Jaron nickte und fixierte die kleine Kutsche, die immer mal wieder zwischen den Baumstämmen zu erkennen war.

„Achtung!“, dröhnte plötzlich eine fremde Stimme durch den Wald. „Feinde!“

Das war ihr Stichwort.

Jaron zog sein Schwert, während Ace‘ dunkelrote Blutklingen aus den Armschlitzen glitten.

Raven, Sakina und Liam taten es ihm gleich, von Kaleb war nichts zu sehen, aber der Mann würde irgendwo in der Nähe sein.

Quinns Feueraugen glühten mit einem Mal rot, auch er zog seine Waffe.

Nur Silvans Dolch blieb in der Scheide.

Der Druide hob die Hände und mit einem Mal waren diese von hellen Flammen eingehüllt. Silvan war nicht machtlos, ging es Jaron durch den Kopf. Auch, wenn der kleinere Mann aussah, als würde er kein Wässerchen trüben können, so war Silvan ein starker Druide.

Die Sklavenhändler hatten ihre Kutsche umstellt, sie sahen nicht danach aus, als wären sie an einer friedlichen Lösung interessiert.

Gut, denn das waren die Angreifenden auch nicht.

Die Aurox waren die Ersten, die mit ihren Gegnern zusammenstießen und fast sofort erklangen Schreie.

Jaron fand sich einem etwas kleineren Mann gegenüber, dessen Streitaxt durch die Luft schnitt, als wöge die massive Waffe rein gar nichts.

Fluchend wich er dem nächsten Hieb aus und schaffte es endlich, den verdammten Kerl mit dem Schwert zu erwischen.

Der Schnitt war nicht tief und durchdrang wohl kaum die Lederrüstung, die der Elf trug, doch es genügte, um ihn aus der Fassung zu bringen.

„Verrecke!“, fauchte der Bastard Jaron entgegen und erneut zischte die Axt nur um Haaresbreite an Jarons Schulter vorbei.

Er sparte sich jedes Wort und griff nach seiner Magie. Zumeist musste Jaron die Leute berühren, an denen er die Fluchmagie nutzen wollte, doch bei einfacheren Flüchen reichte es ihm mittlerweile, nah an der Person dran zu sein. So wie jetzt an seinem Gegner.

Dessen Augen traten beinahe aus den Höhlen, als Jarons Magie ihn mit einem Mal in den Krallen hatte.

Ein Grinsen legte sich auf Jarons Lippen, als der Mann einen erstickten Schrei ausstieß und Blut aus seiner Nase zu laufen begann.

Die Axt glitt dem Elf aus den Händen und nun war es Jarons Klinge, die geschwungen wurde.

In einem sauberen Hieb durchtrennte er den Hals des Sklavenhändlers und beendete sein Leben.

„Hol die Leute aus der Kutsche!“, rief Quinn ihm zu und sofort lief Jaron los. Er ignorierte die anderen Kämpfe, es war bereits zu erkennen, dass seine Leute die Mistkerle bald erledigt haben würden, und riss die hintere Tür der Kutsche auf.

„Kommt raus, ihr seid sicher!“, stieß er hervor.

Doch keine verschüchterten Sklaven befanden sich in dem kleinen Raum, stattdessen erhob sich eine große Frau mit blondem kurzem Haar und hellen grauen Augen. Ihre Lippen verzogen sich zu einem bösartigen Grinsen, als sie sich ihm zuwandte.

„Oh, sieh an, mein Retter in der Not!“, tönte sie und Jaron wich zurück.

Eiskalte Schauer liefen ihm über den Rücken, er wusste nicht warum, aber diese Frau war gefährlich!

„Ihr hättet euch besser nicht in unsere Belange eingemischt“, sprach sie weiter und sprang aus der Kutsche. „Jetzt müssen wir euch töten.“

Jaron biss die Zähne zusammen und packte den Griff seines Schwertes fester. „Sieh dich um, Frau, du bist quasi allein“, knurrte er, doch das Lächeln der Fremden blieb.

„Das glaubst auch nur du“, gab sie zurück und als ihre Augen in blutigem Rot zu leuchten begannen, unterdrückte Jaron einen Fluch.

Instinktiv wollte er auf seine Magie zurückgreifen, doch die Elfe war schneller.

Einer Peitsche gleich fegte fremde Fluchmagie über ihn hinweg und riss ihn gar von den Füßen.

Jaron verlor die Klinge aus der Hand und krachte mit dem Rücken auf den Waldboden.

Der Aufprall drückte ihm die Luft aus der Lunge und er keuchte.

Die Kämpfe um sie herum waren zum Stillstand gekommen. Zwei der Sklavenhändler waren noch am Leben, der Rest war bereits von Jarons Gruppe erledigt worden, die sich jetzt ihnen zuwandte.

Der Elfe musste doch klar sein, dass sie trotz ihrer starken Magie keine Chance gegen sie alle hatte, und trotzdem grinste die Frau wie eine Verrückte.

„Oh, was hast du denn da Schönes?“, säuselte sie mit Blick auf Jaron. „Eine Mauer? Was verbirgst du? Finden wir es heraus!“

Was?

Jaron schrie auf, als scharfer Schmerz in seinem Kopf explodierte. Es fühlte sich an, als würde die Frau mit spitzen Fingern darin herumwühlen.

„Jaron!“

Ace‘ Stimme drang nur dumpf zu ihm durch. Das Atmen wurde ihm immer schwerer, er bekam einfach keine Luft mehr.

Sein Körper zitterte unkontrolliert, während sein Blickfeld stetig kleiner wurde.

Da zersprang der schützende Wall in seinem Kopf und ließ die geballten Erinnerungen von Krow und Wydan frei.

Es war wie ein gewaltiger Sog, dem sich Jaron nicht entziehen konnte. Er fühlte keinen Boden unter sich, trieb umher wie im Wasser, völlig ohne Kontrolle.

Gesprächsfetzen und Bilder schlugen auf ihn ein, es schmerzte gar körperlich, doch nicht einmal schreien konnte er.

Seine Stimme versagte den Dienst, das Herz dröhnte ihm in den Ohren, als würde es gleich in tausend Stücke zerspringen.

Mühsam kämpfte er darum, irgendwie wieder Herr seiner Sinne zu werden, doch es wollte ihm nicht gelingen.

Mehr und mehr wurde klar, dass er den Kampf verloren hatte. Er war gefangen, in seinem eigenen Kopf.

Wie viel Zeit verging, konnte er nicht sagen, es könnten nur wenige Augenblicke, bis hin zu Tagen oder gar Jahren sein. Er würde hier nie wieder herauskommen ...

„Sein Name ist Quinten.“

Jaron runzelte die Stirn, der Sog zerrte an ihm, doch diese Frauenstimme schaffte es, zu ihm durchzukommen.

„Er hat deine Augen.“

War das nun Ace?

„Ja, die hat er. Immerhin ist er mein Sohn!“

Stolz schwang im Tonfall der Frau mit und Jarons überforderter Kopf versuchte vergeblich, die Informationen zu verarbeiten.

„Du musst auf ihn aufpassen, hörst du? Wenn mir etwas passieren sollte ... musst du für ihn da sein. Versprichst du mir das?“

Sie klang flehend, als würde sie wissen, dass ihr Schicksal nichts Gutes für sie bereithielte.

„Darauf gebe ich dir mein Wort, Madiva.“

Madiva ... Quinns Mutter!

‚Verflucht, Jaron, reiß dich zusammen!‘, schalt er sich gedanklich. Ein Fluchelf musste Krow diese Erinnerung gegeben haben, denn der Mann selbst war nur ein einfacher Elf gewesen.

Also gab es dort draußen womöglich noch jemanden, der die gleiche Fähigkeit besaß wie Jaron und Malex.

Krampfhaft versuchte er, diese Erinnerung zu greifen, einen Punkt zu finden, an dem er sich festhalten konnte.

Er musste es schaffen, verdammt, sie brauchten das Wissen, um Quinns Mutter zu retten!

Da verschwand der Sog mit einem Mal und Jaron fiel ins bodenlose Nichts.

Doch nur für einen Moment, dann spürte er, wie die Erinnerung, nach der er gefasst hatte, in ihm aufblühte.

„Diese Augen“, knurrte Krow wütend. „Sie hat noch immer ihren Willen. Wie verdammt nochmal, ist das möglich? Haben wir nicht alles versucht, um sie zu brechen?“

Es ging ihm einfach nicht ein! Diese Blutelfe, deren Kräfte sie längst gebannt hatten, gab nicht auf.

Mit ihrer scharfen Zunge gelang es ihr regelmäßig, die neuen Sklaven aufzuhetzen und sie schaffte es sogar einmal, eine Revolte anzuführen.

Seither hatten sie sie aus dem großen Sklavenlager geholt, denn dort sorgte sie für zu große Unruhe.

Der Meister war nicht erfreut darüber gewesen und hatte die Blutelfe zu sich geholt.

Da hatte Krow wirklich geglaubt, das Problem hätte sich gelöst.

Weit gefehlt ...

„Unsere Möglichkeiten sind begrenzt, immerhin sollen wir sie nicht verstümmeln oder töten", murrte Skal, der sich in der Ecke des kleinen Raumes den einzigen Sessel geschnappt hatte.

„Ich würde ihr die Kehle durchschneiden, dann haben wir endlich Ruhe."

Krow knurrte unwirsch. „Der Meister hat klare Anweisungen erteilt, er will sie lebend und unter seiner Kontrolle. Lass also besser die Finger von ihr, wenn du deine eigenen behalten willst!"

„Jaja", murrte Skal und trank aus dem großen Krug, der neben ihm stand.

Krow wusste, es befand sich Met darin, wie immer. Der Kerl war regelrecht abhängig von dem goldenen Getränk.

„Willst du sie wieder zu dir holen?", wollte der jüngere Elf dann wissen.

Krow schwieg, diese Möglichkeit hatte er bereits erwogen, doch sein Bedürfnis danach, die aufsässige Frau erneut zu beaufsichtigen, hielt sich arg in Grenzen.

„Du könntest sie auch Ryja geben", schlug Skal vor und sofort verneinte Krow.

„Du weißt, wie sie mit den Sklaven umgeht", erinnerte er Skal. „Wenn ich Madiva zu ihr gebe, wird sie sie töten."

Ryja war eine der Gnadenlosesten unter ihnen, selbst er hatte große Achtung vor ihr und vermied es, ihr zu nahezukommen oder gar ihren Zorn zu erregen.

„Nun denn, da du alles ablehnst, werde ich dem Meister wohl ausrichten lassen, dass du dich der Sache persönlich annimmst", meinte Skal und kam mit einem lauten Ächzen auf die Füße. „Sehr schön, damit ist ein Problem aus der Welt geschafft."

Krow hätte widersprechen können, doch da ihm keine andere Möglichkeit einfiel, schwieg er, bis Skal den Raum verlassen hatte.

„Verdammter Mist", knurrte er unwirsch und griff die Peitsche, die neben dem kleinen Kamin an der Wand hing. Unsanft stieß er die Tür zum Nebenraum mit dem Fuß auf. Der Knall, als die Tür gegen die Wand schlug, hallte durch das gesamte Haus.

„Und wieder bist du zu mir zurückgekehrt", knurrte Krow dunkel und fixierte die Blutelfe, die in der Mitte des Raumes auf dem Boden saß.

Ihre Handgelenke steckten in dicken Eisenfesseln, deren kurze Kette mit einem Ring im Boden verbunden war. Sie konnte nicht einmal aufstehen, sich kaum bewegen.

Doch bei seinen Worten hob sie den Kopf und öffnete die Lider.

Helle Feueraugen, in denen ein amüsiertes Funkeln leuchtete, fixierten ihn.

„Hallo Krow, es ist eine Weile her.“

Dieses Weib besaß sogar die Frechheit, zu lächeln!

Heiß wallte Zorn in Krow auf und er ließ die Peitsche schnalzen.

„Du willst also unbedingt wieder neue Striemen auf deinem Körper? Das kannst du haben!“, fauchte er. „Was erwartest du dir von deiner Aufsässigkeit? Dein Leben ist verwirkt, du Made! Einzig dein Herr wird künftig über dich entscheiden!“

Die meisten anderen wären spätestens jetzt zurückgezuckt, hätten sich geduckt und um Gnade gefleht.

Nicht so Madiva ...

Sie lächelte unbeirrt weiter, wenn auch das Wissen in ihren Feueraugen glomm, dass sie den erneuten Schmerzen nicht entkommen konnte.

„Tu, was du nicht lassen kannst“, spie sie ihm entgegen. „Ich habe es dir am Tag meiner Entführung gesagt und wiederhole es, so oft es nötig ist, bis es in deinen zu klein geratenen Verstand eindringt! Ihr werdet mich nicht brechen!“

„Für wen kämpfst du?“, fragte Krow lachend. „Du bist allein, hast niemanden, für den sich deine Aufsässigkeit lohnen würde! Selbst dein hochgeschätzter Bruder ist bereits tot! Er hat sein Dasein als Sklave akzeptiert, wann wirst du es tun?“

Endlich leuchtete Schmerz in Madivas Blick und ihre Schultern sanken herab.

„Gerom ist nicht tot“, wisperte sie leise und erneut lachte Krow voller Hass.

„Nein, du hast recht, wirklich tot ist er nicht, doch er lebt nicht mehr“, erwiderte er. „Ammey hat ihn unter

Kontrolle, lenkt ihn wie eine Marionette. Und genauso wirst du dich in dein Schicksal fügen, Weib!"

Trauer und Sorge verschwanden binnen eines Wimpernschlages aus Madivas Blick, der sich nun mit bodenlosem Hass füllte.

„Du fragst, welchen Grund ich habe, zu kämpfen? Berichtest mir vom Schicksal meines Bruders und glaubst, mich so zum Aufgeben zu bringen ... Du Narr!", schrie sie ihn an. „Ich kämpfe, um meinen Sohn wiederzusehen, und nichts und niemand wird mich davon abhalten!"

Krow setzte bereits zu einer Erwiderung an, als sein Körper mit einem Mal von purem Schmerz geflutet wurde.

Er schrie auf und krümmte sich zusammen, dabei fiel die Peitsche ungenutzt zu Boden.

„Krow!", dröhnt Skals Stimme und plötzlich wurde er an der Schulter gepackt, und aus dem Raum gerissen. „Dieses dreckige Miststück", fauchte der jüngere Mann. „Sie hat die Kette um ihre Blutmagie gelöst!"

Krow keuchte und rang nach Luft. „Nein, nicht gelöst", brachte er hervor. „Aber gelockert. Wäre sie weg, wäre ich tot."

Madiva verfügte über eine unglaubliche Stärke, ihre Blutlinie musste sehr alt sein, denn ihre Magie war nur extrem schwer in Zaum zu halten.

Was gerade wieder bewiesen worden war.

„Hol Ryja", befahl Krow knurrend. „Wir werden sie bändigen ... auch wenn mir dafür nicht mehr viel Zeit bleibt. Ich muss in wenigen Tagen ins Dorf zurück, denn auch dort haben wir viel Arbeit zu erledigen."

Skal nickte und ließ ihn allein.

Noch immer pulsierten die Nachwehen von Madivas Blutmagie durch seinen geschundenen Körper und Krow biss die Zähne zusammen.

Kapitel 13

Ace

Ace riss die Augen auf, als er sah, wie Jaron zu Boden ging. Sein Mann zitterte heftig und blutige Tränen liefen ihm über die Wangen.

Sofort war der Elf, den Ace eben zu Boden geschickt hatte, vergessen. Er fixierte die Elfe, die Jaron so herablassend angrinste. Ihre roten Augen waren fest auf Ace‘ Partner gerichtet.

Sie quälte ihn absichtlich!

„Erledige sie!“, zischte Liam in seine Richtung und nur zu gern kam Ace dem nach.

Er schoss auf die offensichtliche Fluchelfe zu und fast sofort wurde er von deren Magie erfasst.

Sie versuchte, ihn damit zu lähmen, aber Ace schüttelte die Kraft beinahe mühelos ab. Wieso ihm das so einfach gelang, war ihm selbst schleierhaft, doch er würde sich nicht beklagen.

Die Frau riss die Augen auf, sie hatte nicht damit gerechnet, dass er ihrer Kraft würde widerstehen können.

Nun zog sie ihr Schwert, doch gegen einen Aurox wie ihn, war die Fluchelfe chancenlos.

Ace schlug mit den Blutklingen nach der Elfe und nur wenige Momente später schickte er sie zu Boden.

„Bitte, ich erzähle euch alles, was ihr wissen wollt!“, flehte sie, doch für ihre jämmerlichen Worte hatte er nichts übrig.

Noch ehe sie erneut Luft holen konnte, schlug er ihr mit der Blutklinge den Kopf ab.

Sofort wandte er sich Jaron zu.

Sein Fluchelf lag reglos am Boden, Blut war ihm aus Nase, Augen und Ohren gelaufen und begann nun langsam zu trocknen.

Ace ließ sich auf die Knie fallen, er wagte nicht, Jaron anzufassen. Würde er ihn zusätzlich verletzen, wenn er ihn jetzt bewegte?

Verdammt, er wusste es nicht!

Nur im Hintergrund bekam er mit, wie die beiden noch verbleibenden Mitglieder des Sklavenhändlerringes von Kaleb und Liam gefangen genommen wurden.

„Komm zu dir“, raunte Ace flehend und wischte vorsichtig das Blut von Jarons Gesicht.

„Was hat die Elfe mit ihm angestellt?“, wollte Sakina mit angsterfüllter Stimme wissen.

„Ich weiß es nicht“, antwortete Ace und versuchte, zu begreifen, was gerade passiert war.

„Die Frau hat eine Mauer in Jarons Kopf eingerissen“, erklärte Quinn, der zu ihnen getreten war. „Zumindest hat sie von der Mauer gesprochen. Ich weiß aber nicht, was das bedeutet. Du?“

Ace schluckte, es könnte sich um die Erinnerungen von Krow und Wydan handeln. Diese hatte Jaron immerhin weggeschlossen ...

„Die Erinnerungen der Bastarde aus dem Dorf, in dem Jaron und ich waren“, antwortete er Quinn und blickte zu ihm auf.

Quinns Feueraugen weiteten sich. „Er hat sich von mehreren Leuten die Erinnerungen geholt?“

Ace nickte. „Ja, von zweien."

Quinn schluckte hart. „Wenn Jaron alles hinter einer Mauer in seinem Verstand verborgen hat, und die Fluchelfe diese nun einriss ... dann könnte Jaron sich in den unzähligen Erinnerungen verloren haben."

Verloren?

Ace sah auf seinen Mann.

Nein, Jaron durfte sich nicht verlieren, denn das würde bedeuten, dass er nie wieder zu sich kommen würde!

„Er schafft das", raunte Ace, mehr, um sich selbst Hoffnung zu geben. Sanft strich er Jaron durchs Haar und schluckte. Er zitterte, Angst und Sorge schnürten ihm die Kehle zu.

„Kann man ihn bewegen, ohne dass man ihm schadet?", wollte er von Quinn wissen, der das Gesicht verzog. Der Blutelf war erblasst, auch ihm war die Angst anzusehen. Doch er nickte.

„Ich denke schon, ja. Fluchmagie ist, ähnlich wie Blutmagie, nicht an den Ort des Wirkens gebunden."

Ace blinzelte, was auch immer das zu bedeuten hatte ...

Er setzte sich ins Gras und zog Jaron zu sich, sodass dessen Kopf auf seinem Schoß ruhte.

So konnte er ihm endlich das restliche Blut mit einem Tuch wegwischen, welches er aus seiner Hosentasche fischte.

„Der Kerl ist dem Tode geweiht!", rief einer der Gefangenen plötzlich und sofort fixierte Ace den Kerl.

Auch diesem klebte Blut im Gesicht und als er grinste, fehlten ihm zwei Zähne.

„Ihre Magie ist nicht aufzuhalten, dein großer Freund ist bereits tot, Aurox!"

Neben der Sorge um Jaron, blühte jetzt heißer Zorn in Ace. Er legte Jaron sanft im Gras ab und stand auf.

„Ach ja?“, fragte er tödlich ruhig und schritt auf den lachenden Elf zu. „Du hast keine Ahnung und solltest dir besser Gedanken um deinen eigenen Tod machen.“

„Ace, töte ihn nicht“, wies Quinn ihn an. „Noch nicht. Ich will wissen, was der Kerl für Informationen für uns hat.“

Direkt vor dem noch immer grinsenden Gefangenen blieb Ace stehen.

Die Schnitte in seinen Unterarmen waren weiterhin geöffnet, die Blutklingen lugten nur minimal daraus hervor.

Jetzt ließ er eine davon zu voller Länge hinausgleiten.

Nur ein Fingerbreit vor der Nase des Gefangenen hielt die tödliche Klinge inne.

Endlich war dem Elf das dümmliche Lachen vergangen. Er riss die Augen auf und versuchte, Abstand zu ihm zu gewinnen. Doch sogleich stieß der Kerl mit dem Rücken gegen ein Kutschrad und keuchte.

„Dein Glück, du Made“, knurrte Ace.

Quinn trat neben ihn und verschränkte die Arme vor der Brust.

„Arbeitet euer Ring mit Ammey zusammen?“, verlangte der Blutelf zu wissen.

Der Gefangene starrte noch immer auf Ace‘ Blutklinge und schluckte.

„Ich weiß nicht, wer das sein soll“, stieß er hervor.

„Ich glaub dir kein Wort“, brummte Ace, doch Quinn hob die Hand.

„Was ist mit Lybra? Jolina?“, wollte er wissen und da zuckte eine Augenbraue des Gefangenen.

Erneut stieg Galle in Ace‘ Kehle auf, doch er unterdrückte jede Reaktion.

„Wen von beiden kennst du?“, wollte er wissen und endlich schien der Elf vor ihm zu verstehen, dass sein

Leben so oder so verwirkt war. Er konnte sich lediglich noch einen schmerzlosen Tod erarbeiten.

„Lybra", antwortete der Sklavenhändler. „Sie ist die Botin, mit der wir arbeiten. Wer hinter ihr steht, weiß ich nicht. Darum kümmert sich der Meister selbst, wir führen nur die Befehle aus."

Das klang glaubhaft, fand Ace und sah zu Quinn.

„Auf Lybras Befehl seid ihr also hier und wolltet in dem Dorf dort hinten neue Sklaven holen?", fragte der leitende Hauptmann.

Ace beobachtete, wie der Sklavenhändler nickte. „Sozusagen. Es hieß, sie würden uns Leute übriglassen. Sklaven sind nicht mehr so einfach zu finden und da unser Hauptdorf ... lahmgelegt wurde, müssen wir jetzt breitgefächert agieren, um den Wünschen unserer Kunden auch weiterhin gerecht zu werden."

Das klang schon fast auswendig gelernt, ging es Ace durch den Kopf. Das Hauptdorf, vielleicht war es tatsächlich das gewesen, was er gemeinsam mit Jaron begutachtet hatte. Immerhin hatten sie dort Krow und Wydan gefunden, zusammen mit Sklaven.

„Wer ist euer Meister?", verlangte Quinn zu wissen und diesmal grinste der Gefangene wieder.

„Seinen wahren Namen kennt niemand, für uns ist er Meister Aaron."

Ein häufiger Name, nichts, was herausstechen würde, ...

„Wohin bringt ihr die Sklaven, die ihr aus den Dörfern holt?", wollte Ace wissen.

„Das werdet ihr nie erfahren", tönte der Gefangene mit plötzlich wiederkehrendem Selbstbewusstsein. „Wir sind überall, ihr könnt den Ring nicht aufhalten, denn ganz Jiltorya besteht daraus!"

Ace hob eine Augenbraue, der Kerl klang sehr sicher, ...

„Große Worte für einen Mann, der gleich sterben wird", meinte Quinn und stieß den Atem aus. „Da er nichts Interessantes mehr zu berichten kann, kannst du ihn jetzt erledigen, Ace. Wir haben ja noch einen von ihnen, vielleicht ist der ein wenig kooperativer ..."

Und schon verschwand das selbstgefällige Glitzern aus den Augen des Gefangenen. Er setzte erneut zum Sprechen an, doch Ace hatte keine Lust mehr, dem Kerl zuzuhören. Er stieß die Klinge nach vorne und durchbohrte damit das Auge und den Schädel des Mannes. Sofort wich das Leben aus dem Elf und er sackte tot in sich zusammen.

„Dann kommen wir zu dir", hörte Ace Quinn sagen, der sich dem zweiten Sklavenhändler zuwandte.

Dieser war kreidebleich geworden und zitterte am ganzen Körper.

„Bitte ... ich will nicht sterben", jammerte er los und mit einem Mal liefen die Tränen. „Ich habe doch nur meine Arbeit gemacht und wollte niemandem schaden!"

Genau, dachte Ace und ließ die Blutklinge etwas sinken, ehe er sich zu dem schluchzenden Kerl drehte.

„Hör mit dem Unsinn auf und reiß dich zusammen", fauchte Quinn. „Erst ein Schwert schwingen und nun auf Mitleid setzen. Dieses Spiel kannst du dir sparen."

Abrupt verstummte das Geheule und der Mann setzte sich wieder richtig hin. „Einen Versuch war es wert."

Ace schnaubte und kniff die Augen zu schmalen Schlitzen zusammen.

Wie gern würde er jetzt einfach zustechen ...

„Hast du etwas Wertvolles zu sagen?", fragte Quinten beinahe schon gelangweilt und zog dabei eine Augenbraue nach oben.

Der Gefangene grinste und schüttelte den Kopf. „Aus mir bekommt ihr nichts heraus. Und da euer Fluchelf tot ist, könnt ihr euch mein Wissen nicht holen. Zu schade auch."

Tot?

Ace Blick zuckte zu Jaron und erleichtert stellte er fest, dass sich dessen Brustkorb hob und senkte.

„Töte ihn, für solch dummes Gerede haben wir keine Zeit", befahl Quinn, und noch ehe der Kerl zum erneuten Sprechen ansetzen konnte, rammte Ace ihm die Blutklinge durchs Herz.

Röchelnd entwich dem Elf der Atem, während sich die Augen ein letztes Mal weiteten, dann legte sich der Schleier des Todes über sie und Ace zog die Klinge zurück.

Er wandte sich ab und ging zu Jaron.

Sakina war seinem Mann nicht von der Seite gewichen, sie war auf den Knien und musterte Jaron besorgt.

„Was können wir tun?", fragte sie, als er bei ihnen ankam.

Ace schüttelte den Kopf.

„Ich weiß es nicht", gab er zu und fühlte, wie ihm die Brust eng wurde.

„Liebst du ihn?"

Die Frage ließ Ace den Atem anhalten und er sah Sakina in die vertrauten braunen Augen.

Liebte er Jaron? Sie waren noch nicht allzu lange zusammen, aber er hatte bisher jeden Tag genossen ...

„Vater, du musst Mama gehen lassen", bat ihn Sakina und wäre Ace nicht bereits auf den Knien gewesen, hätte es ihm den Boden unter den Füßen weggezogen.

„Wie meinst du das?", fragte er leise, während er Jaron eine verirrte Strähne aus der Stirn strich.

„Du liebst sie und wirst sie immer lieben", sprach seine Tochter mit einem kleinen Lächeln auf den Lippen weiter. „Aber sie ist fort. Und sie hätte es nie gewollt, dass du ihr ewig nachtrauerst, oder gar allein zurückbleibst. Das weißt du, nicht wahr?“

Ace schloss die Augen. Auch, wenn die Erinnerungen an Arya nicht mehr so schmerzbehaftet waren wie einst, so hatte er dennoch hin und wieder ein schlechtes Gewissen seiner Frau gegenüber.

„Das ist nicht so einfach“, versuchte er zu erklären.

„Natürlich nicht und das habe ich auch nicht gesagt“, sprach Saki weiter. „Und dennoch, Vater, du bist hier, Mama nicht. Du hast mit Jaron die Chance, neu anzufangen, und eigentlich bist du ja schon dabei. Deshalb nochmals meine Frage, liebst du ihn?“

Er musterte Jaron und horchte in sich hinein. Die Antwort lag klar auf der Hand und wenn er ehrlich war, wusste er es längst ...

„Ja“, antwortete er Sakina und musste schlucken, als sich ein Kloß in seiner Kehle bildete.

Keine Schwäche zeigen, erst recht nicht vor der eigenen Tochter, schimpfte er gedanklich mit sich.

Sie schien seinen inneren Kampf zu bemerken, ging jedoch nicht darauf ein, stattdessen schob sie sich auf den Knien zu ihm und umarmte ihn.

„Ich freue mich für dich, Vater, für euch beide“, flüsterte sie. „Ihr habt es verdient, glücklich zu sein und Mama würde sich ebenso freuen, da bin ich mir sicher.“

Ace schloss die Augen, der vertraute Geruch seiner Tochter beruhigte seine aufgewühlten Gefühle.

„Danke“, murmelte er und lächelte dann. „Wann bist du so erwachsen geworden?“

Sie ließ ein Schnauben hören, rückte aber nicht von ihm ab.

„Ich bin 40 und keine 20 mehr“, erinnerte sie ihn und jetzt war es an Ace, zu seufzen.

„Die Zeit vergeht so schnell ...“

Als jemand zu ihnen trat, sah er auf.

Quinn musterte seinen bewusstlosen Bruder und hatte die Augenbrauen zusammengezogen.

„Wir können nicht hierbleiben“, sagte er. „Da niemand weiß, wie viele Sklavenhändler sich noch in der Nähe herumtreiben und womöglich zu der Gruppe hier gehören, sollten wir besser Abstand zur Kutsche gewinnen. Das Pferd nehmen wir mit, es kann Jaron transportieren.“

Sogleich wollte Ace widersprechen, immerhin könnte er seinen Mann problemlos selbst schultern, doch er zügelte sich. Als Schattenwandler musst er kampfbereit sein, sollten die Erweckten oder sonstige Feinde auftauchen, da wäre es unklug, Jaron zu tragen.

„Gute Idee“, gab er deshalb zurück und kam mit Saki zusammen auf die Füße.

Kaleb hatte das Pferd von der Kutsche losgemacht und führte es an den Zügeln zu ihnen.

Das Tier hatte keine Angst und war selbst während des Kampfes ruhig geblieben, was erstaunlich war. Anscheinend hatte es bereits einiges mitgemacht. Tatsächlich wirkte das braungraue Pferd, als wäre es schon älter, und gerade viel hatte es auch nicht auf den Rippen.

„Wenn diese Bastarde ihre Tiere genauso wie die Sklaven behandeln, hatte das arme Ding bisher kein gutes Leben“, meinte Sakina mitleidig und streichelte über die zitternden Nüstern.

Da konnte Ace nur zustimmen. Er hob Jaron hoch und Kaleb half ihm, den Fluchelf auf den Rücken des Tieres zu legen.

Als Jaron halbwegs sicher positioniert war, setzten sie ihren Weg fort. Ace blieb an der Seite seines Mannes und hoffte bei jedem Schritt, er würde endlich die Augen aufschlagen, aber nichts tat sich.

„Du darfst mich nicht allein lassen“, raunte er Jaron leise zu. „Ich konnte es dir doch noch nicht einmal sagen.“

„Hab Vertrauen“, riet Kaleb ihm und er blickte auf.

Der ältere Aurox war zu ihm gekommen und lief nun neben ihm her. „Jaron ist jung, aber auch stark, er schafft es bestimmt, wieder zu sich zu kommen.“

Ace lächelte freudlos. „Woher willst du das wissen? Kennst du dich mit Fluchelfen aus?“

Auch, wenn er versuchte, optimistisch zu bleiben, so hatte er einfach große Angst ...

„Mehr oder weniger“, antwortete Kaleb. „Ich weiß von zwei Fällen, wo sich Fluchelfen in den Erinnerungen ihrer Opfer verloren haben.“

„Und?“, wollte Ace wissen. „Haben sie es wieder hinaus geschafft?“

„Einer ja, der andere nein“, war die Antwort, die Ace nicht wirklich hatte hören wollen.

„Aber wie gesagt, Jaron ist stark, vertrau auf ihn, er kommt zu dir zurück“, hängte Kaleb an und Ace nickte, auch wenn er sich nicht sicher war.

Ja, Jaron war kein schwacher Fluchelf und besaß zudem noch die seltene Fähigkeit, womöglich würde ihm diese helfen. Aber was, wenn nicht? Was, wenn er den Kampf verlöre und Ace erneut allein zurücklassen würde?

Sein Herz schmerzte bei dem Gedanken an ein Leben ohne seinen Mann ...

Verflucht, wieso hatte er nicht viel früher erkannt, dass er Jaron liebte? Warum hatte er es ihm nicht jeden Tag gesagt?

Ace hätte sich ohrfeigen können!

Jetzt hatte er womöglich niemals die Chance dazu.

Er versank in Gedanken und bemerkte gar nicht, wie der Tag mehr und mehr voranschritt.

Die Abenddämmerung brach herein, als sie erneut rasteten und ein Lager errichteten. Wieder wurde dabei auf Feuer verzichtet, um keine Aufmerksamkeit zu erregen.

Ace hob Jaron vom Pferd und legte ihn sanft ins weiche Gras. Weiterhin rührte sein Mann sich nicht, er schien zu schlafen, tief und fest.

Jaron war eher quirlig, hatte zumeist einen Spruch auf den Lippen oder zumindest ein Lächeln. Ihn so still und reglos zu sehen, schmerzte.

„Quinn?“, sprach er den Blutelf an, der sich gerade neben Raven niederlassen wollte. „Hast du kurz Zeit?“

Quinten nickte und kam zu ihm. „Was ist?“

Ace Blick ruhte auf Jaron. „Können wir denn gar nichts tun, um ihm zu helfen? Überhaupt nichts?“

Eine Hand legte sich auf seine Schulter und Quinn seufzte. „Nein, nicht, dass ich wüsste. Glaub mir, gäbe es etwas, hätte ich es dir längst gesagt. Jaron ist wie ein Bruder für mich, ich würde alles tun, um ihm zu helfen. Doch uns sind die Hände gebunden, Ace. Wir müssen warten und darauf vertrauen, dass er einen Weg aus den Erinnerungen findet. Sonst ...“

Quinn brauchte nicht weitersprechen, Ace wusste, was sonst passieren würde. Sonst war Jaron verloren und würde in den nächsten Tagen sterben.

Jaron

Dumpfer pochender Schmerz ließ Jaron die Augen öffnen. Er blickte hinauf in einen sternenklaren Nachthimmel. Der Mond spendete ein wenig Licht, sodass er, als er den Kopf drehte, Ace erkennen konnte.

Sein Mann lag neben ihm und schien zu schlafen. Er wirkte erschöpft, matt und entkräftet.

Jaron versuchte, die Hand zu heben, was ihm erst beim dritten Anlauf gelang. Sein Körper gehorchte ihm nur langsam und zögernd. Was war überhaupt passiert?

Er runzelte die Stirn, während er sanft durch Ace' braunes Haar streichelte. Nur dunkel erinnerte er sich an einen Kampf ... Ja, genau, die Sklavenhändler!

Mit jedem Atemzug wurde sein Gedächtnis klarer, als würde sich dichter Nebel auflösen.

Plötzlich drang ein lautes Schnauben an seine Ohren und ließ ihn zusammenfahren.

Er hob den Kopf, was ihm einen schmerzhaften Stich in den Schläfen einbrachte. Jaron unterdrückte ein Keuchen und starrte das Pferd an, welches nur wenige Schritte neben ihm stand, und ihn mit sichtbarem Interesse musterte.

Das war das Tier der Sklavenhändler, es hatte die kleine Kutsche gezogen, in der die Frau gewesen war, eine Fluchelfe, die die Mauer in Jarons Kopf eingerissen hatte, als hätte er sie aus Pergament errichtet.

Hatte sie womöglich auch seine Fähigkeit besessen, Erinnerungen zu geben und zu nehmen?

Immerhin war sie gar problemlos in seinen Schädel eingedrungen und hatte darin herumgewühlt.

„Jaron?", wisperte Ace und hob verschlafen die Lider.

„He", murmelte Jaron lächelnd. „Ich bin wieder da."

Da weiteten sich Ace' Augen und er setzte sich eilig auf.

„Bei allen Göttern!", stieß sein Mann hervor und zog ihn in eine Umarmung.

Jaron keuchte und erwiderte diese lächelnd. „Mir scheint, du hast mich vermisst", raunte er versucht scherzhaft.

„Du machst dir keine Vorstellung“, wisperte Ace und Jaron stutzte, als er die zittrige Stimme vernahm.

Er löste sich etwas von Ace und sah ihm in die Augen. Gerade lief Ace, der sich sonst keine Schwäche erlaubte, eine Träne über die Wange. Und das seinetwegen.

Jaron wischte sie weg und lehnte sich nach vorn, um seinen Mann zu küssen.

„Ich bin wieder bei dir“, versicherte er ihm. „Und werde gewiss nicht mehr von deiner Seite weichen. Weil ...“

Wie beim letzten Mal hatte er nicht nachgedacht und wieder stockte er an dieser entscheidenden Stelle.

„Ich liebe dich.“

Wie bitte?

Jarons Augen weiteten sich und er starrte Ace an.

„Was sagst du da?“, wisperte er leise. Er traute seinen Ohren nicht und dennoch raste das Herz in seiner Brust.

„Ich sagte, ich liebe dich, Jaron“, wiederholte Ace und lächelte. „Schon die ganze Zeit über, ich war nur zu blind, zu verbohrt, um es zu begreifen. Ich hoffe, du kannst mir verzeihen, dass ich dich habe warten lassen.“

Ein Zittern ging durch Jarons Körper und er schüttelte den Kopf. „Es gibt nichts zu verzeihen. Ich bin einfach nur froh, dass du so empfindest. Ich liebe dich auch, Ace.“

Nun fiel es ihm leicht, die Worte auszusprechen, denn die Angst vor Ablehnung hatte sich in Nichts aufgelöst.

Der nächste Kuss ging von Ace aus und Jaron fühlte ihn bis in die Haarspitzen.

Es war, wie nach Hause kommen, endlich da zu sein, wo er hingehörte. Er legte die Arme um Ace und schmiegte sich an ihn. Es tat so unfassbar gut, dass er sich wünschte, der Moment würde nie verstreichen. Dennoch löste er sich nach einer Weile und tat einen tiefen Atemzug.

„Was ist vorgefallen in der Zeit, als ich bewusstlos war?", wollte er wissen.

Ace berichtete ihm von den Verhören der beiden Sklavenhändler, die nach dem Kampf noch am Leben gewesen waren.

„Danach ist nichts mehr passiert, wir sind nur weitergelaufen und haben hier das Nachtlager errichtet", beendete Ace die Erzählung.

Jaron nickte langsam, sein Blick ging zu Quinten. Sofort hatte er die Erinnerung wieder im Kopf, die er bei Krow gefunden hatte.

„Können wir die anderen etwas allein lassen?", fragte er seinen Mann und Ace hob die Brauen. „Sicher, Liam hält Wache. Wo willst du hin?"

Kurz lugte Jaron zu dem Mann mit den silbernen Augen.

Dieser hatte längst bemerkt, dass Jaron wach war, und erwiderte nun den Blick.

Ein leises Lächeln lag auf Liams Lippen und er nickte ihm zu.

Jaron neigte ebenfalls den Kopf und kam dann langsam auf die Beine. „Nur mit dir allein sein", antwortete er Ace, der sich ebenfalls erhob.

Da seine Beine noch etwas wackelig waren, ließ er sich von seinem Mann stützen, als sie in den Wald hineingingen und ihr Lager hinter sich ließen.

„Ist das weit genug?", fragte Ace nach kurzer Zeit und Jaron nickte. „Ja, das reicht. Ich muss mit dir reden."

Doch er hatte die Worte noch nicht mal zu Ende gesprochen, als Ace ihn schon zu sich drehte und küsste.

Diesmal fordernd und leidenschaftlich. Aber da schwang noch etwas anderes mit ... Angst, Hilflosigkeit und Erleichterung.

Jaron brannte es auf der Zunge, Ace von der Erinnerung zu erzählen, dennoch schob er das erst mal zur Seite. Sein Mann brauchte ihn und Jaron ging es genauso.

Sein Körper schrie regelrecht nach Ace und so ließ er sich mit ihm zu Boden sinken.

„Ich wüsste nicht, was ich getan hätte, wenn du nicht mehr zu dir gekommen wärst", raunte Ace heiser an seinen Lippen und Jaron schüttelte den Kopf.

„Denk nicht darüber nach, ich bin hier und werde es bleiben. Für immer."

Es war ein Versprechen, das er Ace und auch sich selbst gab. So würde keiner von ihnen je mehr allein sein.

Schon fand er sich unter Ace wieder und keuchte überrascht.

„Du hast zu viel an", knurrte sein Mann und ehe Jaron sich versah, zog Ace ihm das Oberteil aus.

„Nicht nur ich", gab Jaron zurück und zupfte an Ace' Weste. „Runter damit!"

Erneut vibrierte ein Knurren in der Luft, ehe Ace sich seiner Weste, dem Kettenhemd und dem einfachen schwarzen Oberteil entledigte.

Jaron leckte sich die Lippen und ließ die Hände über Ace' Brust und Bauch gleiten. Als er dabei versehentlich das Fluchmal streifte, zog er eilig die Finger zurück.

„Verzeih!"

Ace wirkte verblüfft und sah an sich herab.

„Es tat nicht weh", murmelte sein Aurox und strich über die schwarze dornenumrankte Rose. „Erstaunlich."

Jaron blinzelte und lächelte.

„Die Fluchmagie von Meister Malex sucht wahrlich ihresgleichen!“, freute er sich und ließ nun bewusst die Finger über Ace‘ Brust und auch das Fluchmal gleiten. Die Haut dort fühlte sich ebenso glatt an, wie überall sonst.

Das Mal wäre schön gewesen, wenn es nicht eine solch grausige Bedeutung für Ace‘ ganze Rasse hätte.

„Ich würde es bevorzugen, jetzt nicht über deinen Meister zu sprechen“, erwiderte Ace lachend, wobei er das Gesicht verzog, was auch Jaron lachen ließ.

Irgendwie fühlte er sich jetzt anders, befreit, als wäre eine Last von ihm abgefallen.

Er griff Ace bei der Schulter und zog ihn zu sich hinunter, um ihn hart zu küssen und damit jedes Gespräch zu beenden.

Stattdessen schob er die Hände auf Ace‘ Hüften und nestelte an dessen Hose herum. Ace schien zu verstehen, denn nachdem sie beide um Luft rangen, löste er sich von ihm und stand auf.

Während sein Mann sich aus seiner restlichen Kleidung schälte, tat Jaron es ihm gleich und hieß ihn erneut willkommen, als er sich über ihn legte.

Ace‘ vertraute Wärme fühlte sich unwahrscheinlich gut an. Während sich ihre Lippen wieder und wieder vereinten, fühlte Jaron, wie Ace‘ Hände über seinen Körper strichen.

Er genoss die vertrauten Berührungen und als Ace seinen Unterleib an Jaron drückte, entwich ihm ein leises Stöhnen.

Es zog in seinen Lenden und sogleich wurde er hart.

Ace musste ihn nur kurz anfassen, ein Hauch genügte und er reagierte auf ihn.

Das war schon nicht mehr normal und doch fand er es berauschend.

Da schob sich Ace an ihm nach unten. Dabei streiften dessen Lippen immer wieder seine erhitzte Haut und schickten neue Schauer durch ihn hindurch.

„Ace“, raunte er und beobachtete, wie dieser sich zwischen seine Beine schob.

„Ich will dich verwöhnen, mein Liebster“, murmelte Ace und leckte über Jarons Erregung.

Das schoss ihm wahrlich durch Mark und Bein!

Jaron stöhnte auf und ließ den Kopf ins Gras sinken. Er schloss die Augen, als Ace seine Erregung langsam ganz in den Mund nahm.

Das Gefühl, als Ace die Wangen einsog, ließ ihn keuchen.

Sein heißer Mann bewegte den Kopf in schnellem Rhythmus und griff dabei Jarons Sack.

Erzitternd schob er sich Ace entgegen und stöhnte vor Verlangen.

Da fühlte er, wie Finger gegen seine Kniekehle drückten, und zog nur allzu bereitwillig die Beine nach hinten.

Oh ja, verdammt, genau das brauchte er jetzt!

Er blieb entspannt, als Ace einen Finger gegen seinen Muskelring presste und schließlich in ihn schob. Das Gefühl war ihm vertraut und er wollte mehr davon.

Ace‘ Zähne schrammten über seine empfindliche Spitze und Jaron schlug die Hand vor den Mund, um nicht aufzuschreien. Er wollte nicht, dass die anderen durch ihr Tun geweckt wurden.

Sein Mann wusste, dass Jaron nichts gegen ein wenig Schmerz während des Sex hatte und auch gern härter genommen wurde.

Als Ace nur Momente später einen zweiten Finger in ihn drückte und ihn zeitgleich erneut die Zähne spüren ließ, war es um Jaron geschehen. Er stöhnte gegen seine Handfläche und kam in Ace‘ Mund.

Schon löste sein Mann sich von ihm und leckte sich dabei die Lippen. „Ich liebe deinen Geschmack", raunte Ace, während er die Finger in ihm spreizte.

Jaron brachte kein Wort hervor, zu sehr war er von den Empfindungen eingenommen. Er keuchte atemlos und wollte nur noch eines, Ace.

Dies Verlangen schien sein Partner zu teilen, denn Ace entzog ihm die Finger und lehnte sich über ihn. Jaron nahm die Hand von seinem Mund und küsste Ace, während er ihm die Arme um den Hals schlang.

Dabei fühlte er den Druck von Ace' Erregung an seinem Eingang. Er erzitterte, als sich Ace langsam in ihn schob.

Jaron stöhnte und krallte sich an seinem Partner fest. Der leichte Schmerz wurde von Lust vertrieben und schon stieß Ace ganz in ihn.

Da bäumte er sich auf und diesmal entkam ihm ein Schrei, der von nichts gedämpft wurde.

Doch es war ihm egal, sollte ihn sonst wer hören.

Jaron keuchte bei jedem Stoß und drückte sich seinem Mann entgegen, während sich ihre Lippen immer wieder trafen. Das Gefühl purer Verbundenheit ließ ihn alles um sich herum vergessen, nur noch Ace zählte. Selbst die gerade erst durchgemachte Tortur mit all den Erinnerungen rückte weit in den Hintergrund.

Schnell merkte er, dass er es nicht mehr lange aushalten würde, und spannte um Ace' Erregung die Muskeln an.

„Verdammt", stöhnte Ace, der ihn fest in die Unterlippe biss. „Du bist unverschämt heiß!"

Jaron hätte geantwortet, doch bei Ace nächstem Stoß traf der Mann einen bestimmten Punkt in Jarons Inneren.

„Ace!", stöhnte er laut, als ein überraschender Höhepunkt ihn mit sich riss und unter sich begrub.

Dabei fühlte er, wie Ace sich noch weiter in ihm bewegte und sich kurz darauf in ihm ergoss.

Jaron erschauderte und schloss die Augen.

„Ich liebe dich“, raunte Ace, dessen warmer Atem sein Ohr streifte.

Instinktiv legte Jaron den Kopf etwas zur Seite, damit Ace an seinen Hals herankonnte. Er schlang die Arme um Ace, während dieser sanfte Küsse über seinem Hals verteilte.

Jaron genoss die Zärtlichkeit und kam nur langsam wieder zu Atem. „Ich liebe dich auch“, wisperte er und keuchte, als Ace ihn in den Hals biss.

Er wusste, es war ein Zeichen unter den Schattenwandlern. Ein Mann oder eine Frau mit einem Bissmal am Hals war vergeben, und Jaron trug es voller Stolz. Jeder sollte wissen, dass er diesem wundervollen Mann mit Körper und Seele gehörte.

Ace zog sich aus ihm zurück und schon fand er sich an die Brust seines Aurox geschmiegt wieder.

Jaron legte den Arm um Ace‘ Mitte und seufzte wohlig.

„Das war perfekt“, murmelte er und brummte, als Ace‘ Finger durch seine Haare strichen.

„Ja, das war es“, stimmte sein Mann ihm zu. „Wie fühlst du dich? Was macht dein Kopf?“

Daran hatte er gar nicht mehr gedacht und tatsächlich war das schmerzhafte Pochen etwas weniger geworden.

„Es geht mir gut, denke ich. Zwar sind meine Gedanken etwas verworren, aber ich hoffe, das legt sich bald“, antwortete er ehrlich. „Sonst fühle ich mich gut. Dank dir.“

Leises Lachen war zu vernehmen und Ace streichelte ihm über den Rücken. „Das höre ich gern. Du hast mir einen gewaltigen Schrecken eingejagt.“

Jaron verzog das Gesicht. „Das lag keinesfalls in meiner Absicht, aber diese Frau ... war verdammt stark. Ich bin erstaunt, dass du sie so einfach töten konntest.“

Ace knurrte dumpf. „Ich ebenfalls, doch das fiel mir erst später auf. Ich habe noch immer keine Erklärung dafür. Ich spürte ihre Fluchmagie, aber irgendwie fand sie an mir keinen richtigen Halt. Zumindest glaube ich das. Ergibt das für dich als Fluchelf Sinn?“

Mit gerunzelter Stirn überlegte Jaron und schüttelte dann den Kopf. „Nein, oder doch, vielleicht. Es ist schwer zu erklären, denn bei meiner Fähigkeit ist es quasi unmöglich, mit normaler Fluchmagie in meinen Kopf zu kommen.“

„Und wie ist es ihr dann gelungen, die Mauer darin einzureißen?“, wollte Ace wissen und Jaron blinzelte.

„Gute Frage“, murmelte er und rieb sich über das Gesicht. „Das hätte ihr eigentlich nicht gelingen dürfen, außer sie verfügte selbst über diese Gabe. Das wäre ein außergewöhnlicher Zufall.“

„Aber wenn es keine andere Erklärung gibt, wird es wohl so gewesen sein“, meinte Ace und Jaron zuckte die Achseln. Er glaubte nicht daran, überhaupt nicht, doch da er es nicht besser wusste und die Elfe tot war, spielte es keine Rolle.

„Weißt du, Sakina hat mich gefragt, ob ich dich liebe“, erzählte Ace und Jaron merkte auf.

„Wirklich?“

Sein Aurox nickte.

„Ja, und um ehrlich zu sein, gab mir das den Anstoß, mir dessen endlich bewusst zu werden. Irgendwo habe ich dies wohl noch immer verdrängt, aus Angst, Arya nicht gerecht zu werden.“

Jaron strich über Ace‘ Bauch und nickte. „Das ist verständlich, sie ist immerhin deine Frau.“

„Du bist wirklich wundervoll, weißt du das?“, fragte Ace und er hob lächelnd den Blick. „Was, wenn ich jetzt ‚ja‘ sage?“, wollte Jaron wissen und Ace lachte.

„Und ein Kindskopf, aber genau das liebe ich an dir. Deine Art ist anders und du hast mich ohne Erlaubnis gefangen. Nie hätte ich gedacht, nach Arya wieder lieben zu können. Es zu dürfen. Saki drängte mich regelrecht dazu und wünscht uns beiden nur das Beste.“

Gedanklich schickte er Sakina ein großes Dankeschön, während er Ace küsste. „Dann freut es mich, dass deine Tochter dich aus der Reserve locken konnte.“

Das brachte ihm ein Knurren ein, doch es fehlte der Nachdruck.

„Ihr beide werdet mich wohl ziemlich viele Nerven kosten“, murrte Ace, während er ihn an sich drückte.

„Damit musst du leben“, erinnerte Jaron seinen Mann scherzhaft, ehe er wieder ernst wurde. „Ich muss noch immer mit dir reden. Es ist wichtig.“

Ace seufzte. „Verzeih, aber kann das auch bis morgen warten? Ich möchte jetzt ausnahmsweise nicht über andere Dinge nachdenken. Einfach nur du und ich, ja?“

Eigentlich hatte Jaron vorgehabt, gleich alles zu besprechen, doch Ace‘ Bitte klang verführerisch.

„Gern“, antwortete er deshalb, ehe er das Gesicht verzog. „Aber erst muss ich mich um was kümmern. Hast du ein Tuch dabei?“

Schon zog Ace seine Hose zu sich und fischte eines hervor. „Lass mich das erledigen“, bat sein Mann und da Jaron keinerlei Problem damit hatte, drehte er sich auf den Bauch und ließ sich von Ace sauber machen.

„Danke“, sagte er lächelnd und kaum hatte Ace das Tuch in einen der Büsche geworfen, legte Jaron sich wieder zu ihm.

„Du solltest noch etwas schlafen“, schlug Ace vor, doch allein beim Gedanken daran, verzog Jaron das Gesicht. „Ich habe genug geschlafen und um ehrlich zu sein, habe ich etwas Angst.“

Es könnte alles nur ein Traum sein, etwas, das durch die Erinnerungen in ihm ausgelöst worden war. Womöglich war er noch immer gefangen - „Aua!“, keuchte Jaron, als Ace ihn in die Seite zwickte. „Das tat weh!“, beschwerte er sich und rieb sich die Stelle.

„Das hättest du nicht gefühlt, wenn es ein Traum gewesen wäre“, erklärte Ace völlig ungerührt.

Jaron schnaubte. „Ist ja gut, das hätte man auch sanfter machen können. Dennoch ... danke ... glaube ich.“

Schon wurde er an Ace gedrückt und sein Aurox strich mit den Lippen über sein Haar. „Schlaf, Jaron, ich bin hier, wenn du aufwachst. Versprochen.“

Ganz wohl fühlte Jaron sich dennoch nicht, aber er schloss die Augen. Ruhe würde ihm sicher guttun, denn das Pochen in seinen Schläfen wurde tatsächlich wieder etwas stärker. Noch nicht besorgniserregend, aber auch nicht gut.

„Danke, für alles“, murmelte er leise.

„Das kann ich nur zurückgeben, Jari“, wisperte Ace ebenso leise und da durchfuhr Jaron ein ganz anderer Schauer. Jari ... So hatten ihn seine Eltern gerufen, als er ein Kind gewesen war. Auch seine Schwestern hatten ihn so genannt, als Jungen.

Es jetzt aus Ace‘ Mund zu hören, diese Vertrautheit dabei zu fühlen, es war einfach richtig.

Er konnte nicht anders, als zu lächeln und sich zu entspannen. Tatsächlich schlief er nach einer ganzen Weile ein.

Kapitel 14

Ace

Mit Jaron im Arm fühlte er sich endlich wieder ganz. Die Angst um seinen Mann hatte ihn mit jedem Atemzug mehr und mehr aufgefressen, doch das war jetzt vorbei.

Gedankenverloren strich er durch Jarons langes Haar, während die Nacht voranschritt. Gerade als die ersten Sonnenstrahlen sich am Firmament zeigten, hob Jaron die Lider.

„Schon Morgen?“, wollte sein Mann verschlafen wissen und Ace verneinte. „Noch nicht mal richtiger Sonnenaufgang. Du kannst noch ruhen, wenn du magst.“

Jaron schüttelte den Kopf und war mit einem Mal hellwach. „Ich muss mit dir reden und jetzt werden wir es nicht mehr verschieben, es ist wichtig.“

Von der plötzlichen Ernsthaftigkeit überrascht, zog Ace die Brauen nach oben.

„Ich bin ganz Ohr.“

„Als ich in den Erinnerungen gefangen war, dachte ich, ich würde nie wieder herauskommen“, erzählte Jaron und Ace überlief es eiskalt. „Doch eine Stimme erreichte mich irgendwann, sodass ich einen Gedanken greifen und mich daran in eine der zahlreichen

Erinnerungen ziehen konnte. Dort sah ich eine Frau mit hellen Feueraugen."

Ace stockte der Atem. „Madiva?", fragte er hoffnungsvoll.

„Ja, sie war es", bestätigte Jaron. „Krow hat sich fürchterlich über sie aufgeregt, weil sie nach all den Jahren noch immer Widerstand zeigte. Von einer gebrochenen Frau habe ich keinen Moment lang etwas gesehen, glaube mir. Sie hat es sogar geschafft, den Kerl mit ihrer Blutmagie zu verletzen. Mir war, als hätten die Männer fast ein wenig Angst vor ihr. Krow wollte sie nicht bei sich haben, doch ihm blieb nichts anderes übrig. Er sprach auch vom Dorf, in dem du und ich waren."

Ace versuchte, Jarons Worte zu verarbeiten. „Dann ist dieses Zusammentreffen noch nicht so lange her", vermutete er. „Madiva lebt und ist schon die ganze Zeit über bei den Sklavenhändlern."

Die Erkenntnis, dass die Freundin am Leben war, freute Ace ungemein, doch zeitgleich gab es ihm auch einen Stich in die Brust. Denn hätte er von ihrem wahren Schicksal gewusst, hätte er ihr schon viel früher helfen können.

Sie war immer für ihn da gewesen, als eine der wenigen Elfen hatte sie wirkliches Interesse an den Aurox gehabt. War sogar zu ihnen ins Lager gekommen und hatte es Ace gestattet, ihren neugeborenen Sohn zu halten.

Das war von den anderen Elfen nicht gebilligt worden, doch da Madiva, auch durch ihren Zwillingsbruder Gerom, ein hohes Ansehen im Schloss genossen hatte, war nicht eingeschritten worden.

Auch Gerom war damals noch ein anderer gewesen. Ja, die Umstände, in denen Ace und die Aurox im Schloss leben mussten, waren nie gut gewesen, doch im letzten Jahrhundert hatte es sich nochmals verschlechtert.

Zumindest kam es ihm so vor ... Und alles begann, als Madiva starb und Gerom dadurch den Verstand verlor.

„Woran denkst du?“, wollte Jaron wissen und strich ihm durchs Haar.

„Vielleicht wäre alles anders gekommen, wenn Madiva nicht verschwunden, oder in unseren Augen gestorben wäre“, meinte er. „Gerom hat sich verändert und nach wenigen Jahren Quinn weggeschickt. Das hätte verhindert werden können, wenn jemand über Madivas wahres Schicksal Bescheid gewusst hätte. Vielleicht ...“

Jarons Hand legte sich an seine Wange. „Alles nur vielleicht, mein Liebster. Die Dinge sind aber nicht ‚vielleicht‘, sie sind so, wie wir sie heute kennen. Was hätte sein können, ist nicht von Belang, so schade es ist.“

Das war alles wahr, dennoch ließ es Ace nicht so einfach los. Immerhin hätten die Dinge sich nicht so zum Schlechten wenden müssen.

„Du hast recht“, stimmte er Jaron dann doch zu und stieß dabei ein Seufzen aus. „Wichtig ist, dass Madiva lebt und wir die Chance haben, sie zu retten. Nein, keine Chance, wir müssen sie retten. Hast du sonst noch etwas sehen können? Wo wurde sie gefangen gehalten?“

Jaron verzog das Gesicht. „Leider weiß ich das nicht. Krow hat in der Erinnerung zu keinem Zeitpunkt aus einem Fenster gesehen. Es war ein einfaches Haus, aber das hilft uns nicht weiter.“

Verdammt, das wäre auch zu schön gewesen.

„Egal, wir werden es herausfinden“, meinte Ace nach kurzer Überlegung. „Wenn wir nochmals auf Anhänger dieser Bastarde treffen, werde ich die Informationen schon aus ihnen herausholen.“

Da war ihm jedes Mittel recht, auch wenn Ace nicht gern folterte. In diesem Fall würde er es tun.

„Sollen wir es Quinn nicht langsam mal sagen?“, fragte Jaron und riss ihn so aus seinen Gedanken.

„Ich weiß es nicht“, gab Ace zu. „Einerseits würde ich ihm gern die Hoffnung geben, seine Mutter wiederzusehen, andererseits ...“

„Wissen wir, wie er ist“, beendete Jaron den Satz. „Ich fühle mich nicht wohl dabei, ihm das zu verheimlichen.“

„Da geht es mir ähnlich“, stimmte Ace zu. „Dann sagen wir es ihm und hoffen, dass er die Mission nicht abbricht und uns sitzen lässt.“

Jaron lachte und schmiegte sich an ihn.

„Das wäre eine Katastrophe und würde beim Goldkönig gewiss nicht für gute Stimmung sorgen. Das können wir nicht zulassen.“

Seufzend nickte Ace.

„Richtig, aber ich traue es ihm zu. Quinn ist extrem impulsiv und jetzt geht es auch noch um seine Mutter. Bei diesem Thema hat er schon immer sehr sensibel reagiert. Es kann also gut sein, dass er aufbrechen will.“

„Dann werden wir ihn aufhalten“, erklärte Jaron. „Es geht jetzt nicht, außerdem haben wir keine Hinweise. Das wird er einsehen. Impulsiv mag Quinn sein, aber nicht dumm.“

Da konnte Ace seinem Mann nur zustimmen, also nickte er und stieß den Atem aus.

„Dann sollten wir uns wohl langsam auf den Rückweg machen. Ich bin mir sicher, die anderen werden sich freuen zu sehen, dass es dir gut geht. Sakina war ganz krank vor Sorge um dich.“

Liam war immerhin wach gewesen, als sie das Lager verließen, somit hatte er der Gruppe gewiss gesagt, dass bei Jaron wieder alles in Ordnung war.

Doch als Jaron nicht reagierte, sah Ace auf.

Ein Keuchen entkam ihm, Jarons Augen leuchteten rot!

„Jaron?“, sprach er ihn vorsichtig an und legte eine Hand auf dessen Schulter. „Was ist mit dir?“

Nutzte Jaron seine Fluchmagie gerade? Suchte er etwa nach einer anderen Erinnerung?

Sofort war die Sorge zurück, aber noch ehe Ace etwas tun konnte, zuckte Jaron zusammen und blinzelte hektisch.

„Was?“, fragte er verwirrt und rieb sich über das Gesicht. „Ist etwas passiert?“

Ace legte irritiert den Kopf schief. „Das sollte ich dich fragen. Deine Augen waren rot und du warst nicht einmal ansprechbar. Hast du deine Magie genutzt?“

Jarons Blick war nicht minder verwirrt und er schüttelte den Kopf. „Nein ... nicht, dass ich mir dessen bewusst wäre.“

Das gefiel Ace nicht, überhaupt nicht.

„Tut dir der Kopf weh?“, fragte er und war wenig überrascht, als Jaron dies bejahte.

„Es scheint wieder stärker zu werden“, meinte sein Mann und wirkte selbst unsicher. „Vielleicht sind das Nachwirkungen durch meinen gestrigen Zustand. Ich war eine Weile in den Erinnerungen gefangen, womöglich ist das ganz normal.“

Das mochte eine Erklärung sein, doch für Ace reichte es nicht. Zudem klang Jaron selbst nicht überzeugt und wollte sich wahrscheinlich einfach beruhigen.

„Vielleicht“, gab Ace zurück und beschloss, seinen Mann im Auge zu behalten. Er würde es nicht riskieren, dass es Jaron erneut so schlecht ginge. Lieber würde er mit ihm die Mission beenden und zum Schloss zurückkehren, damit Meister Malex sich um ihn kümmerte.

Zu Jarons Dorf wäre der Marsch derzeit noch länger als zurück zum Schloss des Goldkönigs.

„Gehen wir zu den anderen“, meinte sein Fluchelf gerade und lächelte ihm zu. Doch Ace ließ sich nicht täuschen, Jaron hatte Schmerzen, diese sah man deutlich in seinen Augen.

„Willst du dich nicht noch etwas ausruhen?“, fragte er deshalb. „Es ist früh und so schnell werden wir nicht aufbrechen.“

Jaron winkte ab. „Nein, ich will auch mit Quinn und den anderen reden, und muss wohl das ein oder andere erklären, damit sie verstehen, was mit mir passiert ist. Außerdem haben wir ja beschlossen, Quinn von seiner Mutter zu berichten. Das wird ebenfalls Zeit in Anspruch nehmen.“

Da konnte Ace nicht widersprechen, also lenkte er ein.

„Gut, dann los.“

Er stand auf und begann, sich anzuziehen.

Jaron versuchte ebenfalls hochzukommen, und Ace beobachtete mit erneuter Sorge, wie er dabei wieder auf die Knie fiel.

„Verdammt“, knurrte der Fluchelf und griff sich an die Stirn. „Das muss doch endlich aufhören!“

„Ruhig, Jaron“, bat Ace und ließ sich neben ihm auf die Knie sinken. „Du hast dich fast selbst in deinem Kopf verloren. Dass das Spuren hinterlässt, ist gewiss normal, also geh es langsam an, ja?“

Jaron wirkte alles andere als glücklich, nickte aber mit zusammengebissenen Zähnen.

Ace half ihm auf die Beine und auch dabei, sich anzuziehen. Tatsächlich war ihm so, als würde es Jaron immer schlechter, statt besser gehen, auch wenn sein Mann versuchte, es zu überspielen.

Zusammen machten sie sich auf den Rückweg zum Lager, wo die anderen auf sie warteten.

Einige schliefen noch, darunter Quinten, aber Silvan und Sakina waren bereits wach und saßen bei Liam, der die Nachtwache übernommen hatte.

„Jaron“, freute Saki sich und lief ihnen entgegen, um den großen Fluchelf in die Arme zu nehmen.

Ace lächelte und beobachtete seine Tochter. Es war schön zu sehen, dass sie Jaron ins Herz geschlossen hatte.

„He Saki“, grüßte Jaron und drückte sie lächelnd an sich. „Geht es dir gut?“

Sie rückte ab und schniefte, ehe sie sich wieder im Griff hatte.

„Sicher, alles in Ordnung. Die bessere Frage ist, wie fühlst du dich? Was macht dein Kopf?“

Selbst Sakina schien zu merken, dass es Jaron nicht so gut ging, wie er vorgab, was Ace noch mehr beunruhigte.

„Alles in Ordnung“, beteuerte Jaron soeben. „Ich habe wohl einfach etwas Zeit gebraucht, um wieder zu mir zu kommen. Mach dir keine Sorgen.“

Sie lächelte, wenn auch nicht ganz überzeugt, und ließ von ihm ab.

„Na, wenn du das sagst.“

Ace lugte indes zu Liam, der Jaron eindringlich musterte, ehe er Ace‘ Blick begegnete, und kaum merklich den Kopf schüttelte. Ja, dessen Meinung war Ace auch, mit seinem Partner stimmte etwas nicht.

Gestern Abend, und da war Ace sich sicher, war noch alles so weit in Ordnung gewesen. Aber das änderte sich jetzt und es schien, als könne er erneut nichts tun, um Jaron zu helfen.

„Jaron!“, erklang Quinns Ausruf und Ace sah zu dem Blutelf, der gerade aufsprang. „Bei den Göttern, du bist wieder wach! Ein Glück!“

Schon lagen die beiden Männer, die sich nah wie Brüder waren, in den Armen.

Ace beobachtete dies kurz, ehe er zu Kaleb trat, der etwas abseits der Gruppe gerade aus dem Wald kam.

„Wo warst du?“, fragte er den älteren Mann.

„Ich habe nur die Umgebung geprüft“, erklärte dieser. „Es sind weder Erweckte noch Elfen in der Nähe. Es scheint, als hätte sich die Lage etwas beruhigt.“

Ace nickte. „Das wäre gut ... Kaleb, kann ich dich kurz sprechen?“

Fragend blickte der andere ihn an, ehe sie zusammen etwas tiefer in den Wald gingen.

„Bedrückt dich etwas?“, wollte Kaleb dann wissen.

„Sozusagen“, gab Ace zu. „Es ist Jaron, gestern schien es ihm ziemlich gut zu gehen, aber seit er heute Morgen erwachte, wird sein Zustand wieder schlechter, auch wenn er es nicht zeigen will.“

Kaleb runzelte die Stirn. „Du darfst nicht vergessen, was er durchgemacht hat. Manch Fluchelf hätte ein Gefangensein im eigenen Verstand nicht einmal überlegt. Dass Jaron bereits wieder auf den Füßen ist, zeigt, wie stark er ist. Gib ihm Zeit, Ace, sei nicht ungeduldig.“

Das Gesicht verziehend senkte Ace den Blick. „Verzeih, vielleicht liegt es wirklich an mir und ich übertreibe. Die Situation ist mir fremd und somit nicht geheuer.“

Da legte Kaleb die Hand auf seine Schulter und drückte sie. „Das ist verständlich und das versteht auch Jaron. Versuche, dich zu beruhigen und kümmere dich um deinen Mann, so gut es dir möglich ist. Ich denke,

Jaron wird schon zu dir kommen, wenn es wirklich deutlich schlimmer werden sollte. Hab Vertrauen in ihn."

Das war leichter gesagt als getan, denn eigentlich vertraute Ace Jaron ja, aber gerade ... er war sich so unsicher, seit Jarons Augen ohne dessen Zutun in dem hellen Rot geleuchtet hatten.

„Können Fluchelfen die Kontrolle über ihre Kräfte verlieren?", wollte er nach einem Moment des Schweigens wissen. „Ist dir ein solcher Fall bekannt?"

Kaleb zog eine Braue hoch. „Wie kommst du jetzt darauf? Ein derartiger Kontrollverlust kann immer vorkommen, auch bei uns Schattenwandlern. Häufiger ist es bei Blutelfen, denn deren Kräfte sind aggressiv nach außen gerichtet. Bei Fluchelfen funktionieren sie eher über Kontakt und können in der Regel nicht so ausufern."

Das klang logisch, fand Ace. „Jarons Augen haben vorhin rot geleuchtet, als würde er seine Kräfte nutzen, oder auch nach einer Erinnerung in seinem Kopf suchen. Als ich ihn fragte, hat er aber beides verneint und wirkte gedankenverloren", erklärte er seine Frage.

„Wie gesagt, gib ihm Zeit, dann wird sich das schon alles wieder regeln", versicherte ihm Kaleb und Ace wünschte sich, er hätte die Zuversicht des älteren Mannes.

Statt weiter auf dem Thema herumzureiten, wechselte er es kurzerhand.

„Sag, erinnerst du dich an Geroms Zwillingsschwester?", fragte Ace und Kaleb nickte sofort. „Aber natürlich. Madiva. Es ging lange das Gerücht herum, du seist der Vater des Jungen."

Ace riss die Augen auf. „Bitte was?", keuchte er schockiert. „Wer, bei den Göttern, ist denn auf diese Idee gekommen?"

Das ließ den sonst so stoischen Kaleb leise lachen.

„Nun tu doch nicht so überrascht“, beschied er ihn. „So viel Zeit wie du mit der schönen Blutelfe verbracht hast, war das gar nicht so unwahrscheinlich.“

Sofort schüttelte Ace den Kopf.

„Auf keinen Fall! Madiva und ich sind Freunde, nie ist mehr zwischen uns gewesen. Gefühle waren nie im Spiel, zumindest nicht solche“, versicherte er und Kaleb hob die Hände.

„Schon gut, ich wollte dich nicht aufregen. Aber Moment, ihr ‚seid‘ Freunde? Du sprichst, als würde sie noch leben“, stellte der andere fest. „Hast du mir etwas zu sagen?“

Ace nickte.

„Sie lebt tatsächlich noch, doch das weiß ich selbst erst seit kurzer Zeit“, erklärte er und wurde wieder ernst. „Madivas Tod war vorgetäuscht, von wem auch immer. Derjenige schaffte es sogar, Gerom hinters Licht zu führen. Wie dem Täter das gelang, ist mir schleierhaft. Worauf ich hinaus will, Madiva wurde damals anscheinend von den Sklavenhändlern entführt.“

Als Kaleb scharf die Luft einsog und zum Sprechen ansetzte, war es an Ace, die Hand zu heben.

„Warte, ich bin noch nicht fertig“, bat er und Kaleb schwieg. „Madiva lebt seither bei diesen Bastarden. Durch einen von ihnen, den Jaron und ich in dem Dorf, in das wir bei unserer gemeinsamen Mission gereist waren, töteten, haben wir die Gewissheit, dass sie lebt. Zumindest tat sie es vor ein paar Wochen noch.“

Er berichtete Kaleb von Jarons Erzählungen und Krows Erinnerung.

„Das ist unfassbar“, murmelte Kaleb und fuhr sich durch die Haare. „Wie um alles in der Welt ist das nur möglich? Gerom war Madivas Zwillingsbruder, wieso hat er nicht gespürt, dass etwas nicht in Ordnung war? Ich verstehe es nicht, gerade Zwillinge haben doch eine besondere Verbindung. Ich dachte, bei den beiden wäre es der Fall gewesen. Da habe ich mich wohl getäuscht."

Ace zuckte die Achseln. „Madiva sprach immer voller Liebe von ihrem Bruder und damals war Gerom noch anders, wenn du dich erinnerst. Ich verstehe es auch nicht, aber es ist, wie es ist, und Madiva lebt. Wir müssen ihr irgendwie helfen, Kaleb. Jetzt sind wir draußen und bewegen uns so frei wie noch nie."

Kaleb legte die Stirn in Falten und verschränkte die Arme vor der Brust.

„Wir wissen nicht, wo sie sich aufhält, haben keinen Anhaltspunkt. So gern ich ihr helfen will, ich wüsste nicht, wo wir anfangen können. Doch eines wissen wir, der Sklavenhändlerring arbeitet mit Ammey zusammen. Womöglich finden wir Madiva, wenn wir Ammey finden."

Das war auch Ace schon in den Sinn gekommen. Zwar würde er lieber gezielt nach Madiva suchen, aber Kaleb hatte recht, sie durften die Mission nicht aus den Augen verlieren.

„Ja, mit etwas Glück finden wir zumindest Hinweise auf ihren Aufenthaltsort", stimmte Ace zu. „Aber zuvor müssen wir mit Quinten sprechen und das kann übel enden."

Kaleb stieß ein unbestimmtes Brummen aus. „Das ist nur allzu verständlich. Dem jungen Hauptmann wird es den Boden unter den Füßen wegziehen, wenn er erfährt, dass seine Mutter noch lebt und dazu eine Sklavin ist. Denk nach, Ace, wie würdest du dich dabei fühlen?"

Das war ein grausiger Gedanke ...

„Schrecklich", gab Ace zu. „Und ebenso wird es Quinn ergehen. Dennoch dürfen wir nicht zulassen, dass er blind losläuft. Hilfst du uns, sollte es zu einer Auseinandersetzung kommen?"

Kaleb nickte sofort.

„Natürlich, aber ich denke, du unterschätzt Quinten. Er wird sicherlich nach seiner Mutter suchen wollen, doch ohne einen Anhaltspunkt wird er nicht wissen, wohin er gehen soll. Lass ihn seine Wut und seinen Frust Luft machen, dann wird er sich gewiss beruhigen."

Zwar war Ace erneut nicht so optimistisch wie Kaleb, dennoch neigte er den Kopf.

„In Ordnung, wir werden sehen, wie es läuft. Dann gehen wir besser zurück."

Er folgte Kaleb, als ein bekannter Duft seine Nase traf.

Kurz stockte Ace in der Bewegung, war Taavin etwa noch in der Nähe?

Aber der Geruch war sofort wieder verflogen, wahrscheinlich hatte er ihn sich nur eingebildet.

Es schmerzte Ace, sich so mit seinem Bruder zerstritten zu haben, doch er konnte dessen Worte nicht vergessen. Und trotzdem hoffte ein Teil von ihm, dass Taavin zurückkommen und vielleicht das Gespräch mit ihm suchen würde.

Er war aufgebracht gewesen und hatte seinen Bruder von sich gestoßen, von seiner ganzen Familie ausgeschlossen.

Das musste auch Taavin schmerzen.

Ace würde es verstehen, wenn er sich abwenden sollte.

Unbewusst ballte er die Fäuste und drückte dabei die Fingernägel fest in seine Handflächen.

Er hatte seinen Vater vor langer Zeit verloren, ebenso seine Mutter, die er kaum gekannt hatte, ...

Würde er jetzt auch noch Taavin verlieren?

Jaron

Jaron saß mit Quinn und den anderen beisammen. Allesamt freuten sich, dass er wieder auf den Füßen war, und klopften ihm auf die Schulter oder umarmten ihn.

Bei der Gruppe fühlte Jaron sich wohl, sonst war er eigentlich immer etwas zurückhaltend mit Körperkontakt gewesen. Mal von Quinn abgesehen, den kannte er immerhin schon sein halbes Leben.

„Hier“, sagte Sakina gerade und reichte ihm eine Handvoll Beeren. „Mehr haben wir im Moment nicht, aber später machen Silvan und ich ein Feuer. Ohne etwas zu essen, werden wir nicht weiterziehen“, ließ sie ihn wissen und zwinkerte ihm dabei zu.

Schmunzelnd nickte Jaron. „Das finde ich eine hervorragende Idee“, stimmte er ihr zu und schob sich die Beeren nacheinander in den Mund.

Tatsächlich hatte er ziemlichen Hunger, was ihm vorher gar nicht aufgefallen war.

Zudem pochte sein Kopf noch immer schmerzhaft. Es wurde nicht besser, im Gegenteil, und das beunruhigte ihn schön langsam.

„Ist alles gut?“, fragte Quinn und Jaron lächelte sofort. „Ja, alles bestens. Sag, wo ist Ace hin? Hat ihn jemand gesehen?“

„Der ist mit Kaleb im Wald verschwunden“, antwortete Liam. „Sie kommen gewiss gleich wieder.“

Jaron erwog, allein mit Quinn zu sprechen und ihm von Madiva zu erzählen, verwarf die Idee dann aber doch.

Als kurz darauf Kaleb und Ace wieder im Lager waren, winkte er seinen Mann zu sich. „Sprechen wir jetzt mit ihm?“, wollte er wissen und Ace bejahte.

„Es gibt keinen Grund, es weiter aufzuschieben“, antwortete sein Mann und beide wandten sich Quinn zu.

Der Blutelf hob die Brauen. „Was genau meint ihr und worüber wollt ihr mit mir reden?“

Jaron lugte zu Ace und als dieser nickte, begann er zu sprechen:

„Es geht um deine Mutter, Quinn“, erklärte er seinem Bruder im Geiste, der ihn verwirrt anblickte.

„Was genau ist mit ihr?“

„Versprich mir, dass du jetzt keine Dummheit begehst“, verlangte Jaron. „Hör mir erst zu, in Ordnung?“

Quinn wirkte immer verwirrter. „Jetzt rede, Jaron!“, befahl er und Jaron seufzte ergeben.

„Ace und ich haben erfahren, dass deine Mutter anscheinend noch am Leben ist“, erklärte er und Quinn entgleisten die Gesichtszüge.

„Was?“, fragte er leise, beinahe tonlos.

„Als Ace und ich zusammen auf Mission in dem Dorf waren, wo wir zum ersten Mal von den Sklavenhändlern erfuhren, gab es erste Hinweise“, sprach Jaron weiter. „Aber jetzt habe ich in einer der Erinnerungen, die in meinem Kopf sind, gesehen, dass Madiva auf jeden Fall noch vor ein paar Wochen am Leben war.“

Als Quinn mit einem Mal aufsprang, tat Jaron es ihm sofort gleich und hob dabei die Hände.

„Bitte, hör mir erst zu, bevor du handelst“, beschwor er seinen Bruder, doch Quinn schien ihn nicht mehr zu hören.

Seine Miene war vor Zorn verzerrt.

„Ihr wisst das bereits seit eurer Mission und habt nicht daran gedacht, es mir mitzuteilen? Ihrem Sohn!“, schrie Quinn ihn an und Jaron verzog das Gesicht.

„Beruhige dich, Junge“, bat Ace nun mit ruhiger Stimme. „Wir wollten dir erst etwas sagen, wenn wir Gewissheit haben, damit du dir keine falsche Hoffnung machst. Verstehst du das?“

Quinn knurrte und schnitt mit der Hand durch die Luft. „Das ist keine verdammte Entschuldigung! Es geht hier um meine Mutter und ihr verschweigt mir einfach, dass sie noch lebt. Wie könnt ihr nur?“

Jaron verzog das Gesicht. „Quinn, bitte, wir haben es dir nicht böswillig verschwiegen. Wir wollten Gewissheit, dass Madiva wirklich noch lebt. Jetzt haben wir sie und nun sprechen wir doch auch mit dir.“

„Ich muss sie finden“, stieß sein Bruder im Geiste hervor und wandte sich ab.

„Und wo willst du hin?“, fragte Ace, der die Arme vor der Brust verschränkt hatte.

„Was denkst du denn?“, fauchte Quinn ungehalten. „Sie suchen natürlich!“

Jaron schloss die Augen, sein Kopf schmerzte immer stärker, aber das lag nun eher an Quinn.

„Wo willst du anfangen?“, wollte er wissen. „Was ist dein Ziel?“

Das ließ den Blutelf kurz Stocken, tatsächlich hielt er inne. „In dem Dorf, in dem Ace und du wart“, teilte er ihm dann mit. „Dort müssen noch mehr von den Sklavenhändlern sein, also werde ich da auch Informationen bekommen.“

Jaron schüttelte den Kopf.

„Nein, wirst du nicht. Mittlerweile hat sich Malex der Sache angenommen und wahrscheinlich bereits das ganze Dorf auseinandergenommen. Die Elfen in Sicherheit gebracht und alles, was mit dem

Sklavenhändlerring zu tun hat, ins Schloss geholt. Du wirst dort also nichts finden."

Quinn stieß einen barschen Fluch aus und fuhr sich ungehalten durch die Haare. „Das ist eure Schuld!", schimpfte er und starrte ihn wütend an. „Hättet ihr gleich etwas gesagt, wäre ich längst weiter und hätte mehr Hinweise!"

Es hatte wenig Sinn, Quinn mit Vernunft beizuwohnen, der Mann war außer sich.

„Wir werden alles tun, was in unserer Macht steht, um sie zu retten", versicherte Jaron. „Doch im Moment stehen wir auf verlorenem Posten. Wir verfolgen die Mission und du weißt, wie wichtig das ist. Komm schon, Quinn, denk nach. Ich weiß, es fällt dir gerade schwer ..."

„Du weißt gar nichts!", brüllte Quinn und Jaron fuhr zusammen.

Verdammt, der Blutelf war mächtig sauer.

„Was würdest du tun, wenn deine Mutter als Sklavin gehalten werden würde?", wollte Quinn wissen. „Wenn du nicht wüsstest, was mit ihr in diesem Moment geschieht. Wer sich an ihr vergeht und ... ah verdammt, noch viel Schlimmeres? Könntest du die Mission einfach weiterführen?"

Jaron verzog das Gesicht. Es war eine schreckliche Lage, in der Quinn sich befand, doch aus dieser gab es gerade kein Entkommen. Selbst wenn der Blutelf losstürzen würde, er hätte keinen Erfolg.

„Liebster, bitte beruhige dich", mischte Raven sich ein und trat zu Quinn. „Glaubst du nicht, dass wir alle dir gern helfen möchten? Madiva helfen wollen? Wir sind eine Gemeinschaft und halten zusammen."

Quinn schnaubte.

„Und weshalb wurde dann vor mir geheim gehalten, dass meine Mutter lebt?"

Jaron schloss die Augen, er ahnte, das würde nicht gut ausgehen.

„Bitte, du siehst doch, wie du reagierst“, antwortete Raven. „Jeder hier versteht, wieso du so außer dir bist, aber das große Problem ist, dass es nichts ändert. Wir haben keine Hinweise und nichts, was wir verfolgen können. Doch eines können wir tun. Die Mission vorantreiben und versuchen, Ammey zu stoppen. Da sie mit den Sklavenhändlern zusammenarbeitet, besteht die Chance, dass wir durch sie mehr Hinweise finden.“

Ravens Worte waren gut gewählt, wie Jaron fand, und auch logisch, doch sie erreichten Quinn nicht. In dessen Augen leuchtete ein gefährliches Feuer.

„Wieso wollt ihr mir alle einreden, dass ich nichts tun kann?“, fauchte Quinn ungehalten.

„Das wollen wir doch gar nicht“, verteidigte Raven sie weiterhin ruhig, aber mit einem Mal fixierte Quinn den Aurox, und Raven sank mit einem Stöhnen in die Knie.

Quinns Augen leuchteten rot, er setzte seine Blutmagie ein ... gegen seinen eigenen Mann!

Jaron war im ersten Moment so perplex, dass er erst reagierte, als Raven vor Schmerz keuchte.

„Quinten!“, schrie er seinen besten Freund an, und noch ehe einer der anderen etwas tun konnte, schoss er auf den Blutelf zu.

Jarons Faust landete an Quinns Kinn und holte diesen von den Füßen.

„Jaron, nicht!“, drang Ace‘ Ausruf an seine Ohren, doch er dachte nicht daran, jetzt aufzuhören.

Stattdessen ging er mit Quinn zu Boden und packte ihn am Kragen.

Sein Kopf pochte, Pein machte sich in ihm breit, aber er ignorierte sie, Kraft seines Willens.

„Wie kannst du so tief sinken?“, schnauzte er Quinn an, dessen Blick sich langsam klärte. „Du erhebst die

Hand gegen deinen eigenen Partner? Ich kenne dich nicht mehr!"

Nun war es an Quinn, zusammenzuzucken, und erst jetzt schien er zu begreifen, was er getan hatte.

Sofort sah er zu Raven, und Jaron tat es ihm gleich.

Ace und Liam waren bei dem Aurox, der schwer atmete und nur langsam wieder auf die Füße kam.

„Nicht so schlimm", hörte er Raven sagen, doch der Rest der Gruppe schien ihm nicht glauben zu wollen.

Gerade Liam wirkte besorgt und knurrte, während er Quinn fixierte.

„Bastard!"

„Was habe ich getan?", flüsterte Quinn und die Fassungslosigkeit war ihm anzuhören.

Jaron blickte auf seinen Bruder herab, dem etwas Blut von der aufgeplatzten Lippe lief.

Schon tat es ihm leid, ihn geschlagen zu haben.

„Das würde ich auch gerne wissen", meinte Jaron und versuchte dabei, seine Stimme hart klingen zu lassen.

Quinn drückte gegen seinen Griff und Jaron gab nach. Er zog sich zurück und stand auf, während der Blutelf ebenfalls auf die Füße kam.

„Nicht schon wieder", murmelte Quinn und ließ die Schultern hängen.

„Schon wieder?", wiederholte Jaron schockiert. „Wie oft hast du deine Magie bereits gegen deinen eigenen Mann eingesetzt? Das ist doch nicht dein Ernst!"

Nun war zu erkennen, dass Quinn mit sich rang, und für einen kurzen Moment schien er seine Wut vergessen zu haben.

„Jedes Mal ist einmal zu viel", murmelte er und wollte in Ravens Richtung gehen.

„Wage es nicht, ihm zu nahezukommen!", fauchte Liam ihn an und trat ihm in den Weg.

Jarons Blick galt Raven, der das Gesicht verzog und Liam an der Schulter griff. „Schon gut“, beschwichtigte er den ehemaligen Aurox. „Er ist aufgebracht, das ist doch nur allzu verständlich.“

Nur widerwillig ließ Liam sich von Raven zur Seite schieben, sodass dieser nun vor Quinn stand.

„Ich weiß nicht, was ich sagen soll“, murmelte Quinn leise. „Es tut mir leid, aber es gibt keine Entschuldigung für das, was ich dir erneut angetan habe.“

Der Schmerz in Quinns Stimme tat Jaron fast beinahe körperlich weh und er fragte sich, wie oft die beiden Männer schon in dieser Situation gewesen waren.

Dass Quinten impulsiv war und sich nicht immer unter Kontrolle hatte, war eine Sache, aber dass er dabei sogar seinen eigenen Geliebten verletzte ... Das hätte Jaron niemals für möglich gehalten.

Sicher, sie hatten schon über solche Ausrutscher gesprochen, aber es war ein großer Unterschied zwischen einer Auseinandersetzung oder einem Schlag gegen die Schulter und dem Einsatz von Magie in böswilliger Absicht.

„Wir wussten, dass er es nicht so einfach verkraften wird“, meinte Ace, der zu ihm getreten war.

„Sicher, aber dass das passiert“, murmelte Jaron und strich sich eine Strähne, die sich mal wieder aus seinem Zopf gelöst hatte, nach hinten. „Damit hatte ich nicht gerechnet.“

Was ihn noch mehr erstaunte, war, wie gelassen Raven hierbei blieb. Der Mann lächelte sogar und nahm Quinn gerade in den Arm.

„Schon gut“, hörte Jaron ihn wispern. „Ich weiß doch, du wolltest das nicht.“

Unwillkürlich musste Jaron sich fragen, ob Liebe auch blind machen konnte. Er wusste nicht, wie er reagieren würde, sollte Quinn seine Magie absichtlich gegen ihn richten. Sie waren Freunde, wie Brüder ...

Nun gut, Jaron hatte Quinn eben einen Kinnhaken verpasst, aber das aus gutem Grund. Das war also wieder etwas anderes.

„Quinns und Ravens Beziehung ist besonders“, hörte er Ace sagen und sah zu seinem Mann. „Wieso? Wegen des Blutbundes?“, wollte Jaron wissen und Ace nickte.

„Ja, unter anderem deshalb. Doch auch die Umstände, unter denen die beiden sich kennengelernt hatten, waren nicht von ... sagen wir, gesunder Natur. Geroms Tod hat Quinn noch mehr aus dem Gleichgewicht gebracht, als er sowieso schon war, und er hat Halt bei Raven gefunden. Und natürlich Liebe, die beiden sind ein ausgesprochen gutes Paar, aber es gibt ebenso Schattenseiten“, erklärte sein Mann. „Eine davon ist Quinns Temperament. Wenn das mit ihm durchgeht, kann er oft Freund von Feind nicht mehr unterscheiden. Und da Raven mit ihm den Blutbund teilt, ist es zumeist er, der diese Launen oder Gefühlsausbrüche, abbekommt.“

Jaron schloss die Augen. Negative Dinge gab es in jeder Art von Beziehung, doch hierbei handelte es sich um Magie, die körperlichen Schaden und Schmerz zufügen konnte.

Raven mochte seinem Blutelf viel nachsehen, aber wenn das immer so weiter ginge, würde auch der Aurox an seine Grenzen kommen.

Ob Quinn das bewusst war?

„Ah!“, keuchte Jaron, als plötzlich scharfer Schmerz durch seinen Schädel schoss, der ihn sogar in die Knie zwang.

„Jaron!“

Sofort war Ace bei ihm und griff ihn an der Schulter. „Was ist mit dir?“

Jaron konnte nicht antworten, der Schmerz raubte ihm den Atem und er presste die Lippen aufeinander, um nicht aufzuschreien.

Wörter und Bilder wollten sich vor sein inneres Auge drängen, Erinnerungen, die frei in seinem Kopf umherzogen. Alles, was er von Krow und Wydan aufgenommen hatte, drückte auf ihn ein und erneut wollte ein Strudel in ihn sich aufsaugen.

Etwas klatschte und sein Kopf flog zur Seite. Erneuter Schmerz explodierte, doch diesmal in seiner linken Wange.

Das ließ die unzähligen Bilder und Gespräche in Rauch aufgehen und Jaron stieß den angehaltenen Atem aus.

„Bei den Göttern", japste er, sein Herz raste und sein Blick zuckte umher, bis er Ace' vertrautes Gesicht fand.

Sorgenvoll wurde er von seinem Partner gemustert.

„Bist du wieder bei uns?", fragte Ace sanft und strich ihm über die pochende Wange.

„Ja, dank dir", antwortete Jaron. „Der Schlag hat die Erinnerungen verblassen lassen, zumindest für den Moment."

Langsam klärte sich der Nebel in seinem Kopf und Jaron merkte, dass er von allen angestarrt wurde.

Selbst Quinn und Raven waren zu ihnen getreten.

„Ist wirklich wieder alles gut bei dir?", fragte Quinn besorgt und Jaron zwang sich zu einem Lächeln.

„Ja, ganz sicher, keine Sorge", versuchte er, seinen ältesten Freund zu beruhigen.

„Wie soll man sich da keine Sorgen machen?", wollte Ace wissen. „Hast du denn keine neue Mauer errichtet, um die Erinnerungen von Krow und Wydan wegzuschließen?"

Jaron verzog das Gesicht. „Das geht leider nicht mehr. Da sie unkontrolliert freigelassen wurden, kann ich sie jetzt nicht mehr gesammelt wegschließen. Und einzeln nach den Erinnerungen suchen funktioniert zwar, würde aber wochenlange Arbeit bedeuten. Diese Zeit haben wir nicht."

„Kannst du dich wieder verlieren?", fragte Quinn und Jaron überlegte, ob er seine Freunde anlügen sollte, doch allein Ace' wissender Blick, ließ ihn seufzen.

„Ja, das kann passieren, aber ich werde alles tun, um es zu verhindern", versicherte er.

„Das gefällt mir nicht", stellte Ace klar. „Das ist gefährlich, du könntest sterben!"

Angst schwang in Ace' Stimme mit und Jaron verzog das Gesicht.

„Ja, theoretisch, doch nun ist es nicht mehr wahrscheinlich. Ich bin jetzt gewappnet und kann mich wehren. Das war während des Angriffes der Fluchelfe nicht möglich. Außerdem hat mich dein Schlag herausgerissen, das wird hoffentlich auch weiter funktionieren, bis wir in meinem Dorf sind. Mit Hilfe anderer Fluchelfen, vielleicht meines Vaters, kann ich mich effektiv und ohne Angst um das Problem kümmern."

Auch das entsprach nicht vollständig der Wahrheit, denn er wusste nicht, ob ihm da wahrlich jemand helfen würde können.

Sein Vater war ein erfahrener Fluchelf, aber mit Jarons Fähigkeiten war es unmöglich für einfache Fluchelfen, in seinen Kopf einzudringen, und das wäre, um ihm helfen zu können, notwendig.

„Wenn irgendwas ist, du dich nicht gut fühlst, oder wir dir irgendwie helfen können, musst du etwas sagen", befahl Quinn. „Verstanden?"

Jaron lächelte und nickte. „Versprochen."

Er wollte sich erheben, doch seine Beine versagten sofort den Dienst und Jaron fand sich auf den Knien wieder. Hätte Ace ihn nicht erneut an der Schulter gegriffen, wäre er wohl vornüber gefallen.

„Wir machen noch etwas Rast, ehe wir den Weg fortsetzen“, beschloss Quinn und musterte ihn. „Erst, wenn du wieder ohne Hilfe laufen kannst, gehen wir weiter.“

Verdammt, nur seinetwegen mussten sie mehr Zeit als nötig vergeuden. Jaron biss die Zähne zusammen und starrte unzufrieden zu Boden.

„Wir haben Zeit, Jaron“, versicherte Ace ihm. „Noch können wir es uns leisten, Pause zu machen und abzuwarten. Erhol dich, Liebster, du brauchst die Ruhe.“

Er hatte mehrere Tage geschlafen, verflucht, oder war ohnmächtig, was quasi das Gleiche war.

Wieso versagte sein Körper mit einem Mal?

Nach dem Aufwachen hatte er überhaupt keine Probleme gehabt und jetzt wurde es kontinuierlich schlimmer.

„Hast du Kopfschmerzen?“, wollte Ace wissen und Jaron nickte. „Ja, etwas, aber nicht tragisch.“

Es missfiel ihm, seinem Mann Sorge zu bereiten, und noch frustrierender war es, hilflos deswegen zu sein. All die Jahre war Jaron für sich selbst verantwortlich gewesen und hatte sich stets um alles gekümmert. Allein.

Bis auf Quinn hatte er niemandem gehabt, der sich groß um ihn gekümmert, oder sich gar Sorgen gemacht hätte.

Es war befremdlich, dass es mit einem Mal anders war, auch wenn es irgendwo durchaus ein schönes Gefühl war.

Gerade war es jedoch absolut unpassend und Jaron wünschte sich, mehr tun zu können, um seinen Kopf wieder zu klären.

Als Ace ihn dazu drängte, sich hinzulegen, gab er ohne Protest nach. Es hatte keinen Sinn, denn solange sich sein Zustand nicht besserte, würden sie ihren Weg nicht fortsetzen können. Quinn hatte einen klaren Befehl ausgesprochen und niemand in der Gruppe würde dem zuwiderhandeln.

Wenigstens blieb Ace an seiner Seite.

Während Jaron die Augen schloss und sich ausruhte, fühlte er Ace‘ Finger durch sein Haar streichen. Das beruhigte ihn und er konnte sich mit der Zeit entspannen.

Kapitel 15

Ace

Stumm beobachtete er Jaron und hoffte inständig, seinem Mann würde es schnell besser gehen. Ihn zusammenbrechen zu sehen, vor Schmerz stöhnend, war schrecklich gewesen.

Sofort war Angst in Ace aufgeflammt, es könnte sich wiederholen, dass Jaron sich in seinem eigenen Kopf verlieren würde ...

Er verdrängte den Gedanken, es war nicht passiert und er würde alles tun, um es auch weiterhin zu verhindern. Zwar war es ihm alles andere als leichtgefallen, Jaron zu schlagen, aber Ace war seinem Instinkt gefolgt und wie so oft, hatte er ihn nicht enttäuscht.

Nur langsam beruhigte sich sein Herzschlag und als sich Jaron kurz darauf aufsetzte, stützte er ihn sofort. „Wie fühlst du dich?"

Jaron lächelte wackelig.

„Viel besser, ich denke, ich kann jetzt aufstehen. Hilfst du mir?"

Was für eine Frage!

Sogleich war Ace auf den Füßen und half Jaron hoch. Erleichtert erkannte er, dass sein Mann sich aufrecht halten konnte und seine Beine ihn trugen.

„Siehst du?“, fragte Jaron grinsend. „Jetzt können wir den Weg fortsetzen.“

Ace war klar, dass es Jaron vor allem darum ging, niemandem eine Last zu sein, auch wenn das, außer seinem Mann, keiner so sah. Doch er konnte es auch verstehen.

„Quinn?“, fragte er deshalb und blickte zu dem Blutelf, der mit Raven zusammen auf dem Boden saß. Quinn wirkte noch immer bedrückt und hielt sogar Ravens Hand, als hätte er Angst, der jüngere Aurox würde die Flucht ergreifen.

„Sicher?“, war Quinns Gegenfrage, die sich an Jaron richtete.

„Ja, ganz sicher“, antwortete Jaron mit einem Nicken.

Nach einem letzten skeptischen Mustern von Seiten Quinns, stimmte dieser schließlich zu, woraufhin die Gruppe zusammenpackte. Ace schulterte seinen Lederbeutel und blieb dabei an Jarons Seite.

Er war nicht sicher, ob die Ruhe schon ausgereicht hatte, um Jaron wirklich zu stabilisieren, aber es wäre sinnlos, darüber zu diskutieren.

Geschlossen setzten sie ihren Weg fort und Ace merkte, dass Quinten das Tempo mit Absicht langsam hielt, um Jaron zu schonen. Was auch diesem aufzufallen schien, denn er verzog missbilligend das Gesicht. Dabei fasste er seinen Ledersack fester und machte Anstalten, nach vorn zu Quinn zu laufen.

Ace griff ihn an der Schulter und zog ihn zu sich. „Bleib hier“, bat er. „Wir müssen nicht rennen, um voranzukommen, es geht auch so.“

„Aber ...“, setzte Jaron an und Ace blieb stehen.

Sichtlich irritiert hielt sein Mann inne.

„Nichts aber“, stellte Ace klar. „Du bist geschwächt, hast jetzt schon Schweißperlen auf der Stirn und überanstrengst dich. Es genügt.“

Er hoffte, nicht zu schroff gesprochen zu haben, doch Ace war besorgt. Jaron übertrieb es, und das würde nicht gut ausgehen, wenn er so weiter machte.

Erst wirkte es so, als würde Jaron widersprechen, doch schließlich stieß er ein Seufzen aus.

„Verzeih, ich ... ich will einfach, dass wir weiterkommen und ich nicht der Grund bin, dass die Mission mit einem Mal gefährdet ist", erklärte sein Fluchelf. „Und ich möchte nach Hause. Endlich, nach all den Jahren, auch wenn ich Angst habe, aber ich will wieder in mein Dorf, und meine Familie sehen. Deshalb drängt es mich."

Ace lächelte und neigte den Kopf. „Das kann ich verstehen, Liebster, aber du erreichst dein Dorf nicht lebendig, wenn du dir nicht die nötige Ruhe gönnst. Der Angriff der Elfe hätte dich fast das Leben gekostet, bitte vergiss das nicht. Du brauchst Zeit, um dich zu erholen."

Sein Mann wirkte nicht glücklich, gab aber ohne Diskussion nach.

Erst dann setzten sie ihren Weg fort und schlossen zu den anderen auf, die etwas weiter vorne auf sie gewartet hatten.

Quinn suchte seinen Blick und Ace nickte ihm zu. Alles war in Ordnung, sie konnten weiter.

Den Göttern sei Dank blieb bei Jaron alles ruhig, er hatte keinen weiteren Zusammenbruch, und als der Nachmittag langsam zum Abend wurde, wollten sie eine Stelle für die Nacht suchen.

„Riechst du das?", fragte Sakina ihn plötzlich mit leiser Stimme und ließ den Blick dabei umherschweifen.

Ace runzelte die Stirn und sog witternd die Luft ein.

„Ich kann nichts ...", setzte er an, als er einen bekannten Duft in die Nase bekam.

„Lybra!“, zischte er und unterdrückte ein Knurren. Die Spur war dünn, aber vorhanden, die Frau musste hier entlanggelaufen sein.

Doch wann?

„Joli kann ich aber nicht riechen“, sprach Saki weiter und Ace schüttelte den Kopf. „Ich auch nicht, vielleicht ist sie nicht bei ihr.“

Weiterhin glomm in ihm die Hoffnung, seine Tochter noch irgendwie retten zu können.

Joli durfte nicht verloren sein ...

„Quinn, Kaleb“, sprach er die beiden Anführer dieser Mission an und sie wandten sich ihm zu, wodurch die Gruppe zum Stehen kam.

„Was ist?“, wollte Quinn wissen.

„Saki und ich können Lybra riechen“, antwortete er und hörte Liam fluchen.

„Dann hat mich meine Nase nicht getäuscht, das Miststück ist in der Nähe“, knurrte der ehemalige Aurox.

„Sind wir etwa schon bei ihrem Versteck?“, fragte Silvan argwöhnisch.

„Nein, das kann ich mir nicht vorstellen“, entgegnete Kaleb, der die dunklen Brauen zusammengezogen hatte. „Wahrscheinlicher ist, dass sie selbst auf Mission unterwegs ist und eine Horde Erweckte bei sich führt.“

Möglich, ging es Ace durch den Kopf, doch etwas störte ihn.

Ammey und ihre Schergen vermochten es meisterlich, sich zu verbergen. Wenn man eine Spur von ihnen fand, dann konnte das kein Zufall sein.

Er ahnte, dass die Blutelfe einen weiteren Schritt tat, oder bereits getan hatte.

Womöglich liefen sie in eine Falle.

„Wir sollten besser vorsichtig sein“, riet er und teilte seine Bedenken mit der Gruppe.

„Da ist was dran“, stimmte Liam ihm zu. „Das ist mir damals schon aufgefallen, dieses Miststück bemerkst du erst, wenn sie es will. Bei Lybra ist es dann wohl nicht anders?“

Das war eher eine Frage und diese war an Raven gerichtet, der zustimmend nickte.

„Wenn ich jetzt so darüber nachdenke, war es immer zu spät, wenn wir sie bemerkten“, bestätigte er die Vermutung.

„Das könnte Ammeys Werk sein“, meinte Kaleb. „Vergesst nicht, sie ist eine Blutelfe, die von den Toten wiedergekehrt ist. Niemand weiß, wie groß ihre Kräfte tatsächlich sind und zu was sie alles in der Lage ist.“

Ace verzog das Gesicht, das stimmte leider. Wirklich viel war über solche Blutelfen nicht bekannt und vor Ammey hatte er diese Erzählungen eher für einen Kinderschreck gehalten. Wie falsch er damit gelegen hatte, wusste er heute.

„Sie ist nie allein“, warf Sakina plötzlich ein und er blickte seine Tochter fragend an. „Was meinst du? Ist Lybra immer bei ihr?“

Saki verneinte.

„Nicht Lybra, etwas anderes. Zumindest wird das gesagt. Die Herrin ist nie allein.“

Ace wusste nicht viel darüber, was Sakina während ihrer Gefangenschaft bei Lybra hatte erdulden müssen, aber wenn sie so etwas aufgeschnappt hatte, würde etwas dran sein.

„Wir werden sehen“, meinte Kaleb schließlich. „Wer auch immer bei Ammey ist, ist unser Feind und wird erledigt.“

Es stach schmerzhaft in Ace‘ Brust, er wusste, wovon Kaleb sprach.

Oder besser gesagt, von wem.

Jolina. Seiner Tochter.

Er betete zu den Göttern, sein Mädchen würde erkennen, auf welche Seite sie gehörte ... bevor es zu spät war.

„Sollen wir weitergehen oder rasten?“, fragte Raven. „Wir können sie riechen, wer weiß, vielleicht sind sie wirklich in der Nähe. Wenn wir unser Lager aufschlagen und sie von uns wissen, sind wir ein gefundenes Fressen.“

„Irgendwann müssen wir sie stellen“, entgegnete Liam und leckte sich die Lippen. Kampfeslust blitzt in den silberfarbenen Augen.

„Aber nicht heute“, beschied Kaleb den ehemaligen Aurox. „Jaron ist geschwächt und nach einem langen Marsch sind selbst wir nicht mehr voll kampffähig.“

„Doch dann macht es ebenso keinen Sinn, weiterzuziehen“, hielt Liam dagegen. „Immerhin werden wir so noch erschöpfter sein, vielleicht ist es auch das, was sie wollen.“

Dies war genauso eine Möglichkeit und das gefiel Ace nicht. Sein Blick ging zu Jaron, der sich an einen Baum gelehnt hatte und ihrer Diskussion lauschte.

Er wirkte schlapp und müde, auf keinen Fall könnte er seine Magie nutzen. Nicht einmal im Ernstfall.

„Wir befinden uns in einer Zwickmühle“, sagte Ace. „Egal, was wir tun, es ist nicht vollkommen richtig oder falsch. Ich würde nach einem anderen Platz zum Rasten suchen, wo die Spur der Feinde nicht mehr zu riechen ist. Das ist im Moment wohl das Sicherste. Aber entscheiden müsst ihr beide das.“

Damit sah er zu Quinn und Kaleb, die Blicke tauschten.

„Ich hasse es, wegzulaufen“, knurrte Liam und Ace schüttelte den Kopf. „Es ist kein Weglaufen, lediglich ein Verzögern, Liam, und wenn du nachdenkst, verstehst du auch, warum.“

Der Mann mit den stechenden Silberaugen stieß ein Schnauben aus, doch er stritt es nicht ab, stattdessen schwieg er und verschränkte die Arme vor der Brust.

„Kommt weiter", befahl Quinn und sie setzen sich ohne Murren in Bewegung.

Wie Ace erwartet hatte, verließen sie den Pfad, der sich durch den Wald schlängelte, und befanden sich nach kurzer Zeit im Dickicht.

Noch eine Weile liefen sie, wobei Ace ein Auge auf Jaron hatte. Sein Mann schlug sich gut, auch wenn ihm der Schweiß auf der Stirn glänzte.

Als Kaleb schließlich verkündete, sie würden hier rasten, hörte er seinen Fluchelf erleichtert den Atem ausstoßen.

„Setz dich, ich helfe beim Aufbau des Lagers", meinte Ace und tatsächlich ließ Jaron sich einfach auf den Boden sinken. „In Ordnung."

Bei den Göttern, das allein zeigte, wie erschöpft sein Partner wirklich war.

Ace tat wie geheißen, und alsbald war das kleine Lager errichtet.

„Wir schüren kein Feuer", hörte er Quinn zu Sakina sagen. „Es wäre zu unsicher."

Ein unglückliches Seufzen war zu hören. „Ja, du hast recht", gab Saki nach und rieb sich die Oberarme.

Ace hielt seiner Tochter die Hand hin. „Komm mit", bat er und sogleich griff sie zu.

Er nahm sie mit zu sich und Jaron, wo er sich mit ihr niederließ. Ein leises Grummeln lag in der Luft und Ace brauchte einen Moment, um zu begreifen, dass es sich um Sakinas Magen handelte, der sich meldete.

Sie hatten schon eine Weile nichts Richtiges mehr gegessen und auch das machte sich bemerkbar.

„Morgen, bevor wir weiterziehen, werden wir jagen", versprach Ace seiner Tochter, die sich an ihn kuschelte.

„Wäre gut, ich habe wirklich Hunger", antwortete sie und er legte den Arm um sie. Saki war ganz kalt, sie fror und ohne ein Feuer würde die Nacht kein Vergnügen werden.

„Komm doch zwischen uns", bot Jaron an. „Dann können wir dich wärmen."

Mit einem dankbaren Lächeln legte Sakina sich bereitwillig in die Mitte und bekam somit wenigstens etwas Wärme ab.

Ace blickte über sie hinweg zu Jaron. „Wie fühlst du dich? Was macht dein Kopf?"

Jaron schmunzelte. „Es geht mir gut, bitte mach dir keine Sorgen. Wenn etwas ist, bist du der erste, der es erfährt, versprochen."

Das war leichter gesagt als getan, doch Ace nickte und schloss die Augen.

Er hörte noch, wie Liam und Kaleb darüber diskutierten, wer die Nachtwache übernehmen würde, dann schlief er auch schon ein.

Als jemand an seiner Schulter rüttelte, wurde Ace schlagartig wach und wollte sich aufsetzen. Saki sah ihn mahnend an und er blieb irritiert, aber still liegen.

Mit einem Finger deutete sie auf ihr Ohr und sofort lauschte er.

Schritte? So nah?

Tatsächlich klang es, als würde jemand durch ihr kleines Lager laufen.

Vorsichtig lugte er zur Seite und versuchte zu erkennen, wer sich zwischen ihnen bewegte. Doch da war niemand.

Wieder ging sein Blick zu Sakina, ihre Lippen waren zu einem schmalen Strich zusammengepresst und diesmal zeigte sie auf ihre Nase.

Ace witterte unauffällig, konnte aber nichts wahrnehmen. Kein Hauch von Ammey oder Lybra hing in der Luft und er zog kaum wahrnehmbar eine Augenbraue hoch.

Sakina schien sofort zu begreifen und verzog das Gesicht.

Ace hingegen hörte weiter auf die Schritte und stellte erleichtert fest, dass sie sich entfernten.

„Was war das?“, wollte er leise wissen.

„Ich weiß es nicht“, antwortete seine Tochter ebenso lautlos. „Doch als ich noch bei Lybra war, ist das öfter passiert. Es fühlte sich an, als würde jemand um uns herumschleichen, aber es war nie wer zu sehen. Ein Schattenwandler konnte es damals wie heute nicht sein, denn hier gibt es keinen Schatten, in dem man sich verbergen könnte.“

Da musste Ace ihr zustimmen. Es war noch immer mitten in der Nacht, lediglich das spärliche Licht des Mondes drang durch die dichten Baumkronen. Wirkliche Versteckmöglichkeiten gab es nicht, auch nicht für Aurox.

Die feinen Härchen in seinem Nacken richteten sich auf, was bei den Göttern, war das eben gewesen?

Seine Ohren hatten ihn gewiss nicht getäuscht, es waren definitiv Schritte gewesen. Von einem verfluchten Geist?

„Sollen wir die anderen wecken?“, fragte Saki leise und Ace überlegte. Er konnte nun nichts mehr vernehmen, aber ein gutes Gefühl hatte er gewiss nicht.

„Kann nicht schaden“, meinte er und setzte sich auf. „Leute, aufwachen“, sagte er in normaler Lautstärke und schon öffneten die ersten die Augen.

„Ist etwas passiert?“, wollte Raven alarmiert wissen und Ace nickte. „Sozusagen.“

Er berichtete von den merkwürdigen Vorkommnissen und Sakina fügte das hinzu, was sie während ihrer Zeit bei Lybra mitbekommen hatte.

„Das gefällt mir nicht“, stellte Quinn klar, dessen Feueraugen beunruhigt umherwanderten. „Ich weiß, es ist mitten in der Nacht, aber wir ziehen weiter. Was auch immer hier war, ich will nicht riskieren, dass es wiederkommt.“

„Aber, aber, ihr wollt schon gehen?“, erklang eine Frauenstimme, die Ace einen kalten Schauer über den Rücken jagte. Sofort sprang die gesamte Gruppe auf, gerade, als Ammey mit Lybra an ihrer Seite zwischen den Baumreihen erschien.

Quinn keuchte und sofort fixierte Ace den Blutelf, dessen Blick auf Ammey gerichtet war.

Er folgte ihm und riss die Augen auf. „Bei den Göttern“, stieß Ace hervor. Ammey war schwanger, die deutliche Wölbung ihres Bauches ließ keine Zweifel zu.

Und sie wussten, wer der Vater sein musste.

Quinten war von Ammey missbraucht worden. Mithilfe eines Zaubers hatte sie seine Sinne vernebelt, ihm falsche Dinge vorgespielt und dies genutzt, um mit ihm zu schlafen. Quinn war erst wieder richtig zu sich gekommen, als sie längst weg gewesen war.

„Du Miststück“, zischte der Blutelf aufgebracht.

Ammeys glockenklares Lachen hallte durch den Wald und sie legte eine Hand auf ihren Bauch. „Was denn, mein Lieber? Freust du dich denn nicht auf unser Kind?“

Ace schauderte, er konnte sich nicht vorstellen, was gerade in Quinn vorgehen musste.

Er war kreidebleich geworden und hatte die Hände zu Fäusten geballt.

„Es ist nicht unser Kind“, fauchte Quinn. „Was auch immer da in dir heranwächst, hat nichts mit mir zu tun!“

„Ammey“, sprach Kaleb plötzlich und die weißen Augen der Elfe richteten sich auf den Aurox.

„Sieh an, du bist meinem Blutzauber entkommen“, stellte sie mit mäßigem Interesse fest. „Das hätte dir nicht gelingen dürfen. Wie hast du es geschafft?“

Kaleb schüttelte den Kopf. „Das ‚Wie‘, spielt keine Rolle, und um mich geht es hier auch nicht. Sondern um dich.“

Ammeys blutrote Lippen verzogen sich zu einem Grinsen. „Du täuscht dich“, erwiderte sie. „Es geht um euch und um euer Leben. Ihr habt die Wahl. Noch. Wenn ihr die richtige Seite wählt, wird eure Existenz verlängert, wenn nicht, werdet ihr sterben. Wie alle anderen.“

Ace griff seine Messer und öffnete in einer fließenden Bewegung die Schnitte an seinen Unterarmen.

Die anderen Schattenwandler der Gruppe taten es ihm gleich, alle, außer Kaleb.

Dieser blieb in einer lockeren Haltung und hatte weiterhin Ammey im Blick.

„Du willst, dass wir dir helfen, deinen Plan durchzuführen“, stellte er fest. „Doch wir wissen nicht einmal, wie dieser wirklich lautet. Kläre uns auf, sonst können wir uns nicht entscheiden.“

Was tat Kaleb da? Wollte er Zeit schinden? Wofür?

„Die meisten von euch sind mir egal“, antwortete Ammey kalt. „Mir geht es nur um zwei von euch. Doch in meiner Güte würde ich auch dem Rest das Leben lassen, sofern ihr mir untertan werdet.“

„Vergiss es!“, knurrte Liam, dessen Blutklingen bereits aus den Schlitzen glitten. „Eher sterbe ich, als an deiner Seite zu stehen!“

„Das wirst du, Liam“, teilte Ammey ihm lachend mit. „Auch, wenn es glatt etwas schade um dich ist. Irgendwie mochte ich dich, zumindest ein bisschen.“

„Um wen geht es dir dann?“, fragte Kaleb, um Ammeys Aufmerksamkeit wieder auf sich zu ziehen.

„Ist das nicht offensichtlich?“, wollte diese gelangweilt wissen. „Quinten und Silvan, der Rest ist mir egal. Also, ihr habt die Wahl und denkt daran, es ist die letzte, die ich euch lassen werde. Entscheidet euch.“

„Diese Entscheidung ist längst gefallen“, knurrte Quinn und zog sein Schwert. „Erledigen wir sie.“

Ace sah, dass Kaleb kaum merklich das Gesicht verzog, genau das hatte der Mann anscheinend vermeiden wollen.

Aber warum?

Zum Nachdenken blieb keine Zeit, denn als die anderen nach vorne auf Lybra und Ammey zustürzten, tauchte plötzlich eine weitere Person auf.

Nein, keine Person, ein Wesen in Gestalt eines Mannes. Doch war sein Körper völlig schwarz und ohne Gesicht, als wäre es ein lebendig gewordener Schatten.

Ace‘ Nackenhaare richteten sich auf, dieses Ding musste vorhin durch das Lager gelaufen sein!

Es blockierte Liam den Weg und noch, bevor der ehemalige Aurox zum Schlag ausholen konnte, holte das Wesen ihn von den Füßen.

Mit einem dumpfen Keuchen kam Liam auf dem Waldboden auf.

Die Silberaugen wirkten verschleiert und er blieb kurz liegen.

Zeitgleich hatte das Ding sich bereits dem nächsten ihrer Gruppe zugewandt.

Raven erging es wie Liam, binnen eines Wimpernschlages hatte das schwarze Wesen ihn auf dem Boden.

„Ihr könnt gegen ihn nicht gewinnen“, teilte Ammey ihnen mit einem amüsierten Schmunzeln mit. „Er ist Teil meiner Macht, mein Wächter. Ihr seid nichts gegen ihn.“

Ace wünschte, es wären leere Worte, doch als selbst Kaleb mit einem Ächzen zu Boden ging, war klar, dass keiner von ihnen eine Chance gegen dieses Ungetüm hatte.

Jaron

Jaron beobachtete, wie um Ammeys Hände ein rötliches Licht zu glimmen begann, und sie diese langsam auf Brusthöhe hob.

„Ihr wolltet mir nicht glauben, dann lasst es mich euch beweisen“, sprach sie plötzlich ruhig. „Seht, was geschehen wird und wählt, welchen Platz ihr dabei einnehmen wollt.“

Das rote Licht breitete sich schlagartig über ihre Gruppe aus und Jaron keuchte. Was, bei den Göttern?

„Das ist keine reine Blutmagie“, stieß er hervor und riss die Augen auf.

Mit einem Mal verlor er den Boden unter den Füßen, seine Hand glitt von Ace‘ Schulter und sie stürzten in die Tiefe. Die Schreie der anderen drangen kaum an Jarons Ohren, dafür rauschte das Blut viel zu laut in ihnen.

Der Fall endete abrupt, als sich die endlose Schwärze unter ihnen öffnete und sie hart auf trockenem Waldboden aufschlugen.

„Bei allen Göttern, was war das?“, ächzte Sakina, die sich den Rücken rieb. „Aua.“

Das wüsste Jaron auch gern.

Er hob den Blick und schnappte nach Luft. Der komplette Himmel war gräulich verfärbt und wies rote Schlieren auf.

„Alles an diesem Ort ist falsch“, hörte er Quinn murmeln. „Wo hat Ammey uns hingebracht?“

„Wir sind noch in Jiltorya“, antwortete Silvan. „Es ist eine Art Vision. Ammey hatte mich damals im Schloss in einer eingefangen. Nichts hiervon ist echt.“

„Eine Vision?“, wiederholte Jaron und atmete durch. „Wie kommen wir hier raus? Wie hast du es geschafft, Silvan?“

Der Druide schüttelte den Kopf.

„Das habe ich nicht, sie hat es einfach beendet. Ich weiß nicht, was wir dafür tun müssen, verzeih.“

Verdammt, das wäre auch zu schön gewesen.

„Warum genau hat sie uns überhaupt hierhergeschickt?“, fragte Liam. „Sie sprach davon, dass wir etwas sehen und uns entscheiden sollen. Alles, was ich sehe, ist toter Wald.“

Jaron hörte nur halbherzig zu, die feinen Härchen in seinem Nacken hatten sich aufgerichtet.

Es war, als würde unablässig Magie über ihn hinwegstreichen.

„Quinn?“, sprach er den Hauptmann an. „Fühlst du das?“

Sein bester Freund blickte ihn kurz verdutzt an, ehe sich dessen Feueraugen weiteten. „Was ist das? Liegt es an Ammeys Zauber?“

„Von was sprecht ihr?“, wollte Kaleb wissen.

„Es ist Magie in der Luft, sie kribbelt regelrecht auf meiner Haut“, erklärte Jaron. „Ich könnte nicht definieren, ob es sich um Blut- oder Fluchmagie handelt. Sie ist anders und doch der meinen nicht unähnlich.“

„Was auch immer“, knurrte Liam. „Wir müssen zurück und irgendwie diesen Zauber brechen. Die Götter allein wissen, was Ammey mit uns anstellt, während wir in ihrer Magie gefangen sind.“

Es war ein schauriger Gedanke, da musste Jaron Liam zustimmen, doch wo sollten sie hin?

„Moment, wo genau sind wir überhaupt? Das ist doch in der Nähe vom Schloss“, sagte Ace plötzlich.

Jaron blinzelte und sah sich um.

„Ach ja? So gut kenne ich mich in der Umgebung leider nicht aus.“

Zwar war er schon einige Monate hier, doch einen guten Orientierungssinn hatte er noch nie besessen.

„Ja, in dieser Richtung liegt der See“, bestätigte Ace. „Es ist zwar ein stückweit, doch wir sind sehr nah am Schloss des Königs.“

„Wie ist das möglich?“, fragte Quinn. „Hat sie uns hierhergebracht?“

„Nein, vergiss nicht, es ist eine von ihr gesteuerte Vision“, erinnerte Silvan. „Wir sind noch immer in unserem kleinen Lager, nur eben gefangen in ihrem Zauber.“

„Nun gut, sie will uns etwas zeigen, dann sollten wir anfangen, danach zu suchen“, schlug Jaron vor.

„Und wo sollen wir anfangen?“, wollte Liam wissen.

„Wir sind in der Nähe vom Schloss, also gehen wir dorthin“, antwortete Jaron und da keiner Einwände vorbrachte, machten sie sich auf dem Weg.

„Es fühlt sich alles so echt an“, murmelte Saki, die sich die Oberarme rieb. „Ist das wirklich ein Zauber?“

Jaron verstand die Bedenken, auch für ihn war das hier zu real, aber er spürte weiterhin diese Magie, es musste also von Ammey gemacht sein.

„Wir kommen hier raus, wo auch immer hier ist“, versprach er der jungen Frau, die ihn wackelig anlächelte.

Als der Wald lichter wurde und das Schloss somit zu sehen war, kam auch der Trainingsplatz der Aurox und Goldkrieger in Sicht.

Beide waren vollkommen verlassen, was normalerweise nie der Fall war.

„Wenn das eine Welt sein soll, die von Ammey regiert wird, wo sind dann die ganzen Erweckten?“, fragte Ace, der neben ihm herlief.

„Gute Frage, aber ich will hoffen, dass wir so schnell keinem begegnen“, gab Jaron zurück. „Ich weiß nicht, inwiefern wir hier kämpfen können, oder sollten.“

Immerhin war es eine Vision, in der sie steckten, da dürften sie eigentlich keinen Schaden davontragen können, doch da er mit Ammeys einzigartiger Magie nicht vertraut war, würde er dafür nicht die Hand ins Feuer legen.

Einer Blutelfe, die von den Toten wiedergekehrt war, traute er alles zu. Keiner wusste, wie sehr sich ihre Kräfte von denen normaler Blutelfen unterschieden, doch allein, dass sie sie in diesem Zauber gefangenhalten konnte, eine ganze Gruppe, zeigte, wie viel Macht Ammey besitzen musste.

„Achtung!“, zischte Kaleb und sogleich hielten sie inne. Beim Schloss war Bewegung zu sehen.

Einige Goldkrieger, zumindest der Rüstung nach, traten aus dem seitlichen Eingang bei den Trainingsplätzen.

„Hat sie wohl doch nicht alle Elfen zu Erweckten gemacht?“, mutmaßte Raven, aber Jaron schüttelte den Kopf. „Das kann ich mir nicht vorstellen. Wieso sollte sie jemanden außer ihrer Kontrolle existieren lassen? Das klingt so gar nicht nach Ammeys Wunsch.“

Dennoch bewegten sich die Goldkrieger völlig normal, aber als sich einer von ihnen in ihre Richtung drehte, hielt Jaron den Atem an. Natürlich, rote Augen.

„Es sind alles Erweckte“, raunte Ace leise.

Wie zu erwarten, ging es Jaron durch den Kopf. „Denkt ihr, sie können uns sehen?“, flüsterte Sakina.

„Ich will es nicht herausfinden“, war Quinns ebenso leise Antwort und dem konnte Jaron sich nur anschließen.

„Gehen wir außen herum, ich will zur Stadt“, schlug der leitende Hauptmann vor und sie setzten ihren Weg fort.

Das große Tor Toryas stand weit offen, man konnte die Hauptstraße entlang sehen, wo eigentlich immer reges Treiben herrschte. Doch jetzt wirkte alles ausgestorben.

Leer. Tot.

„Das ist eine grauenhafte Vorstellung“, murmelte Ace.

„Wenn sie gewinnt, ist die Welt, wie wir sie kennen, dem Ende geweiht“, hängte Silvan mit geweiteten Augen an.

„Sie wird nicht gewinnen“, sagte Kaleb. „Wir werden es nicht zulassen. Irgendwie muss sie aufzuhalten sein.“

Jaron schwieg, er spürte weiter der Magie nach, die unablässig über seine Haut strich.

Es fühlte sich merkwürdig an, als wäre sie ... brüchig. Als fehlten Teile davon, er konnte es nicht anders beschreiben.

„Nein, wir gehen besser nicht rein, immerhin könnten wir gesehen werden, schon vergessen?“, hörte er Raven sagen.

„Das wissen wir nicht mit Sicherheit und wenn sie uns das alles zeigt, dann wird sie auch wollen, dass wir uns richtig umsehen“, entgegnete Quinten.

„Streiten bringt uns gerade nicht weiter“, mischte Ace sich ein. „Beruhigt euch, alle beide. Und hineinzugehen ist wirklich keine gute Idee. Besser wäre es, wenn wir einen Weg finden, aus dieser Vision zu kommen.“

Da stimmte Jaron seinem Mann zwar zu, aber in diesem Punkt waren sie bisher keinen Deut weiter. Außer Silvan war noch niemand in solch einer Vision gefangen gewesen und der Druide hatte es damals nicht aus eigener Kraft geschafft, ihr zu entrinnen.

„Erweckte!“, zischte Ace und Jaron wirbelte herum, aber zu spät. Drei der Wesen waren hinter ihnen im Wald gewesen und kamen offen in ihre Richtung.

Sie mussten sie sehen, doch die Kreaturen zeigten keine Regung.

„Sind wir unsichtbar für sie?“, mutmaßte Jaron.

Angespannt warteten sie auf einen Angriff, der nicht kam. Tatsächlich lief Ammeys Brut einfach an ihnen vorbei.

„Anscheinend“, meinte Quinn. „Dann können wir uns genauer umsehen, ohne Sorge haben zu müssen, in einen Kampf verwickelt zu werden.“

Geschlossen verließen sie den Wald und gingen durch Torya.

So leer waren die Straßen dort gar nicht, hier und da schlurften Erweckte umher, doch kein einziger lebender Elf war zu sehen.

„Sie will alles und jeden entweder vollständig auslöschen oder in Erweckte verwandeln“, stellte Silvan fest. „Das ist widerwärtig. Wie kommt sie nur darauf, dass wir ihr dabei helfen wollen?“

„Sie denkt nicht klar“, antwortete Kaleb. „Ammey ist von den Toten wiedergekehrt. Niemand kann abschätzen, was solch ein Prozess mit einer Blutelfe anrichtet. Es heißt, dass nicht alles aus dem Reich des Todes zurückkommen kann.“

Jaron schauderte. „Dann hat sie ihren Verstand dort gelassen, so viel steht fest.“

„Nein, das nicht“, widersprach Kaleb erneut. „Sie verfolgt ihren Plan und hat diesen ausgearbeitet. Ammey tut keinen Schritt unbedacht, dennoch ist sie in ihrem Denken eingeschränkt. Mir scheint, dass alles, was mit Emotionen zu tun hat, im Reich des Todes geblieben ist. Nur so kann ich mir erklären, dass sie sich Chancen ausmalt, euch auf ihre Seite zu ziehen.“

Jaron lugte zu Kaleb, der Mann wusste wahrlich viel über diese besonderen Blutelfen.

Woher das wohl kam?

Es machte Jaron ein wenig argwöhnisch in Bezug auf den alten Aurox.

Doch Ace schien ihm zu vertrauen, vielleicht interpretierte er gerade einfach zu viel hinein.

Sie durchquerten die Stadt und fanden sich alsbald beim Schlosseingang wieder.

Keine Wachen waren zu sehen, wieso auch, wenn die Welt aus Erweckten bestand?

Mit einem mulmigen Gefühl in der Magengegend folgte Jaron den anderen in das große Gebäude.

„Hier stinkt es“, beschwerte Liam sich, der sich den Ärmel vor die Nase drückte.

Dem konnte Jaron nur zustimmen, es miefte, als läge irgendwo ein Haufen Leichen herum.

„Nach oben?“, wollte Ace von Quinn wissen, der mit zusammengepressten Lippen nickte.

Schweigend erklommen sie die breite Treppe bis ganz nach oben in den Bereich der Hauptmänner und des Königspaares.

Der Gestank zog sich dabei durch das gesamte Schloss, doch von Toten keine Spur.

Sie wählten den Weg zum Thronsaal, dessen gewaltige Flügeltüren offenstanden.

Dies schien der einzige Bereich zu sein, der nicht leer war.

„Ihr habt euch aber Zeit gelassen“, begrüßte Ammey sie, die mit überschlagenen Beinen auf dem Thron des Königs saß. Sie lächelte, ohne dass es ihre Augen erreichen würde, und hielt einen Schädelknochen in der Hand.

„Was sagt ihr zu meiner Welt? Ist es nicht friedlich hier? So ruhig?“, wollte sie wissen und schwenkte dabei den Schädel wie eine Trophäe.

„Du hast alles Leben ausgelöscht, was soll daran gut sein?“, wollte Quinn mit einem Knurren in der Stimme wissen, während er die Fäuste ballte.

„Nein, du täuscht dich, nicht alles, was hier weilt, ist ein Erweckter“, widersprach Ammey und hob die andere Hand. „Mein Junge, komm zu mir“, befahl sie mit fester Stimme und ein junger Elfenmann, vielleicht zwanzig, dreißig Jahre alt, schritt aus der Kammer, die vom Thronsaal zu den Gemächern des Königs führte.

Jaron musste ein Keuchen unterdrücken, der Junge sah Quinn unglaublich ähnlich!

Ammey zeigte seinem Bruder gerade den Sohn, von dem sie sich wünschte, dass er gerade in ihr heranwuchs.

„Du hast gerufen, Mutter?“, fragte der Elf mit devot gesenkter Stimme.

Es klang falsch, so fürchterlich falsch, dass sich Jaron die Nackenhaare aufstellten.

Und mit einem Mal hatte er erneut das Gefühl, Magie würde über ihn hinwegstreichen. Wieder meinte er, sie wäre brüchig und lückenhaft, als würde etwas fehlen.

Als sie begann, sich zu verflüchtigen, folgte Jaron einem Impuls und griff nach seiner Fluchmagie.

Sofort explodierte Schmerz in seinen Schläfen und er musste die Zähne zusammenbeißen, um nicht laut aufzuschreien. Stattdessen tat er einen langsamen und tiefen Atemzug, um sich zu beruhigen.

Er hielt Ammeys Zauber mit seiner Magie fest. Es war nicht zu beschreiben, denn eigentlich musste Fluchmagie gewirkt werden. Auf eine Person oder ein Objekt, doch gerade gelang es Jaron, allein mit dem Halten seiner Kraft, Ammeys Zauber festzusetzen.

Er schloss die Augen, blendete alles um sich herum aus und verdrängte dabei auch das hitzige Streitgespräch zwischen der Blutelfe und Quinten.

Fluchend merkte er, wie der Zauber versuchte, sich ihm zu entwinden. Er musste etwas tun, sofort, sonst hätte er seine Chance verschwendet.

Es war nicht möglich, Ammeys Macht so einfach zu brechen, also blieb ihm nur eine Option offen. Er musste in sie hinein.

Jaron hoffte, keinen gewaltigen Fehler zu begehen, und ließ sich vom Sog seiner Fluchmagie in den Zauber ziehen.

Peitschende Winde pfiffen ihm in den Ohren, alles war tiefschwarz und es war eiskalt.

„Sie haben mich verlassen ... sie alle ...“

Die Stimme einer jungen Frau hallte in der Luft und Jaron hielt den Atem an. Sie klang stark nach Ammey, nur unglaublich traurig.

„Sie hassen mich ... und wollen mit tot sehen ...“

War er in Ammeys Erinnerungen? Waren diese in irgendeiner Form mit dem Zauber verbunden?

„Doch wenn ich sterbe, komme ich wieder ... ich werde ihnen zeigen, wer ich bin. Die Welt wird im Blut derer versinken, die es wagten, mich zu verstoßen!“

Unbändige Wut glitt einem Flammenmeer gleich über ihn hinweg. Der Schmerz ließ Jaron schreien, er wand sich und hatte das Gefühl, bei lebendigem Leib zu verbrennen.

Er konnte nicht entkommen, es gab keinen Weg zurück, er würde hier sterben ... nein!

Mit reiner Willenskraft zwang er den Schmerz und die Hitze fort von sich, dabei fühlte er, wie ihm etwas aus der Nase lief.

Auch das ignorierte er, stattdessen zog er mit aller Macht an seiner Fluchmagie, während die Stimme der jungen Ammey immer und immer wieder die gleichen Worte von sich gab.

Ein gleißendes Licht durchbrach die Schwärze und plötzlich löste sich alles auf.

Jaron schnappte nach Luft und setzte sich im Gras auf.

„Wir müssen, Herrin, freiwillig wird er nie wechseln!", hörte er Lybra soeben drängen.

Sein Blick zuckte zu den beiden Frauen, die bei Quinns regloser Gestalt standen.

„Zu schade, er wäre ein großer Gewinn gewesen", gab Ammey seufzend von sich. „Blutspiegel, töte ihn."

Blutspiegel?

Das schwarze Wesen, welches die Aurox so leicht besiegt hatte, trat vor, ein Dolch blitzte in seiner Hand, die er zum tödlichen Stoß hob.

Plötzlich fegte eine harte Sturmböe über sie hinweg. So etwas konnte mitten im Wald gar nicht existieren!

Wäre Jaron nicht gesessen, hätte sie ihn von den Füßen geholt.

Er hörte Lybras Aufschrei, als ihr genau das passierte und sie im Gebüsch landete.

Der Blutspiegel hatte in seiner Bewegung innegehalten und statt Quinn zu töten, Ammey aufgefangen, die nach vorne gefallen war.

„Finger weg von dem Elf", dröhnte eine dunkle Stimme über das Lager und zeitgleich gab der Himmel ein zorniges Donnern von sich.

Erste Blitze zuckten über ihren Köpfen hinweg und das einst sternenklare Nachtschwarz war mit einem Mal von unzähligen Gewitterwolken übersät.

Das Donnergrollen riss endlich auch die anderen aus ihrer Bewusstlosigkeit und die letzten Reste von Ammeys grässlichem Zauber lösten sich in Luft auf.

„Wie kannst du es wagen?", fauchte die Blutelfe, deren weiße Augen nun rot glühten.

Jaron hatte den Kopf gedreht und war nicht überrascht, Taavin zu erblicken, der zwischen den Baumreihen hervorgetreten war.

An seinen Händen zuckten kleine Blitze und der Blick aus hellblauen Augen war auf Ammey geheftet.

„Verschwinde, wenn du nicht sterben willst", gab Taavin barsch zurück und als plötzlich eine Hand auf Jarons Schulter landete, zuckte er zusammen.

„Alles in Ordnung?", fragte Ace und musterte ihn.

„Ja", gab Jaron, ohne nachzudenken, zurück und kam auf die Füße, ebenso wie der Rest.

„Du dreckiges Miststück!", knurrte Quinn und zog sein Schwert. „Jetzt bist du des Todes!"

Statt wie beim letzten Mal ihren Blutspiegel in den Kampf zu schicken, verzog Ammey die Lippen zu einem grausigen Grinsen und schüttelte den Kopf.

„Ihr Narren", keifte sie und wieder peitschte etwas über sie hinweg.

Es riss Jaron regelrecht von den Füßen und er wurde nach hinten geschleudert.

Ein Baumstamm beendete seinen Flug und sein Kopf schlug hart gegen das Holz.

Sofort schmeckte er Blut und keuchte, als ihm die Luft aus der Lunge gepresst wurde.

Er musste mehrfach blinzeln, ehe sich seine Sicht klärte, und Jaron erkannte, dass sowohl Ammey als auch Lybra und der Blutspiegel verschwunden waren.

„Verdammtes Weib“, hörte er Taavin knurren, der sich gerade aufrappelte und sich den Dreck von der Kleidung klopfte. Der Blick des Hybriden wanderte umher, doch auch er schien Ammey nicht mehr wahrzunehmen.

„Ist jemand verletzt?“, wollte Quinn wissen, der sich ebenfalls erhob, und sich dabei an einem Baumstamm abstützte.

Jaron wollte verneinen, doch da merkte er, wie ihm etwas übers Gesicht lief und auch, dass sein Hinterkopf feucht war.

„Ich“, antwortete er deshalb und sofort kam sein Bruder zu ihm.

„Darf ich dich heilen?“, fragte Quinn und hob die Hand.

Jaron mochte es genauso wenig wie die meisten anderen, wenn Magie an ihm angewandt wurde, doch Quinn vertraute er bedingungslos.

„Ja bitte“, erwiderte er mit einem etwas wackeligen Lächeln und als Quinn die Hand auf seine Schulter legte, schloss er die Augen.

Die Blutmagie seines Bruders fühlte sich vertraut und warm an, sie prickelte und der Schmerz wich immer mehr aus seinem geschundenen Körper.

„Ich danke dir“, sagte er, als Quinn die Hand zurückzog.

„Gern, mein Bruder. Ruh dich aus, ich denke, vorerst sind wir sicher. Dank Taavin.“

Kapitel 16

Ace

Sein Herz raste noch immer wie verrückt und Ace musste mehrfach tief durchatmen, um sich zu beruhigen. Das wäre um ein Haar sehr schlecht ausgegangen.

Sein Blick ging zu Jaron, der gerade von Quinn geheilt wurde.

Sein Partner sah völlig erledigt aus und selbst, nachdem Quinn die Hand zurückgezogen hatte, wirkte Jaron noch immer erschöpft und ausgelaugt.

„Ace."

Er zuckte zusammen und drehte sich um. Nur wenige Schritte vor ihm stand sein Bruder, in dessen Augen Bedauern und auch Angst lagen.

„Taavin", erwiderte Ace, während es schmerzhaft in seiner Brust stach. „Es tut mir leid", kam er seinem Bruder zuvor, trat auf ihn zu und umarmte ihn. „Ich habe Unsinn von mir gegeben. Du wirst immer Teil unserer Familie sein, wir gehören zusammen."

Taavin versteifte sich und wirkte perplex, doch nach einem Moment erwiderte er die Umarmung.

„Nein, hast du nicht. Außerdem muss ich mich entschuldigen, nicht du. Solche Dinge hätte ich nie sagen dürfen, es tut mir leid."

Ace lächelte und schloss die Augen. „Schon gut, ich verzeihe dir."

Er war einfach nur froh, dass sein Bruder zurückgekehrt war, und das auch noch zur rechten Zeit.

„Wo warst du eigentlich?", wollte Ace wissen und löste sich von ihm.

„Ich bin einer Spur gefolgt", antwortete Taavin ausweichend. „Aber mehr dazu nachher. Ich wollte noch sagen, auch wenn ich Elfen hasse, und sich das nie ändern wird, akzeptiere ich Jaron. Du liebst ihn und das wird seine Gründe haben, denke ich."

Das ließ Ace lachen und ein Teil der angestauten Anspannung fiel von ihm ab.

Ein größeres Zugeständnis hätte sein Bruder nicht machen können!

Ace wusste, wie schwer sich Taavin damit tat, Veränderungen anzunehmen.

„Danke", antwortete er deshalb lächelnd. „Jedoch will ich noch immer wissen, wohin es dich nach unserem Streit verschlagen hat?"

Schlagartig wurde Taavins Miene ernst. „Lass uns das in der Gruppe besprechen."

Ace runzelte die Stirn, vielleicht hatte Taavin etwas zu Ammey herausfinden können.

„In Ordnung", lenkte er ein.

Quinn kümmerte sich mithilfe seiner Blutmagie um diejenigen, die sich bei Ammeys letzter Attacke verletzt hatten. Nur Liam ließ sich, wie zu erwarten war, nicht helfen.

„Es geht mir gut, das ist nur ein Kratzer", brummte der ehemalige Aurox. „Da genügen Silvans Tinkturen, ich brauche keine Blutmagie."

Silvan seufzte und lächelte Quinn entschuldigend zu. „Ich kümmere mich um ihn."

Ace beobachtete, wie Quinn sich achselzuckend abwandte. Liam und der Blutelf würden sich nie grün werden, so viel stand fest.

„Können wir bitte mal zusammenkommen?“, fragte Ace und schon wandten sich ihm alle Blicke zu. „Taavin hat uns etwas zu erzählen.“

Sein Bruder nickte und kurz darauf hatten sie sich auch schon zusammengesetzt.

„Ich war, anders als wahrscheinlich von so einigen vermutet, aus einem guten Grund nicht hier“, begann der Hybrid. „Ich habe auf eigene Faust nach Hinweisen zu Ammey gesucht. Dabei kam ich auch bei einem ausgebrannten Dorf vorbei, denn weit habe ich mich von euch nicht entfernt. Zumindest zu Beginn. Auf jeden Fall bin ich jemandem begegnet.“

Hier hielt Taavin inne und sah Ace an. Sofort beschlich ihn ein ungutes Gefühl, konnte der Hybrid von Joli sprechen?

„Ich traf eine Frau, die Saki zum Verwechseln ähnlich sieht, da war mir sofort klar, wen ich vor mir habe“, sprach sein Bruder weiter und Ace schloss die Augen.

„Erst folgte ich ihr ungesehen, doch irgendwie lief sie nur ziellos durch die Gegend, also zeigte ich mich ihr. Sie wollte kämpfen, hat mich gar nicht zu Wort kommen lassen und ich muss sagen, sie ist wirklich gut darin.“

Ace wäre stolz auf seine Tochter, wären die Umstände nicht so schrecklich gewesen.

„Dennoch habe ich sie geschlagen und zur Rede gestellt“, erklärte Taavin mit düsterer Stimme. „Sie hat kaum etwas gesagt, ist mir ausgewichen, und als ich ihr offenbarte, wer ich bin, wollte sie fliehen. Zuerst gelang es ihr nicht, aber sie hat mich hinters Licht geführt, hat so getan, als würde sie mir zuhören und hätte wirkliches Interesse daran, ihrem Leben eine Wendung zu geben. Im Nachhinein war es offensichtlich, aber ich wollte es wohl glauben. Sie hat mich niedergeschlagen und ist geflohen. Verzeih, Ace, ich hätte sie gern mitgebracht, aber ... um ehrlich zu sein, denke ich nicht, dass sie noch zu retten ist. Sie hängt an Ammeys und Lybras Lippen. Nur deren Worte zählen, alle anderen sprechen die Unwahrheit."

Ace' Herz zog sich schmerzhaft zusammen, er wollte das nicht hören, nein, es musste noch eine Chance geben, zu Joli durchzudringen!

„Konntest du irgendetwas Sinnvolles aus ihr herausbekommen?", wollte Quinn wissen. „Etwas, das uns weiterhelfen könnte?"

Ace hob die Lider und sah, wie Taavin verneinte. „Sie hat nichts über die Pläne von Ammey gesagt, lediglich stets beteuert, wie gut und stark die Herrin sei. Wie wichtig es ist, dass sie ihr treu dient. Sie ist verblendet und denkt nicht klar. Lybra oder Ammey, wer auch immer es war, sie haben Jolis Verstand vergiftet."

Ace wurde übel, er musste den Atem anhalten, um nicht zu erbrechen.

Als zierliche Finger seine Hand ergriffen, lugte er zu Sakina, die ihn angsterfüllt anblickte.

Sie dachte genauso wie er, wenn sie Joli nicht retten konnten, wäre das auf kurz oder lang ihr Ende.

„Entschuldigt mich", murmelte Ace, löste sich von Saki und der Gruppe, und ging in den Wald. Er musste nachdenken und einen klaren Kopf bewahren.

Das fiel ihm alles andere als leicht und gerade würde er nur zu gern nach seiner Tochter suchen.

Doch ebenso wie Quinn musste er Geduld haben und hierbleiben.

„Ace." Er war nicht erstaunt, als er Taavin seinen Namen sagen hörte. Mit einem falschen Lächeln auf den Lippen drehte er sich zu seinem Bruder.

„Ich komme gleich zurück, ich brauche nur kurz etwas Zeit für mich“, informierte er ihn, doch Taavin schüttelte nur den Kopf. Er trat zu ihm und zog ihn in die Arme.

„Ich wünschte, ich hätte etwas anderes berichten können“, raunte Taavin. „Ich hatte so sehr gehofft, ich könnte sie davon überzeugen, mit mir zu kommen. Irgendwie. Aber ich habe es nicht geschafft, sie ist zu weit weg.“

Ace hatte sich kurz versteift, doch jetzt lehnte er sich an den Hybrid und schloss dabei die Augen.

„Du hast alles versucht, ich danke dir dafür“, antwortete er. „Was jetzt passiert, liegt nicht mehr in unseren Händen, es ist an Jolina, sich zu entscheiden.“

Es selbst auszusprechen war, wie Glassplitter im Mund zu haben, doch es änderte nichts an der Wahrheit.

„Beten wir zu den Göttern, dass sie rechtzeitig aufwacht“, meinte Taavin und Ace nickte schweigend.

Nach einem Moment lösten sie sich und Ace fuhr sich durchs Haar. „Ist zwischen uns alles in Ordnung?“, fragte er, denn es wäre nicht verwunderlich, wenn Taavin noch immer verletzt wäre. Immerhin hatte er ihn von seiner Familie ausgeschlossen.

Doch der Hybrid lächelte. „Keine Sorge, sofern du mir nichts nachträgst, ist alles gut.“

Da fiel Ace ein Stein vom Herzen und nach einem weiteren Nicken, gingen sie zur Gruppe zurück.

Dabei glitt sein Blick zu Jaron, der die Augen geschlossen hatte und an einem Baumstamm lehnte. Trotz Quinns Heilung war er blass und wirkte erschöpft.

Ace ging zu seinem Mann und ließ sich neben ihm auf die Knie sinken. „Wie geht es dir?“, wollte er wissen.

Jaron hob die Lider, seine Augen wirkten verschleiert und das Weiße darin schimmerte fast etwas rötlich.

„Ich bin nur müde, ansonsten geht es mir gut."

Das war eine glatte Lüge.

Ace legte die Hand auf Jarons Stirn und keuchte. „Bei allen Göttern, du bist kochend heiß! Du hast uns aus Ammeys Vision geholt, nicht wahr? Sie hat sie nicht selbst aufgelöst."

Das war seine erste Vermutung gewesen, denn als sie noch im Zauber gefangen und im Thronsaal gewesen waren, hatten sie immerhin Ammey gegenübergestanden.

Da hatte er einfach geglaubt, dass sie die Vision beendet hatte, weil sie ihr Ziel, ihnen die Welt zu zeigen, erreicht hatte.

Wie falsch er doch gelegen hatte, verflucht!

Und nun sah er die Konsequenz direkt vor sich, Jaron ging es katastrophal schlecht und niemand war hier, der ihm helfen konnte, denn Quinns Blutmagie hatte lediglich die körperlichen Wunden geheilt.

„Wir mussten da raus und ich hatte nur einen Versuch", erklärte Jaron, ohne das Offensichtliche abzustreiten. „Mir gelang es, doch dafür musste ich viel Magie nutzen. Ammey scheint beeinträchtigt zu sein, ihre Macht ist brüchig. Vielleicht liegt es an der Schwangerschaft, doch nur dadurch konnte ich die Vision auflösen."

So froh Ace darum war, nicht mehr in Ammeys Zauber festzustecken, so sehr fürchtete er den Preis.

„Wirst du dich wieder erholen?", fragte er.

„Keine Sorge, Quinn, es geht bald besser", antwortete Jaron und Ace blinzelte. „Jaron? Ich bin es, Ace."

Die verschleierten Augen musterten ihn, dann lachte Jaron leise. „Ah, bitte verzeih, ich kann wohl nicht klar sehen."

Ace biss die Zähne zusammen und lugte über die Schulter. „Quinn! Komm bitte her.“

Der Blutelf runzelte die Stirn, kam aber zu ihnen.

„Was ist?“, wollte er wissen und Ace nickte nur zu Jaron, der die Augen wieder geschlossen hatte und durch den leicht geöffneten Mund atmete.

„Es geht ihm immer schlechter und er hat offensichtlich Fieber“, erklärte Ace. „Durch ihn haben wir es aus Ammeys Vision geschafft, doch nun ... scheint er keine Kraft mehr zu haben. Gerade hat er mich mit dir verwechselt.“

„Er braucht Hilfe, dringend“, stellte Quinn fest und Ace nickte bekräftigend. „Aber wo kriegen wir die her? Wir sind mitten im Nirgendwo. Selbst zum Schloss ist es ein mehrere Tage langer Marsch. Das schafft er nicht.“

„Ich kann mit Blutmagie versuchen, seine Körpertemperatur zu senken, damit das Fieber abklingt“, meinte Quinn nachdenklich. „Vielleicht würde ihm das bereits helfen, wieder einen klaren Kopf zu bekommen.“

Es war ein mageres Angebot, doch leider war es alles, was sie gerade hatten.

„Versuch es, bitte“, bat Ace und schickte ein Stoßgebet zu den Göttern.

Quinn legte die Hand auf Jarons Schulter und nicht einmal jetzt reagierte der Fluchelf.

Die Augen des Blutelfen leuchteten rot und nur einen Moment später entkam Jaron ein Seufzen.

Tatsächlich war es Ace, als würde sich Jaron entspannen. Mit einem leisen Hoffnungsschimmer legte Ace die Hand an die Stirn seines Mannes und atmete erleichtert durch.

„Sehr gut, Quinn, es hilft ihm“, sagte er zum Hauptmann, der lächelte und sich von Jaron löste.

„Jetzt muss er nur wieder zu sich kommen und uns hoffentlich unterscheiden können.“

Der Scherz war gut gemeint, verfehlte jedoch seine Wirkung, dennoch zwang Ace sich zu einem Lächeln, während er Quinn nachsah, der zurück zu Raven ging.

„Wird er wieder auf die Beine kommen?“, fragte Saki, die sich bei ihnen niedergelassen hatte.

„Bestimmt“, antwortete Ace sofort, denn er wollte seiner Tochter keine zusätzlichen Sorgen bereiten.

Sie schien es zu merken, ging aber nicht darauf ein, stattdessen setzte sie sich an Jarons andere Seite und schloss die Augen.

„Die Vision“, sagte sie nach einer Weile. „Glaubst du, sie wird wahr werden? Dass Ammey gewinnt?“

Ace hob den Blick gen Himmel, der sich immer mehr klärte und den neuen Tag ankündigte.

„Wir werden alles in unserer Macht Stehende tun, um genau das zu verhindern“, erklärte er.

Sakina schien sich damit zufriedenzugeben, denn sie schwieg und schlief sogar ein.

Da Jaron nicht zu sich kam, wuchs Ace‘ Angst, er könnte sich wieder in den Erinnerungen von Krow und Wydan verloren haben.

Doch als er Quinn nach dessen Meinung darüber fragte, verneinte er.

„Das wirkt für mich nicht so“, sagte der Blutelf. „Als er sich durch den Angriff der Fluchelfe verloren hatte, war er quasi tot, hat gerade noch so geatmet. Sieh ihn dir jetzt an, er hat sogar Farbe im Gesicht und atmet völlig ruhig und gleichmäßig. Ich glaube, er erholt sich einfach.“

„Aber wir können nicht ewig hierbleiben“, meinte Liam kurz darauf. „Ammey weiß, wo wir sind, und wenn sie hier mit Verstärkung anrückt, haben wir keine Chance.“

Ace presste die Lippen aufeinander, verflucht, Liam hatte recht, sie mussten weiter.

„Wir können ihn wieder aufs Pferd legen“, schlug Silvan vor, der sich um das Tier kümmerte, welches trotz des Kampfgeschehens nicht weggelaufen war.

Selbst erfahrene Kriegspferde hätten da wahrscheinlich die Flucht ergriffen, dachte Ace bei sich. Was dieses arme Wesen wohl alles bei den Sklavenhändlern hatte erdulden müssen, dass es derartig ruhig mit dieser Situation umgegangen war?

Er half, Jaron auf das Tier zu packen, wobei sein Mann kurz die Augen öffnete.

„Hm?“, gab sein Fluchelf leise von sich und Ace strich ihm übers Haar. „Schlaf weiter, alles ist gut“, versicherte er ihm und tatsächlich glitt Jaron sogleich wieder in den Schlaf.

So setzten sie ihren Weg in Richtung des vierten Silberreiches fort.

Nichts deutete mehr auf Ammey oder ihre Schergen hin, selbst das schwarze Wesen war verschwunden. Es blieb wohl an Ammeys Seite.

Zum Mittag hin fiel ihm auf, dass Saki immer wieder zurückfiel und langsamer wurde.

„Sakina?“, sprach er sie an und sie hob den Blick. „Was ist mit dir?“, wollte er wissen.

„Ich bin am Verhungern“, antwortete sie wahrheitsgemäß. „So langsam lassen meine Kräfte nach.“

Auch Ace hatte Hunger, aber durch sein Leben im Lager war er Schlimmeres gewohnt, als ein paar Tage ohne Nahrung.

Seine Tochter jedoch ...

„Quinn, wir sollten rasten und endlich nach etwas Essbarem Ausschau halten“, rief er dem leitenden Hauptmann zu. Dieser wirkte zwar nicht begeistert, doch als sein eigener Magen laut knurrte, stieß er ein Seufzen aus.

„In Ordnung, wir machen Halt und besorgen etwas zu essen."

Saki strahlte und war sofort Feuer und Flamme.

Ace hob Jaron vom Pferd und machte es ihm auf dem Boden bequem. Dabei wachte sein Partner erneut auf und Ace lächelte, als er sah, wie klar dessen Augen nun waren.

„Hallo", grüßte er Jaron und strich ihm durchs Haar. „Wie fühlst du dich?"

Jaron blinzelte mehrfach und setzte sich dann auf. „Erstaunlich gut", gab er zurück und ergriff die Hand. „Wie ich sehe, ist der Tag längst vorangeschritten und ich habe wieder alles verschlafen. Verzeih, ich bin keine große Hilfe bei dieser Mission."

Ace schnaubte.

„Soll das ein Scherz sein? Du hast uns aus der Vision gerettet und hast wertvolle Informationen von den Sklavenhändlern besorgt. Ohne dich wären wir längst nicht so weit."

„Wenn du das sagst", gab Jaron mit einem schiefen Lächeln zurück. „Wie geht es jetzt weiter?"

„Wir machen Rast, jagen, essen etwas und ziehen noch etwas weiter, ehe wir ein Nachtlager errichten", erklärte Ace. „In zwei Tagen werden wir dann die Grenze zum Vierten Silberreich passieren, sodass wir in ungefähr vier, vielleicht sogar drei Tagen, bei deinem Dorf ankommen werden. Hoffentlich kann dir dort noch besser geholfen werden."

Als Jaron das Gesicht verzog, hob Ace die Brauen. „Was?", wollte er wissen und da wandte sein Mann den Blick ab.

„Also, was das betrifft ... ich glaube kaum, dass jemand aus dem Dorf mir dabei helfen kann. Das muss ich allein regeln, fürchte ich", antwortete Jaron und Ace klappte der Mund auf.

„Aber du sagtest doch", fing er an, als ihm klar wurde, dass Jaron einfach gelogen hatte.

„Warum?", verlangte er zu erfahren. „Wieso lügst du mich an? Was soll das?"

Jaron hatte wenigstens den Anstand, betroffen dreinzublicken, dabei strich er mit den Fingerspitzen über das Gras.

„Ich wollte einfach nicht, dass ihr euch unnötig kümmert. Keiner kann mir helfen. Oder so gut wie niemand, denn durch meine Fähigkeit schaffen es einfache Fluchelfen gar nicht in meinen Kopf", erklärte er und Ace fiel es wie Schuppen von den Augen.

„Natürlich", murmelte er und hätte sich ohrfeigen können.

Wieso nur, bei den Göttern, hatte er nicht selbst dran gedacht?

Jaron hatte es ihm sogar erklärt, verdammt!

„Aber ich komme zurecht", hängte sein Mann schnell an. „Mir geht es schon viel besser und die Kopfschmerzen sind zumindest nicht schlimmer geworden."

Gern hätte Ace ihm geglaubt, aber noch wagte er es nicht.

Jaron fühlte sich nur durch Quinns Blutmagie besser. Sobald diese abklingen würde, war die Gefahr da, dass das Fieber und somit Jarons vernebelter Kopf wiederkehren würden.

„Wir werden sehen", antwortete er deshalb und stieß den Atem aus. „Bitte verheimliche mir sowas nicht mehr. Ja, ich hätte selbst draufkommen müssen, aber das heißt nicht, dass du mich anlügen sollst."

„Versprochen", erwiderte Jaron beinahe sofort und Ace hoffte, dass der Fluchelf sein Wort halten würde.

Jaron

Mit einem Stöhnen stellte Jaron die kleine Schale zur Seite und rieb sich den Bauch. „Das war wirklich gut, aber es passt nichts mehr rein, danke, Saki“, sagte er zu Ace‘ Tochter, die zusammen mit Silvan etwas zu essen zubereitet hatte.

Kaleb und Taavin waren dafür auf der Jagd gewesen und kurz darauf mit einer Hirschkuh zurückgekommen. Das Tier hatte die komplette Gruppe versorgt und es blieb sogar noch Proviant für die Reise übrig.

Die Nacht verlief ruhig, sodass sie am Folgetag ihren Weg fortsetzen konnten.

Jaron war dabei vorsichtig optimistisch, denn sein Kopf schmerzte seit dem Morgen nicht mehr. Er war auch endlich wieder richtig auf den Beinen, sodass das arme Pferd, das sie weiterhin mit sich führten, ihn nicht mehr tragen musste.

Gerade lief er neben Ace, der nachdenklich wirkte. Jaron wusste, sein Partner dachte viel über seine Tochter nach. Die Angst, Jolina zu verlieren, nagte stark an ihm.

Jaron wäre Ace gern mehr eine Stütze gewesen, doch er wusste nicht, was er tun sollte. Diese Bürde konnte er ihm nicht abnehmen und nur die Zeit würde zeigen, ob das Mädchen noch zu retten war.

Er schickte ein Stoßgebet zu den Göttern, Joli würde sich für ihre Familie entscheiden.

„Als könntest du darauf Einfluss nehmen.“

Jaron zuckte zusammen und wirbelte herum.

Er blickte einem verdutzten Silvan ins Gesicht.

„Ist was?“, wollte der Druide wissen.

„Ähm, nein“, antwortete Jaron und wandte sich wieder um. Diese Stimme ... woher war sie gekommen?

„Was ist mit dir?“, fragte Ace und schnell setzte Jaron ein Lächeln auf. „Verzeih, ich dachte, ich hätte etwas gehört, aber da habe ich mich getäuscht.“

„Hm, nein, eigentlich nicht.“

Mit zusammengebissenen Zähnen zwang Jaron sich, einfach weiterzulaufen. Der Mann konnte nicht hier sein, Krow war tot, das wusste er mit Sicherheit.

„Ja, ich bin tot, du Mistkerl“, grollte Krows tiefe Stimme in seinem Kopf. „Und das ist deine Schuld. Du und der kleine Aurox ... wie gern würde ich euch beiden die Kehlen durchschneiden und dabei zusehen, wie ihr euer Leben aushaucht!“

Jaron unterdrückte einen Fluch, so viel zum Thema, ihm ginge es besser.

Zwar waren die Schmerzen weg, dafür hatte er jetzt Krow im Kopf ... Hervorragend.

„Oh ich bin auch hier“, gesellte sich Wydans Stimme hinzu. „Und wir werden dich beide nie wieder verlassen.“

„Selbst tot können wir dir das Leben zur Hölle machen, Fluchelf“, bestätigte Krow. „Du wirst darum betteln, sterben zu dürfen.“

„Jaron? Hörst du mir zu?“

Schnell drehte er sich zu Ace, der ihn mit zusammengezogenen Brauen musterte.

„Ah, entschuldige, ich war in Gedanken“, versuchte Jaron sich herauszureden. „Was sagtest du?“

„Dass du blass bist“, antwortete Ace. „Stimmt etwas nicht? Bitte, du musst mit mir reden, du hast es versprochen.“

Verdammt, das hatte er wirklich ...

Aber er wollte Ace keinen neuen Grund zur Sorge geben, nur, weil er langsam den Verstand verlor und Tote sprechen hörte.

„Mein Kopf“, antwortete Jaron leise. „Er schmerzt wieder etwas, aber nicht sonderlich stark. Ich denke darüber nach, ob es nicht eine Möglichkeit gibt, die Schmerzen verschwinden zu lassen. Es ist, als würde ich nicht klar denken können.“

Das war zumindest nicht völlig gelogen, hoffentlich würde Ace das durchgehen lassen.

„Soll Quinn dir vielleicht nochmal mit seiner Blutmagie helfen?“, schlug Ace vor, doch Jaron verneinte.

„Ich denke nicht, dass das viel bringen würde, immerhin handelt es sich um die Folgen von Fluchmagie, besser gesagt, um die freigesetzten Erinnerungen. Da kann er nichts ausrichten, fürchte ich“, erklärte er.

Ace griff seine Hand und drückte sie.

„Wenn es nur eine Möglichkeit gäbe, wie ich dir helfen könnte“, flüsterte sein Mann.

Jaron blieb stehen und zog Ace kurzerhand an sich.

Dieser keuchte überrascht und die freie Hand landete auf Jarons Schulter.

„Du tust mehr, als du glaubst“, versicherte er ihm und küsste Ace. „Ich liebe dich.“

Als sich eine zarte Röte auf Ace‘ Wangen legte, hätte Jaron ihn am liebsten mit sich in den Wald gezogen, aber die Zeit hatten sie nicht. Auch, wenn es eine willkommene Abwechslung zu ... nun ja, zu allem, gewesen wäre.

„Da wären wir gern dabei, Fluchelf“, hörte er Krow lachen. „Das wäre gewiss ein heißer Anblick, dann könnten Wydan und ich gleich mit Spaß haben.“

Sofort verschwand jegliche Lust, die in Jaron aufgekeimt war. Das war widerwärtig!

„Ich liebe dich auch", hörte er Ace antworten und diesmal ging der Kuss von seinem Mann aus.

Die Worte erdeten Jaron und für einen Moment konnte er die unwillkommenen Stimmen der Sklavenhändler verbannen.

Nur widerwillig löste er sich von Ace und sie schlossen sich der Gruppe wieder an.

„Du glaubst doch nicht, dass du uns loswirst, oder?"

Er biss sich in die Innenseite seiner Wange, in der Hoffnung, der Schmerz würde irgendwie helfen, Krow zum Schweigen zu bringen.

Doch stattdessen musste er sich jetzt anhören, was der miese Bastard bereits alles angestellt hatte.

Mit Frauen und auch mit Männern.

Schon musste Jaron an Madiva denken und da schwieg Krow plötzlich, jedoch nur kurz.

„Diese Blutelfe ist etwas Besonderes", hörte er ihn dann sagen. „Sie ist widerspenstig, gefährlich und stark. Ach, wie gern hätte ich sie in meinem Bett gehabt, doch jeder, der das versucht hat, starb. Ihre Magie ist nicht zu brechen."

Bittere Galle stieg ihm die Kehle hoch und Jaron musste hart schlucken.

Der Gedanke daran, dass diese widerwärtigen Mistkerle die Hand an Quinns Mutter gelegt hatten ... war einfach abstoßend!

Er konnte nur hoffen, dass jeder einzelne von ihnen einen grausamen Tod gefunden hatte.

Plötzlich richteten sich Jarons Nackenhaare auf. Er runzelte die Stirn und lugte vorsichtig über die Schulter.

Was zum?

Krow lehnte an einem Baumstamm und grinste ihn an.

Nein, das konnte nicht sein, der Kerl war tot!

Immer wieder sagte Jaron sich dies und wandte sich damit erneut nach vorn.

Erschrocken zuckte er zurück, als er beinahe in Wydan gelaufen wäre.

„Jaron? Was ist los?“, hörte er Krow fragen und sah zur Seite.

Gerade eben war dort doch noch Ace gewesen! Jetzt war es aber der Sklavenhändler, der ihn mit blutverschmierten Lippen angrinste.

„Was ist mit dir? Was ist mit dir?“

Ständig wiederholte er diese Worte und Wydan stimmte mit ein, bis sich die Stimmen regelrecht überschlugen.

„Was ist mit dir? Was ist mit dir?“

Jarons Kopf fühlte sich an, als würde er gleich platzen!

„WAS IST MIT DIR!“

„Nein!“, schrie Jaron und taumelte zurück.

Zig Hände griffen nach ihm, die Finger verwandelten sich in Schlangen, die sich um seine Beine schlängelten und ihre Giftzähne in ihn schlugen.

„Geht weg!“, keuchte er und meinte, durch all den Tumult Ace‘ rufen zu hören.

Doch es war zu weit weg.

„NEIN!“, brüllte er und griff nach seiner Fluchmagie.

Einer Druckwelle gleich schoss sie aus ihm heraus.

Schleuderte Krow, Wydan und alle züngelnden und zischenden Schlangen weg.

Sofort wirbelte Jaron herum und rannte.

Er musste fliehen, weit weg, so schnell er konnte. „Jaron!“

Das Herz schlug ihm bis zum Hals und noch immer strömte die Fluchmagie einfach aus ihm heraus, er konnte sie nicht halten. Es war, als würde ihm alles entgleiten, die Umgebung verschwamm, während die Stimmen in seinem Kopf immer lauter wurden. Sie schrien ihn an, beschimpften ihn und drohten ihm.

Jaron presste die Hände auf die Ohren, als seine Beine mit einem Mal nachgaben und er im Dreck landete.

Keuchend und zitternd rollte er sich, so gut es ging, zusammen und presste die Lider zu.

„Lasst mich in Ruhe“, wimmerte er und zitterte wie ein kleines Kind.

Die Stimmen schwollen mehr und mehr an, die Lautstärke schmerzte und die Pein kroch ihm unter die Haut.

Ein klägliches Stöhnen schwang in der Luft und Jaron brauchte einen Moment, um zu erkennen, dass er es selbst ausstieß. „Ich kann nicht mehr ...“

Seine Fluchmagie war aufgebraucht, er hatte keine Kraft mehr. Es war, als würde die Welt um ihn herum immer kleiner werden, leiser. Das Atmen wurde ihm schwer, seine Glieder matt.

Fühlte es sich so an, wenn man starb? Würde er nun dem Tod begegnen? Ace zurücklassen?

„Als würde ich mich ergeben!“

Das donnernde Fauchen einer Frau ließ Jaron die Lider heben. Was war das?

Eine Erinnerung? War er wieder gefangen?

Tatsächlich konnte er Madiva sehen, zusammen mit Krow. Die Blutelfe, deren Feueraugen denen von Quinten so sehr glichen, hatte den schwarzhaarigen Sklavenhändler fixiert.

„Du kannst mir antun, was du willst, mich treten, schlagen und was dir sonst noch einfällt", teilte sie ihm mit schneidend kalter Stimme mit. „Ich werde immer und immer wieder aufstehen, um dir ins Gesicht zu spucken."

Krow ballte wütend die Fäuste.

„Ich werde dir deinen Ungehorsam austreiben lassen, du Hure! Niemand spricht ungestraft in diesem Ton mit mir. Das, was jetzt kommt, hast du dir selbst zuzuschreiben."

Jaron lag noch immer auf dem Boden, er konnte nur beobachten, wie sich eine Tür öffnete und eine vermummte Gestalt das Zimmer betrat.

„Sie gehört dir", teilte Krow dem Fremden mit.

Dieser wandte sich Madiva schweigend zu. Jaron konnte nur die Augen des Kerls sehen, der Rest war unter der schwarzen Maske verborgen.

Doch es genügte.

Schlagartig schwand die Müdigkeit aus Jarons Körper und er setzte sich auf.

„Mirro", stieß er fassungslos hervor.

Der ehemalige Fluchelfmeister, der so viel Freude daran hatte, Blake zu quälen, und auch mit Jaron wie mit Dreck umgesprungen war. Es sollte ihn nicht wundern, dass der Bastard mit den Sklavenhändlern zu tun hatte.

„Du widerborstiges Weib", hörte er Mirro tödlich leise wispern. „Ich werde dich lehren, was Gehorsam ist."

„Verräter", zischte Madiva und spuckte zu Boden. „Wenn mein Bruder herausfindet, dass du hinter all dem steckst, dann ... Ah!"

Jaron zuckte zusammen, als Madiva sich mit einem Mal in ihren Ketten aufbäumte. Sie schrie aus Leibeskräften und wand sich in sichtlicher Agonie.

„Wie kannst du nur?“, flüsterte Jaron ohnmächtig, zum Zusehen verdammt. Es war nur eine Erinnerung, alles war längst geschehen und es gab nichts mehr, was er noch verhindern konnte.

Während Madiva Blut aus der Nase und sogar den Ohren lief, blieb Mirro erbarmungslos, wie Jaron es von ihm gewohnt war.

„Du wirst deinen Herren anerkennen“, teilte der Fluchelf ihr mit. „Wenn du noch einmal gegen sein Wort handelst oder nicht gehorchst, werde ich ganz andere Saiten aufziehen, Frau.“

Jaron musste den Blick abwenden, es tat ihm im Herzen weh zu sehen, wie sehr Quinns starke Mutter litt. Wie gern er ihr helfen würde, doch was er sah, war bereits geschehen.

Er zwang sich, den Blick von Madiva abzuwenden und dafür Krow zu fixieren. Der Kerl grinste, doch in seinen Augen sah er Bedauern.

Was hatte das zu bedeuten?

Jaron konnte sich nicht vorstellen, dass dieser Mann so etwas wie Mitgefühl zeigen konnte.

Vor allem, da er in der ersten Erinnerung, die Jaron von ihm und Madiva gehabt hatte, gesehen hatte, wie grausam er war.

Vielleicht tat es Krow einfach nur leid, die Bestrafung der Blutelfe nicht eigenhändig durchführen zu können.

Doch da wandte der Kerl sich tatsächlich ab und trat zum Fenster. Ein Fenster!

Jaron riss die Augen auf und kam langsam auf die Füße. Krow sah hinaus, also konnte er das jetzt auch. Er trat mit zittrigen Beinen zu dem Sklavenhändler und blickte an ihm vorbei hinaus.

Es war nicht so, als könnte er sich umsehen, er bekam nur das zu sehen, was Krow erblickte.

Es war ein Dorf, keine Stadt, das konnte man sofort erkennen. Leider gab es nichts Markantes, was Jaron ins Auge gestochen wäre. Zwei Frauen gingen gerade auf das Haus zu, in dem Krow sich aufhielt und ein paar Kinder spielten auf der Straße.

Wie konnte es so normal aussehen, wo doch gerade jemand aufs Brutalste gefoltert wurde?

Aber als er mit Ace auf Mission in einem Dorf gewesen war, war es ja schlussendlich auch nicht anders gewesen. Auch dort hatten sich die Leute von den scheußlichen Taten ihrer sogenannten Anführer abgewandt, sie ignoriert und somit einfach zugelassen. Wahrscheinlich teils aus Angst und teils aus Machtlosigkeit.

Als Madivas Schreie mit einem Mal verstummten, drehte Jaron sich zu der Blutelfe, ebenso wie Krow.

Sie lag am Boden, Blut klebte ihr im Gesicht und sie zitterte am ganzen Körper.

Doch ihre Augen ... sie waren geöffnet und auch, wenn Schmerz darin zu erkennen war, blickten sie klar und ohne Furcht. Madiva war vielleicht eine Gefangene der Sklavenhändler ... doch sie war keinesfalls gebrochen.

Abrupt endete die Erinnerung und Jaron keuchte, als er sich in seinem Körper wiederfand. Sofort waren auch die heftigen Schmerzen zurück und er stöhnte gequält.

Die Stimmen von Krow und Wydan dröhnten laut in seinem pochenden Schädel und Jaron merkte, dass er nicht einmal mehr die Kontrolle über seine Arme und Beine hatte. Alles war taub, ihm war kalt und erneut fiel ihm das Atmen schwer. Gegen seinen Willen senkten sich seine Lider, er konnte die Augen nicht mehr offenhalten.

Die Schwärze drückte ihn nieder, jegliche Kraft schwand.

Ace' Gesicht blitzte vor seinem inneren Auge auf und sein Herz setzte aus.

Wenigstens hatte er ihm endlich gesagt, dass er ihn liebte ...

Mit einem Mal flutete Blutmagie seinen Körper und Jaron entkam ein Keuchen. Seine Lider flogen auf und er blickte in ein halb vermummtes Gesicht.

Dunkle goldene Augen fixierten ihn.

Kalt.

Mitleidlos.

„Wieso könnt ihr eigentlich nichts allein machen?", knurrte der Fremde.

Jaron hätte geantwortet, doch mehr als ein Krächzen kam nicht über seine Lippen, und einen Moment später flutete flüssiges Feuer seine Venen.

Er riss die Augen auf, der Schmerz steigerte sich und konzentrierte sich auf seinen Kopf.

„Anders geht es nicht, aber so wirst du wenigstens überleben", teilte ihm der Mann mit, dessen goldene Augen nun in einem hellen Rot leuchteten.

Ein weiterer Fluchelf? Wie ...?

Jeder Gedanke zerstob, als sich der Schmerz und die Hitze in seinem Körper nochmal steigerten.

Etwas lief ihm aus der Nase und seine Wangen hinab.

„Schlaf", drang es kaum hörbar an seine Ohren und schon wurde alles schwarz. Jaron sank in die Bewusstlosigkeit.

Kapitel 17

Ace

Ace dröhnte der Schädel und er konnte noch immer nicht klar sehen.

Die gewaltige Welle von Jarons Fluchmagie hatte ihn von den Füßen geholt. Selbst Taavin war auf die Knie gegangen und hatte dem Druck nicht standhalten können.

Für einen kurzen Moment hatte Ace geglaubt, seine Frau sehen zu können, als hätte Jarons Magie Erinnerungen in ihm hervorgeholt. Ob sein Mann das in seiner Panik beabsichtigt hatte, war jedoch fraglich.

„Vater?", hörte er Saki leise murmeln und drehte sich zu seiner Tochter, die gerade zu sich kam. Er konnte sie nur verschwommen erkennen, doch seine Nase hatte nicht gelitten, sodass er nur ihr folgen brauchte, um zu Sakina zu gelangen.

„Wie fühlst du dich?", wollte er wissen und ließ sich neben ihr auf die Knie sinken.

„Mein Kopf schmerzt", antwortete sie. „Und ich kann nur schlecht sehen. Was war das? Was hat Jaron getan?"

„Ich weiß es nicht", gestand er. „Aber was auch immer es war, es ist nicht von Dauer. Meine Kopfschmerzen werden schon weniger und ich kann bereits besser sehen. Etwas Geduld, meine Kleine, dann bist du wieder auf den Füßen."

„So hast du mich als Kind genannt", erinnerte Saki ihn.

„Du wirst immer meine Kleine sein, egal ob du nun 40 oder 400 bist", erklärte er.

Saki lachte leise. „Ich weiß. Aber, wo ist Jaron hin? Hat ihn jemand verfolgen können?"

Ace schüttelte den Kopf, was ihm gleich einen ordentlichen Schwindel einbrachte. Er biss kurz die Zähne zusammen und zwang sich durchzuatmen, ehe er antworten konnte.

„Nein, leider nicht. Seine Magie hat sogar Taavin von den Füßen geholt, auch er braucht etwas Zeit, um wieder richtig zu sich zu kommen. Dann werden wir ihn suchen."

Ace machte sich Sorgen, wohin war sein Mann gelaufen?

Jaron war nicht bei Sinnen und regelrecht wahnhaft. Seine Schreie mussten weit zu hören gewesen sein und niemand wusste, ob Ammeys Leute noch in der Nähe waren.

„Es wird langsam besser", hörte er seine Tochter sagen und blickte auf sie nieder. Tatsächlich klärte auch seine eigene Sicht sich endlich und Ace atmete erleichtert durch.

„Ich suche Jaron", rief er Quinn zu, der noch etwas desorientiert wirkte.

„Nein, warte, bis alle wieder auf den Füßen sind", befahl Kaleb, der bei Taavin stand und zu ihm blickte.

Ace wollte widersprechen, es ging immerhin um seinen Mann, doch einem direkten Befehl konnte er sich nicht verweigern.

Denn Kaleb und Quinn führten zusammen die Gruppe an.

Es gefiel ihm nicht und er knirschte mit den Zähnen, doch er blieb, wo er war.

Mit jedem Moment wurde Ace ungeduldiger, er wollte endlich los und es ging ihm gut genug, um mit der Suche zu beginnen! Ständig zuckte sein Blick umher, während die anderen langsam wieder auf die Füße kamen und augenscheinlich zu sich selbst fanden.

„Können wir jetzt endlich suchen?“, wollte er ungeduldig wissen. „Er könnte überall hingelaufen sein und keiner weiß, ob Ammeys Schergen noch in der Nähe sind.“

„Dann los“, befahl Quinn und nickte ihm zu.

Mehr brauchte Ace nicht. Er wandte sich ab und rannte in den Wald.

Sofort waren Schritte hinter ihm und er musste nicht zurückzublicken, um zu wissen, dass sich Taavin ihm angeschlossen hatte.

Sein Bruder war in dieser Gruppe der Einzige, der mit seiner Geschwindigkeit mithalten konnte, sollte Ace sich wirklich ins Zeug legen.

Witternd sog er die Luft ein, während die Bäume nur so an ihm vorbeiflogen. Jarons Duft war wahrzunehmen, aber durch dessen Fluchmagie schienen Ace‘ Sinne doch nicht richtig zu funktionieren. Er hatte Mühe, der Spur zu folgen.

„Riechst du ihn?“, rief er Taavin zu, der zu ihm aufholte.

„Ja, aber schwach“, war dessen Antwort, die Ace knurren ließ. „Verdammte Fluchmagie!“

Das dauerte Ace viel zu lange, die Sorge wuchs, dass Jaron von Erweckten gefunden worden war. Oder womöglich von Ammey selbst!

„Hier lang“, zischte Taavin ihm plötzlich zu und sogleich folgte Ace ihm.

„Wieso ändern wir die Richtung?“, wollte er wissen.

„Riechst du sie nicht? Erweckte!“, antwortete Taavin und Ace überlief es eiskalt.

Nein, sie durften Jaron nicht gefunden haben!

Da stieg ihm Jarons vertrauter Duft in die Nase. Es war, als würde sich ein Nebel lichten, der seine Sinne verschleiert hatte.

Nun war die Fährte klar erkennbar!

„Hier drüben“, ließ er Taavin wissen und war froh, als der Geruch der Erweckten, der Ace nun ebenfalls erreicht hatte, weniger wurde.

Dafür war Jarons stärker und er stieß erleichtert den Atem aus, als er seinen Fluchelf entdeckte.

Jarons Augen waren geschlossen und er lehnte mit dem Rücken an einem Baumstamm. Etwas Blut klebte an seiner Wange und an seinem Kinn.

Es war ihm augenscheinlich aus den Ohren gelaufen.

„Jaron!“, stieß Ace hervor und ließ sich auf die Knie fallen. Er griff seinen Mann an der Schulter und rüttelte daran. „Bitte, wach auf!“

Ace‘ Herz stockte, als Jaron sich im ersten Moment nicht rührte, doch dann hoben sich seine Lider und Ace atmete zitternd durch.

„Was ist passiert?“, murmelte sein Fluchelf und Ace zog ihn kurzerhand in eine Umarmung.

„Das würde mich auch interessieren“, gab er zurück. „Du bist weggerannt, als wäre der König höchstpersönlich hinter dir her. Kannst du dich nicht mehr erinnern?“

Jaron löste sich von ihm und blickte ihn mit gerunzelter Stirn an.

„Wieso sollte ich weglaufen?“, murmelte er mehr zu sich selbst, ehe seine Augen sich weiteten. „Bei den Göttern, die Erinnerungen“, stieß er auf einmal hervor. „Sie haben sich mit der Realität vermischt und ich konnte nicht mehr klar denken. Meine Magie ...“

Jaron brach ab und Entsetzen zeigte sich in seiner Miene.

„Ich habe meine Fluchmagie an euch angewandt."

Ace nickte. „Ja, aber es geht allen gut, mach dir keine Sorgen. Wir wissen, dass du uns nicht verletzen wolltest. Doch die bessere Frage ist, wie fühlst du dich jetzt? Du hast getrocknetes Blut im Gesicht."

Jaron schüttelte sich, als würde er die Benommenheit loswerden wollen. „Die Erinnerungen hätten mich um ein Haar das Leben gekostet. Sie hatten mich, ich kam nicht mehr raus."

Bittere Galle stieg Ace die Kehle hoch und er krallte sich an Jarons Bein fest.

„Ich wusste, ich würde sterben, aber dann war da plötzlich ein Fremder", sprach Jaron weiter und Ace blinzelte.

„Moment. Ein Fremder? War er Teil einer Erinnerung?"

Doch Jaron verneinte. „Er war real und hätte er mir nicht geholfen, wäre ich jetzt wirklich tot."

Ace konnte die Worte nicht so recht glauben, er wusste nicht, ob Jaron klar denken konnte, doch schlussendlich war es egal. Es schien seinem Mann besser zu gehen und das zählte für Ace.

„Was macht dein Kopf?", wollte er wissen.

„Es ist alles in Ordnung. Die Erinnerungen sind wieder hinter einer Mauer", antwortete Jaron mit hörbar verblüffter Stimme. „Das hätte der Mann gar nicht schaffen dürfen. Wie hat er das gemacht? Ich kann das Konstrukt selbst nicht ankratzen, ich könnte es nicht einreißen, nichts. Es ist einfach da, wie ein Schutzwall."

So recht verstand Ace nicht, was sein Fluchelf ihm erklären wollte, aber noch, bevor er weiter nachfragen konnte, stießen die anderen zu ihnen.

„Bei den Göttern, dir geht es gut“, stellte Quinn erleichtert fest und ließ sich ebenfalls neben Jaron nieder. „Jage uns nie wieder so einen Schrecken ein! Wieso bist du einfach weggerannt, was war los?“

Ace hörte nur halbherzig zu, während Jaron das eben Gesagte für den Blutelf wiederholte. Sein Blick war auf Taavin gerichtet, der offensichtlich witterte.

Instinktiv tat es Ace ihm gleich und spannte sich an.

„Erweckte“, zischte er und sprang auf. „Habt ihr sie nicht gesehen, als ihr uns gefolgt seid?“, wollte er von Liam und Raven wissen, die beide den Kopf schüttelten.

„Nein, und ich rieche auch jetzt nichts“, stellte Raven fest.

„Das muss einer von Ammeys Tricks sein“, knurrte Ace. „Die Erweckten sind nah, wir müssen hier weg!“

Er griff Jaron am Arm und half ihm hoch.

„Kannst du laufen?“, wollte er wissen und sein Fluchelf nickte.

Zwar war sich Ace nicht sicher, ob das auch der Wahrheit entsprach, doch sie hatten keine Zeit für Diskussionen.

Er blieb an Jarons Seite, als sie sich in Bewegung setzten.

Der Geruch der Erweckten, gemischt mit Blut und Fäulnis, wurde immer stärker und an der Anspannung der anderen Aurox konnte Ace erkennen, dass sie es endlich auch wahrnehmen konnten.

„Sie haben uns eingekreist“, stellte Taavin fest und blieb stehen. „Wir müssen uns den Weg hinauskämpfen.“

Taavin hatte noch nicht zu Ende gesprochen, als die ersten Erweckten zwischen den Bäumen auftauchten.

Ace knurrte einen Fluch und zog seine Messer, mit denen er die Schnitte in seinen Unterarmen öffnete.

„Das werden immer mehr!“, hörte er Silvan erschrocken rufen. „Das schaffen wir niemals!“

Gerne hätte Ace dem Druiden widersprochen, doch die Erweckten wurden wirklich immer zahlreicher und drängten in ihre Richtung. „Hier lang!“, befahl Liam und wies in die entgegengesetzte Richtung. „Dort ist der Geruch am schwächsten.“

Da sich die Gruppe sofort schnell in Bewegung setzte, schloss Ace sich ihnen an, doch er hatte absolut kein gutes Gefühl dabei.

Hier waren tatsächlich keine Erweckten, aber das konnte kein Zufall sein. Lockten die Wesen sie in einen Hinterhalt? Vermutlich, doch ihnen blieb nichts anderes übrig, denn einen Kampf würden sie nicht gewinnen. Dafür waren es eindeutig zu viele, da hatte Silvan leider recht.

Er blieb an Jarons Seite. Sein Mann hielt sich tapfer, doch die Anstrengung war ihm ins Gesicht geschrieben.

„Sie fallen zurück“, stieß Jaron keuchend hervor, nachdem er über die Schulter geblickt hatte.

Ace tat es ihm gleich und runzelte die Stirn. „Da stimmt etwas nicht“, murmelte er. Bei den Erweckten hinter ihnen mussten neben Elfen auch Schattenwandler dabei sein, und diese würden niemals so leicht den Anschluss verlieren.

„Wir laufen in eine Falle“, zischte Ace. „Ich bin gleich zurück“, teilte er Jaron mit und rannte zu Kaleb und Quinn, die etwas vor ihnen waren. „Das ist eine Falle“, sagte er ihnen ohne Umschweife.

„Ich weiß“, war Kalebs wenig überraschende Antwort. „Aber wir haben keine Wahl, jeder andere Weg bringt den sicheren Tod. Sei auf alles gefasst.“

Die Erweckten trieben sie einen steiler werdenden Hang hinauf und Ace ließ sich wieder zu Jaron zurückfallen.

„Geht es?", wollte er von seinem Fluchelf wissen, dem der Schweiß über die Schläfen lief.

„Noch", keuchte Jaron hörbar atemlos.

Ace wollte ihm gerade anbieten, ihn zu tragen, da hatten sie den Hang auch schon erklommen, und die anderen blieben stehen.

Sofort warf Ace einen Blick zurück. Die Erweckten hatten in ihrem Lauf innegehalten. Sie waren nah, ein Entkommen war nicht möglich, aber sie hielten Abstand.

„Ammey", hörte er Quinn knurren, was seine Frage nach dem Warum beantwortete.

„Sie wartet auf uns und ist nicht allein", sprach Kaleb und sah zu ihnen zurück.

Ace griff Jaron am Arm und ging nach vorn.

Vor ihnen lag ein Abhang, der in eine Art Tal führte. Inmitten des Waldes war der recht offene Bereich von Bäumen gesäumt. Dort, wo die Baumreihen wieder begannen, stand Ammey, zusammen mit Lybra und dem Blutspiegel. Einige Erweckte tummelten sich hinter ihnen und Ace ahnte, dass im Wald noch mehr davon warteten. Doch was ihn die Luft anhalten ließ, war die Frau, die gerade von Lybra geküsst wurde.

„Jolina", wisperte er und sein Herz zog sich vor Schmerz zusammen.

Bittere Galle stieg ihm die Kehle nach oben. Wie konnte dieses Scheusal es wagen, Hand an seine Tochter zu legen?

„Joli", hörte er Sakina flüstern. Sie stand fast neben ihm und drückte sich die flache Hand auf die Brust, etwa in Höhe ihres Herzens.

Angst und Unglaube waren in ihrer Stimme zu hören und Ace konnte es nur zu gut nachempfinden. Aber er würde seine Jolina nicht aufgeben.

Nein, nicht kampflos!

„Schön, dass wir wieder versammelt sind“, rief Ammey. Ihre Stimme wurde vom Wind getragen und klang glockenklar in seinen Ohren.

Magie schwang darin mit, anders wäre es auch nicht möglich gewesen, sie zu verstehen.

„Kommt ihr freiwillig herunter, oder müssen meine Kreaturen euch einen Anstoß geben?“, wollte sie wissen, wobei sie die Hand auf ihren deutlich gewölbten Bauch legte.

„Was sollen wir tun?“, flüsterte Silvan und ballte die Fäuste. Die grünen Augen des jungen Druiden blickten kalt und Kampfeslust glitzerte in ihnen.

Ace war erstaunt, als er Silvan kennenlernte, wäre der Mann vor einer derartigen Situation noch eher geflohen. Doch die Zeiten änderten sich ... für sie alle.

Gerade löste Joli sich von Lybra und ihre Blutklingen glitten aus den Schlitzen. Sie sah zu ihnen hinauf und blickte Ace direkt an.

Er hielt den Atem an, von seinem lieben Mädchen war in diesem Blick nicht viel zu erkennen. Blanker Hass schlug ihm entgegen, was mehr schmerzte, als jede Wunde es gekonnt hätte.

„Ich werde mich niemandem ergeben, kampflos erst recht nicht“, knurrte Taavin und mit einem Mal ballten sich die Wolken am Himmel zusammen. Donnergrollen schallte über sie hinweg und der Wind frischte auf.

Ace lugte zu seinem Bruder, dessen hellblaue Augen regelrecht glühten.

„Ich bleibe hier“, teilte Jaron ihm mit und er begegnete dem Blick seines Mannes. „Hol dir deine Tochter zurück, pass aber verdammt nochmal auf dich auf!“

Das war ein klarer Befehl, dem Ace nur zu gern nachkommen würde. „Mach dir um mich keine Sorgen. Gib du besser Silvan Rückendeckung.“

Der Druide würde sie mit seiner Magie aus der Ferne unterstützen, alles andere wäre für ihn zu riskant.

„Was ist jetzt?“, dröhnte Ammeys amüsierte Stimme zu ihnen nach oben. „Wie lange wollt ihr mich noch warten lassen? Na los!“

Das war wohl der Befehl, denn nun drängten auch die Erweckten hinter ihnen etwas mehr nach vorn.

Ohne zu zögern, war Taavin der Erste, der losrannte. Sein Bruder kannte keine Furcht, der Hybrid scheute den Kampf nicht, und Ace würde ihm in nichts nachstehen.

Was auch immer Ammey und Lybra seiner Tochter eingetrichtert hatten, er würde sie zurückholen. Auf keinen Fall würde er noch jemanden verlieren!

Mit diesem Ziel vor Augen rannte er los. Geschickt öffnete er die Schnitte in seinen Unterarmen und die Blutklingen glitten aus ihren Schlitzen, während er Jolina fixierte. Doch diese hatte kein Interesse an ihm, stattdessen war ihr Blick auf Sakina gerichtet.

Der Blutspiegel war der Erste unter den Feinden, der sich in Bewegung setzte. Ace sah aus den Augenwinkeln, dass er auf Taavin zuhielt und hoffte, sein Bruder würde diesem merkwürdigen Wesen gewachsen sein. Selbst Kaleb und er waren an dem Ding gescheitert ...

Aber Ace konnte sich nicht länger mit Taavins Kampf beschäftigen, der Hybrid würde schon wissen, was er tat. Denn nun eilten mit einem Mal die Erweckten hinter Ammey nach vorne und auf sie zu.

Zu sagen, sie wären zahlreich, war untertrieben.

Doch noch ehe die Erweckten ihre Ziele erreichen konnten, fuhren mehrere Blitze vom Himmel herab und schlugen zwischen den Kreaturen ein. Sie wurden davon regelrecht von den Füßen gerissen. Da Taavin kämpfte, musste es Silvan gewesen sein.

Der Druide hatte seine Kräfte trainiert ... hoffentlich konnte er auch gut zielen.

Ace kam bei den ersten Erweckten an und seine Blutklingen zischten durch die Luft. Es waren einfache Elfen, die keine wirklichen Gegner für ihn waren. Sie waren teilweise gar nicht bewaffnet. Ammey führte ihre Kreaturen aufs Schlachtfeld, wie das Vieh zum Schlachter gebracht wurde. Die Blutelfe wusste aber leider auch, dass die schiere Menge an Erweckten Ace und seine Gruppe bald in die Knie zwingen würden.

Ein Schrei drang an seine Ohren, und ohne darüber nachzudenken, wirbelte Ace herum.

Jolina hatte sich in den Kampf gestürzt und ihr auserkorenes Ziel war Sakina. Diese versuchte augenscheinlich, sich zurückzuziehen.

„Hör auf!“, hörte er sie schreien. „Ich bin deine Schwester!“

Doch die Worte prallten an Jolina ab wie an einem eisernen Schutzschild. Sie wirkte blind in ihrer Wut und schlug immer wieder mit der Blutklinge nach Saki.

Schmerz explodierte in seiner linken Schulter und Ace schrie auf.

Er ging beinahe in die Knie und machte einen Satz nach vorn. Dadurch glitt der Dolch, der ihn getroffen hatte, aus der Wunde und der Erweckte setzte sofort nach.

Sein Arm war nur noch schlecht zu gebrauchen, aber der andere genügte Ace, um den Bastard zu erledigen.

Es war ihm, als würde er Ammey lachen hören, doch das konnte auch Einbildung sein. Er schlug dem Erweckten mit dem unverletzten Arm den Kopf ab und blickte wieder zu Sakina und Jolina.

„Nein“, keuchte er, als er Saki zu Boden gehen sah. Sie blutete aus mehreren Wunden und ihre Augen waren vor Schmerz und Schock weit aufgerissen.

Jolina zögerte nicht, ihre Blutklinge hob sich ... und Ace reagierte blitzschnell.

Er sprang über einen vor ihm liegenden Erweckten und rammte Jolina von der Seite. Diese ging mit einem Keuchen zu Boden, rollte sich jedoch ab und war sogleich wieder auf den Beinen.

„Na, sieh an, wer meinem armen Schwesterlein zur Hilfe kommt!“, keifte sie und spuckte aus. „Ihr werdet beide durch meine Hand sterben!“

Jolina war von Sinnen, Ace hatte nicht einmal die Gelegenheit, ein Wort an sie zu richten, da griff sie ihn auch schon an.

Seine Tochter war eine starke Kämpferin und stand Sakina in nichts nach, doch sie hatte nicht seine Erfahrung. Selbst mit einer Hand war er Joli überlegen und wehrte ihre Angriffe gekonnt ab.

„Hör auf, verdammt“, zischte er. „Jolina, denk nach! Ich bin dein Vater, Saki deine Schwester. Du kämpfst gegen deine eigene Familie! Wieso tust du das?“

„Ich habe nur noch eine Familie!“, schrie sie ihn an und kurz dachte er, Tränen in ihren braunen Augen schimmern zu sehen. „Und weder du noch meine sogenannte Schwester gehören dazu! Lybra und Ammey sind alles, was ich brauche! Und jetzt kämpfe!“

Ace blieb gar nichts anderes übrig, seine Tochter setzte erneut auf ihn zu.

„Nein!“, keuchte er, als Saki sich zwischen sie warf und mit Jolina zu Boden ging.

Schon wurde seine Aufmerksamkeit von zwei weiteren Erweckten gefordert, die auf ihn zuhielten. Gezwungenermaßen musste er sich von seinen Töchtern abwenden, um die beiden Wesen zu erledigen.

Schweiß lief ihm über die Stirn, als er den Ersten enthauptete. Dabei traf ihn erneut eine Klinge an der Seite. Sein Kettenhemd verhinderte Schlimmeres, dennoch presste der Schmerz ihm kurzzeitig die Luft aus der Lunge.

Mit einer schnellen Drehung ließ er eine Blutklinge durch die Luft gleiten und schlug dem Angreifer einen Arm an der Schulter ab. Der Erweckte verlor dadurch das Gleichgewicht und landete im Dreck.

Zeit genug, um für Ace den finalen Schlag auszuführen und ihn seines Kopfes zu entledigen.

Schon wirbelte er weiter und setzte auf Saki und Joli zu. Sakina wirkte, als wäre sie kurz davor, das Bewusstsein zu verlieren, und wieder holte Jolina aus. Ihre Blutklinge war auf ihre Schwester gerichtet und diesmal würde Ace sie nicht daran hindern können, den Hieb auszuführen.

Seine Augen zuckten zwischen seinen Töchtern hin und her, während sein Herz zu Stein erstarrte.

Blut spritzte und Schmerz explodierte in seinem Oberschenkel, als die Klinge Jolinas in ihn eindrang.

Ihre Augen weiteten sich, sie hob den Blick, dann schwand das Leben aus ihnen. Ace' Blutklinge hatte seiner Tochter das Herz durchbohrt und für einen Moment stand die Welt still.

Jaron

„Bei den Göttern!"

Silvans Ausruf ließ Jaron nach hinten blicken. Er hatte sich den Erweckten zugewandt, die sich noch immer im Wald aufhielten und anscheinend nur auf den Angriffsbefehl ihrer Herrin warteten.

„Was ist passiert?", wollte er von dem Druiden wissen, doch da sah er es selbst.

Ace, der halb in die Knie gegangen war.

Seine Blutklinge, die eine junge Frau durchbohrt hatte, die nun leblos in seinen Armen lag.

„Bei den Göttern", wiederholte er mit tonloser Stimme Silvans Worte.

Ace hatte Jolina getötet. Eigenhändig.

Jaron konnte ebenso Sakina sehen, die hinter ihrem Vater auf dem Boden lag. Sie hatte sich etwas mit den Unterarmen hochgedrückt, ihr Gesicht konnte er nicht erkennen.

„Lybra! Sie will zu Ace!", keuchte Silvan.

Ohne nachzudenken, wandte Jaron sich komplett von den Erweckten hinter ihnen ab und trat zu Silvan.

Seine Fluchmagie war kaum spürbar, er konnte nichts damit anfangen, war ohnmächtig und zum Zusehen verdammt, was ihn die Fäuste ballen ließ.

Lybras Miene war halbwegs zu erkennen und Zorn beherrschte ihr Gesicht.

„Sie hat Joli geküsst, vorhin", murmelte Jaron. „Ob sie wahrlich etwas für sie empfunden hat?"

Eine Frage, die nur Lybra würde beantworten können.

Als Ace zusammen mit seiner toten Tochter zu Boden fiel, schnappte Jaron nach Luft.

Erst jetzt erkannte er, dass sein Mann verwundet war. Joli musste ihn erwischt haben!

Schon wollte Jaron Ace zu Hilfe kommen, denn Lybra hatte ihr Ziel fast erreicht, da fing der Boden mit einem Mal unter ihnen an zu beben.

Sofort zuckte sein Blick zu Taavin, der selbst schwer atmend und sichtbar verletzt vor seinem Gegner zurückwich.

Dieser Blutspiegel war ein Monster, dem selbst ein Hybrid wie Taavin nicht gewachsen zu sein schien. Das Wesen hatte ihn die ganze Zeit über eingenommen und ihm keine Chance gelassen, in den Kampf der anderen irgendwie einzugreifen.

Doch von Taavin schien das Erdbeben nicht auszugehen.

Als die Schwingungen immer stärker wurden, gerieten die Erweckten ins Taumeln. Einige stürzten zu Boden und selbst Ammey schien Mühe zu haben, sich auf den Beinen zu halten. Sie hob die Hand und abrupt ließ der Blutspiegel von Taavin ab, und kehrte zu ihr zurück.

Mit einem lauten Krachen riss der Boden im Tal auf und verschlang eine ganze Schar Erweckte.

Sämtliche Kämpfer hatten innegehalten und versuchten, sich irgendwie in Sicherheit zu bringen. Dabei tat sich der Boden immer wieder an den verschiedenen Stellen auf. Zeitgleich wehte der Wind so stark, dass Jaron beinahe das Gleichgewicht verloren hätte und Silvan sogar an der Schulter packen musste, damit der kleinere Mann nicht umgerissen wurde.

„Was bei den Göttern passiert hier?“, hörte er den Druiden gegen das Peitschen des Windes rufen.

Jaron hätte es selbst gern gewusst und blickte hinter sich, um nach den Erweckten zu sehen.

Er riss die Augen auf, als er den Spalt entdeckte, der sich unter den Kreaturen aufgetan und sie verschlungen hatte.

Er konnte noch Teile der Erweckten erkennen, hier und da waren Arme, Beine oder sogar ein Kopf zu erkennen, doch die Erde hielt ihre Körper in festem Griff.

„Ammey will fliehen“, knurrte Silvan und Jaron biss die Zähne zusammen.

Würde das Weib wirklich erneut entkommen?

Als der Boden wieder aufbrach, schrie Jaron auf. „Nein!“

Ace wäre um ein Haar von der Erde verschluckt worden. Gerade noch so hatte er sich und Saki retten können.

Jolinas Körper jedoch verschwand in dem Spalt.

Zusammen mit Lybra.

Die Frau schrie und versuchte vergebens, Halt zu finden. Nur einen Wimpernschlag später war sie verschwunden.

Eine heftige Druckwelle brandete durch das Tal und fegte zu ihnen herauf.

„Vorsicht!“, keuchte Jaron und riss Silvan mit sich zu Boden, als die Blutmagie von Ammey sie erwischte.

Es fühlte sich an wie tausend Nadelstiche und er stöhnte gequält, während Silvan sich zusammenkrümmte.

Doch der Moment währte nicht lange, da verschwand das Gefühl und auch der Druck der Macht ließ schnell nach.

Als Jaron sich aufrappelte und hinabblickte, suchte er sogleich nach Ace und atmete erleichtert durch, als er seinen Mann entdeckte. Er schleppte sich mit Saki den Hang hinauf.

„Sind alle noch da?“, wollte Silvan leise wissen und kam ebenfalls hoch.

„Ja“, konnte Jaron ihm bestätigen.

Ihre Gruppe war vollzählig, wenn sie auch angeschlagen waren.

Ammey war fort, von ihr und ihrem Blutspiegel fehlte jede Spur. Doch sie hatte eine ganze Horde an Erweckten verloren, was ihr hoffentlich wenigstens einen kleinen Schaden zugefügt hatte.

„Woher kam dieses Beben?“, fragte Jaron und lugte zu Silvan. „Du warst es wohl nicht?“

Der Druide schüttelte ratlos den Kopf. „Nein, ganz sicher nicht, das wüsste ich.“

„Du warst es auch nicht, sondern ich“, ertönte eine Frauenstimme und Jaron wirbelte zusammen mit Silvan herum.

Vor ihnen stand eine Frau mit langen braunen Haaren, die leicht gewellt waren. Ihre grünen Augen waren kühl und die Magie, die von ihr ausging, ließ die feinen Härchen ins Jarons Nacken zu Berge steigen.

„Mutter?“, stieß Silvan hervor und Jaron riss die Augen auf. Mutter? Hatte er sich verhört?

„Was machst du hier?“, wollte Silvan weiter wissen, während die Frau zu ihnen kam.

„Euch das Leben retten, so wie es aussieht“, antwortete sie und legte eine Hand auf Silvans Schulter. „Ich wünschte, ich wäre zumindest aus diesem Grund hier, doch die Wahrheit ist eine andere, mein Sohn.“

Jaron versuchte, zu verarbeiten, dass hier wirklich Silvans Mutter stand.

Die Frau war immerhin eine Druidin, oder? Weshalb war sie dann nicht in ihrer Zone? Und wieso spürte er diese starke Magie an ihr?

„Warum bist du hier?“, fragte Silvan beinahe flüsternd. „Wo ist Vater? Was ist passiert?“

Jaron lauschte dem Gespräch, während der Rest der Gruppe nach und nach bei ihnen ankam und sich teils kraftlos ins Gras fallen ließ.

„Unsere Zone, unser Dorf, wurde von dieser Frau und ihren grässlichen Kreaturen angegriffen“, berichtete Silvans Mutter mit belegter Stimme. „Ich war zu der Zeit außerhalb, Kräuter sammeln. Als ich zurückkam, war der Schaden bereits angerichtet. So habe ich als Einzige überlebt. Zwar konnte ich diese Monster vertreiben, aber ... Es tut mir leid, mein Sohn, dein Vater ist tot.“

Jaron schloss die Augen, er hörte Silvan nach Luft schnappen und ein leises „Nein“, hing in der Luft.

Er hob die Lider und trat zu Ace, der sich zusammen mit Sakina hochgekämpft hatte. Der Blick seines Mannes war vollkommen leer, doch als er Silvans Mutter entdeckte, spannte er sich an.

„Wer ist das?“, wollte er wissen.

„Das ist Silvans Mutter“, antwortete Jaron und Unglaube blitzte in Ace‘ Augen.

„Wirklich?“, fragte er und bevor Jaron antworten konnte, kam Liam ihm zuvor.

„Fraya? Was tut denn Silvans Mutter hier?“, wollte der ehemalige Aurox wissen, aus dessen rechter Seite Blut lief.

Er ließ sie stehen und trat zu seinem Mann, der sich sofort haltsuchend an Liam klammerte.

Jaron konnte nicht mehr hören, was zwischen den Druiden gesprochen wurde, doch das war nicht wichtig, jetzt wollte er sich um Ace und Sakina kümmern.

„Lass mich dir helfen“, bot er an und versuchte, nach Ace zu greifen, doch der wich zurück.

„Nein. Kümmere dich um Saki, ich komme klar.“

Schon wollte sein Mann sich abwenden.

Nein, das würde Jaron nicht zulassen!

Er griff Ace am unverletzten Arm und zog ihn kurzerhand zurück. Sein Aurox landete an seiner Brust und sofort legte Jaron die Arme um Ace. Der versteifte sich und wehrte sich im ersten Moment, dann endlich krallte Ace sich an ihm fest.

Es brach Jaron das Herz, als er seinen starken Mann schluchzen hörte, und er würde alles tun, um Ace irgendwie zu helfen, doch was geschehen war, konnte niemand rückgängig machen.

Ace hatte Sakina das Leben gerettet, aber der Preis dafür war Jolinas Leben gewesen. Ein grausiges Spiel, das das Schicksal mit seinem Geliebten veranstaltete, und Jaron betete zu den Göttern, dass Ace sich jetzt nicht selbst verlieren würde. Während er seinen Aurox im Arm hielt, ließ er den Blick schweifen. Ihre Gruppe war von Ammey und ihren Erweckten regelrecht zerlegt worden. Alle waren verletzt, mal mehr, mal weniger, und wirkten niedergeschlagen.

Taavins Blick war auf Ace gerichtet, doch er schien sich nicht zu trauen, zu ihnen zu kommen. Stattdessen hatte der Hybrid die Fäuste geballt und rührte sich nicht vom Fleck.

Jaron schluckte.

Wie sollten sie diese Mission jetzt weiterführen können? Ammey hatte ihnen deutlich gezeigt, zu was sie in der Lage war und auch, wenn Silvans Mutter ihnen das Leben gerettet hatte, so war es offensichtlich, dass sie der Blutelfe, die von den Toten wiedergekehrt war, unterlegen waren.

Jaron blickte gen Himmel, der sich langsam klärte und erste helle Sonnenstrahlen in das völlig zerstörte Tal fallen ließ.

Ein grotesk schönes Bild, wie er fand.

Er fixierte die Stelle bei der Baumreihe, wo Ammey vorher noch gestanden hatte. Die Schlacht war vorbei und hatte viele Opfer gefordert, doch der Krieg gegen diese kranke Frau hatte erst begonnen.

Triggerwarnung

In diesem Buch gibt es Szenen/Themen, die eventuell triggern können.

- Sklaverei
- Unterdrückung
- sexuelle, physische und psychische Gewalt
- Missbrauch, auch sexuell
- Mord
- Gewalt
- blutige Szenen

Achtung! – Die Liste ist womöglich nicht vollständig. Für weitere Informationen wenden Sie sich an info@lycrowverlag.de

Lesen Sie weiter in:

Aurox

Kaleb und Taavin

Der Kampf gegen Ammey hat der Gruppe deutlich gezeigt, dass sie der Frau nicht gewachsen sind. Und Kaleb weiß, das alles ist allein sein Fehler. Hätte er damals nicht versagt, wäre nichts hiervon je passiert.

Dieses Geheimnis will Kaleb mit ins Grab nehmen, doch gerade Taavin kommt der Wahrheit immer näher. Der gutaussehende Hybrid bringt Kalebs eiserne Fassade ins Wanken und Gefühle entstehen, die seine Kontrolle bröckeln lassen.

Taavin ist ein Einzelgänger und nur an der Mission beteiligt, um seinem Bruder, Ace, nahezusein. Doch etwas an Kaleb zieht ihn an, und obwohl Taavin sich geschworen hat, keine Emotionen zuzulassen, merkt er, wie der Mann sich in sein Herz schleicht.

Als er Kalebs Geheimnis auf die Schliche kommt, muss er sich entscheiden. Hilft er dem gutaussehenden Aurox und nimmt die Empfindungen an, die er in ihm auslöst, oder wendet Taavin sich von ihm ab?

Die Aurox – Reihe

Band 1: Aurox – Liam und Silvan
Band 2: Aurox – Raven und Quinten
Band 3: Aurox – Ace und Jaron
Band 4: Aurox – Kaleb und Taavin (Nov. 2023)

Über die Autorinnen:

Isabell Bayer ist 1993 geboren und wohnt in einem Drei-Generationen-Haus in Hohenfels, in Bayern. Mit dem 18. Lebensjahr bekam sie ihren treuen Wegbegleiter, Multiple Sklerose und so schlimm diese Diagnose für sie war, sie brachte Isabell Bayer doch auch zum Schreiben. Denn der Realität zu entfliehen ist oft der einzige Weg um wieder einen klaren Kopf zu bekommen. Die Welt der Dark-Romance-Fantasy hat die Autorin bereits als Jugendliche fasziniert und schnell hat sie das Genre für sich entdeckt. So begann ihr Weg als Schriftstellerin und die Entstehung ihrer Bücher. Weiter ist Isabell Coverdesignerin und Autorin im Lycrow Verlag.

Liesa Marin wurde 1993 im idyllischen Städtchen Teterow geboren und lebt noch heute mit ihrem Mann und ihren beiden Kindern dort.

2017 entdeckte sie das Schreiben für sich und bald wurde es zur Leidenschaft.

Im Jahr 2019 veröffentlichte sie trotz LRS ihren Debütroman im Genre Jugendbuchfantasy.

Zudem wirkte Liesa Marin bei einer Spendenanthologie mit dem Namen „Zwischen Fell und Federn“ mit, welche im Jahr 2022 herausgebracht wurde.

Anfang 2023 wagte die Autorin ihren bisher größten Schritt. Zusammen mit ihrem Team, bestehend aus Isabell Bayer und Claudia Fischer, gründete sie den „Lycrow Verlag“.

Danksagung

Dieses Buch war eine besondere Herausforderung, denn unser gemeinsames Schreiben machte hier eine Zwangspause.

Nach einem gemeinsam ausgearbeiteten Plot übernahm Isabell das Schreiben und so entstand Ace‘ und Jarons Geschichte.

In diesem Sinne möchten wir uns bei unseren Unterstützern bedanken!

Unser besonderer Dank gilt dabei unserer Freundin und Lektorin Claudia Fischer, die sich dem Skript wieder mit Herzblut gewidmet hat.

Weiter möchten wir uns bei unseren Testleserinnen und Bloggerinnen bedanken, die unsere Aurox treu auf ihren Wegen begleiten.

Weitere Bücher aus dem Lycrow Verlag

„Fateful“

Von Jenn Dreier

Band 1:
Fateful –
Schicksalsverwoben
Taschenbuch: 15,99 €
eBook: 4,49 €

Genre: Romantasy

„Demon´s Desire“

Von Liz Rosen

Band 1:
Er ist deine Rettung
Taschenbuch: 15,99 €
eBook: 4,49 €

Genre: Dark Romance
Fantasy

„Eresh und die zwei Planeten"
Von Jasmin Engel

Taschenbuch: 15,99 €
eBook: 4,49 €

Genre:
Historische Fantasy

„Face Your Destiny"
Von Yvonne Mitzel

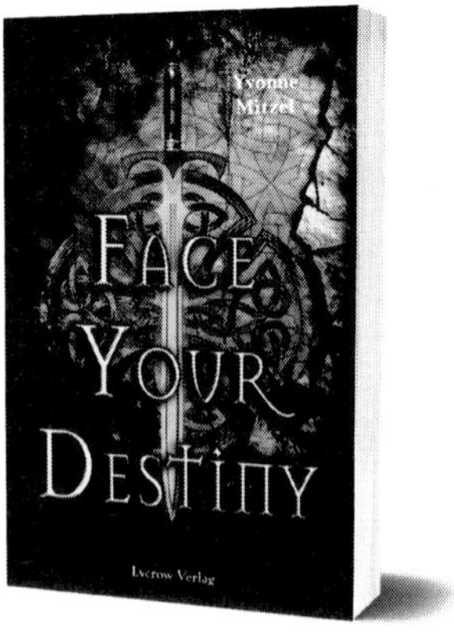

Taschenbuch: 17,99 €
eBook: 5,49 €

Genre: Urban Fantasy